巨匠与杰作

[英] 威廉·萨默塞特·毛姆 ——著

李锋 ——译

W. SOMERSET
MAUGHAM

Ten Novels and
Their Authors

四川人民出版社

图书在版编目（CIP）数据

巨匠与杰作 /（英）威廉·萨默塞特·毛姆著；李锋译 . — 成都：
四川人民出版社，2022.1

ISBN 978-7-220-12436-5

Ⅰ.①巨… Ⅱ.①毛…②李… Ⅲ.①小说家—作家
评论—世界 Ⅳ.① I106.4

中国版本图书馆 CIP 数据核字（2021）第 193020 号

JUJIANG YU JIEZUO
巨匠与杰作

［英］威廉·萨默塞特·毛姆 著　李锋 译

出 版 人	黄立新
出版统筹	付　明　杨全强
责任编辑	唐　婧
特约编辑	王如菲
封面设计	董茹嘉
出版发行	四川人民出版社（成都槐树街2号）
网　　址	http://www.scpph.com
E-mail	scrmcbs@sina.com
新浪微博	@四川人民出版社
微信公众号	四川人民出版社
发行部业务电话	（028）86259624　86259453
防盗版举报电话	（028）86259624
照　　排	北京大观世纪文化传媒有限公司
印　　刷	艺堂印刷（天津）有限公司
成品尺寸	130mm × 183mm
印　　张	11.75
字　　数	227千
版　　次	2022年1月第1版
印　　次	2022年1月第1次印刷
书　　号	ISBN 978-7-220-12436-5
定　　价	68.00元

目录

译序：经典作家的另一面

1945 年，毛姆应美国《红书》（Redbook）杂志邀约开列了一张书单，列举了其心目中的世界十佳小说，并为之撰写了系列书评。在书评中，毛姆对这些名著的成书过程、写作手法、艺术特色一一做了点评，此后，温斯顿公司将这些文章结集出版，于是就有了我们手头的这本《巨匠与杰作》。在浩若烟海的小说世界中选择出所谓"十佳"，无疑是一项极不讨好的工作。那些捧着《克拉丽莎》黯然泪落或是言必称《尤利西斯》的读者，看到自己无比推崇的作品居然未能入选 TOP 10，这是对自身情感与智商的何等辱蔑！自然要愤愤不平，如同钟爱多年的球星或影星在呼声甚高的情形下却未能折桂一样，他们肯定是要发一通牢骚甚至骂上几句的。尽管毛姆本人在全书的开篇早已坦承："我所列的书单极为武断。其实我完全可以再列出十部小说，以其不同的方式而丝毫不输之前所选，而且还能为选择这十部给出同样充分的理由。"可在随后的几十年当中，争议之声依然不绝，而《巨匠与杰作》也就在这争议声中同其讨论的经典一样成了经典，被视为文学评论的典范之作。

据说在菜鸟级的文学爱好者里，有很多就是按照毛姆所开列的这个书单为自己制定阅读计划的，由此大大提升了这十本书在全世界的销量，把这些原本还算高雅的艺术杰作活生生地变成了畅销书，导致今天不少有点文化或是装作有文化的人，似乎已经不太情愿提及这些名著，更愿意把卡夫卡的《城堡》或者普鲁斯特的《追忆似水年华》挂在嘴边。当然，谁也无法否认《城堡》的深刻与《追忆似水年华》的伟大，可对于普通读者而言，这些书似乎有点"太深刻""太伟大"了，不太可能用"享受"二字来形容其阅读体验，以致有人戏言：所谓名著，就是所有人都不想读却又希望自己读过的东西。在这个问题上，毛姆的观点十分明确：艺术的目的就是娱乐，而教育只是其次要功能，那么作为艺术形式之一的小说，一定要为读者提供愉悦的享受。他极力反对将小说当成讲坛的陋习，认为"让读者以为读小说可以轻松获取知识"是一种误导，因为知识只有通过努力学习才能获得，而读小说就是为了寻开心，"假如读一本小说很辛苦的话，那还不如干脆别读了"。为此，他甚至提倡大篇幅的跳读或者对原著进行大胆删减，因为这样能够有效增添阅读的快感，对原著精神也没有什么太大的毁损。这种阅读理念，毛姆在《巨匠与杰作》的第一章《小说的艺术》中讲得十分清楚，并且贯穿全书的始终。

综观外国文学界，我们可以发现，数名作家都曾以《小说的艺术》为题著书立说，详述自己对小说这一独特文类的看法，其中较著名者当推戴维·洛奇和米兰·昆德拉。常常有人抱怨：写文学批评的，常常都是些自身没有实践创作经验之人，他们满嘴的理论术语，却如隔靴搔痒，话不着题；相比较而言，作家写出来的文学批评直观而感性，更容易触及小说实质。就拿毛姆的这篇《小说的艺术》来说，除了当中的第二节还谈谈叙事视角外，通篇几乎全都是漫谈闲扯，其率性和散漫，简直有点对不起标题里的"艺术"二字，可谈笑间，已经把小说最本质的问题（如类别、功能、写作技法等）解释清楚。即使到了论及这十部小说的正文当中，他也鲜有具体的文本分析和主题阐释。

其实，《巨匠与杰作》虽是一本文学评论集，但毛姆在撰写过程中并没有用什么专业的批评方法，而是专注于作者生平。如果非要扣上理论帽子的话，这种关注作者生平的方法应该算是文学批评中的心理传记法（psychobiography），放在圣经研究中属于"高级批评"（higher criticism）的范畴，以区别于以文本细读为主的"低级批评"（lower criticism）。因为他始终秉持的原则就是：一个作家能写出什么样的书，取决于他是什么样的人，所以最好弄清他个人历史中的重要之事。于是在考察作家的人生轨迹时，他凭着一股顽强的"狗仔队精神"，把大胆的假设与小心的求证近乎完美地结合起来，只是假设和求证的对象（也就是其所谓的"重要之事"），常常不是这些"巨匠"人生中的重大际遇，而是他们的私生活，虽说内容八卦，但其言之凿凿，绝对的"有道有理有根有据"。从中我们得知：原来司汤达在请教朋友如何追求异性时是认认真真做过笔记的，然后按照所记内容采取行动；福楼拜发现了新的猎艳目标，居然无耻地要自己现在的情人前去打听对方下落；青年时代的巴尔扎克跟一个年纪足以做自己母亲的女人纠缠不清，直到对方去世，而我们最不苟言笑（有挂在各个中学墙上的画像为证）的托翁（在我们心目中，这是个何等分量的字）居然是个拈花惹草之辈，并不幸染上了梅毒。于是乎，读者感受到了有如"冰火两重天"的奇特阅读体验——自己明明是在正襟危坐间"与伟大心灵进行对话"，可眼前看到的似乎都是些绯闻韵事，恍惚间，惊觉自己手中的这部经典，似乎比娱乐周刊的趣味也高不到哪里去。

但凡文史著述，难免要涉及材料的取舍，而取舍之间，作者的立场和方法也就昭然若揭。由是观之，毛姆钟情于抠取并钻研小说家们的花边趣事（特别是有关性爱的私密）自有其道理。在这里，他采用的显然还是弗洛伊德那一套，即通过分析作家的性冲动和白日梦来考察其创作动机。毛姆曾经有一句名言："艺术也是人类性本能的一种流露。"此话蕴含的思想同弗洛伊德的观点几乎如出一辙。书中最明显的两个例子就是艾米莉·勃朗特通过塑造希斯克利夫这个狂暴的人物来满足自身长期受压抑的情欲，以及陀思妥耶夫斯基在创作过程中同自己笔下的人物一同经历那些让其倍感兴奋和战栗的幻境。与此同时，他还较早地诊断出了艾米莉和麦尔维尔身上的同性恋倾向。凡此种种，自然会令巨匠的仰慕者们感到心神不安，毛姆对此倒是看得很开，他相信性欲本就是一种动物本能，跟口渴或饥饿一样，没什么可羞耻的，也没有理由不去满足它。应该有不少人听过他那句颇有些玩世不恭的名言："所谓爱情，就是找到一个能进行满意性交的挚友，与其共同享受肉体交流和思想交流所带来的快感。"（好在他还提到了"思想"二字！）

当然，除了淫邪之念，巨匠们还有着道德上的缺憾甚或是"劣迹"，诸如菲尔丁对权臣的溢美和赞颂，巴尔扎克的视借款如馈赠，陀思妥耶夫斯基的嗜赌如命等，就连维多利亚时代崇尚道德修养的很多作家，也都有过为了完成连载任务、拿到高额稿酬而努力灌水的不光彩经历（以狄更斯、萨克雷、特罗洛普之流为代表）。楷模形象的轰塌必然伴随着某种程度的焦虑与不安，可拥趸们实在无须为自己崇敬的偶像极力开脱，一个人在道德上的某些缺失，同其作品中撼动人心的道德力量之间并不矛盾，因为这就是人性，真实而复杂的人性，恰如俄国批评家斯特拉霍夫所言："恶贯满盈和高尚情操完全可以比肩而立。"现代人早已懂得，非此即彼的二元思想过于简单，看待万事万物应当全方位、多层次才是，那么在对文学名家的研究上，为什么还要固守整齐划一的观念、维护其并不真实的高大全形象呢？如果他们的私生活确实有助于后世更好地了解其作品，适当爆料也无须厚非；倘若借此还能吸引来一些本不关心文学之人的眼球，诱使他们读上几本经典名著，那真算是功德一件了。

毛姆曾戏言：英国文学有两大不幸，即青年才俊济慈的英年早逝和老权威华兹华斯的长命百岁。而他本人在研究作家生平时如此地盘根问底，恐怕是要被人列为又一害的了——照理说，像毛姆这种大师级的人物替人作传，本该是无比荣耀之事，可但凡读过《巨匠与杰作》的职业作家，必定会感到后背发凉，心中暗自祷告：断不要这位毛先生为我撰写生平，也不劳烦此公把我编进其负责的文学史，保不准他会把我猴年马月做过的哪件糗事抖出来呢。不过有语云，"出来混，总是要还的。"在毛姆津津乐道于他人的韵事时，却无力顾及身后之事，未曾料想到他的传记作者和研究者们亦是以丝毫不逊于自己的"狗仔队精神"，大曝其隐私。譬如性学大师布洛（Vern L. Bullough）在他那本著名的《同性恋史》（1979）中论述精神因素对作家写作的影响时，就是拿毛姆和福斯特作为同性恋的典型实例的；近些年来，国外甚至出现了以他的名字来命名的"萨默塞特·毛姆男女同性恋小说奖"。历史学家亨利·亚当斯曾经形象地将传记视为"他杀"，将自传视为"自杀"，他认为与其被人杀死，不如以得体的方式自行了断，这样可以有效地防止后人下手，不至于死得太难看。虽然毛姆的那本《人性的枷锁》具有很强的自传性，可同"自杀"相比，毕竟相去甚远，于是这位挥剑斩杀无数名家的剑客最终被别人结果性命，也算是罪有应得。不过以毛姆的个性，想来应该不会为此愠怒，天国里的他只会充满同情地俯瞰着世人，一脸的坏笑，想必是由于他还有更多的隐私，我们尚未（或者永远不会）发掘出来罢。

最后，我想请各位读者格外关注本书最后一章的第一节，因为其写法实在独特，充满了新颖有趣的创意——作为全书"总—分—总"结构的收尾部分，毛姆需要在本章重申第一章里提到过的思想，又要避免乏味的重复。于是，他居然设计出了一个跨越时空的派对，让书中的十位作家聚到了一起，相互攀谈，举手投足间，各人的性情特点展露无遗。虽然有些关公战秦琼的味道，可凭借其深厚的功力，毛姆却把这一幕写得既风趣夸张又真实可信，而夸张度和可信度的兼顾，不正是一部成功小说所不可或缺的吗？用小说的形式结束一部小说批评著作，此等做法，恐怕也只有毛姆才能想得出来吧。

　　或许由于几个月来沉溺在毛姆的文字世界里、无意间受其感染过深的缘故，译者的文学观念也经历了些许的变化，从前喜欢调侃戏说的习性重又盖过了这些年的学科规训，于是随手写下了这篇极不严肃的小文章，是为序。

李锋

2008 年 7 月于上海

一 小说的艺术

一

　　我想告诉本书的读者，书中的几篇文章是如何写就的。还在美国的时候，有一天，《红书》（*Redbook*）的编辑请我列出本人心目中的世界十佳小说。我依言照做，事后也未再想此事。当然，我所列的书单极为武断。其实我完全可以再列出十部小说，以其不同的方式而丝毫不输之前所选，而且还能为选择这十部给出同样充分的理由。倘若叫一百个博览群书、文化深厚的人开列书单，很可能要有至少两三百部小说被提到，但我相信，在所有的这些书单中，本人所选的大多数小说都会有一席之地。在这种问题上仁者见仁，智者见智，是完全可以理解的。某一本小说，如果它能强烈吸引一个人，哪怕是判断力很强的人，以致其对该书不吝溢美之词，其中的原因是多方面的。可能是他读这本书时所处的人生阶段和环境令他格外容易受到感动；可能是由于他的偏好或遐想，使得小说的主题或场景对其具有非同寻常的意义。我完全可以想象得到，一位狂热的音乐爱好者，或许会把亨利·韩德尔·理查森的《毛里斯·格斯特》列入十佳小说，而一个五镇的当地人，会非常喜欢阿诺德·贝内特对当地特征和居民翔实生动的描写，并将其《老妇人的故事》列入自己的书单。两本小说写得都很好，可我相信，但凡客观公正的看法，是不会把这两本书列入十佳的。一个读者的国籍会令他对某些作品格外感兴趣，并由此导致其对该作品的评价超过其公认的价值。在十八世纪，英国文学在法国被广为阅读，但自此之后直到近来，法国人对本国之外所写的任何东西都鲜有兴趣。我很难想象，一个法国人在开列十佳书单时，会像我那样想到《白鲸》，假如他学识格外渊博，或许会提到《傲慢与偏见》；但他几乎肯定会选拉斐特夫人的《克莱芙公主》；这不无道理，这本书确有其超凡之处，它是一部感伤小说、一部心理小说，而且可能是历来的第一部：故事触动人心，人物塑造细腻，文笔不同凡响，篇幅简洁得体。书中所涉及的社会，法国的每一个男学生都很熟悉；而其中的道德氛围，读过高乃依和拉辛的他们也不陌生；它的魅力，在于同法兰西历史上最为辉煌的时期密切相关，它对法国文学的黄金时代做出了杰出的贡献。然而英国读者会觉得主人公们的高尚行为不近人情，他们彼此间的对话刻板做作，他们的行为令人难以置信。我并不是说，这种看法是对的；但是如果带有这种想法，他是绝对不会把这部杰作列入世界十佳的。

　　我为《红书》所开列的书单中，还附加了一个简短的说明，我在其中写道："聪明的读者，倘若他学会跳读这一有用的技巧，就能从阅读这些书中获取最大的享受。"一个明智的人，是不会把小说当成任务去读的。他会将之作为消遣。他要感兴趣的是人物，关注他们在某些特定环境下的举动，还有他们的遭遇；对于他们的苦恼，他深表同情，对于他们的快乐，他欢欣不已；他把自己置于他们的位置上，甚至在某种程度上过他们的生活。这些人物的人生观，他们对人类思索这些重大问题的态度，不管是用言语还是行动表露出来，都会在他的心中激起或惊讶、或愉快、或愤怒的反应。但是他发自本能地知道自己的兴趣在哪儿，并且像猎狗追寻狐狸的踪迹一样，坚定地追随这一兴趣。有时候，由于作者的失误，他跟丢了。那么他就会辗转寻觅，直至重新发现踪迹。这就是跳读。

每个人都跳读，但没有遗失的跳读可并非易事。以我所见，跳读能力可能是一种天赋，或许也可以凭借经验来获得。约翰逊博士就跳读得很厉害。博斯韦尔告诉我们，"他具有一种奇特的能力，任何一本书，他无须从头到尾费力细读，就能一下子抓住其中有价值的东西。"博斯韦尔所指的，无疑是信息类或启蒙类的书籍；假如读一本小说很辛苦的话，那还不如干脆别读了。遗憾的是，由于我随后就会谈到的一些原因，很少有小说能让你兴趣盎然地从头读到尾。虽然跳读可能是个坏习惯，但读者也是不得已而为之。然而一旦读者开始跳读了，他会很难停下来，于是可能会漏掉很多原本对他有益的东西。

在我给《红书》开列的书单面世不久，一家美国出版商向我提议，以缩写本的形式重新发行我提到的这十本小说，每本都由我来写上一篇前言。他的想法就是，除了作者必须要讲的，其他一概删去，揭示作者的相关思想，展示他所塑造的人物，这样的话，读者就会阅读这些优秀的小说，如果不把许多朽木（这么形容不无道理）从中砍掉的话，他们是不会去读的；既然只有那些有价值的东西得以存留，读者就可以充分享受思想上的愉悦了。我起先大吃一惊，可后来我想到，尽管我们当中一些人已经学会了跳读的技巧，并从中受益，可大多数人还不行，假若有一个富有经验和鉴别力的人替他们做好删选，无疑也是好事一桩。我欣然接受为以上小说撰写前言的提议，并随即动手开始写。有些文学研究者，有些教授和批评家，他们都会惊呼，说损坏名著是一件令人震惊的事情，应当依照作者所写的原貌阅读经典。这得看是哪本名著了。我无法想象，像《傲慢与偏见》这样一本迷人的小说，或是像《包法利夫人》这样结构严整的小说，可以从中删去哪怕一页；但是极具洞察力的批评家乔治·森茨伯里曾经写道："没有几部小说能像狄更斯的作品那样经得起浓缩和节略。"删减本身并没有什么可指责的。戏剧上演之前，彩排时常有大量删减，很少有戏剧不因此受益。很多年前的一天，当我跟萧伯纳共进午餐的时候，他告诉我说，他的剧作在德国演出，要比在英国演出成功得多。他将这种现象归因于英国公众的愚蠢和德国人较高的思想境界。他错了。在英国，他坚持要求自己所写的每个字都要念出来。而我在德国看过他的戏，那儿的导演把其中对于戏剧情节毫无必要的冗词无情去除，由此为观众提供了一种愉悦的享受。不过，我觉得最好还是别把这事儿告诉他。而一部小说为什么就不该受到类似的处理，我实在找不出理由。

柯勒律治曾说，《堂吉诃德》是一本第一遍需通读、第二遍浏览即可的书，他说这番话的意思，很可能是该书的某些部分实在乏味，甚至荒唐，一旦你发现了并再次阅读的时候，花在上面同样多的时间是很不值的。这是一部伟大而重要的著作，一个自称是文学研究者的人当然应该通读一遍（我本人就从头至尾读了两遍英文版、三遍西班牙文版），但我不得不说，对于普通读者，也就是为了取乐而看本书的读者，假如他根本不去读那些枯燥的部分，是根本不会损失什么的。他们肯定会更加喜欢余下的段落，这些段落直接关乎勇武的骑士及其粗俗的随从那些有趣而动人的历险和对话。事实上，也确实有一位西班牙出版商，已经把这些内容合为一卷，读来感觉颇好。还有一本小说，重要自然是重要，可要说伟大可就得掂量一下了，那就是塞缪尔·理查森的《克拉丽莎》，其篇幅之长，除了少数最倔强的小说读者外，所有的人都会望而却步。我想，要不是偶然碰上一本缩写本的话，自己也绝不会有勇气读这本书的。该版本缩减得很好，以至于我根本没觉出丢了什么东西。

我料想大多数人都会认可马塞尔·普鲁斯特的《追忆似水年华》是二十世纪出产的最伟大的小说。普鲁斯特的狂热崇拜者（本人也是其中一员）能够饶有兴味地品读其中的每个字词；有一回，我甚至夸张地宣称，本人宁可读普鲁斯特读得倒胃口，也不肯读其他作家来获取快乐；不过读过三遍之后，我现在也得承认，他书中的各个部分并不具备同等的价值。在他所处的时代，有些思想很盛行，可在今天不是被抛弃就是变得平淡无奇，因此我常疑心，普鲁斯特在这些思想的影响下写出的那些长篇累牍、杂乱无章的内心反思，未来的读者是否还会感兴趣。估计到那个时候，他作为一名伟大的幽默作家的身份将比现在更为明显，而他那新颖独到、各不相同、栩栩如生的人物塑造，会令他与巴尔扎克、狄更斯、托尔斯泰并驾齐驱。或许总有那么一天，会发行他这部皇皇巨著的缩写本，把那些时间证明并无多大价值的段落统统删去，只保留那些具有持久趣味的篇幅，因为只有它们才是一部小说的精华。缩减后的《追忆似水年华》仍会是一部鸿篇巨著，但会异常的出色。安德鲁·莫洛亚写了一本很好的书，名叫《追忆马塞尔·普鲁斯特》，从该书颇有些复杂的叙述中，我勉强看出，普鲁斯特原打算将小说按三卷本出版，每卷四百页。当第二、三卷正在刊印之时，第一次世界大战爆发，出版被迫推迟。普鲁斯特身体很差，不能服役参战，于是他便利用手头充足的自由支配时间，为第三卷添加了大量的材料。莫洛亚说："添加的很多材料，简直就是心理学和哲学论文，而智者（我认为他用这个词指的是作者本人）则在文中对人物的行为评头论足。"他接着说道："从这些材料里，人们几乎可以整理出一系列蒙田式的小品文：诸如论音乐的作用、艺术的新颖、格调的美感，论人类的类型数量之少，论医学的洞察力，等等。"此言不假，可这些材料是否增加了小说的价值，我想，要看你对这种形式的功能持有怎样的观点。

在这个问题上，人们的看法各不相同。赫·乔·威尔斯曾经写过一篇很有趣的文章，叫作《当代小说》，他在文中说："依本人拙见，我们当代的社会发展提出了大量的棘手问题，而小说是我们探讨其中大多数问题的唯一媒介"；未来的小说"将是社会的调解者、相互理解的手段、自我反省的工具、道德的展示和风格的交流、习俗的来源，以及对法律制度、社会信条和思想的批判"；"我们将要探讨的是政治问题、宗教问题和社会问题"。威尔斯很难容忍那些将小说仅仅视为消遣手段的看法，他明确声称，自己怎么也没法儿把小说看成是一种艺术形式。奇怪的是，他却很讨厌别人把自己的小说描绘成宣传作品，"因为在我看来，宣传这个词应当仅限于为某些有组织的政党、教会、学说服务。"无论如何，这个词在今天有了更广泛的含义；它指的是某种方法，包括口头、书面、广告、不断重复等形式，而你用这种方法来试图说服别人，告诉他你本人对是非、好坏、对错的观点是正确的，而且所有人都该接受并照办。威尔斯的主要小说，其用意都是为了传播某些思想和准则，因此那无疑就是宣传作品。

最后归结为这么一个问题：小说到底是不是一种艺术形式。它的目的是教育还是愉悦？假如说它的目的是教育，那么它就不算是艺术形式，因为艺术的目的是为了愉悦。在这一点上，诗人、画家、哲学家的观点是一致的。由于基督教教导人们：对愉悦要心存疑虑，要把它看成是一种迷惑不朽灵魂的陷阱，所以对很多人来讲，艺术的目的是为了愉悦这种观点，会令他们颇受震撼。将愉悦看成是一件好事似乎更为合理，但也应记住，有些愉悦确实会产生恶果，最好避而远之。有一种十分普遍的倾向，就是把愉悦仅仅看作是感官享受，这也很自然，因为感官上的愉悦比思想上的愉悦更加鲜明；但这无疑是一种错误的看法，除了肉体的愉悦，还有头脑的愉悦，如果说后者不是那么强烈的话，却更为持久。牛津辞典对艺术所下的一个定义是："在审美领域的技巧应用，诸如诗歌、音乐、舞蹈、戏剧、讲演、文学创作等。"此话所言极是，但它随后又补充道："尤指在现代应用中，以追求工艺完善、效果完美为对象而展现自我的技巧。"我想这就是所有小说家都力求达到、但又（如我们所知）永远无法达到的目标。我认为，我们可以把小说看作是一种艺术形式，或许并不崇高，但确实是一种艺术形式。不过，它属于一种在本质上极不完美的形式。这个题目，由于我在各处所做的讲座中已经涉及，而现在要谈的几乎就是当时的内容，所以我将简要地从中引述。

我认为，把小说当成布道坛或讲坛，这纯属一种陋习。让读者以为读小说可以轻松获取知识，我觉得这是对他们的误导。没办法，知识只有通过努力学习才能获得。假如我们能够用小说这种果酱，把有益的知识药粉变得美味可口，从而可以大口吞咽的话，自然是好事一桩。可事实上，如此一来，美味可口的知识药粉是否还有益，我们却无法断定，因为小说家所透露的知识是带有偏见的，因此并不可靠；倘若所知的事情已经被歪曲了，那还不如干脆不知道为好。一个小说家，没有理由还得是别的什么专家。他能当一个优秀的小说家就已经足够了。诚然，他应该对很多事情都有所通晓，但如果想在某一特定的领域成为专家，那就毫无必要了，有时甚至是有害的。他不需要吃下整头羊才能知道羊肉是什么味道，光吃一块羊排足矣。然后，通过对所吃羊排发挥自身的想象力和创造力，他可以向你详尽地描述爱尔兰炖羊肉味道如何；可如果他并不罢休，接着开始大谈自己对牧羊、羊毛产业、澳大利亚的政治局势有何看法的话，你最好还是有所保留地听取。

小说家要受到自身偏见的左右。他所选择的题材、他所创造的人物，以及他对这一切的态度，都会受其影响。不管他写什么，都会传达出他的个性，展现出他的本能、感受和体验。他无论如何努力地保持客观，都依然会受控于自身的癖好。他无论如何努力地保持公正，都不可能没有偏袒。他的筛子是灌了铅的。仅仅是小说开头让你注意到一个人物，其实他已经在引发你对这个人物的兴趣和同情了。亨利·詹姆斯一再强调，小说家必须要把自己的作品戏剧化。这个说法虽说可能不太好懂，但却生动有力，其意思就是小说家必须在素材的安排上能够吸引读者的注意力。也就是说，假如需要的话，为了获得他想要的效果，可以牺牲作品的真实性和可信性。我们知道，这可不是科学类或信息类作品的写法。小说家的目的并非教育，而是娱乐。

二

　　小说主要可以有两种写法，两者各有其利弊。一种是用第一人称写，另一种是从全知的视角写。就第二种而言，作者可以把他所认为必要的信息全都告诉你，使你能够跟上故事的发展、理解其中的人物。他可以从内部描述他们的感情和动机。假如有一个人物穿过街道，他就可以告诉你，他为什么这样做，以及随后会发生什么。他可以专注于某一组人和某一系列事件，而后暂且将之放到一边，又去关注另外的事件和另外的人物，以此将逐渐消退的兴趣再度恢复起来，并且通过错综复杂的故事，展现出生活的丰富多彩、复杂变幻。这种方法的危险便是，一组人物可能比另一组人物有趣得多，就像《米德尔马契》这个著名的例子，当读者不得不去阅读他根本不关心的人物命运时，他会觉得不胜其烦。全知视角下写出的小说，可能会有变得笨拙、啰唆、松散的危险。写这类小说，没有谁的笔法超过托尔斯泰，可即使是他也未能完全避免这些缺点。这种方法向作者提出的要求，是他无法始终达到的。他必须得深入每个人物的内心，感其所感，思其所思；但作者有自身的局限性，只有当他身上具有其笔下人物的某些影子时，才能做到这一点。否则的话，他只能从外部观察，而此时的人物便会缺乏使读者相信他的说服力。

　　我认为，正是由于热衷于小说形式的亨利·詹姆斯意识到了这些不足，他才构想出一种可以称之为全知方法的次种类来。在这种方法里，作者依旧无所不知，但他的全知只集中在某一个人物身上，而既然人物是会犯错误的，所以作者的全知也就不完全了。当作者写"他看见她露出微笑"的时候，他是摆出了全知的姿态；可当他写"他看见她微笑中的讽刺意味"的时候，就不是全知了；因为讽刺意味是他赋予她的微笑的，而且有可能并没什么道理。正如亨利·詹姆斯清楚看到的那样，这种手法的效力就在于：既然这个特定的人物（如《大使》中的斯特雷瑟）至关重要，而且正是通过其所见、所闻、所感、所思、所揣测，故事才得以讲述，其他人物的性格才得以展现，所以作者很容易排除不相关的内容。他的小说，其结构必定紧凑。此外，这种方法能够赋予作品一种真实感。由于你主要关注的是某一个人，因此不知不觉地就会相信他所讲的话。读者应当了解的那些信息，是随着站在叙事角度的人物逐渐了解到、然后传达给读者的；因此他享受到了一种愉悦，即那些令人迷惑、模糊、疑问的事情一步步水落石出。这种手法也就使小说具有了类似侦探故事的神秘色彩，也就是亨利·詹姆斯始终渴望达到的戏剧性。可是如此一来，渐渐透露一系列信息所造成危险的就是，读者可能比那个站在叙事角度的人物反应还要快，并早在作者希望的时间之前，就已经猜到了结果。我估计，但凡阅读《大使》的人，都会对斯特雷瑟的头脑迟钝感到不耐烦。明明摆在眼前的事情，以及他接触的所有人都很清楚的事情，他本人却毫不知晓。作为公开的秘密，斯特雷瑟居然还是猜不到，这暴露了该方法的不足。读者本来没那么傻，你却拿他当傻瓜，这是很危险的。

既然大多数小说都是站在全知视角下写出的，我们只能据此认为，一定是小说家们发现，这种视角总体而言是他们应对困难时感到的最满意的方法；可是用第一人称讲故事也有一定的优点。如同亨利·詹姆斯所采用的方法一样，第一人称可以令叙事具有真实感，也会使作者不得不始终遵循自己的观点；因为他只能告诉你，他自己的亲眼所见、亲耳所闻、亲身所为。如果更多地使用这种方法，可以让十九世纪英国伟大的小说家们受益不浅，因为在当时，部分由于出版方式，部分由于民族癖好，他们的作品常常有些杂乱无章、散漫离题。使用第一人称还有一个好处，就是能让你对叙事人产生同情。你可以不同意他的观点，但你的注意力全都集中在他身上，因此不由得产生同情。然而这种方法的一个缺点就是，假如叙事人（如在《大卫·科波菲尔》中，叙事人同时也是主人公）告诉你，他长相英俊、魅力不凡的话，肯定有些不妥；假如他讲述自己的勇敢事迹，似有自夸之嫌，假如读者人人都清楚女主角爱上了他，只有他自己没能看出来，又有愚笨之嫌。不过还有一个更大的弊端（凡是写这类小说的作者，从未有人能够完全将其克服），那就是主人公兼叙事人作为中心人物，却在跟周围人物的比较下容易显得苍白无力。我曾经问过自己，为什么会发生这种情况，我能给出的唯一解释就是，由于作者在主人公身上看到了自己的影子，他是从内部来观察主人公的，所以很主观，并且在讲述所观察的事情时，把自己的疑惑、软弱、优柔寡断全都赋予了这个人物；而他看其他人物是从外部进行观察的，所以经由自己的想象和直觉，非常客观；如果这个作家又具有像狄更斯那样卓越的才华，他观察人物时还会带有一种戏剧色彩、一种盎然的趣味，对他们的古怪性情感到妙趣横生，于是令他们的形象显得突出而鲜活，也就使得自画像反倒相形见绌了。

按这种套路写出来的有一类小说，曾经风行一时，那就是书信体小说。毫无疑问，每封信都是用第一人称写成的，但是这些信出自不同人之手。此种方法的长处便是极富真实感。读者很容易就会以为，这都是些真的信件，由信中声称的人所写，由于误信了小说家才落入其手。真实性是小说家最力求达到的效果；他想让你相信，他讲的故事真的发生过，即使故事本身像敏豪生男爵[1]的经历一样难以置信，或者像卡夫卡的《城堡》一样惊悚可怖。不过这种体裁也有重大缺陷。它讲起故事来拐弯抹角、复杂繁琐，而且节奏拖沓得让人无法忍受。书信往往冗长啰唆，包含很多无关的内容。读者逐渐感到厌烦，于是它也就绝迹了。这种方法产生了三部可以称之为杰作的小说：《克拉丽莎》《新爱洛伊丝》《危险的关系》。

可是也有一类第一人称的小说，在我看来，既避免了这一方法的弊端，又充分地利用了它的长处，或许这算得上是写小说最方便、最有效的方式了。如何巧妙地运用这种方式，

---

[1] 敏豪生男爵，德国作家鲁道夫·拉斯伯所著的冒险故事《吹牛大王历险记》中的主人公，后成为吹牛者的代名词。——译者

从赫尔曼·麦尔维尔的《白鲸》中就能看出来。在这类小说中，作者本人在讲故事，但他并非主人公，所讲的也并非他自己的故事。他是故事中的一个人物，跟其他的人物均或多或少地有着紧密联系。他的作用不在于决定情节，而是作为参与情节的那些人物的知心朋友、调解人、观察人。就像希腊悲剧中的合唱队，他对自己亲眼所见的情景进行思考；他可以哀伤，他可以劝告，但他没有能力左右事件的进程。他对读者吐露真情，把自己所知晓的、希望的、害怕的，全都告诉读者，即使是自己茫然不知所措时，也都坦言相告。不必像亨利·詹姆斯笔下的斯特雷瑟那样，仅仅因为不愿让人物泄露作者有意隐瞒的事情，就要把他搞得愚蠢不堪。相反，他完全可以是个头脑敏锐、辨别力强的人。由于对故事中的人物（包括他们的性格、目的、行为）具有共同的兴趣，叙事人和读者的观点得以统一起来；叙事人在读者心中激发起了一种对所创人物的亲近感，它同叙事人自身的感受是一样的。他可以把人物塑造得让你心生同情，甚至罩上高尚的光环，而在主人公兼叙事人的小说中，这么做则很容易引起你的反感。如果一种写小说的方法能够诱发读者对人物的亲切感，并增加其真实性，这种方法无疑是很值得推荐的。

现在，我斗胆说一下，在我的心目中，一部优秀的小说应该具备哪些条件。它应当具有一个能够激发广泛兴趣的主题，我这么说，所指的不仅仅是能让一部分人（不管是批评家、教授、高级知识分子、巴士售票员，还是酒吧招待员）感兴趣的主题，而是具有广泛人性的主题，能够吸引所有的普通男女；此外，还应当具有趣味持久的主题：如果小说家所选择的题材只有一时的趣味，那他可就太轻率了。当这类题材过了时，他的小说就会像上个礼拜的报纸一样不值一读了。作者所讲述的故事必须前后连贯、让人信服；它应该有开头、中间、结尾，而且结尾应该是开头自然发展的结果。情节应当具有可能性，它不光要发展主题，还应脱胎于故事。作者创造出的人物应该具有个性，他们的行为应该源于其性格；绝对不能让读者说："某某绝不可能这么做"；相反，应该让他不得不承认："某某这么做，正是我所预期的。"我认为，倘若人物自身又非常有趣，那就更好了。就福楼拜的《情感教育》而言，他的这部小说在众多杰出的批评家当中倍受赞誉，但他所选择的那个主人公却毫无个性与特色，简直索然无味，以致你根本不可能去关注他的行为或遭遇；结果呢，尽管该书亮点颇多，还是令人难以卒读。我觉得自己应该解释一下，为什么我认为人物应当具有个性：要想指望小说家创造出全新的人物，实在是勉为其难；他的素材是人性，而尽管人有各种类型和境遇，这些类型却并非无穷无尽，而且小说、故事、戏剧、史诗的创作，都已有数百上千年的历史，所以一个作者要想创造出全新的人物，可能性可谓微乎其微。纵观整个小说史，我所能想到的唯一一个绝对原创的人物就是堂吉诃德，可就连他，某位博学多才的批评家也为之找到了一位遥远的先人，闻听此事，我也并不惊讶。一个作者，假如他能够透过自身的个性来看待笔下的人物，假如他的个性不同凡响、以致让人物给人以原创的错觉，这就已经很幸运了。

正如行为源于性格，语言亦是如此。一位上流社会的女性，谈吐就该像个上流女性，一个妓女，说话就该像个妓女，一个探听赛马情报的，或者一个律师，也都应当符合各自的身份。（梅瑞狄斯和亨利·詹姆斯笔下的人物，讲起话来总是很像梅瑞狄斯和亨利·詹姆斯，这不能不说是一大缺陷。）对话既不应杂乱无章，也不应成为作者发表个人见解的场合；它应当有助于刻画讲话人的性格、推进故事发展才行。叙事部分应该生动、扼要，在篇幅上，只要把相关人物的动机及其所处的环境交代得清楚可信就行了，无需再长。行文力求简洁，让受过一般教育的人都能轻松阅读，风格应当适合内容，就像一只漂亮的鞋适合一只匀称的脚一样。最后，小说应该趣味十足。我把该点列在最后，但实际上，它是最关键的条件，假如缺了它，其他条件就都没意义了。一部小说，其中的趣味越是发人深思，那就越好。趣味一词具有好多含义。其中一项就是它能引发乐趣，以供消遣。然而有个常见的误区，就是认为照此来看，消遣是唯一重要的东西。你可以从《呼啸山庄》或者《卡拉马佐夫兄弟》中，获得与从《项狄传》或者《老实人》中同样多的乐趣。感染力不同，但同样的真实合理。当然，小说家有权触及那些关乎每个人的重大题材，诸如上帝是否存在、灵魂不朽、生命的意义与价值；但他应当谨记约翰逊博士的至理名言，即有关这类题材，没有人能再发表什么新的真实见解，或者真实的新见解了。小说家只能希望读者对下列内容产生兴趣：所讲故事中不可或缺的部分，对小说的人物塑造十分关键、能影响他们行为的部分——也就是说，假如不这样，就不会产生这种行为的部分。

然而即使小说具有了我上面提到的所有条件（这个要求其实很苛刻），其形式上也会有缺陷，导致无法达到尽善尽美，如同白璧微瑕一般。这就是没有小说能够称得上完美的原因。一个短篇故事就是一篇在十分钟到一个小时之内（根据其篇幅）可以读完的小说，它只涉及一个单一而明确的主题、一个完整事件，或者在精神或物质上紧密关联的一系列完整事件。增一分嫌长，减一分则过短。我相信，它们可以达到完美境界，而且我觉得收集一大堆这样的短篇故事也并非难事。可小说则是一种篇幅不确定的叙事作品；它可以像《战争与和平》一样长，在一段时间里展示一连串相关事件和一大群人物，也可以像《卡门》一样短。为了使其故事具有可能性，作者必须讲述一系列与之相关的事实，可这些事实本身却并无什么趣味。事件经常需要时间的间隔，而作者为了作品的平衡，需要尽力填补这些间隔所造成的空白。这些段落被称为"桥"。大多数作家在过桥时听天由命、各显才能，但在这个过程中，他们往往会让人感觉乏味。小说家也是常人，他不可避免地会受到所处时代的风气影响，由于他毕竟极为敏感，所以经常会写那些随着风气转变而最终失去吸引力的东西。我来举个例子吧：在十九世纪之前，小说家基本上不太注意景物描写，一两句话足以表达他们想说的；然而在浪漫派（例如夏多布里昂）受到公众喜爱之后，以描写本身为目的的描写变得大为流行。一个人去街上的杂货店买个牙刷，作者也一定要告诉你，他走过的房子是什么样子，店里都卖什么东西。黎明与日落、繁星之夜、乌云的天空、积雪覆盖的群山、幽暗的森林——所有这一切都引发了无休止的描写。许多描写本身很美，但却与主题无关：作家们在很长时间之后才发现，景物描写不管多么具有诗意、多么富有表现力，除非很有必要，否则毫无用处——也就是说，除非它有助于作者展开故事，或者告诉读者相关人物的必要信息。这只是小说偶尔有之的缺陷，还有另外一种缺陷却似乎是其固有的。由于小说的篇幅都很长，完成创作必须要花上一段时间，至少也得几个星期，通常则要几个月甚至几年。由此可能导致的结果就是，作者有时会缺乏创造性。于是，他只能依靠自己的勤奋顽强和惯常能力。如果凭这些还能抓住读者的注意力，那可真称得上是奇迹了。

　　在过去，读者重量不重质，为了让钱花得划算，他们希望小说越长越好，于是作者常常要绞尽脑汁，向出版商提供比故事本身需要的多得多的内容。他们偶然发现了一条捷径，就是往小说故事里插入别的内容，有时篇幅堪称一部中篇小说，而所插内容同主题却毫不相干，或者即使有点关系也十分牵强。塞万提斯在写《堂吉诃德》时就这么干过，其不动声色，无人能及。这种添写，始终被看作是不朽巨著上的一个污点，如今已没有谁会耐着性子看它们了。当时的评论界因此对塞万提斯大加抨击，而在全书的后半部，我们知道他避免了这种不良做法，由此创作出了大家公认根本不可能写成的作品，即胜过前半部的续篇。可是这并未阻止后继的作家们（他们无疑没有读过评论文章）运用这种便捷的手段，以此向书商提供大量书稿，从而凑成一本适合销售的书。到了十九世纪，新的出版方式令小说家们面临新的诱惑。将大量篇幅用于刊登被斥为"通俗文学"的月刊取得了巨大成功，由此也为作者提供了机会，让他们得以用连载的方式把自己的作品公之于众，并从中获取厚利。与此同时，出版商也发现，按月发表流行作家的小说有利可图。作者签合同，为填充一定数量的版面提供一定数量的材料。这种规则鼓励他们在写作时从容不迫、洋洋洒洒。我们从他们自己的坦言中了解到，这些连载小说的作者，即使是其中最棒的，像狄更斯、萨克雷、特罗洛普，也时不时地把被迫按期交稿看成是讨厌的负担。难怪他们掺水！难怪他们往故事里塞进不相关的情节！当我一想到，小说家们不得不克服多少障碍，避开多少圈套，于是最伟大的小说也有缺陷也就显得不足为奇了；我所惊奇的反倒是，它们的缺陷何以如此之少。

三

为了提高自己，我一生中读过不少谈论小说的书。总体来讲，这些书的作者都跟赫·乔·威尔斯一样，不太赞成把小说看作消遣的手段。在有一点上，他们的观点完全一致，那就是故事无足轻重。的确，他们倾向于认为，情节妨碍了读者去关注他们眼中的那些小说的重要因素。他们似乎根本没有想过，故事、情节乃是作者为了抓住读者兴趣而抛给他们的救生索。他们认定，为了讲故事而讲故事是小说的一种低级形式。对此我感到很奇怪，因为倾听故事的愿望就像拥有财产的愿望一样，在人类的内心可谓根深蒂固。自从有历史以来，人们就围坐在篝火四周，或是聚集在集市上，听人讲故事。这种愿望始终没有减弱，侦探故事在我们这个时代大受欢迎便是证明。把一位小说家仅仅描绘成一个讲故事的人，等于是对其无礼，现在依然如此。恕我直言，其实根本就不存在这样的人。通过他所讲述的事件、他所选取的人物，以及他对之持何态度，作者呈现给你一种对生活的批判。或许它并不怎么新颖、也不怎么深刻，但却实实在在地摆在那儿；因此，尽管作者自己都不知道，其实他在一定意义上已经是个道德家了。但是道德并非数学那样属于精密科学。道德不可能一成不变，因为它所涉及的是人类行为，而我们都知道，人类是爱慕虚荣、变幻无常、摇摆不定的。

我们生活在一个混乱的世界，毫无疑问，小说家不该对此视而不见。未来变化无常，我们的自由也遭受威胁。我们陷入了焦虑、恐惧、挫折当中。长期以来不容争辩的价值观，如今却变得令人怀疑。可这些问题都很严重，小说作者们不会注意不到，读者或许会觉得与此相关的小说有点乏味。由于避孕套的问世，过去对贞节的高度重视，如今已不再流行。由此引发的性关系上的差异，小说们很快就注意到了，于是乎，只要感觉到有必要采取什么措施来维持读者衰退的兴趣，他们就会让笔下的人物上床做爱。有关性爱，切斯特菲尔德爵士曾说过，快感是暂时的，场景是可笑的，代价是可怕的。假使他活到今天，并且读到现代小说的话，或许还会加上一点，即这种行为一成不变，导致对它的反复叙述显得极端乏味。

目前有一种重视人物塑造而轻视事件叙述的倾向，人物塑造当然重要，因为除非你十分熟悉一本小说里的人物，并由此对其产生同情，否则是不可能关心其遭遇的。但是专注于人物而非他们的遭遇，这只是写作一本小说的一种方式。那种纯粹叙述事件、而人物塑造敷衍了事或者平淡无奇的故事，也同样有存在的权利。事实上，也确实有这一类的优秀小说问世，例如《吉尔·布拉斯》和《基督山伯爵》。倘若山鲁佐[1]过于详细地叙述所涉及人物的性格，而不是讲述他们的冒险，恐怕她早就头昏脑涨了。

在以下的几章中，我都对所涉及作者的生平和性格进行了记述。之所以这么做，部分原因是自己觉得有意思，但也是为了读者着想，因为我相信，了解作者是什么样的人，会帮助读者理解和欣赏他的作品。了解福楼拜的一些情况，会有助于弄清《包法利夫人》中许多令人迷惑的地方，而了解一点简·奥斯汀那少得可怜的信息，能更深地体会她那本奇特而精彩的书。作为一名小说家，我是从自己的角度来写这几篇文章的。这么做的危险就是，小说家很容易自卖自夸，而评判别人作品的标准，则是根据这些作品同自己的做法相近到什么程度。为了公正对待那些他没有自然共鸣的作品，他

---

[1] 山鲁佐：传说中萨桑王国宰相的女儿，她每天晚上为国王山鲁亚尔讲故事，即为著名的《天方夜谭》。——译者

需要客观正直、心胸开阔，而那些情绪激动的人很难做到这点。可另一方面，自身并不搞创作的批评家又很可能对小说技巧知之甚少，所以在他的评论中，要么给的都是一些个人的印象（除非像德斯蒙德·麦卡锡那样，不仅学识渊博，而且精于世故）；否则提出的评价全都基于硬性规定，要想获得官方认可，就必须谨守这些规定。这就好像鞋匠做鞋，只有两种尺码的鞋，哪一种也不合你的脚，那你只能光着脚丫，他才不在乎呢。

　　本书所包含的这些文章，首先是为了吸引读者去阅读他们所关注的小说，然而为了不破坏读者的兴致，我似乎必须当心，尽量不过多透露故事内容。这就导致我很难对该书进行充分讨论。在改写这些文章时，我假定读者已经了解了我所论及的小说，因此，假如我透露了作者由于明显理由拖到最后才告诉读者的信息，也就无关紧要了。这些各不相同的小说在我眼里具有哪些优缺点，我已毫不犹豫地指出，因为对于广大读者而言，对某些被视为经典的作品不加区别地呈上溢美之词，没有什么比这更具危害性的了。他在阅读过程中会发现，某个行为动机并不能令人信服，某个人物不够真实，某个情节与主题无关，某处描写单调乏味。假如他脾气急躁的话，会嚷嚷着说，那些告诉他这部小说堪称经典的批评家都是一群大傻瓜；假如他生性谦逊的话，则会责怪自己，以为是该书超过了自己的理解力，根本就不是给他这号人看的；另一方面，假如他固执己见、坚持不懈，会认认真真地通读下来，尽管没有任何乐趣。可是读一本小说，就是要获得

乐趣的。倘若它不能提供乐趣，对读者而言就毫无价值。从
这一点来看，每个读者才是他自己最好的评论家，因为只有
他才清楚，自己喜欢读什么，不喜欢读什么。不过，我想小
说家们或许会宣称：除非你承认他们有权向读者提出一定的要
求，不然对他们也是不公平的。他有权要求读者把读书时的
那点精力集中到这三四百页上。他有权要求读者拿出足够的
想象力，从而能对他所塑造的人物的生活、悲喜、磨难、危
险、奇遇产生兴趣。要是一个读者自己不能拿出一点本领的
话，他就无法从小说中获取其最美妙的东西。而如果他做不
到这点，最好干脆不要读这本书了。阅读一部小说并不是要
履行什么义务。

二 亨利·菲尔丁和《汤姆·琼斯》

一

　　要写亨利·菲尔丁这个人可绝非易事，这是因为人们对其生平所知甚少。在 1762 年，也就是他刚刚去世八年，亚瑟·墨菲为他写了一篇简短的传记，以作为菲尔丁文集的导言。墨菲似乎与他相识，即使如此，也只是在其晚年。由于可用的资料过少，他连篇累牍地扯些不相干的东西，也许仅仅是为了凑足全文八十页的篇幅。墨菲所述的事实甚少，而后来的研究表明，这些事实也不够准确。最近的一位详细论述菲尔丁的作者是彭布罗克学院院长霍尔姆斯·达顿博士。他那两卷本的厚重著作堪称一座勤奋工作的丰碑。通过真实展现当时的政治形势、生动记叙小僭君[1]在 1745 年那次灾难性的冒险，

_____

　　[1] 小僭君：指 1745 年觊觎英国王位的查理·爱德华，系詹姆士二世之孙，"老僭君"詹姆士·爱德华·斯图亚特之子。——译者

他为笔下主人公那充满波折的经历增添了许多的色彩、深度和内容。我实在想象不出，有关亨利·菲尔丁的事情，这位杰出的彭布罗克学院院长还有什么该说而忽略没说的。

菲尔丁生就个绅士，其父是索尔兹伯里教士约翰·菲尔丁的第三子，而约翰又是德斯蒙德伯爵的第五子。德斯蒙德家是登比家族较为年轻的一支，该家族自诩为哈布斯堡皇室的后裔。吉本，就是写《罗马帝国衰亡史》的那个吉本，在其自传中写道："查理五世的后人或许会不承认他们的英国兄弟，但《汤姆·琼斯》这部描写人类生活的精美罗曼史，将会比埃斯科里亚尔的宫殿、比奥地利王室的鹰徽更加具有生命力。"此话引起了很多人的共鸣，只可惜这些豪门贵族的断言已被证实并无根据。他们把自己的姓氏写成了费尔丁，有一个广为人知的故事，说是当时的英国纹章院院长询问亨利·菲尔丁，这到底是怎么回事；他是这样回答的："我只能猜测，这是因为我们家这一支比爵爷您家的那一支早学会写字的缘故。"

菲尔丁的父亲参军后在马尔伯勒手下服役，"表现英勇，享有美誉"。他娶了英国高等法院法官亨利·古尔德爵士的女儿萨拉为妻；而我们的作家就是于1707年在这位法官的乡间宅第，即邻近格拉斯顿伯里的夏普汉姆园诞生的。两三年之后，添了两个孩子（都是女儿）的菲尔丁夫妇搬到了多塞特郡的东斯托尔，在那儿又生了两个女儿和一个儿子。菲尔丁夫人于1718年去世，第二年，亨利进了伊顿公学。他在那里交了好几个值得钦佩的朋友，假如他不离开的话，如亚瑟·墨菲所言，"精通希腊作家和早期拉丁古典大师"的他一定会真心爱上古典学术。在他生命后期贫病交加的时候，亨利从阅读西塞罗的《安慰》中获得了慰藉；临终前不久，他乘船远赴里斯本，随身就带着一卷柏拉图的著作。

他在离开伊顿后并未接着上大学，而是在索尔兹伯里同他的外祖母古尔德夫人在一起生活了一段时间，当时古尔德法官已经去世。根据达顿博士的说法，菲尔丁在那儿阅读了法律及各种五花八门的书籍。他当时是个帅气的小伙子，超过六英尺高，强健又有魅力，双眼深陷，高高的鼻梁，薄薄的上唇有点玩世不恭地撇着，下巴坚硬而突出。他那褐色的头发卷曲着，牙齿洁白而整齐。十八岁的他，就已经能看出后来的样子了。他当时正好住在莱姆雷吉斯，身边跟着个可靠的用人，这家伙愿为自己的主人"赴汤蹈火"。菲尔丁爱上了一位萨拉·安德鲁斯小姐，她长相漂亮，再加上家财丰厚，更是平添魅力，他谋划着拐走人家，如果必要的话甚至不惜强夺。事情败露后，这位年轻女士被匆匆送走，平安地嫁给了一位更合适的求婚者。而就我们所知，在接下来的两三年里，菲尔丁住在伦敦，靠着外祖母补助的钱在城里尽情享乐，出身名门、相貌英俊、风度翩翩的年轻人都是如此。1728 年，凭借着表姐玛丽·沃尔雷蒙塔古夫人[1]的影响，并且在魅力十足但却品行不端的女演员安妮·奥德菲尔德的帮助下，菲

---

[1] 玛丽·沃尔雷蒙塔古夫人：英国作家，以其博学幽默的信件而闻名。——译者

尔丁的一出戏得以由科雷·西伯[1]在特鲁里街[2]上演。剧名叫《化装舞会上的爱情》，一共演了四场。之后不久，他凭借父亲每年所给的两百英镑补助进了莱顿大学。可是父亲再次结婚，既不能也不愿继续支付他之前所承诺的补助，于是在大约一年之后，菲尔丁被迫返回英格兰。他当时的处境极其困难（都是因为他自己过于无忧无虑造成的），除了当一个马车夫或者落魄文人之外，实在别无选择。

为"英国作家系列"撰写菲尔丁生平的奥斯汀·都布森曾说："他的嗜好及他的机遇将其带上了舞台。"他具有高昂的热情、丰富的幽默感，以及对当时生活的敏锐观察力，而这一切都是剧作家所需要的素质；此外，他似乎还有某种独创性和构造感。奥斯汀·都布森提到的"嗜好"很可能是指菲尔丁种种爱出风头的表现，这是剧作家天性中的一部分，再就是他把写剧本看成是一种快速赚钱的简捷方法；"机遇"则可能是在婉转地指出：他是个相貌英俊之人，充满活力，颇有男子气概，很招一位知名女演员的喜爱。对于一位年轻的剧作家而言，讨女主角的欢心始终是让自己的戏剧得以上演的最稳妥方法。从1729年到1737年，菲尔丁一共创作或改编了二十六出戏，其中至少有三出轰动全城，有一出让斯威夫特也开怀大笑，根据迪恩的回忆，这种事情斯威夫特之前只有

[1] 科雷·西伯，英国剧作家和剧场经理，写有喜剧如《粗心大意的丈夫》(1704)，在1730年被任命为御用诗人。——译者

[2] 特鲁里街为伦敦西区街名，曾以剧场集中而著称。——译者

过两次。菲尔丁在尝试纯喜剧方面并不怎么成功；他的巨大成就似乎是一种他自创（我这么觉得）的戏剧类型，这种娱乐形式糅合了歌舞、时事简评、对公众人物的模仿和暗指等，其实跟我们当今流行的时事讽刺剧没什么差别。根据阿瑟·墨菲的说法，菲尔丁的滑稽剧"通常都是两三个早晨就写出来的，他的笔头功夫实在了得"。菲尔丁所写的最后两出戏是抨击当时的政治腐败的，由于产生了很大的效力，导致内阁通过了一个许可证法，该法硬性规定:戏院经理们要出产一部戏，必须要得到张伯伦勋爵的许可证才行。自此之后，菲尔丁就没给戏院写过几部戏，而他写的那几出，也仅仅是因为自己手头实在拮据。

　　我不敢冒充读过他的剧本，可我确实也翻过几页，零零散散地读了几幕，发现里面的对话非常自然轻快。我看到的最有意思的部分就是他在《大拇指汤姆》中列举剧中人物时的描述，那是当时非常流行的写法:"有一个女人完美无缺，就是有点爱喝酒。"人们通常认为菲尔丁的剧作无甚价值，倘若他不是《汤姆·琼斯》的作者，肯定没有谁去关注它们。这些作品缺乏文学特色（就像康格里夫[1]的剧作），而二百年后坐在自家书房品读剧本的评论家们，偏偏就喜欢看到这种特色。可是剧本写出来是用来演的，而不是用来读的；剧本能有文学特色自然是好事，但这并不能使之成为好的剧作，反

---

[1]　威廉·康格里夫（1670—1729），英国剧作家，因其喜剧出名，作品有《为爱而爱》（1695）和《世界之路》（1700）。——译者

而可能（而且确实经常）破坏了它的可演性。菲尔丁的剧作
已经失去其当初的优点，因为戏剧十分依赖现实性，因此短
暂易逝，几乎就像报纸一样，而我在前面也说过，菲尔丁剧
作的成功则要归功于它们具有时事性；不过虽然有些分量不
够，但这些剧作必定有其优点，因为倘若没有公众的喜爱，
不管是这个年轻人进行戏剧创作的热切愿望，还是某个受欢
迎的女演员施加压力，都不会让经理们一遍又一遍上演这些
戏的。在这个问题上，公众才有最终的发言权。假如经理不
摸准他们的情趣，就等着破产好了。菲尔丁的剧作至少有这
个优点，那就是大众都喜欢去看。《大拇指汤姆》一连上演了
"多达四十个晚上"，而《巴斯昆》则有六十个晚上，堪比当
年的《乞丐歌剧》[1]。对于自己的剧本价值几何，菲尔丁并不存
在什么幻想，他也承认，自己在本该开始戏剧创作的时候却
放手不做了。他写戏是为了钱，而对观众的意见并不怎么尊
重。"每当他签好合同要上演一出戏或者轻喜剧的时候，"墨
菲说，"直到很晚他才从旅馆回家，第二天一早就把一幕戏交
给演员们了，内容写在包烟草的纸上，他还一副扬扬得意的
样子，他有很多如今还活着的朋友都知道这事儿。"在排练一
出名叫《结婚日》的喜剧时，在当中出演角色的加利克[2]对
一幕戏提出反对，叫菲尔丁将其删去。"不行，真见鬼，"菲

---

[1]　英国剧作家约翰·盖伊（1685—1732）于 1728 年创作的名剧。——译者

[2]　戴维·加利克（1717—1779），英国演员，剧场经理，因在当时最早出演莎士
比亚剧而闻名。——译者

尔丁说，"假如这一幕真不好的话，瞧瞧他们能不能看出来。"等到上演的时候，观众席上一片嘈杂，纷纷表示不满，加利克回到休息室，菲尔丁正沉迷于自己的天资，拿着一瓶香槟借酒鼓劲。此时的他已经喝了不少了，斜着眼睛瞄了瞄演员，嘴角还挂着烟丝，"怎么了，加利克？"他说道，"他们在嘘什么？"

"还能怎么了？我求你删掉的那一幕，我早就知道根本不行。他们真把我吓坏了，一整晚我都缓不过神来。"

"见鬼，"作家答道，"他们居然看出来了，真的吗？"

这个故事出自阿瑟·墨菲之口，我不得不说，本人很怀疑它的真实性。我也认识一些演员兼经理（就像加利克这样），跟他们打过交道，他们是不太可能明知某一幕会毁了全剧还答应将其上演的。不过这一传闻倒也有些可信之处，不然人家也不会编出来，它至少说明菲尔丁的朋友伙伴都是怎么看他的。

如果说我对菲尔丁的戏剧创作讲述过细的话（这毕竟只是他整个生涯中的一段小插曲），那是因为我觉得剧作对他成为小说家具有重要意义。曾经有众多的优秀小说家尝试写戏，可我想不出几个大获成功的来。事实上，两者的手法颇不相同，学会如何写小说，对写戏剧而言并没有多大帮助。小说家有的是时间发展主题，他尽可以细致地描画人物，通过揭示其动机来让读者明白人物的行为；假如他技术高超的话，可以把不太可能的事情写得惟妙惟肖；假如他有叙事天分的话，可以逐渐达到故事高潮，而之前长时间的铺垫令高潮更加的引人入胜（一个突出的例子就是克拉丽莎所写的信笺，她在信中披露了自己被强奸的事）；他无须展现行为，仅仅讲述就足够了；他可以让人物在对话中自行解释，而且想写多少页就写多少页。然而一出戏剧则要依靠行为，当然这里所说的行为，并非是指诸如掉下悬崖或是被公交车碾过去这种激烈的行为，哪怕递给某人一杯水这种行为，也可以具有最为强烈的戏剧性。作为观众，其注意力是极为有限的，必须得有持续不断的事件才能吸引住他们；始终得有新鲜东西才能管用；主题要马上交代出来，其发展也必须遵循一定的线索，不要偏离正题，扯到别的上去；对话必须简洁扼要，要让听者不必停下来思考就能抓住其意思；人物性格必须保持一致，单凭眼睛看脑子想就可以理解他们，而且不管他们有多复杂，其复杂性也得可信才行。一出戏绝不能是细枝末节的堆砌，无论有多琐碎，其基础必须稳固，结构必须坚实。

当我们这位剧作家开始写小说的时候（此时的他已经具备了我所说的那些素质，可以写出让观众津津有味地从头看到尾的戏），条件对其十分有利。他学会了要简短，学会了故事快捷的重要性，学会了不要拖拖拉拉，而要坚持要点、讲述故事，学会了让人物摆脱描写的帮助，通过其言行来展示自己；因此，当他在小说许可的范围内绘就更为宏大的画面时，不仅可以得益于小说这种形式所特有的好处，而且其作为小说家所受的训练也使他能够把小说写得生动明快、激动人心。这些都是十分优秀的素质，有些很好的小说家却并不具备（不管他们有其他什么优点）。我绝不认为菲尔丁花在戏剧创作上的那几年是在浪费时间，相反，我觉得他从中获取的经验对他后来的小说创作非常重要。

1734年，菲尔丁娶了夏洛特·克莱多克。她的母亲是一位有着两个女儿的寡妇，住在索尔兹伯里，关于此人，除了她的美貌迷人，我们对其一无所知。克莱多克夫人是个老于世故、颇有主见的女人，她显然不赞成菲尔丁对自己女儿的美意，这也不能怪她，因为菲尔丁的生计极不稳定，他跟戏剧界的关系也很难让一位谨慎的母亲产生多少信心；不管怎样，这对恋人私奔了，虽然克莱多克夫人紧追不舍，"她还是没有及时赶上并阻止他俩结婚"。菲尔丁将夏洛特塑造成了《汤姆·琼斯》中的索菲亚，以及《阿米莉亚》中的阿米莉亚，因此，这两本书的读者可以很清楚地知道，她在自己的爱人与丈夫眼中究竟是个什么样子。克莱多克夫人于一年后去世，留给夏洛特一千五百英镑。这笔钱来得正是时候，因为菲尔丁年初创作的一出戏遭到惨败，他正缺钱用。一直以来，他习惯时常到母亲住过的小宅里居住，如今则带着自己年轻的妻子前去。随后的九个月里，他极为慷慨地款待朋友，纵情于乡间的各种活动，等他带着夏洛特余下的遗产（可以料想）一回伦敦，就把小剧场带到了草市[1]，随后在那里创作了其最好（他们说的）、最成功的剧作——《巴斯昆：时代的讽刺》。

当许可证法成为正式法律之后，菲尔丁的戏剧生涯也随之结束，此时的他有妻子和两个孩子，还有难得的一点钱维

---

[1] 草市，伦敦的戏院区。——译者

持生活，非得找点谋生手段才行。此时的菲尔丁三十一岁，进入中殿律师学院，尽管（根据阿瑟·墨菲的说法）"他早期钟情的品味偶尔会复归，同其精神与活力结合在一起，令他恣意享受城市生活"，但他工作很努力，并适时获准成为律师。他准备兢兢业业地从事这项职业，可他似乎没几个当事人；律师们很可能不怎么信得过这样一位仅仅以撰写轻喜剧和政治讽刺剧而出名的人。而且在担任律师的三年里，他也开始屡受痛风之苦，导致无法定期出庭。为了赚钱，他不得不为报纸出苦力，同时抽时间撰写自己的首部小说《约瑟夫·安德鲁斯》。两年后，太太去世，她的死令他悲痛不安。路易莎·斯图亚特写道："他全心全意地爱着她，对此她也倾情回报，可生活并不开心，因为他们几乎总是穷得可怜，很少过上安稳日子。全世界都知道他是如何的不节俭；但凡有几十先令弄到手，他一定会白白挥霍掉，根本不考虑明天怎么过。他们有时候住的是体面舒适的寓所，有时候则是破破烂烂的阁楼，连生活必需品都没有，更不必说他偶尔栖居的负债人拘留所和藏身之地了。他那开朗乐观的精神帮他渡过这些难关，可与此同时，烦恼与焦虑却在折磨妻子那颗脆弱的内心，损害她的体质。她日渐衰弱，高烧不退，死在了他的怀里。"这一记载非常真实，而且在菲尔丁的《阿米莉亚》中得到了部分的证实。我们知道，小说家习惯将自身的任何细微经历都利用起来，在菲尔丁塑造比利·布斯的时候，他刻画的不光是自己（同时把妻子刻画成阿米莉亚），而且还利用了婚姻生活中各种各样的事情。在妻子去世四年之后，他娶了她的女仆玛丽·丹尼尔。此时的玛丽已经怀胎三个月。这件事令朋友们大为震惊，从夏洛特死后就一直同他一起住的妹妹也离开了。他的表姐玛丽·沃尔雷蒙塔古夫人对此也是不屑一顾，因为他居然"对自己的烧饭女仆感到欢欣不已"。玛丽·丹尼尔没有什么个人魅力，但却是个很好的人，菲尔丁提起她来总是满怀深情、充满尊敬。她是一个很有分寸的女人，把菲尔丁照顾得很好，是个好妻子、好母亲。她为丈夫生了两个儿子跟一个女儿。

在菲尔丁还是一个勉强糊口的剧作家的时候，便向当时重权在握的罗伯特·沃尔浦尔爵士示好；虽然他把自己的剧作《现代丈夫》献给对方，极尽溢美之能事，可这位毫不领情的大臣似乎并不愿意为他做任何事情。他于是认定：投靠反对沃尔浦尔的政党会更好，随即向反对党领袖之一切斯特菲尔德爵士献言。如达顿博士所言："他的暗示再露骨不过了，那就是他甘心用自己的智慧与幽默为反对党效劳，只要他们愿意用他就行。"最终，他们表示愿意，于是菲尔丁成为一家名为《优胜者》的报纸的主编，该报的创办宗旨就是嘲笑罗伯特爵士及其内阁。沃尔浦尔于1742年倒台，经过短暂的间隔，继之以亨利·佩勒姆。菲尔丁所服务的政党如今掌了权，他为支持和维护政府的报纸做了几年的编辑撰稿工作。他自然期望自己所效的力能够得到回报。在他结交的伊顿朋友当中，有乔治·利特尔顿，此人出自一个显赫的政治世家（直到如今依然显赫），对文学慷慨相助。利特尔顿在亨利·佩勒姆政府出任一名财政大臣，在他的势力影响下，菲尔丁于1748年被任命为威斯敏斯特治安官。很快，他的管辖范围就扩大到米德尔塞克斯郡，这样可以更有效地履行职责，他带着全家定居在波尔街[1]的官员居住区。他在法律方面接受的训练、生活知识、天生禀赋，都使他很适合这个职位。菲尔丁说，在他就任之前，这份工作的非法收入每年能有五百镑，而他清清白白每年只能挣三百镑。通过贝德福德公爵，他从公务资金中获得一笔退休金，估计能有一两百英镑。1749 年，他出版了《汤姆·琼斯》，在代表政府编辑一份报纸期间，他就一直在写这本书。为此他收到了总共七百英镑，由于那个时代的钱相当于今天的五六倍，所以这笔钱相当于大约四千英镑。这要放在今天，算是很高的一笔小说酬劳了。

此时，菲尔丁的健康状况已经很差。他的痛风频繁发作，不得不常常去巴思休养，或者去自己在伦敦附近的一处村舍。可他依旧笔耕不辍。他写了几本同自己职责相关的宣传小册子。其中之一就是《对近来盗匪猖獗原因之调查》(*Enquiry into the Causes of the Late Menace of Robbers*)[2]，据说正是此书导致著名的"金酒法案[3]"得以顺利通过；他还写了《阿米莉

---

[1] 波尔街 (Bow Street)，亦称弓街，伦敦街道名称，为伦敦违警罪法庭所在地。——译者

[2] 原名应为 *Enquiry into the Causes of the Late Increase of Robbers*，此处似为英文排版错误或者作者笔误。——译者

[3] 此处所说的金酒法案 (*Gin Act*) 于1751年通过，该法案规定酿造金酒（即杜松子酒）为非法行为，以此来解决伦敦地区日益严重的治安问题。另：英国还于1736年通过同名法案，对金酒课以重税，该法案于1742年被废止。——译者

亚》。菲尔丁的勤奋令人叹服。《阿米莉亚》出版于 1751 年，而就在同一年，他着手编辑另一份报纸——《考文特花园日报》。他的身体每况愈下。很显然，他已无法履行自己在波尔街的职责。1754 年，他同已变成伦敦恐怖的"一群恶棍和凶手"分道扬镳，辞去官职并移交给自己的同父异母兄弟约翰·菲尔丁。他要生还的唯一希望，似乎就是寻找一个比英国气候更为温暖的地方，于是在 1754 年，他乘坐由理查德·威尔担任船长的"葡萄牙女王号"离开祖国，去往里斯本。他于八月份到达，两个月后与世长辞，时年四十七岁。

二

在思考菲尔丁一生的时候，从自己匆匆浏览过的有限材料中，我被一种奇特的情感所震慑。他是一个活生生的人，很少有作家能像他那样把自身投入到作品当中。当你阅读他的小说时，会领略到一种只有同自己的多年至交之间才会有的感情。他的身上具有某种当代精神，具有一种即使在今天也绝非寻常的英国人气质。在伦敦、在纽马基特、在狩猎季节的莱斯特郡、在八月的考斯、在冬至时节的戛纳或蒙特卡洛，你都会遇见他。他是个绅士，彬彬有礼。他相貌英俊、性情温和、待人友好、平易近人。他并不是格外有教养，但对真有教养的人十分宽容。他对女孩子很感兴趣，常常等着自己作为通奸者遭到指证传唤。他并不是一个劳碌之人，不过他也实在没有劳碌的必要。虽然他无所事事，但绝非游手好闲。他拥有足量收入，花钱也挺大方。如有战争爆发，他必会参军作战，表现出非凡勇气。在他身上绝没有一丝害人之意，人人都喜欢他。时光推移，青春逝去，他不再那么顺利，生活也不似当年那般轻松。他不得不放弃打猎，但仍然打一手好高尔夫，你也总能在俱乐部的桥牌室开心地见到他。他娶了一位旧情人，是个有钱的寡妇，安心于中年生活的他是个好丈夫。今天的世界已没有他的空间，几年之后，像他这类人就会彻底绝迹。我认为，这个人就是菲尔丁。可他恰好又具有成为作家的伟大天赋，而且只要他愿意，工作起来可以十分勤奋。他喜欢酒，也钟情女人。当人们提到美德的时候，一般脑子里想到的是性，但贞操只是美德的一小部分，或许连主要部分都不算。菲尔丁具有澎湃的激情，也毫不犹豫地听命于这种激情。他能够温柔地爱人。爱情（不是感情，这是两回事）植根于性，但也存在没有爱情的性欲。如果对此矢口否认，只能算是虚伪或无知。性欲是一种动物本能，跟口渴或饥饿一样，没什么可羞耻的，也没有理由不去满足它。如果说菲尔丁喜欢性的快感，有一点淫乱，他也不比多数男人严重到哪儿去。跟我们大多数人一样，他对自己的罪过（如果算是罪过的话）感到悔恨，而一旦机会出现，照样再犯。他性子虽急，但心肠很好、慷慨大度，到了堕落的年纪却依旧诚实，他还是一个充满深情的丈夫和父亲，为人勇敢而真实，对朋友很重感情，朋友们也对他十分忠诚、至死不渝。尽管对他人的过错十分宽容，但他痛恨野蛮粗暴和两面三刀。他没有被成功冲昏头脑，只要有一双鹬鸪和一瓶葡萄酒，就能坚强地承受不幸。他欢欣愉快地对待生命，充分地享受生活。实际上，他酷似自己笔下的汤姆·琼斯，跟比利·布斯也有几分相似。他是个很正派的人。

不过我可得告诉读者，本人对亨利·菲尔丁的描绘，跟彭布罗克学院院长在其不朽著作（我常常参考此书并从中获取了大量有用的信息）中的描述并不完全相符。"直到最近几年，"他写道，"在大众想象中十分盛行的菲尔丁形象，是一个才华横溢、具有所谓'善良心地'和诸多优秀品质的人，实则寻欢作乐、不负责任，做一些让人遗憾的傻事，即使说到严重的恶行，也绝非清清白白。"他竭尽全力让自己的读者相信，菲尔丁是个十足的恶人。

但是达顿博士予以反驳的这种观念，在菲尔丁的生前却非常流行，持这种观点的都是跟他很熟的人。诚然，在其所处的时代，他受到了政敌和文敌的猛烈攻击，而且控诉他的罪名很可能过于夸大，然而想要使控诉具有破坏力，必须听上去可信才行。举个例子来说，已故的斯塔福·克里普斯爵士就有众多仇敌，这些人急于污蔑爵士，说他吃里爬外、背叛自己的阶级，可是他们从未想过要骂他是个淫棍和酒鬼，因为此公可是出了名的品德高尚、生活检点，这样做只能令他们更为愚蠢。同样道理，围绕知名人士的传言或许并不属实，除非听起来似乎有理，否则实不可信。阿瑟·墨菲讲了这样一个故事：为了缴纳税收，菲尔丁先从出版社那里要了一笔预付款，当他把钱带回家的时候，碰见一个比自己处境还要惨的朋友，于是便把钱给了对方，等收税员上门的时候，他给人家留了这样一句话:"友情需要钱款,并得之而去;请收税员下次登门再取。"达顿博士表示,这一传闻并不真实,可即使这是编造出来的,也是因为它的确可信。有人批评菲尔丁挥霍无度,可能确实如此,这也跟他凡事满不在乎、热情奔放、待人友好、喜欢交际、不把钱放在心上有关。他因此常常不堪"债主和法警"的困扰。毫无疑问,当他在钱财上束手无策时,就向朋友伸手求救,他们也都解囊相助,其中也包括心地高尚的埃德蒙·伯克。作为一名剧作家,菲尔丁已在戏剧界混迹多年,在任何一个国家,不管是过去还是现在,人们都不会把剧院看作是培养年轻人严谨克制的好地方。安妮·奥德菲尔德(正是凭借其影响,亨利·菲尔丁的第一部戏才得以上演)被葬于威斯敏斯特教堂;可是由于她曾被两位上层人士包养,还生了两个私生子,所以为其竖碑致敬的要求遭到否决。如果她不关照像当时亨利·菲尔丁这样相貌英俊的年轻人,那才叫怪呢;而且他身无分文,如果她动用保护人给自己的部分资金帮助菲尔丁,也不足为奇。而他之所以答应,可能是由于贫穷而非出于自愿。如果说他在青年时代喜欢通奸的话,他也跟当时(包括今天)那些有机会、有条件的年轻人没什么差别。毫无疑问,他"整夜整夜地在酒馆痛饮"。不管哲学家们如何主张,常理还是颇为一致的:对年轻人和上了年纪的人,道德是不一样的,而且这种差异要视具体的身份地位而定。一个神学博士随便通奸是应当受到谴责的,可一个年轻人这么做就十分正常了;一所学院的院长喝醉酒是不可原谅的,但一个尚未毕业的大学生偶尔喝醉则在意料之中,也不会招致什么非难。

　　菲尔丁的敌人们批评他受雇于政客。此言不假。他甘心用自己的伟大才华为罗伯特·沃尔浦尔爵士效劳，而当他发现人家并不需要的时候，同样也乐意为爵士的敌人效劳。这并不需要做什么原则上的特殊牺牲，因为在当时，政府与反对党之间唯一的真正区别就是：政府享有职位薪酬，而反对党没有。腐败很普遍，在生计这种问题上，只要对其有利，大贵族们就像菲尔丁一样，心甘情愿改变立场。值得称许的是，据说当沃尔浦尔发现此人危险时，曾经提出：如果他愿意抛弃反对党，就给他自己的任职时，他拒绝了。此举也很明智，因为事后不久，沃尔浦尔就倒台了。菲尔丁拥有众多上层社会的朋友，在艺术界也有卓有成就的朋友，可从他的作品中，有一点似乎很确定，那就是他更乐于跟那些出身低微和名声不佳的人交往。为此，他受到了猛烈的诘责，可据我看来，倘若他没有混迹于这些人当中并乐此不疲的话，他对所谓下层生活场景的描写，是不会如此精彩而生动的。在他那个时代，对菲尔丁的普遍观点就是：此人放荡不羁、荒淫无度。对此的证据确凿无误，不容忽视。假如他真的是一个体面纯洁、懂得节制之人的话（彭布罗克学院院长会愿意让我们这样认为），毫无疑问，他是不太可能写出《汤姆·琼斯》的。我认为，达顿博士是在试图粉饰菲尔丁，此举或许还是值得称许的，而给他造成错误认识的原因，就是他没有想过：自相矛盾、甚至彼此排斥的特征，完全可以在同一个人身上并存，并且还算和谐。对于一个过着受人庇护的学术生活的人来说，这是再自然不过的了。由于菲尔丁慷慨大方、心地善良、正直和善、慈爱诚实，在院长看来，他似乎不可能同时又是个挥霍无度之徒，不可能向富人朋友乞求宴请和钱财，出没于酒馆，把自己的身体喝垮，而且一有机会就拈花惹草。达顿博士声称：其第一任妻子在世的时候，菲尔丁对她可是绝对忠诚。他是怎么知道的？的确，菲尔丁很爱她，爱得非常强烈，可是假如条件适合的话，他是不会成为一个充满关爱的丈夫的；很可能在经过如此一桩韵事之后，他就像自己笔下的布斯船长一样，感到悔恨交加，可这并不影响他在有机会的时候再次寻花问柳。

玛丽·沃尔雷蒙塔古夫人在一封信里写道："我对亨利·菲尔丁的死感到很难过，不光是因为我再也读不到他的作品了，还由于我深信：他所失去的比其他任何人都要多，因为没有谁像他那样享受生活（虽然很多人完全有理由这么做），他最大的偏好就是在罪恶与苦难的最低层巢窟放浪形骸。我应当认为：做一名举办夜间婚礼的参谋，是一份还算高尚、并不恶心的职业。他的乐观天性（即使在他下大功夫几乎毁掉这一天性以后）使得他看到一份野味点心或是一瓶香槟就会把所有事情抛到脑后；我也深信：他所拥有过的幸福时光，比世上的一切王子还要多。"

三

有些人读不了《汤姆·琼斯》，我指的不是那些从不阅读的人，而是只读报纸和插图周刊的人，或者只读侦探小说的人；我指的是那些乐意被你划入知识分子圈的人，他们欣喜不已地反复阅读《傲慢与偏见》，他们自鸣得意地阅读《米德尔马契》，他们满怀敬意地阅读《金碗》。而要说阅读《汤姆·琼斯》，很可能他们连想都没想过；可有时候，他们尽力了，却读不下去。这本书令他们生厌。仅仅说他们应该喜欢这本书是远远不够的。事情没有所谓"应该"一说。你读一本小说就是为了消遣，让我再重复一遍，假如这本小说不能给你提供消遣的话，那它就毫无用处。谁也没有权力因为你说这本书没意思就责怪你，正如谁也没有权力因为你不喜欢吃牡蛎就责怪你一个道理。但我不得不问自己：究竟是什么因素，使得这样一本读者避之唯恐不及的书，却被吉本称为表现人类风貌的精美图画，被沃尔特·司各特誉为作品自身就是真理与人性，令狄更斯倍加推崇并从中受益，更遑论萨克雷如此写道："小说《汤姆·琼斯》的确精致；作品的结构实在令人称叹；穿插其中的智慧、观察能力、无比巧妙的回承起合、伟大喜剧史诗中的各色人等，都令读者长久地赞叹与好奇。"是因为他们对生活在两百年前的人们的生活方式、风俗习惯产生不了兴趣吗？是因为文体吗？其文体轻松自然。据说（我忘记是谁说的了，也许是菲尔丁的朋友切斯特菲尔德爵士）一种好的文体应当类似于有教养人士的谈话。而这正是菲尔丁文体的特点。他同读者侃侃交谈，向他们讲述汤姆·琼斯的故事，就像在餐桌上拿着一瓶酒给朋友们讲故事一样。他讲话直来直去。美丽善良的索菲娅显然已习惯于听到类似"妓女""杂种""娼妓"这样的词汇，由于某种我们很难猜测的原因，菲尔丁把它们都写成"婊子"。实际上，她的父亲韦斯顿老爷有时候就随心所欲地把这些词用到她身上。

写一部小说，如果运用对话方式，即作者对你吐露实情，告诉你他对自己创作的人物及其所处的环境作何感想，是有一定风险的。作者始终在你身边，由此妨碍了你和书中人物的直接沟通。有时候，他的说教很容易把你搞得十分烦躁，而且一旦他偏离主题，也很容易冗长乏味。你根本不想听他在某些道德或者社会问题上大谈特谈，只是希望他继续讲述自己的故事。菲尔丁的偏题之处却几乎总是做得很聪明、很有意思；它们都非常简短，而且他也大大方方地为此致歉。透过这些偏题之处，我们能感受到他的温厚。当萨克雷笨拙地模仿这一点的时候，显得自以为是，一本正经，而且也（你不得不如此猜想）极其的虚伪。

《汤姆·琼斯》全书被分为好几部，菲尔丁为每一部的开头都写了一篇文章。有些评论家对此大加赞赏，认为这几篇文章为小说增辉不少。我只能这样认为：这是因为他们感兴趣的，并不是小说本身。一位随笔作家总是选好题材然后进行讨论。如果他的题材是你未曾见过的，他会告诉你一些之前所不了解的信息，可是新题材并不好找，而且总的说来，他也期望通过自己的态度，以及他看待事物的独特方式来引起你的兴趣。换句话说，他是想让你对其自身感兴趣。但这并非你阅读一部小说的目的。你才不管作者如何呢，他的作用是给你讲故事、向你介绍一群人物。作为小说的读者，要知道的是接下来书中人物都发生了什么事，作者已经让你对人物产生了兴趣，否则的话，你根本就没有理由阅读小说。我需要再三重复，不要把小说看成是一种教化和启迪的手段，它只是一种思想娱乐的来源。菲尔丁的这些文章似乎是在完成《汤姆·琼斯》之后才写的，以此来介绍自己后面所写的书，可它们跟所介绍的书却扯不上什么关系；他自己也承认：这些文章给他带来不少麻烦，人们搞不清楚他究竟为什么要写这些文章。许多读者觉得他的小说格调低下、败坏道德，甚至淫秽不堪，对此他不可能毫不知晓。他可能就是想通过这些文章让自己的小说高尚一些。文章倒是很有道理，有些地方极为高明，假如你熟悉这本小说的话，可以津津有味地品读；不过但凡第一次读《汤姆·琼斯》的人，还是强烈建议你忽略过去。《汤姆·琼斯》的情节一直倍受推崇。我从达顿博士那里得知，柯勒律治曾高呼："菲尔丁实在是个写作大师啊！"司各特和萨克雷同样是满腔热情。达顿博士这样引述后者的话："莫管什么道德不道德，如果让任何一个人仅将这部传奇视为艺术品，他都会惊叹于这部人类才智最具震撼力的产物。没有哪个情节是无关紧要的，它们全部对故事进程起到了推动作用，一环扣一环，结合成整体。如此的一种文学神力（假如我们可以用这个词的话），在其他任何一部小说作品中都是看不到的。你可以把《堂吉诃德》删去一半，或者增加、调换或改动沃尔特·司各特的任何一部传奇，但并不对其造成什么影响。罗德里克·兰登以及此类主人公经过一系列的奇遇，最后骗局被揭开，有情人终成眷属。可《汤姆·琼

斯》中的历史却将第一页跟最后一页连为一体，一想到作者
如何在动笔之前就在大脑中构建和保持所有的这些结构（他
肯定是这么做的），不能不让人叹为观止。"

　　此话颇有些夸大之处。《汤姆·琼斯》参照了西班牙的流
浪汉题材小说和《吉尔·布拉斯》的模式，其简单的结构取决
于体裁自身的性质：由于某种原因，主人公离家外出，在旅
途中历经各种奇遇，跟形形色色的人打交道，命运也有起有
伏，最终功成名就，并娶了一个迷人的妻子。菲尔丁在遵循
这些模式的同时，又在叙述过程中插入了一些毫不相关的故
事。作者采用这一手法实在不够恰当，至于个中原因，我觉
得不只是我在第一章当中提到过的，即他们必须为出版商提
供一定量的内容，仅仅一两个故事就要撑起篇幅，部分还因
为他们担心单是一长串的冒险经历往往单调乏味，如果时不
时地给读者讲个故事，或许会让他们提提精神；再有部分原
因则是，假如他们有心想写一个短篇故事的话，除此之外没
有别的方法可以将之展现给大众。批评家们对此大加斥责，
可这种做法颇有生命力，我们都知道，狄更斯在《匹克威克
外传》中就有所采用。《汤姆·琼斯》的读者们完全可以略过
"山上之人"的部分和菲兹赫伯特夫人的故事而不影响对全书
的理解。萨克雷所说的"没有哪个情节是无关紧要的，它们
全都对故事进程起到推动作用，一环扣一环"也不尽准确。
汤姆·琼斯与流浪汉的相遇并没有什么结果，而亨特太太的出
场及她提出的嫁给汤姆的要求也实在无甚必要。百镑钞票这
事没什么意义，而且异想天开、难以置信。萨克雷惊叹菲尔

丁在下笔之前脑子里就已构思好所有的框架，我可不信他能这样，他绝对不会比开始写《名利场》时的萨克雷构思得多。可能性更大的情况是，菲尔丁的心里只有小说的主线，具体事件则是一边写一边构思出来的。这些事件的设计在很大程度上讲十分恰当。菲尔丁就像之前的流浪小说作家一样，不怎么在乎事情究竟可不可信，于是最不可能的事情也发生了，最离谱的巧合使人们聚到一起；可是他却让你随着这种兴味如痴如狂，使得你几乎没有时间、而且往往也根本不愿表示异议。他大胆地用主色描绘人物，即使他们缺乏细微之处，其生动鲜活也弥补了这一点。这些人物的个性极其鲜明，如果说对他们的刻画有些夸张的话，那也是当时流行的做法，而且这些夸张或许也没有超出喜剧所允许的范围。恐怕奥尔华绥先生善良得有点不真实了。菲尔丁在这里是一处败笔，此后的每一位小说家在力图刻画正直善良之人时都有这种败笔。经验表明，不让他有一点点蠢似乎是不可能的。对于一个如此善良、什么事都上当的人，我们实在很难忍受。据说奥尔华绥先生的原型就是普利奥庄园[1]的拉尔夫·艾伦。如果真是这样，而人物刻画又足够准确的话，那只能说明：一个直接取自生活的人物在一部小说里绝对不会很可信。

　　另一方面，布利菲尔被认为坏得令人难以置信。菲尔丁

---

　　[1]　普利奥庄园：由做运输生意的拉尔夫·艾伦于十八世纪斥资建造，为帕拉第奥新古典主义建筑。艾伦同菲尔丁关系密切，据说《汤姆·琼斯》有相当一部分就是在这座庄园里写成的。——译者

向来痛恨欺骗和虚伪，他对布利菲尔厌恶至极，以致把他渲染得太过火了；可是布利菲尔这个卑鄙无耻、鬼鬼祟祟、只顾私利的冷血动物并不属于什么特殊类型。害怕自己被发现，是他未能成为一个十足恶棍的唯一原因。可是我觉得，若不是布利菲尔让人如此一目了然的话，我们本该更相信他的。这个人物很讨厌，形象不及尤来亚·希普那般鲜活，我心中暗想，是不是菲尔丁故意对此人少用笔墨，因为他本能地感到，如果让布利菲尔再活跃和突出一些的话，会让这个人物过于邪恶有力，从而夺取了主人公的光芒。

《汤姆·琼斯》刚一出现，就立即在公众当中取得成功，但总体而言，评论家们却极为苛刻。其中的一些反对意见极其荒谬可笑；例如，卢森堡夫人抱怨说，书中人物实在太像"我们在真实生活中遇见的人了"。不过，这部小说广受抨击的主要原因是其所谓的道德败坏。汉娜·摩尔在其回忆录中记述道，她只见过约翰逊博士对自己发过一次火，那就是她间接提到《汤姆·琼斯》中的某个诙谐有趣的章节之时。"听到你引用如此邪恶的一本书，我感到很震惊，"他说道，"我很遗憾你读过这本书，没有哪位庄重的女士会坦承这件事。我很少见到比这还要堕落的作品。"我想说的是，一位庄重的女士在婚前最好就该读读这本书。它能非常详尽地告知她有关世间万象的必要知识，还有许多关于男人的事情，这在她步入类似境遇之前肯定是十分有用的。然而约翰逊博士总是带有偏见，这可是人人尽知的。他无法容忍菲尔丁有一点儿文学价值，还一度形容他是白痴。当博斯韦尔提出异议时，他说道："说他是白痴，我的意思是他是一个贫乏空洞的恶棍。""先生，难道您不认为，他对人生的刻画非常自然吗？"博斯韦尔反问道。"有什么自然的，都是些下层人的生活。理查森曾说过，要是他不认识菲尔丁的话，他会以为此人是个马夫呢。"我们如今早已习惯了小说中对下层人生活的描写，《汤姆·琼斯》所记述的事情，没有什么是当今的小说家未让我们熟知的。约翰逊博士应该还记得，在索菲娅·韦斯顿这个人物身上，菲尔丁描画出一个温柔可爱的年轻女性形象，让小说读者们深为着迷。她为人单纯，可绝不愚蠢，品德高尚但不故作正经；她有性格、有决心、有胆识，她的内心充满关爱，而且美丽动人。玛丽·沃尔雷蒙塔古夫人不无道理地认为，《汤姆·琼斯》是菲尔丁的代表作，但很遗憾地说，作者没有察觉到，自己已经把笔下的主人公塑造成一个无赖了。我估计她指的是琼斯先生生涯中被认为最该受到指责的那件事。贝拉斯通夫人很喜欢他，而且发现他愿意满足自己的欲望，因为在他心目中，对一位有意同自己交欢的女士表现得"殷勤有礼"，乃是良好教养的一部分。他当时身无分文，兜里连坐马车去她府上的那点钱都没有，而贝拉斯通夫人很富有。她很大方，不像一般女人，只会大把挥霍别人的钱，却捂紧自己的口袋。她慷慨解囊，解其所需。当然喽，一个男人收女人的钱可不是什么好事儿，而且也很不划算，因为在这种情况下，富婆们所要的，往往超过其钱财所值；而从道义上讲，这种行为并不比一个女人收男人的钱可耻到哪儿去。一般观点却非要这么认为，只能说是荒唐。我们这个时代不

得不发明了一个新词儿——"吃软饭的"——来形容那些靠
自己长相捞钱的男人。因此汤姆在辨别力上的欠缺，不管多
么可指责，却很难说有什么特别之处。本人深信，在乔治二
世统治时代，吃软饭这一行并不比在乔治五世时代活跃多少。
就在贝拉斯通夫人给了汤姆·琼斯五十英镑让他陪自己过夜的
那一天，这位房东太太给他讲述了自己亲戚的悲惨故事，他
还深受感动，便把钱包给了她，说只要能用来解决他们的困
境，请她尽管拿。这是他的典型表现，也值得称道。汤姆·琼
斯真心实意地深爱着迷人的索菲亚，但又沉溺于肉欲，他跟
所有可以弄到手的漂亮女人行欢，而且对此毫无内疚之心。
即使在这些章节里，他也依然爱着索菲亚。菲尔丁深具洞察
力，没有让自己的主人公比普通人更加的清心寡欲。他很清
楚，倘若我们在晚上跟白天一样清醒谨慎的话，早就变得
品德高洁了。索菲亚听说这些韵事的时候，也并没怎么格外
恼火。在这件事上，她表现出超乎自身性别的见识，无疑是
其最可爱的性格之一。奥斯汀·都布森所言极是（尽管用词不
怎么讲究）：菲尔丁"没有惺惺作态地创作什么楷模人物，只
是刻画普通的人性，宁可粗鄙也不要高雅，宁可自然也不要
矫饰，他的愿望就是绝对真实地做到这一点，既不遮挡也不
掩饰不足和缺点"。这就是现实主义作家的追求目标，在整个
历史过程中，他们也始终因此而或多或少地受到强烈的攻击。
就我所知，在这个问题上有以下两大原因：有大量的人（尤其
是上了年纪的人、富裕之人、特权阶层）持有这种态度："我
们当然知道生活中存在众多的罪恶与不道德、贫困与不幸，

但我们不愿读这种东西。为什么非得把自己弄得不舒服？我们对此似乎也做不了什么。这个世界上毕竟一直就有贫富之分。"还有一类人，他们有另一套抨击现实主义作家的理由。他们也承认，世上存在着堕落与邪恶、残暴与压迫，可是他们要问：这些是小说的适宜内容吗？年轻人应该去阅读那些父辈们了解但却感到痛惜的东西吗？阅读这些即便不是淫秽但却具有暗示性的故事，难道他们不会被腐化吗？小说当然更适合用来展现人世间的美好、善良、自我牺牲、宽宏、英雄气概。而现实主义作家的回答则是，他感兴趣的是将自己所接触到的世界真实地展示出来。他相信人类不是完全善良的，而是善与恶的混合体；他对传统道德所谴责的人性特点十分容忍，认为这都是符合人性的自然表现，所以罪过亦当减轻。他希望自己对人物之善的刻画，能够像对恶的刻画一样忠实可信，如果读者对人物的邪恶比对善良更感兴趣的话，那也不是他的错。这是人身上都有的奇怪特点，怪不得他们。可如果他对自己诚实的话，他会承认：对邪恶的刻画可以光彩夺目，而善良却似乎有些黯淡无光。假如你问他：面对那些毒害年轻人的指责，他该如何为自己辩护？他会这样答复：让年轻人了解他们未来需要应对的是一个怎样的世界，这没什么不好。如果他们期待过高的话，结果会是很糟糕的。如果现实主义作家能够教懂他们：不要对别人期待太多，从一开始就应该认识到，每个人的主要兴趣都是他自身；如果他能够教懂他们:无论在哪方面，付出才有回报，不管是地位、财富、荣誉、爱情、名望，皆为如此；而且所谓智慧，很大程度上就是对某个事物的付出不要超出其真正价值，那么他的贡献就会比一切学究和布道者的贡献都要大，因为他使得年轻人们能够充分把握生存这件十分困难的事情。然而他却会补充说，自己并不是一个老学究或者布道者，而是一名艺术家。

三　简·奥斯汀和《傲慢与偏见》

一

简·奥斯汀的生平，寥寥数语即可讲清。奥斯汀家族历史悠久，同英国的诸多名门大族一样，他们靠羊毛贸易起家致富，而羊毛一度是该国的支柱产业。赚到钱后，他们又像其他显要人物一样购置土地，一举跻身地主士绅阶层。不过如此的财富，简·奥斯汀家所属的这一分支似乎并未继承到多少，远不及族内其他成员。此时她家已经败落。简的父亲乔治·奥斯汀，是汤布里奇的一名外科医生威廉·奥斯汀的儿子，而外科医生一职，在十八世纪初的人们眼中，并不比代理人强到哪儿去。我们已从《劝导》中知道，即使在简·奥斯汀的时代，一个代理人也是没有多少社会地位的：作为准男爵女儿的艾略特小姐，居然同自己本应敬而远之的代理人的女儿克雷太太有社会关系，这令拉塞尔太太，"不过是个爵士的遗孀"，感到大为震惊。作为外科医生的威廉·奥斯汀不幸早逝，他的弟弟弗朗西斯·奥斯汀将其遗孤送到汤布里奇学校，后来又把孩子送进牛津的圣约翰学院。以上史实都是我从 R. W. 查普曼博士的克拉克讲稿中获悉的，他以《简·奥斯汀的史实与问题》为名将该讲稿出版成书。本人的以下文字均受惠于这部佳作。

乔治·奥斯汀成为所在学院的神学人员。刚一担任神职，一个亲戚（哥德玛夏姆的托马斯·奈特）就让他担任汉普郡的史蒂文森牧师一职。两年以后，乔治·奥斯汀的叔父给他买下了迪恩近处的牧师职位。对于这个慷慨大方之人，由于我们对其一无所知，只能猜想：他可能跟《傲慢与偏见》中的加德纳先生一样，是个做生意的。

乔治·奥斯汀牧师娶了托马斯·利的女儿卡桑德拉·利为妻（托马斯·利是万灵会成员，担任亨里附近的哈普斯登牧师一职）。此女出身显贵，也就是说，她跟赫斯特蒙苏的黑尔家一样，显然同地主贵族之间有亲戚关系。对于这个外科医生的儿子，这算是朝上迈了一步。两人在婚后育有八个孩子：两女（卡桑德拉和简）六男。为了增加收入，这位史蒂文森的教区长开始收学生，自己的儿子也是在家里受教育。两个儿子去了牛津的圣约翰学院，因为他们母亲这边跟该学院的创始人有亲戚关系；其中有个叫乔治的，我们对他一无所知，查普曼博士提到，他是个聋哑人。另外两个进了海军，在事业上颇有成就：幸运者当属爱德华，他由托马斯爵士领养，并继承了他在肯特郡和汉普郡的地产。

作为奥斯汀太太的小女儿，简出生于 1775 年。二十六岁时，父亲退休，将职务留给已有神职的长子，自己搬到了巴思。他在 1805 年去世，数月之后，遗孀和女儿们定居在南安普敦。正是在此期间，简在陪同母亲出过一次门后写信给卡桑德拉："我们发现只有兰斯太太在家，除了一架钢琴有点面子之外，她有没有孩子我们也不得而知……他们的生活很有格调，很富有，她好像也很喜欢富有；我们让她认识到：我们可绝不富有；她很快就会感觉，我们这些人根本不值得交往。"奥斯汀太太确实所余无几，但是她的几个儿子给她的钱加起来也足够其过上尚算舒适的生活。在游历欧洲之后，爱德华娶了古德内斯通的准男爵布鲁克·布里奇斯爵士的女儿伊丽莎白为妻；托马斯·奈特去世三年后，其遗孀将哥德玛夏姆和乔顿转交给他，自己带着养老金退隐坎特伯雷。很多年以后，爱德华提出：要母亲住进自己两处地产的任一处，她选择了乔顿；除了偶尔出门看朋友走亲戚（有时在外长达数星期）之外，简一直住在那里，直到疾病迫使她去了温切斯特，为的是看比乡下更好的医生。1817 年，她在温切斯特与世长辞，被葬在大教堂里。

二

据说简·奥斯汀本人颇具魅力："她的身材修长苗条，她的步履轻盈稳健，整个外表看上去健康活泼。她的脸色明显有些暗黑，脸颊圆润，小小的嘴巴和鼻子很是匀称，一双淡褐色的明亮眼睛，脸颊四周浓密的棕色头发自然卷曲。"我所见到的简的唯一肖像，展现的是一个没有什么突出特点的胖脸儿女孩，圆圆的大眼睛，显眼的上半身；不过或许是那位艺术家的处理欠妥。

简同姐姐形影不离。从小到大，她俩都在一块儿，她们还共用同一间卧室，直到简去世。当卡桑德拉上学的时候，简也跟着去，尽管她年纪太小，女校为姑娘们讲授的东西几乎听不懂，可是没有姐姐，她会痛苦不堪的。"假如卡桑德拉要被砍头的话，"母亲说道，"简也会坚持共患难的。""卡桑德拉比简长得好看，性情更为冷静和镇定，感情不那么外露，性格也不算开朗，但她有个优点，就是能始终按捺住性子，而简则幸运地拥有一个根本不需按捺的性子。"简留存下来的信笺，大多数都是两人中的一个外出时写给卡桑德拉的。她最为热诚的崇拜者中，有很多觉得这些信件毫无价值，认为其中表现了她的冷淡无情及兴趣之琐碎。对此我感到很惊讶，这都是再正常不过的了。简·奥斯汀从来就未想过：除了卡桑德拉，还会有人读到这些信，她对姐姐所讲的，就是自己觉得能让她感兴趣的那类东西。她告诉她人们都穿什么衣服，自己买带花饰的棉布花了多少钱，又认识了些什么人，遇到了哪些老朋友，听到了什么传言。

近些年来，有好几部著名作家的书信集出版。就本人而言，当我阅读这些信件的时候，不时会怀疑，这些作家是不是在内心深处早有打算，日后要设法将之出版。而当我得知他们还保留着书信复件的时候，这种怀疑就变成确信无疑了。安德烈·纪德希望把自己同克洛岱尔之间的通信结集出版，而克洛岱尔或许不太愿意，便称纪德的来信早已都毁了，可纪德回答说没关系，他自己都保存着复件呢。安德烈·纪德本人告诉我们，当他发现妻子把自己写给她的情书都烧了以后，哭了整整一个星期，因为他把这些信看成是自己文学成就的巅峰，亦是自己能够获得后人注意的主要资本。狄更斯无论何时出行，都会给朋友写很长的信，充满感情地记述自己的所见，他的第一位传记作者约翰·福斯特恰当地说，这些信完全可以一字不改地拿去出版。那个时代的人们更有耐心，可当你只是想知道自己的朋友是否碰见了什么有意思的人，参加了什么聚会，是否带回你让他捎的书籍、领带或是手帕的时候，对方却给你绘声绘色地描述山川壮丽，你还是会感到失望的。

在给卡桑德拉的一封信中，简说："我还没有掌握真正的写信艺术，别人总是告诉我们，所谓写信，就是你口头上跟这个人说什么，那么在书面上就原样表达。一直以来，我跟你讲话几乎就像这整封信那么快。"当然，她所言极是；这的确就是写信的艺术。她轻而易举就学会了，既然她说她讲话就跟写信一模一样，而她的书信又充满睿智、反讽、挖苦的话语，我们可以很有把握地认定，她讲起话来也一定非常的精彩。但凡她写的信，很少没有笑意与逗乐的，我来举几个有关其风格的例子，以飨读者：

"单身女性都容易受穷，实在太可怕了，这是人们赞成婚姻的一个强大理由。"

"想想吧，霍尔德夫人要死了！可怜的女人，在这个世界上，她做了力所能及的唯一一件让人们不再攻击她的事情。"

"由于受到惊吓，谢伯恩的黑尔太太早产好几周，昨天生下一个死婴。我估计是由于她无意中看了自己的丈夫一眼。"

"我们出席了 W. K. 夫人的葬礼。我不知道有谁喜欢她，所以对生者也就不去关心了，但我现在对她的丈夫倒是很同情，觉得他最好娶夏普小姐为妻。"

"我很欣赏坎布利尼太太的头发，做得真好，不过再没有什么别的好感了。兰利小姐跟其他矮个儿女孩子一样，长着宽宽的鼻子、大大的嘴巴，衣着时尚，袒胸露臂。斯坦霍普将军真是个绅士，可惜腿太短，燕尾服又太长。"

"伊丽莎白见到巴顿的克雷文勋爵了，很可能这次是在坎特伯雷，预计克雷文本周会在那儿待上一天。她发觉他的举止令人十分喜爱。他在亚士顿公园跟自己的情妇同居这个小缺憾，似乎是他身上唯一一让人不快的地方了。"

"W 先生二十五六岁上下，长得不赖，但不怎么和蔼。他肯定不是新来的。他举止淡定，很有绅士风度，不过话很少。他们说他的名字叫亨利，老天对人多不公啊。我见过好多叫约翰和托马斯的，人家要和蔼得多。"

"理查德·哈维夫人快要结婚了，不过这可是个大秘密，邻里只有一半人知道，你可千万别提这事儿。"

"黑尔医生一身重孝，毫无疑问，不是他母亲或他太太去世，就是他本人去世了。"

奥斯汀小姐酷爱跳舞，她向卡桑德拉讲述了自己参加过的舞会：

"总共只有十二支舞曲，我跳了其中九支，要不是由于缺舞伴的话，另外几支也都会跳的。"

"有位先生是来自柴郡的军官，是个非常英俊的小伙子，我听说他很想认识我；但他的愿望还没有强到将之付诸行动的程度，我们也就无缘结识了。"

"美女不多，仅有的几个也不是非常漂亮。艾尔芒格小姐气色不佳，布伦特太太是唯一受宠的人。她跟九月份时一模一样，还是那张宽宽的脸，钻石的发带，白色的皮鞋，面红耳赤的丈夫，胖胖的脖子。"

"查尔斯·鲍莱特在星期四举办了一场舞会，引起了左邻右舍的极大骚动，你当然也知道，这些人都对他的经济状况颇为好奇，巴不得他早点儿破产。人们发现，他的太太具有邻居们希望她有的一切特点，即愚蠢、暴躁、花钱大手大脚。"

奥斯汀家有一个亲戚，由于有位曼特博士的行为不太检点，致使其妻子回了娘家，由此造成了一些闲言碎语，于是简写道："不过由于曼特博士是一位牧师，他们之间的感情，不管多么的不道德，也具有高雅的气度。"

奥斯汀小姐伶牙俐齿，幽默异常。她喜欢开怀大笑，也喜欢把别人逗得大笑。要让一个幽默家把他（或她）想出来的趣事藏在自己肚子里，这可太勉为其难了。而有时候，逗乐中不带一点儿恶毒也是很难的。慈悲心肠毕竟不怎么带劲儿。简十分注意观察别人的可笑之处，包括他们的自命不凡、矫揉造作、虚情假意；值得称道的是，凡此种种，都让她觉得有趣，而并不是讨厌。她性情和蔼，不愿对别人讲可能伤害对方的事情，但毫无疑问，要是拿这些人同卡桑德拉取乐，她会觉得没有什么不妥。即使在其最尖刻的话语中，我也看不出有什么恶意；她的幽默，是建立在观察和天资的基础上的，幽默本该如此。可是假若环境需要的话，奥斯汀小姐又可以十分严肃。尽管爱德华·奥斯汀从托马斯·奈特那里继承了位于肯特郡和汉普郡的房产，可他大多数时间住在靠近坎特伯雷的哥德玛夏姆，卡桑德拉和简轮流来这儿住段时间，有时长达三个月。他的长女范妮是简最喜爱的侄女。她最终嫁给了爱德华·纳希布尔爵士，而他们儿子则升为贵族，获得了布雷伯恩勋爵的封号。正是此人首先出版了简·奥斯汀的信件。其中有两封是写给范妮的，这位姑娘当时正在考虑如何处理一位求婚小伙子的殷勤之举。这些信冷静有理又不乏温情，称得上是绝妙之作。

几年之后，彼得·昆耐尔先生在《康西尔杂志》上公布了一封信，令简·奥斯汀的崇拜者们非常震惊，信是范妮（此时已是纳希布尔夫人）写给妹妹赖斯太太的，她在里面提到了自己这位名气颇大的姑妈。这封信十分令人吃惊，同时又代表了那个时代，所以在征得布雷伯恩勋爵同意后，我在此转载。斜体部分[1]是写信人特意强调的词句。由于爱德华·奥斯汀在 1812 年更名为奈特，所以需要指出的是，纳希布尔夫人所说的奈特太太就是托马斯·奈特的遗孀。从这封信的开头来

---

[1] 此中译版用楷体表示。——译者

看，很明显，赖斯太太听到了一些指责自己姑妈教养的传言，并为此极度不安，于是写信询问这些传闻是否果真如此。纳希布尔夫人是这样回复的：

> 是的，亲爱的，从各个角度来看，简姑妈确实不怎么文雅，照她的才华看来，她不该这样的，假如她再活五十年，会在诸多方面更加适合我们优雅的品味。她俩钱不多，身边与之打交道的人也绝不是什么上等出身，总之比普通之辈强不到哪儿去，虽说她们的**智力和教养好一点**，可就品味而言，与这些人都在一个档次上——不过我感觉她们后来跟奈特太太（她很喜欢她们，待她们也很好）的交往让她们进步不小，简姑妈十分聪明，甩掉了一切可能令她显得"平凡"的痕迹（如果可以用这个词的话），自己学着如何高雅起来，至少在通常的人际交往上是这样。这两位姑妈（卡桑德拉和简）的成长环境，对外部世界及其方式（我指的是时尚）毫不知晓，要不是爸爸结婚并把她们带到肯特来，而且奈特太太如此善待她俩（她常常邀两姐妹轮流来陪自己住），她们肯定远远达不到上流社会及其行为举止的标准。假如这番话惹得你不快，请你谅解，可我感到此言就在笔端，实在没有办法不吐真情。现在快到更衣时间了……
>
> ……我依然是你最亲的姐姐。
>
> 范妮·C.纳希布尔

这封信激起了简的仰慕者的极大愤慨，他们曾宣称，纳希布尔夫人写信的时候已经年老体衰。可是信中并无相关证据；况且，假如赖斯夫人认为自己的姐姐身体不佳、不适合回信的话，她也肯定不会写信询问了。在这些仰慕者的眼里，简如此宠爱范妮，而她居然以这种方式表达自己，实属忘恩负义到极点。在这里，他们表现得太天真了。孩子并不会像父母或者上一代亲戚对待自己那样，满怀情感地去对待他们，着实令人遗憾，但这却是事实。倘若父母亲戚还指望如此的话，那可就太不明智了。如我们所知，简从未结婚，她给了范妮一种近乎母爱的情感，假如她结婚的话，会把这种情感倾注给自己的孩子的。她爱孩子，也深受孩子们的喜爱；他们喜欢她开玩笑的方式，还有她所讲的情节详细的长篇故事。她跟范妮成了亲密的朋友。范妮同她讲的话，可能对自己的父母都不会讲，她的父亲忙于自己的乡绅事务，而她的母亲则不停地生孩子。可是孩子具有尖锐的眼光，他们的评价往往很残忍。在继承了哥德玛夏姆和乔顿以后，爱德华·奥斯汀飞黄腾达，他的婚姻使其得以同全郡最有势力的几个家族挂上钩。简和卡桑德拉如何看待他的妻子，我们无从知晓。查普曼博士宽容地认为：正是由于她所付出的代价，使得爱德华认定"他应当为母亲和妹妹们多做些事情，并促使他把自己两处地产中的任一处房屋供她们居住"。这些地产，他已拥有十五年了。在我看来，可能性更大的情况似乎是这样的：他的太太认为，让他的家人时不时地过来做客已经算是够意思了，而让她们长期居住在自己家门口，她可不欢迎；由于她去世了，他才得以将自己的地产想怎么安排就怎么安排。如果真是这样的话，此事肯定逃不过简的这双锐利的眼睛，她很可能在《理智与情感》中描写达斯伍德对待自己继母及其女儿的部分已经对此有所交代了。简和卡桑德拉都是穷亲戚，如果要她俩跟有钱的哥哥嫂子、跟坎特伯雷的奈特夫人、跟古德内斯通的伊丽莎白·奈特之母布里奇斯夫人长期同住的话，主人们也不可能不意识到这是一种善意的给予。我们很少有谁的素质达到施恩于对方却不沾沾自喜的地步。当简去陪年长的奈特太太的时候，她总是在来访结束的时候向简提出一条"建议"，而简也欣然接受，在写给卡桑德拉的一封信中，她告诉对方，哥哥爱德华送给范妮和自己每人一份价值五磅的礼物。要说送女儿、送家庭教师，都算是一份可爱的小礼物，可是给自己的妹妹，却有些施舍的味道。

　　我敢肯定奈特夫人、布里奇斯夫人、爱德华及其妻子对简都很友好，也非常地喜欢她（怎么可能不喜欢呢），但如果他们觉得这两姐妹不怎么入流，也并非没有道理。她俩有些土气。在十八世纪，在伦敦住过哪怕只有几年的人，同从未离开过乡下的人之间仍然具有诸多差别。这些差别为喜剧作家们提供了最富成效的素材。在《傲慢与偏见》中，宾利的妹妹们瞧不起贝内特姐妹，觉得她们欠缺修养，而伊丽莎白·贝内特则无法容忍对方的矫揉造作。贝内特小姐们的社会地位比起奥斯汀姐妹还要高一级，因为贝内特先生虽不富有，但毕竟是个地主，而乔治·奥斯汀牧师则只是一个贫穷的乡间教士。

考虑到出身，简有点缺乏优雅（对此肯特的女士们十分看重）并不为怪；果真是这样的话，如果范妮尖锐的眼光未曾注意，那么我们可以确定，她的母亲对此也会有所评论的。简为人坦率、直言不讳，而且我猜想，她时常沉迷于一种直率的幽默，这是那些毫无幽默感的女士所无法领会的。我们可以想象得到：假如她把自己写给卡桑德拉的话（她看奸妇很有眼力）说给这些人听，她们该有多尴尬。她生于1775年，即《汤姆·琼斯》出版后仅仅二十五年，在此期间，英国的风貌不会发生很大的改变，简的谈吐很可能正如纳希布尔夫人五十年后所记述的那样"远远达不到上流社会及其行为举止的标准"。根据纳希布尔夫人所说的来看，当简去坎特伯雷陪奈特太太一起住的时候，这位年长的女士很可能提示过她，如何使自己的举止更为"优雅"。或许正是因此，简才在自己的小说里如此突出良好的教养。今天的小说家如果也像她那样描写上层阶级，会把这当作理所当然之事。就我个人而言，我觉得纳希布尔夫人的信无可厚非。她"感到此言就在笔端，实在没有办法不吐真情"。结果又怎么样呢？得知简讲一口汉普腔、举止缺乏优雅、自制的衣服品味欠佳，我一点也没有感到不快。我们也确实从凯瑟琳·奥斯汀的《回忆录》中获悉：她的家人都承认姐妹俩穿衣不佳，尽管对衣服颇有兴趣；不过究竟是邋里邋遢还是不够合身，倒是未曾提及。家里人在写简·奥斯汀的时候，都将其社会地位极力拔高，超出了实际情形。这毫无必要。奥斯汀一家都是正派、诚实、可敬的人，处在中上阶级的边缘位置，或许他们对自己的阶级地位也不怎么有把握。根据纳希布尔夫人的说法，姐妹们同自己主要交往的人们相处很自在，而这些人出身根本不高。当她们遇上地位高一点的人时（像宾利的妹妹这样的上层女士），她们往往变得十分挑剔，以此来保护自己。对于乔治·奥斯汀牧师，我们一无所知。他的太太好像是个善良而愚蠢的女人，不断受到精神失调之苦，女儿们对此颇为耐心，但也不失讥讽。她活到将近九十岁。男孩儿们在闯荡社会之前，可能都迷恋一些乡间条件所许可的运动，等他们能借到马匹了，就驱马去捕猎。

　　奥斯汀·利是第一位为简撰写传记的人。他的书中有一段话，我们发挥一点想象力，从这段话中可以看出，她在汉普郡的那段漫长而宁静的岁月中，过的是怎样的生活。"人们普遍断定，"他写道，"这家人不肯把太多事交给用人管，大多是由男女主人们自己来做或者监督。至于女主人们，通常可以理解的是……她们亲自参与到烹调的高端工作中，调配自制的葡萄酒，提取草药作为自家用药……女士们没有瞧不起纺线，家里的亚麻布都是用这些线织成的。早饭和茶点之后，有些女士喜欢自己动手清洗她们的精美瓷器。"从信中我们可以推想：奥斯汀家有时候根本就没有用人，有时候则找个什么也不懂的女孩儿将就过去。卡桑德拉做饭，不是因为女士们"不肯把太多事交给用人管"，而是因为她们根本就没有用人来做事。奥斯汀家不穷也不富。大多数的衣服都是奥斯汀太太和女儿们自己做的，姑娘们还给哥哥弟弟们做衬衣。他们在家酿蜂蜜酒，奥斯汀先生还熏自制的火腿。快乐很简单，最为兴奋的事情当属某一个富裕邻居举办的舞会。在许久之前的英国，成千上万的家庭都过着这种平静、单调、体面的生活：其中一个家庭居然就毫无道理地培养出一位禀赋超群的小说家，难道不让人感到奇怪吗？

三

简并非不食人间烟火。年轻的时候，她喜欢跳舞、调情、戏剧演出。她喜欢长相好看的小伙子。她对礼服、帽子和围巾兴趣浓厚。她还精于女工，"不论是朴素的还是装饰性的都擅长"，这在她修改旧礼服以及把废裙子改成帽子的时候，肯定派上了大用场。她的哥哥亨利在其《回忆录》中记述道："凡是简·奥斯汀着手做的事情，没有不成功的。没有人能把小木块抛出如此美妙的弧线，或者如此稳当地脱手。她的杯球表演精彩绝伦。曾经在乔顿用过的一只杯子简单易玩，据说她能连续接住将近一百次，直到手疲劳为止。有时候由于眼睛疲劳，无法长时间读书写字，她就从这种简单的游戏中寻求安慰。"

这真是一幅迷人的图画。

谁也不能把简·奥斯汀形容成一个女学究，这可是她极不喜欢的一类人，但显而易见的是，她也绝非没有教养的女人。事实上，她跟处于自己那个时代和地位的所有女性一样，都受过良好的教育。研究奥斯汀小说的权威查普曼博士曾列过一个书单，上面是人们所知的她读过的小说。这个书单令人印象深刻。她自然是读小说的，有范妮·伯尼的、埃奇沃斯小姐的，还有拉德克利夫夫人的（写《尤道夫之谜》的那个）；她还读译自法语和德语的小说（其中有歌德的《少年维特之烦恼》）；以及能从巴思和南安普顿的巡回图书馆那儿借到手的一切小说。但是她不只对小说感兴趣，她还熟知莎士比亚，在近代作家中，她阅读司各特和拜伦，不过她最喜欢的诗人似乎还是柯伯（Cowper），此人淡定、雅致、敏感的诗作，自然颇为合乎奥斯汀的心意。除了五花八门的文学作品之外，她还读约翰逊跟博斯韦尔的书。她喜欢朗读，据说声音也很好听。

她常常诵读布道书，尤其是十七世纪一位夏洛克牧师所著的。其实这也不像乍一看那么奇怪。我在青年时代曾在一位教区牧师家里住过，书房里的几排架子上堆满了装订美观的布道书藏品。能出版就是因为要出售，能出售就是因为有人读。简·奥斯汀十分虔诚，但并不狂热。她在礼拜天肯定都去教堂，参加教会活动；毫无疑问，不管是在史蒂文顿还是在哥德玛夏姆，早晚都要诵读家庭祷告。然而正如查普曼博士所言："不可否认，那不是一个宗教狂热的年代。"就像我们每天洗澡、早晚刷牙，这么做只不过是让自己感觉自在而已；因此我觉得奥斯汀小姐与她同代的人们一样，一旦完成专门的涂油礼、履行了自己的宗教责任，就把有关宗教的事务抛到一边，就像人们把暂时不穿的衣服丢到一边一样，随后的一天或一星期就心安理得地专心处理俗事去了。"福音传教士尚未如此"。一个上层人士的小儿子，如果从事神职，获得一份家庭职位，就能过上体面日子。他根本没有必要再有什么职业。但想要住上宽敞的房子，得到足够多的收入，这么做可就值得了。不过要从事神职的正确做法是仅仅履行分内的责任。简·奥斯汀自然认定，一个牧师应当"生活在教区居民中间，通过不断的关怀，证明自己确实是他们的祝福者和朋友"。他的哥哥亨利正是这么做的。他机智而快乐，是她的兄弟里面最出色的一个。他曾做过生意，并在几年间颇为兴旺，可是最后却不幸破产。而后他从事神职，成为一名教区牧师的楷模。

简·奥斯汀赞同普遍的社会观点，从其书稿信札中可以看出，她对当时流行的状况颇为满意。她对社会差别的意义并不抱有怀疑态度，认为贫富区分是很自然的事情。年轻男士理应借助权势朋友的影响为国王效力，从而获得晋升。女人的本分就是嫁人（当然是为了爱情），但要在符合要求的条件下才行。这是凡事的常理，没有迹象表明，奥斯汀小姐对此有什么异议。在写给卡桑德拉的信中，她是这样说的："卡罗和他的太太在普茨茅斯的生活可说是平常到家了，什么样的用人也没有。在这种条件下结婚，她该有多大的道德勇气啊。"由于母亲结婚过于草率，范妮·普里斯家的生活肮脏粗俗，这可是实实在在的教训，告诉我们年轻女士应当谨慎小心才是。

四

简·奥斯汀的小说纯属娱乐。倘若你恰好认为娱乐是小说的主要目标，那你实在该把她单独归为一类。比其作品更加伟大的小说也有，比如说，《战争与和平》和《卡拉马佐夫兄弟》，但是如果你想从阅读此类书中受益，则必须得头脑清晰、思维警觉才行。而如果你疲惫不堪、情绪沮丧的话，没关系，简·奥斯汀的小说会展现其魅力的。

在奥斯汀著书的年代，写作被视为妇女决不该做的事情。"修道士刘易斯[1]"曾说："我对所有这些不入流的女性作家真是又讨厌又可怜又鄙视。她们手里拿的工具，应该是针线而不是笔，那才是她们能够熟练运用的唯一东西。"小说是一种并不为人看重的文学形式，身为诗人的沃尔特·司各特爵士居然也写小说，奥斯汀小姐对此并未感到丝毫的不安。她"小心翼翼，免得让用人或是来客、甚至家族之外的任何人怀疑自己在做什么事情。她把字都写在小纸片上，这样可以轻易收起来，或者用一张吸墨纸盖住。前门与办公室之间有一扇转门，只要一开就略吱作响，可她并不愿意让人修门以去除这一小小干扰，因为倘若有人进来了，她可以注意得到"。她的长兄詹姆斯甚至从来没有告诉过当时正在上学的儿子，他读得津津有味的书其实就是简姑妈写的；而另一个哥哥亨利则

---

[1]　修道士刘易斯:指的是十八世纪末英国著名哥特式小说家马修·格雷戈里·刘易斯，因其代表作《修道士》而得此别称。——译者

在其《回忆录》里写道："假如她在世的话，纵然名气越来越大，她也绝不会在自己的任何作品中署上真名。"所以她出版的第一部书，《理智与情感》，在扉页上仅仅写着"一位女士所作"。

但这并非是她完成的最早作品。那是一部名叫《第一印象》的小说。她的父亲写信给出版社要求出版，由作者自费，不然就来"一部三卷本的手稿小说，长度大约跟伯尼夫人的《伊芙莱娜》一样"。这一要求在对方回信中遭到拒绝。《第一印象》的创作始于 1796 年冬，1797 年 8 月完稿；人们普遍认为，这本书同十六年后出版的《傲慢与偏见》如出一辙。此后，她又快速地相继完成了《理智与情感》和《诺桑觉寺》，但同样地不走运，尽管五年之后，理查德·克罗斯比先生花十英镑买下了后者的版权，将之更名为《苏珊》。然而他并未出版此书，而是用同样的价格又卖了回去：由于奥斯汀小姐的小说都是匿名出版的，他根本就不知道，自己这么点儿钱就脱手的书，就是由创作了大获成功、广受赞誉的《傲慢与偏见》的作者写的。从完成《诺桑觉寺》之后的 1798 年，直到 1809 年，她似乎很少写作，只有《沃森一家》的片段。一位如此具有创造性的作家，竟然这么长时间保持寂寂无声，有人暗示，有一段感情占据了她的生活，令她无暇旁顾。我们获悉：当她在德文郡陪伴母亲和姐姐的时候，"结识了一位先生，他的为人、思想、举止都魅力十足，卡桑德拉认为此人配得上自己的妹妹，也完全有可能赢得妹妹的爱。当他们分别时，他表示希望很快能够再次见到她们，卡桑德拉断定他说此话的真实目的是什么。可他们再也没有重逢，她们听说他突然去世"。相识太短，《回忆录》的作者补充道，自己不能说"她的感情属不属于能够影响她幸福的那种"。就我个人而言，觉得答案应该是否定的。我认为奥斯汀小姐不太可能深陷爱河。如果真是这样的话，她肯定早就赋予女主人公们更加热烈的感情了。可事实上，她们的爱情并不热烈。他们的一举一动小心谨慎，深受理智制约，而真正的爱情跟这些可估算的品质是没有关系的。拿《劝导》来说，简声称安妮·艾略特与温特沃斯彼此深爱着对方。我以为，她在这个问题上既欺骗了自己也欺骗了读者。就温特沃斯这边来说，这无疑就是司汤达所谓的 amour passion（无私的爱），而在安妮这一边，则不过是所谓的 amour gout（有滋味、有心计的爱）。两人订婚了，可安妮却由得自己被那个爱管闲事的势利眼拉塞尔夫人说服，相信自己嫁给一个可能战死的穷海军军官实在太轻率。假如她深爱温特沃斯，肯定还是会冒这个风险的。其实风险也不算大，因为一旦结了婚，母亲的财产，她就会得到自己的那份，远远超过三千镑，相当于现在的一万两千镑，所以她绝对不会身无分文。她完全可以一直保持同温特沃斯的婚约，就像本威克船长和哈格里福斯小姐那样，直到对方获准可以娶她。安妮·艾略特却毁掉了婚约，因为拉塞尔夫人劝导她，如果等一等，可能还会找到更好的，直到没有她准备嫁的求婚者出现，她才发现自己有多爱温特沃斯。我们可以肯定的是，简·奥斯汀认为她的举动是非常正常、合情合理的。

　　她长时间保持沉默，最有可能的原因就是她找不到一家出版社，于是感到很气馁。她向近亲们念过自己的小说，他们被深深陶醉了，但她敏感而又谦虚，她很可能觉得这些作品的感染力只来自那些喜欢自己的人，她也聪明地知道谁是她笔下人物的原型。《回忆录》的作者极力否认她有这些原型，查普曼博士似乎也赞同这种观点。他们要求简·奥斯汀应该具有的创造能力，实则是不可想象的。那些最伟大的小说家，司汤达和巴尔扎克，托尔斯泰和屠格涅夫，狄更斯和萨克雷，都有塑造人物的原型。的确，简自己也曾说过："我很为自己笔下的人物骄傲，甚至不愿承认他们仅仅是 A 先生或者 B 上校。"这里的关键词是"仅仅"。如同其他小说家一样，当她在让自己联想到某个角色的人身上发挥想象力的时候，这个人实际上就是她创造出来的；但这并不是说，他不是从原先的 A 先生或者 B 上校发展而来的。

　　尽管如此，1809 年，即简和母亲、姐姐定居到安静的乔顿那一年，她着手修改自己的旧稿。1811 年，《理智与情感》终于问世。到那个时候，妇女写作已不再是什么大逆不道的事了。司布真教授在为皇家文学学会所做的简·奥斯汀讲座中，引述了伊莱扎·费伊所著的《来自印度的原信》的一则前言。这位女士被敦促在 1792 年将书稿出版，可是公众舆论极力反对"女人著书"，她只好婉言拒绝。但她在 1816 年写道："自此之后，在公众情绪及其演变上逐渐发生了巨大的变化；我们今天不但如从前一样拥有众多为妇女争光的文学人物，还有许多谦逊质朴的女性，她们不畏那些曾经伴随航程的评论危险，敢于乘坐自己的小船驶入汪洋大海，由此为读者大众带去娱乐或教益。"

《傲慢与偏见》于1813年出版，简·奥斯汀卖版权卖了一百一十镑。

除了已经谈到的三部小说外，她还有三部作品，即《曼斯菲尔德庄园》《爱玛》和《劝导》。就凭这几本书，她牢固确立了自己的名气。原先出版一本书，她要等待很长时间，可刚刚出书，她的迷人天赋就得到了认可。从此以后，最杰出的人士都愿意赞扬她。我只能引述沃尔特·司各特爵士的话，这番言辞还是一贯的慷慨大度："这位年轻女士拥有描写日常生活中复杂状况、情感和人物的天赋，这些都是我所遇见的最为精彩的。跟任何人一样，我自己也可以用武断的笔调来写，但是那种来自真实的描写与情感、让平凡的人与物妙趣横生的精巧格调，却是我力所不及的。"

奇怪的是，沃尔特爵士居然忘了提这位年轻女士最宝贵的才华了：她的观察十分透彻，她的情感也颇有启发性，但正是她的幽默为其观察增添了意义，为其情感增添了生机。她的涉猎范围很狭小，写的书基本都是同一类故事，人物也没有多大变化。他们基本都是同一类人，只是观察角度有些不同罢了。她具有极高的判断力，没有谁比她更清楚自己的局限。她的生活体验仅限于乡间社会的小天地，可这个天地已让她心满意足。她只写自己熟知的事情。正如查普曼博士起先指出的那样，她从没打算再现男性之间的单独对话，因为她肯定从未听过。

　　人们已经注意到，虽然她的生活跨越了世界历史上最震撼人心的几次重大事件，法国大革命、恐怖统治、拿破仑的兴衰，可她在自己的小说里丝毫未有提及。她也因此受到了过于冷淡的批评。我们应该记住：在她那个时代，妇女关心政治是有失体统的，那是属于男人考虑的内容；大多数女性甚至不读报纸；然而没有理由认定，由于她不写这类事情，就没有受过它们的影响。她很爱自己的家人，两个兄弟在海军服役，常常身处险境，从她的信函中可以看出，她十分挂念他们。可是她并未写这些内容，这难道不是一种见识的展现吗？她为人谦逊，不会料想自己写的小说在死后多年还会被人阅读；可是如果她曾经有过这种目标的话，最明智的做法莫过于避免涉及那些从文学角度看只有短暂意义的事情。前几年写的关于第二次世界大战的小说已如过眼云烟。它们就像那些天天告诉我们发生什么事的报纸一样，没有长久的生命力。

　　大多数小说家的状态都有起起落落。而奥斯汀小姐是我所知道的唯一例外，她证明了这样一条规则：只有平庸之辈才会维持平常水平（也就是平庸水平）。而她却始终处在最佳状态。即使在缺点颇多的《理智与情感》和《诺桑觉寺》里，更多的仍是值得欣喜之处。而其他每一部小说，都有其执着甚至是狂热的推崇者。麦考利将《曼斯菲尔德庄园》看作她最伟大的成就；其他同样知名的读者则偏爱《爱玛》；迪斯雷利把《傲慢与偏见》整整读了十七遍；今天的很多人把《劝导》视为她最完美的作品。我相信绝大多数普通读者还是视《傲慢与偏见》为其代表作，在这个问题上，我觉得最好接受他们的看法。一本书之所以成为经典，靠的不是评论家的表扬、教授的阐释和学校里的学习，而是由于一代又一代的大量读者在阅读时能够获得享受，在心灵上受益。

我个人以为，《傲慢与偏见》总体而言算得上是所有小说里最令人满意的了。它的第一句话就让你产生兴致："凡是有财产的单身汉，必定需要娶位太太，这已经成了一条举世公认的真理。"这句话为全书定下了基调，由其引发的诙谐感始终伴随着你，直到你读至最后一页（真是憾事一桩）。《爱玛》是奥斯汀小姐的小说中，唯一一本我感觉有些啰唆的。我对弗兰克·邱吉尔与简·菲尔费克斯之间的情事兴趣不大；另外，虽然贝茨小姐是个十分有趣的人物，可她出现得是不是有点过多了？书中的女主人公自视甚高，对于那些她认为社会地位低于自己的人，她那副居高临下的架势让人十分反感。可我们决不能因此就责怪奥斯汀小姐：我们别忘了，今天的我们所读的小说，跟她那个时代的读者所读的小说已经不一样了。风俗习惯的变化造成了我们观点的变化；我们在某些方面比我们的先人狭隘，某些方面又比他们开通；一种一百年前就很普遍的态度，如今其影响却依然挥之不去。我们用自己的先入观念和行为标准对所读的书进行评判，这样做有失公允，却也不可避免。在《曼斯菲尔德庄园》中，男女主人公范妮和埃德蒙德正经得过了头儿；我所有的同情都跑到无所顾忌、欢快活泼、充满魅力的亨利和克劳福德身上了。我搞不懂为什么托马斯·伯特伦爵士刚从海外回来时，发现家里人在津津有味地看业余演出，居然会暴跳如雷。由于简本人就十分爱看业余演出，我们不明白她怎么就会觉得这份怒气情有可原。《劝导》具有罕见的魅力，尽管我们期望安妮不要那么平淡实际，多公正一点，多冲动一点，事实上也不要那么老处女（在莱姆里杰斯的科布[1]所发生的事情除外），可我还是不得不将之视为六部小说当中最完美的一部。简·奥斯汀在构造不寻常人物的事件上确实没什么特殊才能，以下一幕在我看来构思就很笨拙。路易莎·玛斯格鲁夫登上几级陡峭的台阶，在其爱慕者温特沃斯船长的保护下往下跳去。可他未能接住她，结果她的头先触地，昏厥过去。假如他真的打算伸手扶她的话（我们都知道他一直就有扶她"跳过"篱墙的习惯），即使当时的科布是如今的两倍高，她离地面也不会超过六英尺，因而在跳下去的时候，绝不可能头部先触地。她无论如何也应该撞在强壮的水手身上，虽然有可能吓得浑身发抖，但不会伤着自己。不管怎样，她不省人事，随之发生的忙乱让人难以置信。靠捕获赏金发财的温特沃斯船长被这一场景吓瘫了。所有相关人物在随后的行为都有如白痴，虽说奥斯汀小姐能够坚强面对朋友和亲人的疾病与死亡，但我还是很难相信，她居然不会觉得这一切傻得出奇。

卡洛德教授是一位博学而风趣的评论家，他曾说，简·奥斯汀不具备写故事的能力，他解释说，此话当中的"故事"指的是一连串事件（不管是浪漫的还是离奇的）。可这并非

---

[1] 科布：莱姆里杰斯的一个历史悠久的海港，其堤坝保护小镇免受暴风雨侵袭。——译者

简·奥斯汀的才华所在，也不是她的目的。她头脑理智、性
情活泼，不会耽于幻想，她感兴趣的不是什么非凡之事，而
是平凡之事。通过敏锐的观察、反讽、幽默机智，她使之不
再平凡。所谓故事，大多数人指的是一段连贯一致的叙事体，
有开头、中间、结尾。《傲慢与偏见》的开头十分恰当，两个
年轻人出场，他们对伊丽莎白·贝内特及其姐姐简的爱情为整
个小说提供了情节，结尾也结得正是时候，以其婚姻而告终，
属于传统的大团圆结局。这类结尾引起了深奥之人的诟病，
的确，诸多（或者说大多数）婚姻并不幸福，而且婚姻也无
果而终；其作用不过是引出另外一串经历。结果很多作者的小
说都以结婚开始，此后便涉及婚姻的结局如何。这也是他们
的权力。可是普通读者将婚姻视为一部小说的理想结局也不
是没有道理。他们之所以这么认为，是因为他们有一种发自
本能的感觉：通过婚配，一男一女就完成了自身的生物功能；
在整个过程当中（爱的萌芽、阻碍、误会、坦白，直至圆满
婚姻）自然而然产生的好感，如今终成正果，即子嗣，也就
是继承他们的下一代人。对大自然而言，每对夫妻不过是整
个链条上的一个链环，而链环的唯一意义就在于可以扣上另
一个链环。这就是小说家设立大团圆结局的理由。在《傲慢
与偏见》中，当读者得知新郎拥有丰厚的收入，他将携新娘
住进一栋豪宅，四周围绕着园林，房中全都配备了昂贵典雅
的家具时，全都感到十分的欣慰。

　《傲慢与偏见》是一部结构非常出色的小说。情节一个连
一个，颇为自然，而且故事也没有让人觉得不可信。也许有

一点比较奇怪，就是伊丽莎白和简居然颇有教养、举止优雅，而她俩的母亲和三个妹妹却像纳希布尔夫人所说的那样，"远远低于上流社会及其方式的平均水准"；可这两人的教养好又是整个故事的关键。我本人感到诧异的则是：奥斯汀小姐为何没有安排伊丽莎白和简为贝内特先生的前妻所生，而让小说中的贝内特夫人成为其续娶，是那三个小女儿的母亲？如此一来就可以避开这个绊脚石了。所有女主人公当中，奥斯汀最喜欢伊丽莎白。"我必须承认，"她写道，"我认为她算得上是有书以来最可爱的尤物。"假如像有些人设想的那样，她本人就是伊丽莎白这个人物的原型（她肯定把自己的欢快、兴致和勇气、智慧和机敏、判断力和情感都赋予到了她身上），那么据此认定她在刻画温和、善良、美丽的简·贝内特时，心里想的是自己的姐姐卡桑德拉，恐怕也不算过分。达西通常被看作是一个讨厌的无礼之徒。此君的首次过错，就是在所去的一次公共舞会上，不愿同自己不认识、也不想认识的人跳舞。这不算什么大错。而他在同宾利谈起伊丽莎白的时候，贬低之辞居然给对方无意中听到，也实属不幸，但他并不知晓她正在倾听，他的理由完全可以是：他的朋友正在怂恿他做自己本不想做的事情。当达西向伊丽莎白求婚的时候，的确带着令人无法原谅的傲慢，但高傲，对自己出身和地位的高傲，乃是他性格中的主要特点，没有这一点，故事根本就讲不下去。而且他求婚的方式也让简·奥斯汀有机会呈现全书最具戏剧性的一幕；可以料想的是，凭借她日后掌握的经验，她也许能够在表现达西情感（很自然、很容易理解的情感）

的时候，所用的处理方式既能冒犯到伊丽莎白，又不须让他说出如此出格的话以致让读者大为震惊。对凯瑟琳夫人和柯林斯先生的描写或许有些夸张，但就我看来，基本还在喜剧允许的范围之内。比起日常生活来，喜剧看待生活的角度更为活跃，也更为冷静，些许的夸张（也就是诙谐）常常不算什么缺点。谨慎地掺一点诙谐，如同在草莓上撒糖，很可能会让喜剧更加的美味可口。至于凯瑟琳夫人，我们必须谨记：在奥斯汀小姐的时代，等级高的人会有一种凌驾于较低地位者的巨大优越感；这些人不光要求后者对自己毕恭毕敬，而且事实上也确实受到礼遇。在我自己年轻的时候，就认识一些贵妇人，其自尊自大与凯瑟琳夫人并不相差多少，尽管没有表现得如此明显。至于柯林斯先生，即使在今天，谁敢说没有见过这种既溜须拍马又傲慢自大的人？有些人已经学会表面温和，以此来遮掩自己，只能让其更为可憎。

简·奥斯汀并不是一个杰出的文体家，可她的语言平实而不做作。我认为，她的句子里能看出约翰逊博士的影响。她倾向于使用源自拉丁语的词汇，而非日常的英语词汇。这令其措辞显得有点拘谨（当然远不至于让人不快）；的确，这种措辞常常为智言增色，也令恶语更有正经味儿。她笔下的对话很可能就像当时真正的对话一样自然。可对于我们而言，则似乎显得有点做作。简·贝内特在谈到自己恋人的妹妹们时是这样说的："她们自然不赞同他与我交好，对此我也并不感惊讶，因为他大可选中一个样样皆强于我之人。"当然，这席话或许就是她所说的，但我还是觉得不太可能。同样一句话，一个现代小说家显然是不会如此措辞的。把所讲的话语原封不动地写到纸上非常乏味，对之进行某些编排自然是很有必要的。只是到了最近这几年，小说家们为了追求逼真效果，才竭力让对话贴近口语：我猜想，根据过去的传统，要让受过教育的人士四平八稳、语法正确地表达自己的观点（通常情况下，他们并不能达到），而我认为当时的读者们对之也是坦然接受的。

谅及奥斯汀小姐稍显拘谨的对话描写，我们必须承认：她总是让故事人物的谈话符合性格。我只注意到她的一处疏忽："安妮笑着说：'艾略特先生，我心目中的好伴侣，应该是一个头脑聪明、见多识广的人，能够侃侃而谈，这才是我所谓的好伴侣。''你说的不对，'他温和地说道，'这并不是最好的伴侣。'"

艾略特先生性格上有缺陷；可是如果他能够对安妮的话做出如此绝妙的回答，他一定具有其塑造者不想让我们了解到的某些优点。就我个人而言，我对此话甚是着迷，以至于我宁愿看到安妮嫁给他，而不是沉闷乏味的温特沃斯船长。诚然，艾略特先生为了对方的钱曾娶过一个"身份低微"的女人，并且对人家置之不理，对待史密斯太太亦是气量很小，可我们听到的毕竟都是她那一边的故事，而如果我们有机会去听听他这边的话，或许会发现他的行为也是情有可原的。

奥斯汀小姐有一大优点，本人几乎忘记提及。她的书可读性极强，超过某些更伟大、更著名的小说家的作品。如沃尔特·司各特所言，她所涉及的都是些平常事物，"平凡生活

中的琐事、情感、人物"；在她的书中没有什么重大事件，
可是当你读完一页的时候，总会急切地翻到下一页看看随后
发生了什么。没什么大事儿，而你又急着翻到下一页。能够
做到这一点的小说家，具有一个小说家所该有的最为宝贵的
天赋。

四　司汤达和《红与黑》

一

1826 年，一位品性善良而又爱好文学的英国小伙子远赴
意大利，他途经巴黎小驻，并递上随身携带的介绍信。由此
结交的一位朋友带他去见安瑟洛夫人，对方是一位知名剧作
家的太太，每个周二都会接待宾客。小伙子放眼四周，很快
就注意到一个胖乎乎的小个子正在神采飞扬地同其他几位客
人畅谈。此人一脸胡须，戴着假发，穿着紫罗兰色的紧身裤，
愈加衬托出他的肥胖，还有一件暗绿色的燕尾外套，内有一
件淡紫色的马甲，以及带饰边的衬衣和平滑的大领结。他的
外貌着实古怪，英国小伙忍不住打听这是何许人也。同伴
说了一个名字，对他而言也毫无意义。

"这个人让大家很紧张，"那个法国人接着说道，"他在波
拿巴帐下效力，却是个共和派分子，照目前这局势，听他那
通轻率的言辞可有些危险。他一度很有地位，还跟拿破仑上

过俄国前线。这家伙可能正在讲关于他的趣闻呢，他肚子里装了一大堆这玩意儿，逮着机会就反复讲。你要是有兴趣的话，我找机会把你引见给他。"

机会来了，那胖子极为热情地跟新客人打招呼。闲扯几句之后，小伙子问他是否去过英国。

"去过两回。"

他说自己在英国的时候曾经跟两个朋友在塔维斯托克宾馆住过。然后，他咯咯笑着继续说，他要给他讲述自己在那里的一次奇遇。他在伦敦无聊透顶，有一天对随从抱怨，说他已经看出来了，这个地方没有中意的人可以陪自己。随从以为他需要女人，便四处打探，给了他一个地址，位于威斯敏斯特路，说他和他的朋友可以第二天夜里去，保证很快活。当他们发现威斯敏斯特路位于一处贫困的郊区、有可能被抢劫和谋杀的时候，其中一人拒绝前往；而另外两个则拃上匕首和手枪，乘马车出发。他们在一个茅屋那儿下车，三个脸色苍白的妓女出来请他们进屋。他们落座喝茶，最后在那里过了夜。在脱衣服之前，他赫然把手枪放到了衣柜上，让那个女孩儿吃了一惊。年轻的英国人听着这个滑稽的胖子对这段经历如此详细而直白的描述，感到十分尴尬，当他回到同伴身边的时候，便告诉对方：自己还完全是个陌生人，却不得不听这种故事，如何令自己震惊、难堪。

"他讲的话你一个字也不要信，"他的朋友哈哈大笑说，"谁都知道这个家伙是个阳痿。"

年轻人脸红了，为了转移话题，他提到刚才那个胖子告诉自己：他为英国书评撰稿。

"没错，他写了一些类似的劣质作品，还自费出过一两本书，可是没有人肯读。"

"你刚才说他的名字叫什么来着？"

"贝尔。亨利·贝尔。不过这个人毫不重要，他根本没有才气。"

我得承认，这个情节是想象的，但却很可能确实发生过，它足够准确地反映出当时的人们是如何看待亨利·贝尔的，如今我们更熟悉他的另一个名字，司汤达。此时的他四十二岁，正在写自己的首部小说。由于生活的起起伏伏，他获得了各种各样的体验，这可是没几个小说家所能具备的。在一个大变革的时代，他投身到形形色色、各行各业的人当中，因此在力所能及的范围里获取到对人性的广泛认识。其同胞当中哪怕是最留心、最敏锐的学者，也只能通过自身的个性来了解他们。司汤达对他们的了解，并非这些人的真实面貌，而是在他心目中的样子，已经被其独特性格所扭曲。

亨利·贝尔 1783 年生于格勒诺布尔，父亲是一名律师，在城里是个有钱也有一定地位的人；他的母亲是一位有修养的著名医生的女儿，但在他七岁那年就去世了。在这短短几页当中，我只能对司汤达的生平做一个概述，因为如果充分谈这个问题，可得需要整整一本书才行，而我却需要深入当时的社会和政治历史；好在有人已经写出这样的书了，假如《红与黑》的读者感兴趣，想要对作者有更多了解（而不是我告诉的这点内容）的话，那么他最好就去阅读马修·约瑟夫森出版的那本生动翔实的传记《司汤达：追逐幸福的人》。

二

司汤达曾经详细描述过自己的童年和少年时代，读来十分有趣，因为在这一时期，他开始持有至死未改的偏见。母亲一去世（他说自己对母亲怀有一种恋人般的爱），他就由父亲和母亲的妹妹照管。他的父亲是个严肃认真的人，姨母则严格而虔诚，他恨这两个人。虽然属于中产阶级，可这个家庭颇有贵族倾向，1789年爆发的大革命使之充满恐慌。司汤达声称：自己的童年十分悲惨，可从他的记述中，似乎看不出有什么可抱怨的。他非常聪明，喜好争辩，而且很难管束。当大革命的浪潮冲击到格勒诺布尔的时候，贝尔先生被列入了可疑者名单，他认定这是一个名叫阿玛尔的敌对律师所为，此人想要夺走他的业务。"可是，"聪明的小男孩说道，"阿玛尔把你列入不热爱共和国的可疑者名单中，而你也确实不热爱嘛。"此言的确不假，但对于一个有可能掉脑袋的中年绅士来说，从自己的独子口中听到这种话，实在不怎么中听。司汤达批评父亲过于小气，但在用钱的时候，却总是能够从他那儿哄骗出钱来。有些书是禁止他看的，但就像有书以来全世界成千上万的孩子所做的那样，他暗地里照读不误。他最大的抱怨就是，自己捞不着自由自在地跟其他孩子混在一起，可他的生活不可能像他乐于声称的那样孤单，因为他有两个姐姐，其他孩子也同他一起上课，他的老师是耶稣会教士。

事实上，他当时的成长环境，跟其他富裕的中产阶级家庭中的孩子没什么分别。他跟所有孩子一样，把平常的管束看成是高压暴政，当他被迫做功课的时候，当他无法完全遂自己心愿的时候，都觉得自己受到了残酷的虐待。

在这一点上，他和大多数孩子一样，但是大多数孩子在长大后会忘记所受的磨难。司汤达却很不一样，五十三岁时，他依然心怀旧恨。由于他痛恨自己的耶稣会老师，所以成了极端的反对教权者，一直到生命的最后时刻，也没法让自己相信，一个信奉宗教的人会是虔诚的；而且由于他的父亲和姨妈都是忠诚的保皇党人，所以他成了热烈拥护共和制的人。可是在十一岁的一天晚上，他溜出家门去参加一个革命集会，结果大吃一惊。他发现无产者又脏又臭，粗俗不堪，口齿不清。"总而言之，那时的我同现在一样，"他写道，"我热爱人民，我痛恨压迫他们的人，可要是跟这些人生活在一起，对我而言却是无休止的折磨……我曾经拥有最为贵族化的情趣，现在依然如此，我愿意为人民的幸福做任何事情，但我相信，我宁可每个月再坐两个礼拜的牢，也不愿跟小商人生活在一起。"

这孩子非常聪明，尤其擅长数学，十六岁时，他说服父亲让自己去巴黎上高等理工学院，好准备未来的军旅生涯。可是这只是个离家的借口。入学考试那天，他却溜了。父亲把他介绍给一个亲戚达鲁先生，他的两个儿子都在国防部任职。长子皮埃尔身居要职，过了一段时间，在父亲达鲁先生的要求下，他让这个无所事事、需要工作的年轻人当了自己众多秘书中的一个。拿破仑开始了他在意大利的第二次战役，达鲁兄弟随其出征，不久后，司汤达在米兰同他们会合。在司汤达做了几个月的办事员后，皮埃尔·达鲁给他在一个龙骑兵团谋到一份差事，可是迷恋米兰快乐生活的司汤达根本无意加入，还趁自己的庇护人不在之际，诱哄一位米查德将军任命自己做人家的副官。皮埃尔·达鲁回来后，即命令司汤达加入自己的兵团，然而他用这样那样的托词一直拖了六个月，等到最后加入了，发现无聊透顶，又借口有病，请假去了格勒诺布尔，并在那里辞去军职。他什么战斗也没有参加过，但这并不妨碍他日后吹嘘自己是一个如何神勇的战士；而在其1804年找工作的时候，他也确实自行写了一份鉴定书（并由米查德将军签字）证明自己在各次战役中英勇无畏，而如今已证明，他根本不可能参加过这些战役。

在家里待了三个月后，司汤达去往巴黎居住，靠父亲的一笔补贴生活，钱虽不多，倒也够用。他眼前有两大目标。一个是成为当时最伟大的戏剧诗人。为了这个目的，他研读了一本戏剧写作手册，经常认认真真地去看戏。可是此人似乎并无多少创造力，因为我们一次又一次地发现他在日记中不知羞耻地说起：他可以把刚刚看过的一场戏，如何改成自己的戏；他当然也成不了什么诗人。他的另一大目标就是成为一个大情人。在这方面，老天爷可并不怎么眷顾他。他的个头有点小，是个身子大、腿短、又丑又胖的年轻人，大脑袋上长着一堆黑色的鬈发；他的嘴唇很薄，粗粗的鼻子十分突出；但是他那棕色的眼睛充满渴望，手脚极小，皮肤跟女人的一样细。他曾颇为自豪地声称：手握刀剑会把自己的小手磨出泡来。除此之外，他还胆怯而笨拙。通过其表亲马夏尔·达鲁（也就是皮埃尔的弟弟），他得以频繁参加沙龙，这些沙龙的女主人，其丈夫都在大革命中大发横财；然而可惜的是，他一跟人讲起话来就结结巴巴。他能想出妙语，却鼓不起勇气张嘴说出来。他始终不知道手该怎么放，于是买了一根手杖，通过摆弄手杖，可以把手利用起来。他很清楚自己的外省口音，他进了一家戏剧学校可能就是为了矫正口音。在这里，他遇见了一名扮演小角色的女演员，名叫梅勒妮·古依尔伯特，比他大两三岁，在经过一番犹豫之后，他决定与之相爱。他之所以犹豫，部分是因为他无法确定她的灵魂是否跟自己的一样高尚，部分则是因为他怀疑对方患有性病。可能这两点都没问题了，他才跟随她到了马赛，因为她在那儿有个演出合约，而他在那几个月里则是给一个批发商工作。他逐渐看出：不管在精神上还是在思想上，她都不是自己想象中的女性，所以当她合约到期、因缺钱被迫返回巴黎时，他松了一口气。

司汤达具有很强的性意识，但并不怎么性感；的确，在一些十分露骨的信件（在他后期的一个情妇手里）被发现之前，人们普遍怀疑他是个阳痿。第一部小说《阿尔芒斯》里的主人公即是如此。这本书谈不上是一本好小说，却受到了安德烈·纪德的极力推崇，其原因我想也并不难猜：它印证了他自己的信念（这种信念当然是源自他跟妻子的特殊关系），即没有性欲而深陷爱河是完全有可能的。然而恋爱和陷入爱河之间还是有很大区别的。没有欲望可以恋爱，但没有欲望却绝不可能陷入爱河。司汤达显然并非阳痿，他在《论爱情》中题为《论惨败》的一章里解释了自己的情况。坦白讲，由于他担心达不到对方的要求，结果导致他真的无法做到，于是也就出现了那些让他蒙羞的传言。他的感情源自理智的头脑，拥有一个女人主要是为了满足他的虚荣心而已。这让他确信自己具有男性气概。别看他说得冠冕堂皇，没有任何迹象表明他懂得温柔细心。他坦承自己大多数的情事十分不幸，原因也不难看出。他的胆子很小。在意大利的时候，他曾请教一位军官弟兄如何才能赢得女性的"青睐"，而后郑重其事地把听到的建议记录下来。他按照规则追求女性，就像之前按照规则撰写剧本一样；当他发现对方觉得他很愚蠢时，感觉大受其辱，而当对方看透他的虚情假意时，他又大感惊讶。此人虽然聪明，却好像从未想到过，女人熟悉的语言是情感的语言，而理智的语言只会令她们心寒意冷。他以为只要自己使用计谋与花招，就可以达到只有用感情才能达到的目的。

在梅勒妮离开他几个月之后，司汤达再度来到巴黎。这已经是1806年了。此时的皮埃尔成了达鲁伯爵，比之前更有权势。司汤达在意大利的所作所为，让皮埃尔对自己的这位表亲印象不佳，只是在妻子的劝说下，他才决定再给司汤达一次机会。耶拿战役之后，他的弟弟马夏尔被派往布伦瑞克，司汤达作为军事特派员助理随同前往。他尽职尽责，表现不俗，因此在马夏尔·达鲁被召往别处之后，由他来顶替原职。司汤达放弃了要当伟大剧作家的想法，决心在仕途上有所成就。他把自己当成了帝国的贵族、荣誉军团的骑士、薪金丰厚的部门长官。虽然他是个狂热的共和主义者，而且把拿破仑视为剥夺法国自由的暴君，却写信给父亲，要求他给自己买个贵族头衔。他在自己的名字上加了一个小品词，称自己为"亨利·德·贝尔"。尽管这么做实在可笑，可他确实是个颇有能力、足智多谋的行政官；在一次叛乱（由于一名法国军官在跟一个德国平民的争吵中拔刀砍死了对方）中，他表现出不凡的勇气。1810 年，获得提升的他再次来到巴黎，在荣军院的豪华套房中拥有一间办公室，还有一笔不菲的收入。他得到了一辆双马拉的篷式马车，一个车夫和一个男仆。他跟一个歌女同居。但是这还不够，他感觉还缺少一个自己喜欢的情人，而且对方的地位可以提升自己的声望。他认定皮埃尔的妻子亚历山德琳·达鲁可以填此空缺。亚历山德琳是一个很漂亮的女人，比自己的显赫丈夫年轻好多，为其育有四个孩子。没有任何迹象表明：司汤达曾经考虑过达鲁伯爵对自己的厚待和宽容，而且他也没有想想，勾引达鲁的妻子可谓既不明智也不得体，因为他的升迁全都亏人家帮忙，事业上也要靠人家施恩。

他开始了一连串示爱的举动。可他身上那倒霉的缺乏自信依旧十分碍事。他时而欢快、时而又忧伤，时而轻浮、时而又冷淡，时而热情、时而又漠然；什么也不起作用；他说不准伯爵夫人到底喜不喜欢自己。他羞辱地疑心：由于他的忸怩，她在背后会笑话自己。最后，他找到一位老朋友，袒露自己的困境，让对方给自己出下一步的主意。两人经过商讨，朋友问了几个中肯的问题，还记下了司汤达的回答。下面就是马修·约瑟夫森总结的问题答案："勾引德·B夫人能有什么好处？"（德·B夫人是他们对达鲁伯爵夫人的称呼。）"答案如下：他要遵从自己的性格意愿；他会赢得巨大的社会条件；他要进一步追求对人类激情的探究；他会满足自己的虚荣心和自尊心。"司汤达还做了一处小脚注："最好的主意就是进攻！进攻！再进攻！"这确实是个好主意，但对于一个无法克服胆怯的人而言，却很难实行。然而几周之后，司汤达受邀到达鲁家位于巴切维尔的乡间别墅小住，在一个不眠之夜后，他决心在第二天早晨采取行动，于是穿上自己最好的条纹裤。达鲁伯爵夫人称赞了他的裤子。两人去花园里散步，而她的一个朋友以及她的母亲、孩子跟在后面二十码。他们走来走去，浑身颤抖、下定决心的司汤达紧紧盯住某一个点（他称之为B点），该点同他俩刚刚走过的A点有一段距离，他心中暗自发誓：如果走到B点还不开口的话，就自杀。他讲了，抓住她的手试图亲吻；他告诉她：自己爱她已足足十八个月，却竭尽全力掩饰这份感情，甚至不去见她，可是再也无法忍受痛苦了。伯爵夫人回答的态度倒也和善，她只能把他当作朋友，无意背叛自己的丈夫，随即把其他人也喊了过来。司汤达输掉了他所谓的"巴切维尔之战"。可以猜测出，此事伤的是他的虚荣心，而非他的感情。

在这之后两个月，仍处在失望懊恼中的司汤达申请休假，而后去往米兰，他在自己第一次游览意大利的时候就被这座城市给深深迷住了。早在十年前，他就在那儿喜欢上了一位吉娜·佩特拉鲁，此人是司汤达表兄的情人，可他当时只是个身无分文的少尉，她根本就没把他看到眼里。然而此次一回到米兰，他就立即找到了她。她的父亲开了一家小店，而她本人在年纪很轻的时候就嫁给了一个政府职员；如今她已三十四岁，有一个十六岁的儿子。再次见到她的第一面，司汤达就觉得她是个"高挑、华美的女人。在她的眼神、表情、眉毛和鼻子当中，依然具有威严。我发现她（他补充道）更加聪明，更加威严，少了当年的那种肉感"。凭借丈夫的那点可怜薪水，她就能够拥有米兰的公寓、乡间的房舍、用人、斯卡拉歌剧院的包厢、马车，的确是够聪明的了。

司汤达很清楚自己长相平平，为了弥补这一点，他刻意穿戴得优雅时尚。他老是胖嘟嘟的，不过如今由于生活好了，倒也仪表堂堂起来；他兜里有了钱，身上穿了好衣服。仗着这些有利条件，他肯定以为：比起当穷得叮当响的龙骑兵时，自己现在更有机会讨到这位威严女士的欢心，于是决定趁着自己在米兰的短暂停留期间向对方求欢。可她并不是他期望的那么容易对付。事实上，她把他搞得焦头烂额，直到他动身去罗马的前一天晚上，她才同意早晨在自己的公寓接见他。我们都以为这肯定是求爱的倒霉时刻。而那一天，他在日记中写道："九月二十一日十一点半钟，我终于赢得了期待已久的胜利。"他还将日期写在自己的背带上。他穿的裤子，正是他向达鲁伯爵夫人示爱那天穿过的条纹裤。

假期结束后，他回到巴黎。令他颇有些沮丧的是，他发现达鲁伯爵异常冷淡，他已经目睹了这位表弟对自己太太的关注，对此十分厌恶。拿破仑开始那次灾难性的远征俄国时，司汤达好不容易才说服他，把自己从安逸的荣军院调到现役的军需部。他紧随大军来到莫斯科，并在撤退中证明自己依旧镇定、有魄力、有胆识。在最糟糕的一天清晨，他出现在达鲁的帐外候命，脸刮得一丝不苟，唯一的一套军装干净整洁。在抢渡别列津纳河的时候，他沉着冷静地救了达鲁的命，还救了一名负伤军官，把他带上自己的马车。他最后抵达柯尼斯堡[1]，饿得半死，丢失了所有的手稿，除了身上的衣服一无所有。"我凭借坚强的意志救了自己，"他写道，"因为我目睹身边许多人放弃希望，走向死亡。"一个月后，他返回巴黎。

三

1814 年，皇帝退位，司汤达的官场生涯也随之结束。他声称自己拒绝了几份要职，宁肯流亡国外，也决不给波旁皇族效力；然而事实却并非如此，他宣誓效忠国王，极力恢复公职。然而这一切都未能成功，于是他返回了米兰。此时他依然有足够的钱可以住进舒适的公寓，想多久看次歌剧就多久去看；但他已经没有了从前的头衔、声誉、现金。吉娜很薄情。她告诉他说，自己的丈夫一听说他来了，立刻妒火中烧，其

----

[1]　柯尼斯堡，位于波罗的海岸边的俄罗斯港市，1946 年更名为加里宁格勒。——译者

他的爱慕者亦是起了疑心。他瞒不过自己，很清楚她对自己已经没有进一步的利用价值了，然而她的冷漠却点燃了他的热情，最终他想到：只有一个办法可以重新赢得她的爱。他凑了三千法郎给她。两人去了威尼斯，她的母亲、儿子，还有一个中年银行家也一同前往。为了保全颜面，她坚持让司汤达住到另一家宾馆去，令他极为厌烦的是，他跟吉娜一起用餐的时候，那个银行家总是跟着去。以下是他日记中的一段节录，是他自己的英文原话："她自诩这次来威尼斯，是为我做了很大的牺牲。我给她三千法郎到此处旅行，实在是太傻了。"十天之后又写道："我拥有了她……可她说起了我们的财政安排。昨天早晨没有任何幻想。利害关系显然将我全部的神经液抽取到脑中，扼杀了我所有的肉欲。"

虽说这事叫人难堪，1815 年 6 月 18 日，也就是拿破仑兵败滑铁卢的那天，司汤达还是在威严的吉娜怀中度过的。

他们在秋天返回米兰。为了自己的声誉，吉娜坚持要求司汤达住到偏僻的郊区。等到她答应幽会了，他才在夜深人静之际乔装前去，路上换好几次马车，好甩掉跟踪的探子，之后由女仆放其进门。这个女仆可能刚刚跟女主人吵过架，或者是由于贝尔的金钱拉拢，突然透露给他一件令其无比震惊的事，即夫人的丈夫根本就没感到嫉妒；夫人要求严守秘密，是不想让贝尔先生撞见情敌（或者说情敌们，因为远不止一两个），女仆还说可以证实给他看。次日，她将他藏到吉娜内室的壁橱里，他透过墙上的一个小孔，亲眼目睹了她对自己不忠的行为，距离自己的藏身之处仅仅三英尺之隔。"也许你认为，"他在事后数年向梅里美讲述这件事情的时候说道，"我会冲出壁橱一刀刺死这两个人吗？根本没有……我轻轻地离开了幽暗的壁橱，正如我进来时一样，只想着这次奇遇的荒唐，内心大笑不止，也对这位女士充满了蔑视，终究也为自己重获自由而感到欣喜。"

可他还是陷入了深深的苦恼之中。他声称自己足足有十八个月无力写作、思考和讲话。吉娜试图重新赢回他的心。一天，她在布雷拉（著名画廊）拦住他，跪下身来乞求他的宽恕。"出于一种可笑的自尊心，"他告诉梅里美说，"我轻蔑地把她斥走。我的脑海中好像依然浮现出她追逐我的样子，抓住我的衣服后襟不放，跪着爬出画廊那么远。我没原谅她实在是太傻了，因为她肯定从未像那天一般深爱着我。"

然而在 1818 年，司汤达遇见了美貌的丹布罗夫斯基伯爵夫人，很快便爱上了对方。他此时三十六岁，而她要年轻十岁。这是他第一次倾心于一位名门女士。这位伯爵夫人是个意大利人，十几岁时就嫁给了一位波兰将军，但在几年后离开了他，带着两个孩子来到瑞士。诗人乌戈·福斯克洛当时流亡国外正住在那里，舆论错误地以为，她离开自己的丈夫就是为了和此人住到一起。当她返回米兰的时候，处境很艰难，倒不是因为她有情人，根据当时的风气，这根本就没什么可指责的，而是因为她离开自己的丈夫、独自在国外生活。爱慕了对方足足五个月后，司汤达才敢开口表白。对方却马上给他吃了个闭门羹。他谦卑地写信道歉，她终于心软了，允许他每两周来看自己一次。她的态度很明显，那就是他的殷勤令自己感到厌烦，但他坚持不懈。有件奇怪的事情就是，尽管司汤达总是留心不让别人耍弄自己，但自己却不断地丢丑。有一回，伯爵夫人去伏尔托拉看望自己那两个读书的儿子，司汤达尾随而至；不过他清楚这样做会令对方生气，便戴上绿色眼镜遮掩自己。到了晚上出去漫步的时候，他摘下眼镜，碰巧撞见了伯爵夫人。对方假装没看见他，并在第二天给了他一张纸条"怒斥他跟踪自己到伏尔托拉，并且在自己每天散步的公园里游荡，影响了自己的安全"。他回信恳求对方原谅自己，并在一两天后当面求见。她冷冰冰地将他打发走。他赶往佛罗伦萨，伤心的信笺像雪片一样飞向她。她连信封都没开就退了回来，并附言如下："先生，我不想再收到您的来信了，也不会给您回信的。我非常敬重您，等等……"

绝望的司汤达回到米兰，却获悉父亲已经去世。他马上动身前往格勒诺布尔，发现法律事务处理得并不顺利，他非但没有得到预期的财产，反倒接手了一屁股债。他匆匆赶回米兰，也接手了不知通过何种方式（我们不得而知）设法说服伯爵夫人再次允许他定期去见对方；然而这只是他的虚荣心，他怎么也不肯相信，她对自己毫不关心，后来他写道："经过三年的亲密关系，我离开了一个女人，我爱她，她也爱我，却从未委身于我。"

1821 年，由于跟某些意大利爱国分子有牵连，奥地利警方要求他离开米兰。他定居巴黎，在随后的九年中，绝大多数时间都住在那里。他频繁出入于欣赏智慧的沙龙。他也不口吃了，成了一个有趣而锐利的健谈之人，最厉害的时候同时跟八到十个自己喜欢的人交谈；但是同许多滔滔不绝的人一样，他往往一个人把着谈话。他喜欢制定规则，一旦有人不同意，他丝毫也不掩饰自己的鄙视。出于惊世骇俗的目的，他颇有些放任自流，沉浸于淫秽亵渎之中，挑剔的批评家们认为，无论是逗乐还是煽动，他常常都是强装幽默。司汤达无法忍受无聊，觉得他们都是些流氓无赖。

在此期间，他经历了唯一一次感情似乎得到回报的韵事。德·古利亚尔伯爵夫人（出生名为克莱门·布若）已跟自己忌妒而暴躁的不忠丈夫分开。她是个三十六岁的漂亮女人，而司汤达已年过四十，是个又胖又矮的人，长着厚实的红鼻子，大腹便便、屁股硕大。他戴着红褐色的假发，还染了胡须与之相配。他用有限的收入尽可能穿得体面。克莱门·德·古利亚尔被司汤达的智慧与幽默深深吸引，经过适当的一段时间，他便展开"进攻"，对于他的求爱，她以适合自己年龄的方式表达了谢意。在他们交往的两年当中，她总共给他写了两百一十五封信，每一封都恰如司汤达期望的那般浪漫。由于唯恐激起她丈夫的怒气，他都是偷偷来看她。我来引用一下马修·约瑟夫森的记载："他乔装打扮一番，乘马车从巴黎出发，在黑暗中全速赶往她的别墅，午夜后才能到达。德·古利亚尔夫人跟司汤达小说里的任何女主人公一样大胆。有一次，来了不速之客（可能就是她的丈夫）破坏了他俩的幽会，她赶紧让他到地下室去，撤掉他爬下去的梯子，关上活门。在漆黑空幻的地槽里，司汤达困在里面（简直就是坟墓）整整三天，而痴心一片的克莱门为他准备好吃的，撤下和架起梯子偷偷来看他，甚至为了满足他的需要，把密闭便桶都拿了下来，然后再去倒掉。"司汤达后来写道："当她在夜里进地下室的时候，显得十分崇高。"然而不久之后，这对情人之间出现争吵，有如他们的感情一样激烈，这位女士最终抛弃司汤达另寻新欢，对方可能是个容易取悦、让人兴奋的情人。

而后发生了1830年大革命。查理十世流亡国外，路易·菲利普继位。此时的司汤达已经花光了父亲破产后留下的那点儿积蓄，而他在文学创作上的努力（他已经重新回到成为著名作家的旧有雄心上来）给他既未带来金钱也未带来声誉。《论爱情》于1822年出版，但十一年中只卖掉十七本。而1827年出版的《阿尔芒斯》则在评论界和公众中都未获得成功。我在前面已经提到，他曾试图谋得政府职务，随着政权更迭，最终被派驻的里雅斯特[1]领事馆；然而由于其同情自由派分子，奥地利当局拒绝接受他，于是又被调到了教皇国的奇维塔韦基亚。

他对官职并不在意，而是不知疲倦地四处观光，只要有机会，就会出外游览。他在罗马找到了欣赏自己的朋友。但尽管有这些消遣，他还是极度的无聊和孤单；五十一岁的时候，他向一个年轻女孩儿求婚，对方是他的洗衣女工和一名

---

[1]　的里雅斯特，意大利东北部港市，在司汤达所处的时代仍属于奥地利；第一次世界大战后根据《圣日耳曼条约》，的里雅斯特连同特伦蒂诺、南提洛尔、伊斯特拉、数个达尔马提亚岛屿以及弗留利被割让给了意大利。——译者

领事馆小职员的女儿。令他沮丧的是，求婚被拒绝了，人们或许以为是由于他年纪大、性格差，实则是因为他的自由主义观点。1836年，他说服部长给他安排了个小职务，让他得以在巴黎生活三年，而他的位置被其他人暂时占据。此时的他身体相当肥胖，而且易患中风，但这并不妨碍他穿着入时，谁要是对他的外衣款式或者裤子样式表示轻蔑，都会极大地冒犯他。他继续示爱，却无甚收获。他相信自己依然深爱着克莱门·德·古利亚尔，并试图恢复同对方的关系。两人分手后已有十年，她很明智地答复说，火已熄灭，余烬无法重燃。她还告诉司汤达，他是自己的第一个朋友、也是最好的朋友，对此应该感到心满意足了。梅里美记述道，这一打击让他心都碎了："他一说到她的名字，声音就会变……这是我唯一一次见到他哭泣。"不过他好像一两个月就完全恢复过来，又去向一位戈蒂耶夫人大献殷勤，再度失败。最后，他被迫返回奇维塔韦基亚，两年后在那里得了中风。刚一恢复，他就请假去咨询日内瓦的一位著名医生。他从那儿搬到了巴黎，又过起了原来的生活。他参加聚会，高谈阔论，兴致不减。1842年3月的一天，他参加了在外交部举办的一次正式宴会，当天晚上，在沿着大街散步的时候第二次中风，被抬回住处的第二天即去世。他终其一生都在追求快乐，却从来没有领悟到，只有在不刻意追求的时候，才会真正得到快乐；而且，也只有在失去的时候，才能明白快乐的意义。任何人都不太可能会说"我很快乐"，而只能说"我曾经快乐过"。这是因为快乐并非福利、满足、安逸、愉悦、享受：所有这些都能让人快乐，但它们本身并非快乐。

四

　　司汤达是一个很古怪的人。他的性格比大多数人的要矛盾得多，在同一个人的身上，居然同时存在着这么多相互矛盾的特性，让人十分惊讶。这些特性没有任何协调之处。他既有突出的优点也有严重的缺点。他生性机敏、感情丰富、缺乏自信、才华横溢，工作起来十分勤奋，面对危险镇定勇敢，待朋友很好，且极富创见。他的偏见荒唐可笑，他的目标无甚价值。他非常多疑（因而也容易受骗）、气量狭窄、严厉无情，一点也不尽心，虚荣得近乎愚蠢，耽于酒色却毫无情趣，放浪形骸却毫无激情。可是我们之所以知晓这些缺点，是因为这些都是他自己告诉我们的。司汤达并非职业作家，甚至谈不上是个文人，但他笔耕不辍，而且所写的几乎全是关于自己的事情。多少年来，他都在记日记，其中大部分保留至今，很明显，他写日记时无意将之出版；可在他五十出头的时候，写了一部长达五百页的自传，但只写到十七岁的时候。这部自传，尽管一直到死都未曾修改，却是有意出版的。在书中，他有时会拔高自己，声称做了其实并未做过的事情，但总体而言还算真实。他没有偷懒，我估计凡是读过这几本书的人（这些书确实不好读，因为有些部分枯燥无聊，经常翻来覆去的），都会扪心自问：假如让我如此坦白地暴露自己，是否会有更好的表现。

　　司汤达去世的时候，只有两家巴黎报纸报道了此事，只有三个人（其中一个是梅里美）参加了他的葬礼。他似乎要被人们完全淡忘掉了；事实上，要不是两个忠实的朋友费尽周折，成功说服一家重要的出版公司发行了他的主要作品，他确实会被淡忘。虽然影响力很大的批评家圣伯夫专门为此写了两篇文章，可是公众仍旧不感兴趣。这也并不让人意外，因为圣伯夫的第一篇文章是关于司汤达早期作品的，而这些作品，与他同时代的人都未曾注意，而后人已决定不予理睬，而在第二篇文章中，他依然保留了对司汤达的游记《罗马之旅》和《旅人札记》的褒奖，但对其小说却毫无兴趣。他断言其故事人物都是些木偶，虽塑造巧妙，但一举一动却暴露出内在的机理；他所批评的情节描述也确实可信度不高。司汤达还在世的时候，巴尔扎克曾经写过一篇赞誉《帕尔马修道院》的文章；圣伯夫写道："很显然，本人实在无法分享巴尔扎克先生对《帕尔马修道院》的热情。实际上，作为小说家，他希望人们把他写成什么样，他就把贝尔写成了什么样"；稍晚些时候，他又颇为恶毒地说出，在司汤达死后，人们在其遗稿中发现了一张文件，记录了他曾送给或是借给巴尔扎克三千法郎（对巴尔扎克而言，借款永远等于是馈赠），以此来收买对方的颂词。对此圣伯夫引述道："荣誉之中混杂着不光彩的纠缠。"或许他无须如此苛求对方：他自己的那两篇文章就是收了出版商的钱的，而他所写的有关司汤达表兄皮埃尔·达鲁（此人作为作家的唯一声望来自对贺拉斯的翻译，并撰写了一部九卷本的威尼斯史）的两篇文章，也是因其家人欲尽孝心，受托而作。

司汤达从未怀疑过，自己的作品将得以流传，但他估计要等到 1880 年，甚至 1900 年，自己才会获得应有的评价。面对同时代人的忽视，很多作家都相信，后人会承认自己的价值，借此来自我宽慰。然而事实却往往不是这样。后人都忙忙碌碌、疏忽大意，而当他们真的关注过去的文学创作时，也只会在当时曾经获得成功的作品中寻觅。一位故去的作家，生前备受冷落，而后来却被从故纸堆里重新挖掘出来，这种机率堪称微乎其微。就司汤达而言，则是由于一位教授（否则也不为人知）在巴黎高等师范学校的讲座上热情称赞他的作品，恰巧在他的学生当中，又有一些聪明的年轻人日后都成了名。他们在阅读司汤达时，从中发现了一些符合当时思想气候、在年轻人当中盛行的观点，于是便成了他的狂热崇拜者。其中最富才华的当属希波利特·丹纳（Hyppolyte Taine），多年之后，已经成为知名大学者的丹纳撰写了一篇长文，在文中呼吁人们格外关注司汤达的心理洞察力。顺便要说一下，当文学批评家提到一个小说家的心理因素时，他们所说的心理跟心理学家所说的意思并不太一样。就我个人理解，他们的意思是说，小说家更加强调笔下人物的动机、思想和情感，而非行为；但实际上，这会导致小说家主要展现人性的丑陋一面，诸如其嫉妒、恶毒、自私、卑鄙——也就是他本性中阴暗而非光明的一面；这样做具有真实感，因为我们都很清楚自己内心有多少可憎的东西，除非我们完全是白痴。

"若不是得上帝恩宠，赴刑场的就是约翰·布拉德福[1]了。"自从丹纳的这篇文章之后，出现了大量关于司汤达的评论，人们普遍认为，他是十九世纪法国三位伟大的小说家之一。

他的情况极为特殊。大多数伟大的小说家都著作等身，尤其是巴尔扎克和狄更斯。我们完全可以相信，假如他俩活到老年的话，将会一部接一部地继续编写故事。人们通常认为，在一个小说家所需要的一切才华中，大幅度地编造故事是最为关键的。这项才华，司汤达几乎完全不具备。然而他可能又是小说家里最具独创性的一位。正如他在年轻时代（他当时想要成为一名伟大的剧作家）从未想出构建一部戏剧的想法，就写小说而言，他似乎也无力从自己的大脑中构思出一个情节。他的第一部小说我已提过，就是《阿尔芒斯》。德·杜拉斯伯爵夫人曾写过两部题材颇为大胆的小说，具有"丑闻性的成就"，当时有一位颇有名气的作家名叫亨利·德·拉图什，他也写了一部并匿名出版，目的是让人以为这是伯爵夫人所写，其中的主人公是个阳痿。我没读过这本书，只能讲些道听途说的话。根据这些传闻，我推断司汤达在《阿尔芒斯》中不光借用了拉图什作品的主题，还包括人家的情节。他甚至还厚颜无耻地给主人公起了跟拉图什书中

---

[1]　约翰·布拉德福（1510—1555）：英国牧师，受俸于圣保罗大教堂，因"崇奉异端"在新兴门监狱被火刑处死。他生前有一次看到几名被押解刑场的死囚，随即叹息说："There, but for the grace of God, goes John Bradford."（若不是得上帝恩宠，赴刑场的就是约翰·布拉德福了）。这句话后来成为西方人的常用语，意即"要不是因为好运气，自己也可能像人家那样倒霉或犯错的"。——译者

完全一样的名字，只是后来才把名字从奥利维尔改成了奥克塔夫。他用所谓的"心理现实主义"来渲染主题，可这部小说仍显拙劣：情节极不可信，在我看来，一个患有罕见残疾的人（此人为该书赋予了主题）居然会疯狂爱上一个年轻女孩儿，这实在让人无法置信。在《红与黑》当中，如我后面将要谈到的，司汤达密切追踪一个年轻人的故事，此人是一次著名审判中的主角。《帕尔玛修道院》中唯一让圣伯夫感觉值得称道的地方就是其中对滑铁卢战役的描写，司汤达的描写来自一名参加过维特多利亚战役的士兵的回忆录。至于该书的其他部分，则是依靠旧有的意大利年鉴与传记。作为一名小说家，其情节明显取自某处，有的来自他所经历、目睹或者听说的真实事件，不过通常情况下还是来自对人物的细致描写（由于某种原因，这些人物激起了他的想象）。除了司汤达，我不知道还有哪位一流作家如此直接地从所读书籍中寻找灵感。我这番话并非毁谤，只是陈述一个奇怪的事实。司汤达没有很强的创造能力，可是谁也说不清为什么，老天爷给了他准确观察的卓越天赋，还有对人心之复杂、虚妄、古怪的敏锐洞察。他对自己的同胞评价颇低，可又对他们有着强烈的兴趣。在其《旅人札记》中，他有一段启示人心的文字，记载了他在途径法国时，为了在闲暇时间欣赏美景，便驾了一辆驿站马车，可不久之后就感觉无聊透顶，于是弃车登上了拥挤的公共马车，得以跟同路人一起畅谈，并且伏在共用的桌子上倾听他们的故事。

　　尽管司汤达的游记十分生动，读来依然妙趣横生，不过仅仅是向我们讲述了作者的独特性格，他的声名主要还是来自两部小说和《论爱情》中的一些篇章段落。其中有一段也并不新鲜：1817年初，他正在博洛尼亚，在一次聚会中，有位吉拉迪夫人，"美目之乡布雷西亚曾经出过的最美貌女人"，对他说：

> 有四种不同的爱：
>
> （一）肉体之爱，即动物、野人和堕落了的欧洲人的爱。
>
> （二）激情之爱，即阿伯拉尔对爱洛伊丝、朱莉对圣普罗的爱。
>
> （三）L'Amour Goût，即曾在十八世纪令法国人欢喜，马里沃、坎比勇、杜克洛、德毕内夫人优雅描写过的爱。（我原封不动地写出 L'Amour Goût，是因为不知该如何翻译才好。我认为，它的意思是指对中意的人感受到的那种情爱，如果这个词放在牛津辞典里的话，我宁可叫它"色欲"而不是爱。）
>
> （四）来自名利场中的爱，由于这种爱，德·肖纳女公爵在准备嫁给吉尔先生时说："在一个平民老百姓眼里，一位女公爵永远都是三十岁。"

司汤达又补充道："这种将所爱对象的一切都视为完美的愚蠢行为，在吉拉迪夫人的圈子里，被称为结晶。"假如他不抓紧利用出现在眼前的这一有益想法，他也就不是司汤达了；不过直到数月之后，他才在所谓"天才的一天"想到那个日后闻名的类比。他是这样比喻的："在萨尔茨堡的岩盐坑，把一根没有叶子的树枝丢进废弃矿井的深处，两三个月之后，再将其取出，上面覆盖着光亮的结晶体：其中最小的细枝连山雀的脚大都没有，却满是数不清的光彩夺目的钻石。没有谁还能认出原先的树枝。"

"我所说的结晶，指的是思维的运转，让我们的大脑从周围的一切吸取新发现（即我们所钟爱的对象具有的新的优点）。"

所有恋爱过和失恋过的人都应该认识到这个例子的巧妙之处。

五

就这两部杰作而言，《帕尔玛修道院》更宜阅读。圣伯夫称书中人物都是些毫无生气的木偶，我认为此言差矣。诚然，男主人公法布莱斯和女主人公克莱利娅·昆蒂形象模糊，在故事中大多扮演些颇为被动的角色；莫斯卡伯爵和山瑟维日诺公爵夫人却鲜活生动。这位放荡淫乱、肆无忌惮的公爵夫人堪称人物塑造上的经典。然而《红与黑》显然却是更引人入胜、更富创新性、意义更大的成就。正因为此，左拉将司汤达称为自然主义流派的开山祖师，而布尔热与安德烈·纪德则将他誉为心理小说的创始人（尽管不太准确）。

跟大多数作家不同，对于批评，不管有多恶毒，司汤达均坦然受之；然而更值得注意的是，当他把书稿交给自己想听取意见的那些朋友时，对于他们常常是大量的修改建议，他都不加犹豫地接受。梅里美说，司汤达不断地重写，但他从不改写。此言是否属实，我不能确定。我曾在他的一份手稿中看到，他在很多不满意的词上划了小叉，而这么做肯定是在修订时用以改动的。对于由夏多布里昂引领一时、诸多小作家百般模仿的华丽文风，他深恶痛绝。他说（很可能并不真实）在动笔之前，他曾读过《拿破仑法典》以磨炼自己的语言。他避开当时流行的景物描写和大量隐喻。他所采用的那种冷漠、明晰、克制的风格，极大地增加了《红与黑》故事的恐怖感，为其平添迷人魅力。

正是《红与黑》让丹纳在那篇著名的文章中给予其很大关注；不过作为一名历史学家和哲学家，他感兴趣的主要还是司汤达对人物心理的敏锐观察、对动机的准确分析，以及其观点的新奇和独创。他不无道理地指出，司汤达关心的，并非情节自身，主要是在于这些情节是由人物的情感、独特性格和感情变化所引起的。因此，他极力避免用戏剧化的方式描写戏剧性的情节。作为例证，丹纳引用了司汤达对主人公行刑前的描述，并十分真切地说，大多数作者都会将之视为可以详述的一个情节。以下则是司汤达的处理方式：

"牢房里的空气恶劣极了，于连已经觉得难以忍受。幸亏向他宣布行刑的那一天，阳光明媚，万物充满勃勃生机，于连也觉勇气倍增。在露天中行走，令于连陶醉，就好像漂泊已久的海员重新踏上陆地一样。'走吧，一切都很好，'他心里对自己说，'我一点儿也不缺乏勇气。'这颗脑袋从来没有像它即将落地时那样地充满诗意。从前在韦尔吉树林里所度过的那些美好的时刻，此时纷纷涌进他的脑海。一切都进行得简单而得体，在他这方面没有任何做作的表现。"

可是丹纳明显对作为艺术品的小说不感兴趣。他写这篇文章的目的，是要激发起人们对一位受冷落作家的兴趣，与其说是评论研究，倒不如说是一篇颂词。受到丹纳劝诱而结识《红与黑》的读者很可能会有些失望，因为作为艺术品，这部小说很可惜有缺陷。

司汤达对自身的兴趣要超过对其他任何人的兴趣，他始终都是自己小说里的主人公，《阿尔芒斯》中的奥克塔夫、《帕尔玛修道院》中的法布莱斯，还有未完成的《吕先·勒旺》中的同名主人公，都是司汤达本人心目中的理想。他让自己的主人公甚得女士青睐，并且成功赢得她们的芳心（他本人便为此不惜一切代价，却很少得逞）。他让主人公在她们身上达到目的，所用方法都是他自己曾经谋划却不断告败的。他让主人公像自己一样出口成章，但却明智地从不为此举例，只是加以断言而已，因为他很清楚，如果小说家事先告诉读者，某某人物机智过人，而后举例证明其机智，结果往往达不到读者的预期。他把自己的惊人记忆力，自己的勇气，自己的怯懦，自己的野心、敏感、工于算计，自己的多疑、虚荣、容易发怒，自己的肆无忌惮和忘恩负义，都给了主人公。他赋予主人公最可爱的特点（也是他在自己身上发现的）就是于连在遭遇公正和怜爱的时候，会被感动得热泪盈眶：这表明假如他的生活环境不同的话，原是不会这般卑鄙可耻的。

如我所言，司汤达不具备凭借自身大脑编造故事的才分，《红与黑》的情节取材于对一次审判的新闻报道，这次审判在当时备受关注。一个名叫安托万·贝尔德的年轻神学学生先后在米休先生家和德·歌东先生家担任家庭教师；他企图诱奸，或者已经诱奸了前者的妻子和后者的女儿。被解雇以后，他想要继续学习，以便成为牧师，可是由于其声名狼藉，没有哪家神学院愿意接受他。他突然认定这种局面是米休一家造成的，为了复仇，他在米休夫人做礼拜的时候将其开枪打死，然后又饮弹自尽。枪伤不足以致命，于是他受到了审判；他试图以那个不幸的女人为代价拯救自己，却被判处死刑。

这个令人厌恶的悲惨故事很是吸引司汤达。他认为贝尔德的罪行其实是强大而叛逆的人性对社会秩序的反抗，是不受虚伪社会传统所约束的自然人的情感表达。他非常鄙视自己的法国同胞，因为他们已经失去了中世纪时曾拥有的活力，越发变得安分守己、举止体面、枯燥乏味、平淡无趣、缺乏激情。他可能想到，经过了恐怖时代的畏惧，经过了灾难般的拿破仑战争；他们很自然地会欢迎和平安宁的日子。司汤达对活力的珍视超过其他一切品质，他钟情意大利，宁肯住在那儿而不是自己的祖国，这是因为他自认意大利是一个"爱恨交织的国度"。那里的人爱得极度狂热，可以为爱而死。那里的男男女女沉溺于自身的激情，全然不顾由此引发的灾祸。那里的男人虽在一怒之下杀人或被杀，但却活得真实率性。

这可是纯粹的浪漫主义，很明显，司汤达所说的活力，其实就是别人所说的、并且加以谴责的暴力。

"如今只有一部分人尚有活力残存，"他写道，"上层阶级是一点儿都没有了"；因此在动手写《红与黑》的时候，他把于连塑造成一个出身工人阶级的小伙子；不过他赋予于连一个更聪明的脑子、更坚强的意志，还有更多的勇气，这些都要胜过那个倒霉的原型。他用高超技巧所塑造的这个人物具有持久的魅力，此人对特权阶级充满了忌妒和仇恨，是每一代人都会出现的典型代表，而且可能一直这样下去，直到社会没有阶级差别为止。到那个时候，人性无疑已经改变，对于智力较高、能力较强、胆量较大者拥有的优势，那些智力较低、能力较弱、胆量较小者已不再怨恨。以下是我们第一眼看到于连时司汤达所做的描述："他是个十八九岁的瘦小青年，看起来羸弱，面部的轮廓也不大周正，但颇清秀，还有一个鹰钩鼻子。一双大而黑的眼睛，静时显露出沉思和火热。此刻却闪烁着最凶恶的憎恨的表情。深褐色的头发长得很低，盖住了大半个额头，发怒的时候凶相毕露……他的身材修长而匀称，更多地显示出轻捷而非力量。"这一描述没有多大魅力，但也尚好，因为它没有让读者预先对于连产生好感。我已说过，一部小说的主人公必然会赢得读者的同情，而司汤达选了一个反面人物做主人公，必须从一开始就小心翼翼，不要让读者对他产生过度的同情。另一方面，他又要他们对于连感兴趣。他可不敢让他太过可憎，因此他不断地谈及此人的漂亮眼睛、优美身材和纤细双手，以此来缓和一开始的描写。在必要的时候，他把他写得的确十分俊美。不过他还是不忘时不时地让你注意，于连在交往中给他人造成的不安，以及所有人对他的猜疑（那些本就有充分理由提防他的人除外）。

雷纳尔夫人，也就是于连受雇所教的孩子们的母亲，是个刻画得非常出色的形象，属于那种极难描写的类型。她是个好女人。绝大多数小说家都曾试图塑造这么一个人物，最后却只塑造出一个傻瓜。我估计原因就在于：善良的方式只有一种，而做坏事却有许多种方法，这显然给了作家极大的发挥余地。德·雷纳尔夫人迷人、善良而又真诚，她对于连的爱愈加强烈，其中又夹杂着恐惧和犹豫，最终演变成烈火般的激情，作者对这段故事的讲述十分娴熟。她是小说中最为动人的人物之一。于连下定决心，倘若他在一天晚上不抓住她的手，就了结自己的性命，自己非这样做不可；这就像司汤达本人，他穿上最好的裤子，心中暗自发誓：如果走到某一点，自己还不向达鲁伯爵夫人表白爱意的话，就打烂自己的头。于连最终勾引上了德·雷纳尔夫人，并不是由于他爱她，部分是因为他要报复她所属的阶级，再就是因为他要满足自己的自尊心。然而他确实爱上了她，内心的卑鄙动机一度消失。他在人生中头一回感到幸福，你也开始对他心生同情。可是德·雷纳尔夫人的轻率引发流言蜚语，于是于连被安排到一家神学院进修神职。我觉得于连跟雷纳尔一家以及他在神学院的生活这两个部分写得太好了，根本无需对之有任何怀疑，司汤达所讲内容的真实性十分明显；只是当场景

转换到巴黎的时候，我才开始产生怀疑。于连完成了神学院
的学习之后，院长给他争取到一个职位，给德·拉莫尔侯爵做
秘书，他得以跻身都城最上流的贵族圈。司汤达所描绘的画
面不足为信。他本人从未进入上层社会，他熟悉的主要是革
命与帝国时代登上舞台的资产阶级，而文明人士的行为举止，
他并不了解。他从未遇见过出身高贵之人。司汤达在骨子里
是个现实主义者，可是不管一个人费多大力气，他也无法摆
脱当时的精神氛围的影响。浪漫主义盛极一时，司汤达虽然
对十八世纪的理智洞察与高尚文化十分看重，但还是深受浪
漫主义的影响。如我所言，他非常迷恋意大利文艺复兴时期
的无情之人，他们没有道德上的顾忌和悔恨，不惜犯下罪过
也要实现雄心、满足欲望，或者为名誉而复仇。他十分珍视
这些人的旺盛精力、不计后果、鄙视传统，以及他们自由的
灵魂。正是出于这种浪漫主义倾向才使得《红与黑》的后半
部分不够完美。你必须要接受自己根本无法容忍的不可能之
事，还要对那些毫无意义的章节产生兴趣。

　　德·拉莫尔侯爵有个女儿，她的名字叫玛蒂尔德。她美貌
动人，但却傲慢任性；她对自身的高贵血统有着极为强烈的意
识，为自己的祖先感到无比骄傲，他们冒着生命危险争取厚
赏，最终均被处决（一个是在查理九世主政期间，另一个则
是在路易十三时代）。出于天性的巧合，她也像司汤达一样极
为珍视"活力"，对于那些追求自己但却平平庸庸的年轻贵族
们根本看不上眼。埃米尔·法盖曾在一篇颇有意思的文章中指

出：司汤达在其列举的几种爱中漏掉了 l'amour de tête [1]。这是一种来自想象的爱，在想象中茁壮成长，往往又在性爱的高潮中枯萎死亡。德·拉莫尔在不知不觉间就对父亲的秘书产生了这种爱意，其中的几个阶段司汤达已讲得十分精妙。她对于连既喜欢又反感。她爱他是因为他跟自己身边的这些贵族青年截然不同，因为他就像自己一样鄙视他们，因为他的低贱出身，因为他同自己一样的自尊心，因为她感觉到了他的野心、他的无情、他的放肆、他的堕落，还因为她害怕他。

最后，玛蒂尔德交给于连一张纸条，示意他等众人都睡下的时候搬着梯子爬进她的房间。我们后来知道，他完全可以轻手轻脚地走楼梯上去，她却让他这么做，可能是想试试他的胆子。克莱门·德·古利亚尔曾爬梯子下到自己藏匿司汤达的地下室里，这显然点燃了他浪漫的想象；他让于连在去往巴黎的路上半道停在了德·雷纳尔夫人所住的小镇维里埃，弄到梯子，在半夜里爬进她的卧室。或许司汤达觉得：让自己的主人公在一部小说里两次使用这种方式进入女士卧房有些难堪，因为一收到玛蒂尔德的纸条，他就让于连提到梯子，自嘲地说道："这是我命中注定要使用的工具。"可是这些自嘲也无法掩盖一个事实：司汤达在这里所表现的创造能力不尽人愿。诱奸之后所发生的故事写得也很精彩。这两个自我中心、喜怒无常的人儿不知道他们是爱得热烈，还是恨得疯狂。两人

---

[1]　l'amour de tête：字面意思大致为"头脑中的爱"或"梦想中的爱"。——译者

都想驾驭另一方，都想激怒、伤害、羞辱另一方。最终，于连凭借老套的伎俩使这个高傲的女孩儿乖乖就范。很快，她就发觉自己怀孕了，于是告诉父亲，说她打算嫁给自己的恋人。于连依靠造假、交际，以及自我克制，眼看就要实现自己的一切愿望了，可他犯了一个愚蠢的错误。全书从此便开始支离破碎。

我们得知于连头脑聪明、为人狡猾；为了向未来的岳父毛遂自荐，他要对方写信给雷纳尔夫人，以证实自己的人品。他很清楚，她对自己的通奸罪过痛悔不迭，很可能像全世界所有的女人那样，因为自己的软弱而痛斥他；他也清楚，她深深地爱着自己，他应当想到，自己娶另一个女人会令她不快。在其忏悔神父的指示下，她给侯爵写了一封信，在信中告诉对方：于连的一贯伎俩就是潜入别人家庭并破坏其安宁，他的最大目的、也是唯一目的，就是佯装无私，实则图谋控制家中主人及其财产。以上控诉，不管是哪一个，都不合乎情理。她说他是个伪君子，是个卑鄙的阴谋家：司汤达似乎未能注意到，虽然我们读者知晓，于连的确是这种人，可雷纳尔夫人并不知晓；她所知道的，仅仅就是于连堪称楷模地履行了自己作为孩子们的家庭教师的职责，赢得了他们的喜爱，他也深爱着自己，在她最后见到他的那一回，他冒着丢掉事业，甚至丢掉性命的风险，陪自己度过了好几个钟头。她是一个是非分明的女人，不管听忏悔的神父给她施加了什么样的压力，我们都很难相信她会同意写这种连自己都不肯相信的东西。不管怎样，德·拉莫尔侯爵还是收到了来信，他大为震惊，坚决反对这桩婚事。为什么于连不说这封信纯粹是一派谎言，只是一个妒火中烧的女人歇斯底里的爆发？或许他已经承认了自己曾经是雷纳尔夫人的情人，但她年已三十，而他才十九岁，是她勾引的他，难道不是可能性更大吗？我们知道这并非事实，但确实非常可信。德·拉莫尔侯爵可谓饱经世故，这种人往往把人尽量朝坏处想，这种一定程度的玩世不恭令他相信无风不起浪，同时也容易对人性的脆弱怀有宽容之心。自己的秘书居然同一个没有社会地位的乡下绅士之妻有过风流韵事，对他而言，必定感到有趣而非震惊。

　　然而不管怎样，于连占据主动。德·拉莫尔侯爵已为他在精锐部队中谋得军职，还赠予他一份足以带来丰厚收入的地产。玛蒂尔德不肯堕胎，深陷爱河的她已经表达了自己不管结不结婚，都要与于连一起生活的决心。于连只需讲清形势，侯爵就会被迫让步。从小说一开头，我们就已经看到：于连的长处恰恰在于他的自控能力，他的激情、嫉妒、仇恨、骄傲，都从未主宰过他；而他的肉欲，在所有激情中可说是最为强烈，也不过是类似于虚荣心这样的急切愿望而已（就像司汤达本人一样）。可在书中的危机时刻，于连却做了小说里的一件致命之事：他的行为与其性格极不相符。就在他最需要克制自己的时刻，其表现却活脱脱像一个傻瓜。读了雷纳尔夫人的信，他拿出手枪，驱车赶到维里埃，向她开了枪，并未将她打死，但让她负了伤。

　　于连这一极不明智的举动令评论家们大惑不解，他们一直在寻求可以解释的理由。一种说法是，当时的风气就是以一个感情夸张的情节来结束小说，不幸死亡是最好的；可是假如这真是一种风气的话，倒完全应该导致司汤达避开这种结局，他可是决意逆潮流而行的。还有人指出，原因也许在于他对暴力犯罪的极度崇拜，把它视为活力的最高体现。我觉得这种解释也不太可能。司汤达确实把贝尔德的恐怖举动看作"富有艺术感的犯罪"，可是难道他看不出自己把于连塑造得跟那个可怜的敲诈者差别很大吗？维里埃距离巴黎二百五十英里，即使每一站都更换马匹，即使于连日夜兼程，也要花上几乎两天时间，这足够他化解怒气、恢复理智了。如果那样的话，司汤达深入刻画的这个人物就该调转头来，而且由于已让德·拉莫尔侯爵面对玛蒂尔德怀孕的残酷事实，就该迫使他同意这桩婚事。

那么是什么让司汤达犯下这个奇怪的错误（人人都同意，这个错误乃是其伟大小说中的一个缺陷）？很显然，他不肯让于连获得成功，尽管于连实现了野心，身后还有玛蒂尔德和德·拉莫尔侯爵，司汤达依然不会让他赢得地位、权力和财产。如果不这么写，《红与黑》就会成为另外一本书了，而巴尔扎克在其后来讲述拉斯蒂涅发家的众多小说里就是这么写的。于连必须死。巴尔扎克凭借其旺盛的创造力，可能已找到一种为《红与黑》结尾的方式，让读者能够接受，不仅看似可信，而且无法避免。但我认为司汤达却不会以任何别的方式结尾。我相信，他所获取的材料令他心醉神迷、难以挣脱；他紧随安托万·贝尔德的故事，感到自己有一种继续下去、一直到悲惨结局的冲动，而不管什么可信不可信。但是上帝、命运、机会，无论你怎么称呼这种主宰人类生命的神秘力量，它都是蹩脚的讲故事者；而小说家的工作和权利，则是纠正残酷事实中的不可能之事。这一点，司汤达力不能及，这不能不说是一大憾事，但我在前面已经说过了，没有哪部小说称得上十全十美，部分是由于这一手段天生的缺陷，部分则是由于写作小说的人的不足。虽说有如此严重的缺点，《红与黑》依然是一部非常伟大的小说，阅读此书实在是一种独特的体验。

五　巴尔扎克和《高老头》

一

伟大的小说家用自己的作品丰富了全世界的精神宝库，而在这些人当中，窃以为巴尔扎克是最伟大的一位。他是唯一一位我会毫不迟疑地冠之以天才的人物。天才一词，在当今用得太过随便。头上顶了这个词的人，如果我们判断更为理智的话，用才干来形容他们就足够了。而天才同才干并非一回事。很多人都有才干，这并不稀奇，可天才却很稀奇。才干是灵巧而娴熟，可以后天培养；而天才是与生俱来的，奇怪的是，它常常跟严重的过失挂上钩。根据牛津辞典解释，天才就是"天生的高超智力，诸如任何艺术门类（不管是思考还是实践）中的高手所表现出来的那样，是（一种）本能的、超常的想象、创新、发明、发现的能力"。那么本能的、超常的想象能力，正是巴尔扎克所具备的。他并不是一个现实主义者（诸如某种程度上的司汤达和写《包法利夫人》时的福楼拜），而是个浪漫主义者，所以他眼中的生活并非原貌，而是受到了同时代人都有的各种倾向（常常是渲染性的）的影响。

有的作家仅凭一两部书就声名鹊起，有时候是因为在其大量的著述当中，只有某个片断被证实具有不朽的价值，普雷沃神父的《曼侬·莱斯科》即为如此；有时候则是因为他们的灵感（来自一种特殊的体验或是由于独特的性情）仅仅用在了无甚意义的创作上。他们只能畅所欲言一次，假如再写作的话，就会旧调重弹，或是笔下无物。巴尔扎克的创作力惊人。诚然，他的作品参差不齐。就他所写的这样一部巨著而言，不可能始终达到最高水平。文学批评家往往带着怀疑的眼光看待作家的高产，我觉得这样很不对。马修·阿诺德就把这看成是天才的一大特点。他在提起华兹华斯的时候说，令自己肃然起敬、在脑海中树立起这位诗人崇高地位的，正是其大量的佳作，即使是在他那些平平之作被一扫而清后依旧如此。阿诺德接着说："如果对每个诗人的单篇作品或是某几篇进行比较的话，我不敢说华兹华斯就比格雷、彭斯、柯勒律治或者济慈高超。……我认为他的高超之处在于他能写出更为大量的佳作来。"巴尔扎克的小说绝没有《战争与和平》史诗般的波澜壮阔，没有《卡拉马佐夫兄弟》的撼人心魄，也没有《傲慢与偏见》的独特魅力：他的伟大之处不在于某一部作品，而在于他惊人的鸿篇巨著。

巴尔扎克所涉及的领域囊括其时代的整个生活，范围也是遍及全国。他对人的认识（不管这种认识是怎么得来的）

不同寻常，尽管在某些方面不如其他地方准确；而且他对社会中产阶级（医生、律师、职员、记者、店主、乡村牧师）的描写，比起上流世界、城市工人群体和耕作者群体，都要可信。如同所有的小说家一样，他写起恶人来要胜过写善者。他具有惊人的构造才能和非凡的创造力。他就如一股自然的力量，一条激荡湍急的河流，漫过堤岸，横扫眼前的一切，或者如一阵飓风，一路咆哮，吹遍宁静的乡村与都市的街道。

作为一名描绘世界的艺术家，他的独特才能在于他对人物的想象，不只是通过人物的彼此关系（除了纯粹写冒险故事的作家，所有小说家都这么做），而且（尤其）通过人物与其所在的社会之间的关系。大多数小说家都是选择一组人物（有时候不过两三个），在他们眼里，就好像这些人物生活在玻璃橱窗下一般。如此一来，常常产生一种强烈的效果，但不幸的是，同时也造成了虚假效果。人不光过自己的日子，还生活在别人的世界里：在自己的生活中，他们扮演主角；在别人的生活中，他们的角色有时候倒也重要，但常常却是微不足道的。你去理发店理发，此事对你而言无关紧要，可是由于你不经意的一席话，可能就成为理发师一生的转折点。通过把其中暗含的一切意思显现出来，巴尔扎克得以生动形象、令人激动地呈现出生活的千差万别，它的混乱无序和相互冲突，以及导致重要结局的那些起因有多么遥远。我相信，他是第一位详细探讨经济在人类生活中所发挥的无比重要性的小说家。他认为，仅仅说金钱是万恶之源是不够的；在他看来，对金钱的欲望、对金钱的渴求，是人类行为的主要推动力。

　　我们必须牢记：巴尔扎克是个浪漫主义者。众所周知，浪漫主义出自对古典主义的反对，可如今将之与现实主义进行比照来得更为方便。现实主义者都是宿命论者，他们在其叙事中力求达到符合逻辑的逼真效果，他们的观察也是属于自然主义的。浪漫主义者则感觉日常生活单调乏味，他们力求脱离现实世界，找寻幻想世界，追求的是奇异和冒险，他们想要出人意料，哪怕这么做的代价是必须牺牲真实性也在所不惜。他们塑造的人物感情丰富、思想极端。他们的愿望很强烈，不受什么拘束。他们鄙视情感克制，认为这是沉闷的资产阶级价值观。他们全心全意地赞同帕斯卡的名言："纵使有万般理由，心还是同样盲目。"他们崇拜他，是因为此人愿意毫不犹豫地牺牲一切去争取财富和权力。这种人生态度很适合巴尔扎克充满活力的性情；不夸张地说，即使浪漫主义不存在的话，他也会创造出浪漫主义的。他的观察细微而准确，而他将之作为发挥自己离奇想象力的基础。每个人都有自己主要的志趣，这个观念很符合他的本性。该观念对小说作家们始终颇具吸引力，因为它让他们得以为自己所塑造的人物赋予一种戏剧力量；这些人物生动而鲜明，读者仅仅需要了解他们是守财奴或者好色鬼，恶妇或者圣人就够了，所以他们也能毫不费力地熟悉这些人物。生活在今天的我们所读到的作品，其作家往往都试图想让我们对其笔下人物的心理世界发生兴趣，所以导致我们不再相信人都是表里如一的。我们知道，他们都是由相互矛盾、似乎无法协调的成分所构成的；

正是他们身上的这些不协调才引起了我们的兴趣，并且由于我们知道自己身上也有这种不协调，所以也激发了我们的同情。巴尔扎克笔下最伟大的人物，是仿照那些老作家们塑造的，他们都是根据其性情勾画每个人物的。这些人物的主要志趣令其如痴如醉，无心顾及其他。他们就是人格化了的嗜好；可是他们被赋予了奇妙的力量、真实性和独特性，哪怕你可能并不相信他们，但却绝对不会忘却。

二

假如你遇见三十出头时的巴尔扎克（此时的他已经功成名就），会看到这样的一个人：身材粗短、体格结实，拥有魁伟的双肩、宽厚的胸脯，所以不会给你留下身材矮小的印象，如公牛般的脖子甚是白皙，同赤红的脸盘形成鲜明的对比；厚厚的嘴唇带着微笑，红得引人注目。他的牙齿坏了，已经变了颜色；鼻子方方正正的，鼻孔很大。大卫·当热为他塑半身像的时候，他强调说："注意我的鼻子！我的鼻子就是世界！"他的眉毛很突出，头发乌黑浓密，就像雄狮的鬣鬃一般梳在脑后。他那双带有点点金色的褐色眼睛仿佛拥有着生命、光芒和磁性，十分摄人心魄；这让人忽略了一个事实：他实则是个性情不定、粗鲁庸俗的人。他的神态活泼直率、亲切温和。拉马丁曾这样说巴尔扎克："他的友善，不是那种心不在焉、漫不经心的友善，而是一种充满深情、迷人而聪颖的友善，令你心存感念，无法不喜欢上他。"他充满了活力，仅仅是同他相处，就能让你心情畅快。假如你扫一眼他的手的话，一定会惊讶于这双手的美好。它们又小又白，肉嘟嘟的，指甲也很红润。对自己的这双手，他很是自豪；的确，这双手完全可以成为主教的手。假使你在白天撞见他，会发现他穿着破旧的外套，裤子上满是泥巴，皮鞋没有擦，帽子旧得惊人。可在晚间的聚会上，他又会一身光鲜，穿着带金色纽扣的蓝外衣、黑色的裤子、白色的马甲、黑色的网眼丝袜、上等的皮鞋、精致的亚麻黄手套。他的衣服老是不合身，拉马丁补充说，他的样子就像个一年里长出一大截的学生，都要把衣服撑破了。

　　同时代的人一致认为，此时的巴尔扎克直率、单纯、善良、和蔼。乔治·桑写道，他真挚而不做作，傲慢得几近狂妄，自信十足，性格开朗，心善而又癫狂，嗜酒成性，工作起来简直不要命，可在其他情感方面又极为克制，既脚踏实地又异想天开，既轻信人言又满腹疑心，既莫名其妙又顽固执拗。他并不健谈，领会东西也不快，在辩解应答上毫无禀赋可言；他同别人的谈话既无典故也无反讽；然而在独语的时候，他的活力却让人实在无法抗拒。对自己要讲的东西，他会捧腹大笑，所有人便跟着他笑得前仰后合。他们听他讲的话会笑，瞧他的样子也会笑；安德烈·比利曾说，"放声大笑"这个词简直就是为他量身而造的。

　　有关巴尔扎克最好的传记是由安德烈·比利所撰写的，正是从他的这本绝妙的书中，我才获取到这些如今打算透露给读者的信息。小说家本名叫巴尔萨，他的祖先是农场工人和织布工人；不过他的父亲起家时却是个律师手下的办事员，在大革命以后飞黄腾达，并把姓氏改为巴尔扎克。五十一岁时，他娶了一个布商的女儿为妻，这个布商通过政府合同赚了一大笔钱。1799 年，他们最大的儿子奥诺德生于图尔，当父亲的在当地医院做管理人。他能得到这份工作，可能是因为巴尔扎克夫人的父亲，就是那个以前的布商，不知怎的当上了巴黎诸家医院的总管理人。奥诺德似乎在学校里吊儿郎当，总惹麻烦。1814 年末，父亲负责为巴黎一个师的士兵供应伙食，于是举家迁到那里。家里决定让奥诺德成为一名律师，在通过必要的考试之后，他进了一位古约奈特先生的事务所。至于他干得怎么样，从首席办事员在一天早晨发给他的短笺中就能清楚地看出："巴尔扎克先生，请你今天不要来事务所了，因为这里工作很多。"1819 年，父亲领了养老金退休，决定住到乡下去，于是定居在维勒帕里西斯，这个村子位于通往莫城的路上。奥诺德则留在了巴黎，因为他们家有个律师朋友，经过几年的实践、当他能处理案子的时候，此人将把自己的业务转交给他。

然而奥诺德不肯服从，他想要成为一名作家，而且坚持要成为作家。当时家里吵得很厉害，尽管母亲坚决反对（她是一个严厉苛刻、注重实际的女人，巴尔扎克从未喜欢过她），可父亲最终做出让步，答应给他一次机会。协商的结果就是给他两年时间，让他看看自己能做什么。他搬到了一个阁楼里，租金是每年六十法郎，在里面安置了一张桌子、两把椅子、一张床、一个衣柜，还有一个空瓶子充当蜡烛架。

他时年二十岁，终于自由了。

他做的第一件事就是写一出悲剧。当他妹妹打算结婚的时候，他回到家里，随身带着自己的剧本，念给聚在一起的家人以及两个朋友听。大家一致认定：这剧本一文不值。稿子后来又送到一位教授手里，他的结论就是该剧作者喜欢干什么都行，就是不要写作。愤怒又泄气的巴尔扎克返回巴黎。他下定决心，既然自己当不成悲剧诗人，就做一名小说家，受沃尔特·司各特、安·拉德克利夫和马图林启发，他写了两三部小说。可是他的父母断定，这项尝试是失败的，于是他们要他乘第一班公共马车返回维勒帕里西斯。不久之后，有个朋友（一个落魄文人，是巴尔扎克在拉丁区结识的）来看他，建议两人合作一部小说。于是一系列粗制滥造的劣质作品就开始动工了，他有时独自写，有时合写，用了各种各样的笔名。谁也说不清楚，从1821年到1824年，他一共写了多少本书。有些权威称，可能多达五十本。除了乔治·森茨伯里，我不知道有谁会大量阅读这些书，而乔治本人也承认需要花费不少力气。这些书以历史为主，因为当时沃尔特·司各特的名声达到了巅峰，而巴尔扎克想要借助这股风潮。书写得很差，但也并非一无是处，它们教会巴尔扎克：只有不拖泥带水的情节才能抓住读者的吸引力，再就是要涉及那些人们觉得至关重要的题材——爱情、金钱、荣誉和生命。它们或许还教会他一点，也是他自身性情令他想到的，就是如果想让别人读你的书，作家必须要关注激情。激情也许有些卑微、琐细，或者不尽自然，但如果足够强烈的话，仍然不失庄重。

　　忙于此事的巴尔扎克住在家里。他结识了一位邻居，德伯尔尼夫人，她是一位德国音乐家的女儿，一直为玛丽·安东奈特及其女仆服务。她当时已有四十五岁，丈夫病痛缠身、爱发牢骚，不过她已经为他生了六个孩子，还为情人生了一个。她成了巴尔扎克的朋友，而后则是情人，始终全心全意地爱着他，直到十四年后去世。这是一种很奇怪的关系。他拿她当作情人来爱，却又把自己从未感受到的对母亲的爱转移到对方身上。她不仅仅是情人，还是心腹朋友，她的忠告、鼓励、无私的温情，始终都是他所需要的。这一韵事导致村子里流言四起，很自然地，巴尔扎克夫人极力反对儿子跟一个年纪足可以做自己母亲的女人纠葛不清。况且他的书也没有带来多少收入，所以她很担心他的前途。有个熟人建议他去做生意，这个主意似乎很合他的心意。德伯尔尼夫人掏出四万五千法郎，再加上几个合伙人，他当上了出版商、印刷商以及铸字工。他可不是个合格的生意人，极其铺张浪费。他把自己的个人开销都记在公司的账上，包括购买珠宝、裁剪衣裳、做鞋，甚至洗衣服。三年之后，公司破产，他母亲不得不掏出五万法郎替他还债。

　　由于金钱在巴尔扎克的生活中扮演了极为重要的角色，有必要考察一下这笔钱的总额到底有多少。五万法郎等于两千英镑，但当时的两千英镑比如今的价值可是高得多之又多。很难说清楚究竟高多少，或许最好的方法就是解释一下，在当时用一定数额的法郎都可以做哪些事情。拉斯蒂涅家属于乡绅贵族，这个六口之家住在外省，生活十分节俭，每年三千法郎，但依照其地位来说已算体面。在他们把长子欧仁送到巴黎念法律的时候，他在伏盖太太的膳食公寓租了一间房子，每月支付四十五法郎的食宿费。有几个年轻人在外面住，但过来吃饭，因为这里以膳食好而著称，为此他们每月支付三十法郎。如今像伏盖太太这种阶层的住宅，食宿费怎么说每月也要三万五千法郎。所以巴尔扎克的母亲拿出来救他免于破产的五万法郎，放到今天等于是一笔很大的数目。

这段经历虽然打击很大，却为他提供了大量的特殊信息以及对生意的了解，这些都在他未来的小说创作中发挥了作用。

公司倒闭之后，巴尔扎克到布列塔尼跟朋友住在一起，并在那里为一部小说找到了素材，小说名叫《朱安党人》，是他的第一部严肃作品，也是第一部他署上真名的作品。他此时三十岁，自此之后，他发奋图强，笔耕不辍，一直到二十一年后去世。其作品数量之多实在惊人，每年都出产一两部长篇小说和十几部中短篇。除此之外，他还创作了大量戏剧，有些从未被接受，被接受的那些也都以失败告终（只有一个例外）。一度有那么段短暂时间，他办了一份报纸，多数文章由自己撰写。工作期间，他过着朴素而有规律的生活。吃过晚饭不久，他就上床睡觉，一点钟被用人叫醒。他爬起来，披上白色的长袍，可谓洁白无瑕，因为他声称：写作的时候应当穿没有污点和瑕疵的衣服；而后，他一杯接一杯地喝着黑咖啡提神，借着烛光用乌鸦翅膀上的一根羽毛写作。七点钟，他收笔、洗澡（大致如此），躺下休息。八九点钟的时候，出版商给他带来校样，或是从他这儿取走手稿；然后他又开始认真工作，直到中午时分，才吃几个煮鸡蛋，喝水，还有更多的咖啡；他工作到六点，稍微吃点饭，再喝一点沃莱白葡萄酒把饭咽下去。时而会有一两个朋友来访，然而简单交谈一会儿之后，他就上床睡觉去了。尽管他在一个人的时候饮食颇为有度，可跟别人一起的时候，他吃起饭来狼吞虎咽。有一位巴尔扎克的出版商声称：他曾在一顿饭上看到巴尔扎克贪婪地吞下一百个牡蛎、十二个炸肉饼、一只鸭子、一对鹌鹑、一条舌鳎、许多糖果，还有十几只梨。难怪他很快就变得肥头大耳、大腹便便。加瓦尔尼[1]说他吃起饭来活像一头肥猪。他的吃相的确不雅：他喜欢用刀而不愿用叉倒没有让我不快，我敢肯定路易十四也是这样，但巴尔扎克用餐巾擤鼻涕的习惯就实在令我恶心了。

　　他这个人擅长做笔记。不管到哪里，都随身带着笔记本，当他碰巧遇见什么对自己有用的、触发他自己想法的事情，或是被其他人的想法给吸引的时候，他就匆匆记下来。但凡有可能，他便去参观自己故事中的地点，有时驱马跑很长的路途，去看自己想要描写的一条街道或是一栋房屋。他在给笔下人物选择名字上非常慎重，因为他的观点就是：名字应当同叫这个名字的人的个性和外表相符合。一个普遍承认的看法就是，他写得很差。乔治·森茨伯里认为，这是由于十年以来他为糊口匆匆写了大量小说而造成的。这个说法我可不

---

[1]　保罗·加瓦尔尼（1804—1866），法国版画家、油画家。——译者

能信服。巴尔扎克是一个粗鄙之人（不过粗鄙不正是构成他天才的一部分吗？），文章写得也很粗鄙，啰里啰唆、自命不凡，常常还不恰当。当时的一位重要批评家埃米尔·法盖在其研究巴尔扎克的著作中拿出整整一章讨论这位作家在品味、文体、句法和语言上所犯的错误；确实，有些错误十分明显，不需要多深厚的法语知识就能看得出来。巴尔扎克对自己母语的优雅没有什么感觉。他从来不会想到，散文体可以在方方面面同律诗一样漂亮和雅致，让人心生愉悦。不过虽说如此，当他身上尚有旺盛活力的时候，也能通篇写出言简意赅的格言警句。不管在内容还是形式上，它们都不会玷辱拉罗什福科 [1]。

巴尔扎克并不是一个从开始就知道自己想要说什么的作家。他首先写的是草稿，经过大幅度的重写和修改，最后交给印刷厂的手稿几乎都已无法辨认。等校样交还给他的时候，他对校样的态度，就好像这只是预计作品的一个粗略大纲似的。他不光添词，而且增句，不光增句，而且加段，不光加段，而且整章整章地补充。当校样再次排版的时候，他已经做了很多变更与修改，等把定版交给他，他又着手改稿，做了更多的变动。在这之后，他才同意将书出版，而且前提条件就是，未来的版本容许他做出进一步的修改。所有这一切的代价十分高昂，导致他跟出版商争吵不断。

---

[1] 弗朗索瓦·德·拉罗什福科（1613—1680）：法国伦理作家，著有《箴言录》（1665）。——译者

巴尔扎克同编辑们之间的关系，说起来实在是冗长、乏味，让人很不舒服，我会简短说的。这个人很无耻。他会先拿走一本书的预付稿酬，拍着胸脯说某天一定交稿；然后，由于又出现赚现钱的机会，他会受此诱惑而中断手头的工作，把匆匆写出来的一部小说或者一个短篇交给另一个编辑或出版商。于是，他时常被起诉违反合同，要赔诉讼费和赔偿金，这增加了他本已沉重的负债。因为只要他成功获得撰写新书的合同（有时根本没人找他），就会马上搬进花费重金装修的宽敞公寓，购置一辆篷顶马车和两匹好马。他雇了一名马夫、一名厨师和一个男仆，给自己购置衣物，给马夫买上制服，还买了好多铁板来修饰一枚根本不属于自己的盾徽。盾徽属于一个叫巴尔扎克·昂特拉格的古老家族，而他在自己的名字上又添上 de 这个附加的小品词，为的是让自己显得出身高贵。为了支付这些巨额开销，他向自己的妹妹、朋友、出版商借钱，不断地签账单，一续再续。他债台高筑，可还是照买不误——珠宝、陶瓷、橱柜、龟甲、绘画、雕塑；他用摩洛哥羊羔皮把书装帧得十分精美，他有很多手杖，其中一根还镶嵌着绿宝石。为了一次盛宴，他就把餐厅重新布置一番，完全改变装潢。有时候债主逼得紧了，他就把这些财产当掉许多；时不时有当铺主前来没收家具，然后公开拍卖。什么也没法挽救他了。他借起钱来简直不顾廉耻，可他才华横溢，让人钦佩不已，所以朋友们的慷慨之心很少被其耗尽。女性通常是不乐意借钱给别人的，但很显然，巴尔扎克发现她们很好说话。他全然没有分寸，从她们手里借钱的时候，看不出他有一丁点的顾虑。

　　应当记住的是，他的母亲拿出了自己的一部分钱财，才使他免于破产；两个女儿的嫁妆进一步减少了她的积蓄，到了最后，她所能留下的财产只有位于巴黎的一处房子了。等她终于发现自己极度拮据的时候，她给儿子写了一封信，安德烈·比利在《巴尔扎克传》第一版中曾引用过，我把它翻译过来就是："我从你那里收到的最后一封信是 1834 年 12 月。你在信中同意，从 1835 年 4 月 1 日起，每个季度给我 200 法郎，好让我支付房租与女佣的费用。你应该清楚，我不能过穷日子；你的名气已经很大，生活也很奢侈，以至于我们之间在处境上的差别很令人吃惊。我认为，你所做的这一承诺，是一种报答性的恩情。如今是 1837 年 4 月，也就是说，你已经欠了我两年。就这 1600 法郎而言，你在去年 12 月给了我 500 法郎，而且就像粗暴的施舍一样。奥诺德，两年来，我的生活就是接连不断的噩梦。你没有能力帮我，这我并不怀疑，但结果是，我靠抵押房子借来的金额已经贬值，如今再也筹不到钱了，我手头全部值钱的东西全都当出去了；我最终到了要张口对你说'面包，我的儿子'的田地了。几个星期以来，我所吃的，全都是我那好心的女婿给我的，可是奥诺德，不能再这样下去了：你好像有钱去做各种花费高昂的长途旅行，既浪费你的金钱又损害你的名誉——由于你未能履行合同，每次回来，这两样都大打折扣——当我想到这些的时候，心都要碎了！我的儿子，既然你能供应得起……情妇、镶嵌珠宝的手杖、戒指、银器、家具，你的母亲让你落实自己的承诺，恐怕也没有什么不妥吧。她一直等到最后一刻才张口，而现在，这一刻已经到了……"

收到这封信，他回复道："我觉得你最好来巴黎一趟，咱们谈上个把钟头。"

巴尔扎克的传记作者说，既然天才有自己的权利如此，所以我们不应以常人的标准去评点巴尔扎克的行为。这可是观点问题。我觉得最好还是承认，他是个自私自利、寡廉鲜耻、不够诚实的人。针对他在经济上的极不稳定，最好的理由无非就是：凭着轻松而乐观的性情，他始终坚信自己通过写作能挣到大笔的钱（他一度确实进账不少），并通过投机挣到数目惊人的钱，当时的投机买卖接连诱发他那丰富的想象力。可是每当他真正参与一项的时候，结果却总是负债更多。倘若他真的理智审慎、脚踏实地、生活节俭的话，是决不会成为他那样的作家的。他是个很爱炫耀的人，崇尚奢华，花起钱来很难自控。为了偿还债务，他拼了命地工作，然而不幸的是，更为紧迫的旧债还没还上，他就签了新的欠债合同。有一件奇特的事情值得提及，那就是只有在债务的压力下，他才能下定决心认真创作。此时，他能一直写到脸色苍白、筋疲力尽，而且他正是在这种环境下写出了自己最好的几部小说；可要是哪时候太阳从西边出来，他居然没有身处困境，或者经纪人不来打扰，或者编辑和出版商没有起诉他，他反而没有了创造力，无法静下心来动笔写作。他在临终前曾说，是他的母亲毁了他；此言实在令人震惊，因为应该说他毁了他母亲才对。

三

　　巴尔扎克的文学成就为他带来了众多新的朋友（成就总能带来朋友）；他身上巨大的活力、他的好脾气和无限魅力，都使他在几乎所有的高档沙龙中倍受欢迎。有一位贵妇人被他的名望所吸引，她就是德·卡斯特里侯爵夫人，德·马伊埃公爵的千金，费茨詹姆斯公爵的侄女，詹姆斯二世的直系后人。她用假名给他写信，他回了信，她再次写信透露自己的身份。他前去拜访对方，感到十分欢喜，不久就每天都去看她。她面容苍白、金发碧眼，像花一般美丽。他爱上了对方，虽然她允许他亲吻自己高贵的玉手，对他进一步的亲近却予以拒绝。他开始喷香水，每天都戴崭新的黄色手套，但是无济于事。他开始变得越发烦躁和恼怒，开始怀疑她是不是在玩弄自己。事实明摆着，她需要的是一个爱慕者，而不是一个情人。有这么一位业已成名、聪明有才的年轻人拜倒在自己脚下，无疑是一件让人欢喜的事情。在她叔叔费茨詹姆斯的陪同下，她和巴尔扎克在去意大利的途中于日内瓦小驻，此时危机出现了。没有人知道究竟发生了什么。巴尔扎克和侯爵夫人一起出门，回来时却满脸泪痕。可以料想，他向她提出了最后的要求，但却被对方回绝了，而且回绝的方式令他感到非常羞辱。他痛苦又气愤，感觉自己被无耻地利用了，于是返回巴黎。不过他这个小说家可不是白当的；每一次经历，即使是最丢丑的，都可以为其所用；德·卡斯特里侯爵夫人在日后将成为上流社会中无情的轻佻女子的原型。

当巴尔扎克还在毫无结果地努力追求她时，曾收到过一封来自敖德萨的、署名"国外女性"的崇拜者来信。不久之后，又来了一封类似署名的信。他在唯一一份可以进入俄国的法国报纸上登了一则广告："德·巴尔扎克先生收到来信，时至今日才得以借本报致谢，然而不知往何处回复，实感遗憾。"写信之人名叫伊芙琳·汉斯卡，是一位出身高贵、资财丰厚的波兰女士。她三十二岁，已婚，但丈夫已经五十多岁了。她为他生了五个孩子，但只有一个女儿还活着。她看到了巴尔扎克的广告，于是跟他约定，只要他通过敖德萨的一位书商转交，她就能收到他的来信。随后两人便书信往来。

由此开始了巴尔扎克常常所说的自己生命中的伟大激情。

很快，信就越写越亲密。巴尔扎克以夸张的方式袒露自己的内心世界，以引起这位女士的怜悯和同情。她为人浪漫，对于自己在五千亩阴暗乡间的乌克兰豪华别墅的单调生活，早已心生厌倦。她仰慕这位作家，对其人亦是兴趣浓厚。在两人互通信件的几年当中，汉斯卡夫人带着年迈体弱的丈夫、自己的女儿、一位女家庭教师、一批随行用人到了瑞士的纳夏泰尔；应她的邀请，巴尔扎克也前往那里。还有一段有关两人如何相遇的记载，读来让人愉快，但却极不真实：巴尔扎克在公园中散步，看到一位女士端坐长椅上读书。她把手帕丢到了地上，他礼貌地将其拾起，却发现所读的书正是自己写的，于是开口讲话。这位女士恰恰就是他来会面之人。她当时是个漂亮的尤物，颇有些丰腴之美；她的眼睛很好看，尽管只是轻轻一瞥，也能看出她的秀发之美丽、嘴唇之诱人。第一眼看见这么个又矮又胖的红脸男人，她可能吓了一跳，给自己写过如此热情奔放的信的人，看上去却像个屠夫；然而就算是吓了一跳，他那带着金色斑点的明亮眼睛，他那旺盛的精力，他的勃勃生气，还有少有的好心肠，让她忘记了刚才的惊讶，他在纳夏泰尔度过了五天时间，两人成了情人。他被迫要返回巴黎，离别时两人约好冬天在日内瓦再次见面。他前去过圣诞，在那里过了六个星期，在此期间，在同汉斯卡夫人亲热的间隙，他写了《朗热公爵夫人》，在书中对让自己受辱的德·卡斯特里侯爵夫人进行了报复。他离开日内瓦时，汉斯卡夫人向他保证：自己一成寡妇（她的丈夫已病入膏肓），就马上嫁给他。然而刚刚回到巴黎后不久，他就遇见了吉多博尼－维斯康蒂伯爵夫人，随即为之倾倒。她是个英国人，白肤金发，尽管来自英国，却水性杨花，对自己随和的意大利丈夫不忠已是声名远扬。不久之后，她就成了巴尔扎克的情人。不过当时的风言风语令两人的韵事尽人皆知。住在维也纳的伊芙琳·汉斯卡闻听此事，给巴尔扎克写了一封信，信中对他大加指责，扬言自己要回乌克兰。这可是个可怕的打击，他还一直指望着等她病快快的丈夫一死就娶她（他认定此事不宜久等），从而获得她的大笔财产呢。他借了两千法郎，匆忙赶往维也纳跟对方和解。他化名德·巴尔扎克侯爵出行，行李中装着伪造的盾徽，还带着一个贴身男仆；这增加了他的旅途成本，因为身为一名贵族，跟旅馆老板讨价还价是很失身份的事情，他给的小费也必须适合自己所冒充的级别。他到维也纳时已经身无分文，好在伊芙琳大度，但她还是忍不住对他大加指责，他不得不谎言相骗以减少她的猜疑。三个星期后，她动身去了乌克兰，此后两人有八年没有见面。

巴尔扎克返回巴黎，同吉多博尼伯爵夫人重归旧好。由于她的缘故，他比以前更加地挥霍无度。他由于欠债被捕，她交上欠款，使其免于坐牢。此后，当他财政状况紧张的时候，她时不时都会伸出援手。1836 年，他的第一个情人德伯尔尼夫人去世，令他极度悲痛；他说她是唯一真正爱过自己的女人。同一年，伯爵夫人告诉他，自己怀上了他的孩子。当婴儿降生的时候，她的丈夫，一个十分宽容的人，说道："啊，我知道夫人很想要个黑孩子，她终于得到自己想要的了。"有关他的其他韵事，我只提一件，那是跟一个叫伊莲·德·瓦莱特的寡妇，此事开头也是缘于崇拜者来信，如同德·卡斯特里侯爵夫人和伊芙琳·汉斯卡一样。奇怪的是，他的五桩韵事，有三桩都是由此开始的。或许这就是这些感情都不怎么圆满的原因。当一个女人是被一个男人的名声所吸引，那么她会过于关心与之交往所带来的荣耀，以至于无法具备真正爱情所激发起的那种客观公正的美好情感。她是个受挫的好出风头之人，抓紧机会满足自己的本能。与伊莲·德·瓦莱特的关系持续了四五年。说来奇怪，巴尔扎克同她分手的原因，是因为他发现她并没有像自己起初以为的那样具有十分良好的社会关系。他向她借过大笔钱款，而他去世之后，她曾试图向其遗孀索要，但似乎徒劳无果。

与此同时，他依旧与伊芙琳·汉斯卡保持通信。从他的早期信件来看，两人之间的关系是何性质已一清二楚，其中的两封信，汉斯卡夫人一时疏忽夹在书里，结果被她的丈夫看到。巴尔扎克获悉这一尴尬之事，便写信给汉斯卡先生，解释说他们只是开玩笑；原来伊芙琳曾经奚落他不会写情书，他于是动笔，证实自己可以写得很好。他的解释很不充分，但汉斯卡先生显然接受了。经过此事，巴尔扎克的来信十分小心谨慎，只是通过间接方式（他希望她能看出信的言外之意），他才向伊芙琳保证，他还是像以往一样爱她，并且盼望有那么一天，两人能够结合到一起共度余生。似乎可信的是，长达八年当中，除了偶尔调调情，他有两段认真的感情，一段是和吉多博尼伯爵夫人，另一段则是和伊莲·德·瓦莱特，而他对伊芙琳·汉斯卡并不像他表现得那么强烈。巴尔扎克毕竟是小说家，当他坐下来给她写信的时候，自然能够轻易投入相思情郎的角色中，如同他举例说明吕西安·德·吕邦波莱的文学天赋时，能够投入到优秀年轻记者的角色中、写出绝妙文章一样。我丝毫也不怀疑，当他给伊芙琳写情书的时候，心里想的确实就是笔下的豪言壮语。她已经允诺：只要丈夫一死，自己就马上嫁给他，他未来的保障就取决于她是否信守诺言了；假如他在信中有一点点夸大口气，谁也不能责怪他。漫长的八年里，汉斯卡先生的身体还算不错，随后突然去世。巴尔扎克期待已久的时刻到来了，他的梦想终于实现了。他终于要成为有钱人了。他终于要摆脱自己的小资产阶级债务了。

　　但是伊芙琳在来信告诉他自己丈夫已经去世之后，又来了第二封信，在信中告诉对方自己不会嫁给他。她无法原谅他的不忠、奢侈，以及债台高筑。他近乎绝望。她曾在维也纳告诉过他，只要能够拥有他的心，自己并不指望他能在肉体上忠贞。唉，她始终是这么说的。他为伊芙琳对自己的不公感到异常恼火。他认定，只有当面见到她才能重新赢得对方，于是在经过大量的通信之后，虽然对方明显不够情愿，他还是启程前往圣彼得堡，她当时在那儿料理丈夫的后事。他的算计证明是对的；两个人都步入中年、身体发福了；他四十三岁，她四十二岁；可他凭借自己的魅力、活力和天赋，让她无法拒绝。两人再次成了恋人，而她也再次答应嫁给他。事隔当初的承诺已经七年。她为什么犹豫了这么长时间一直令传记作者们困惑不解，但是原因肯定不难找。她是一位上层女性，很为自己的贵族出身而自豪，就像《战争与和平》里的安德鲁王子一样，她很可能看出，当一个著名作家的情人和当一个庸俗暴发户的妻子之间有着很大的差别。她的家里人极力劝说她不要跟这么个不适合的人订婚。她还有个已到婚龄的女儿，她有责任把孩子嫁给门当户对的人家；而巴尔扎克却是个臭名昭著的败家子；她很可能害怕他把自己的钱都打了水漂。此人总是问自己要钱。他根本不是从她的钱包掏钱了，而是伸出双手去夺。她确实有钱，而且本人也很奢侈，但是为了自己寻欢作乐而挥霍金钱，跟为了别人这样做，两者之间还是有着很大差别的。

　　奇怪的并非伊芙琳·汉斯卡等了这么久才嫁给巴尔扎克，而是她嫁给巴尔扎克这件事本身。他俩不时见面，其中一次见面的结果就是：她怀孕了。巴尔扎克为此欣喜不已。他以为自己终于赢得她了，于是立即向她求婚；可是对方不愿勉强应允，回信告诉他，她打算在分娩之后去乌克兰节省开支，以后再嫁给他。孩子生下来就死了。这件事是在 1845 或者 1846 年。她在 1850 年嫁给了巴尔扎克。他在乌克兰过的冬，婚礼也是在那儿举行的。为什么她最终答应了？她并不想嫁给巴尔扎克，从来没有过。她是个非常虔诚的女人，一度认真考虑过是否进修道院：或许听她忏悔的神父劝导她应该改变自己不合常规的处境。这年冬天，长期而疲惫的工作，再加上过度饮用浓咖啡，终于毁掉了巴尔扎克强壮的体格，他的健康开始变糟，心肺全都染病。显然他的来日已不多了。也许伊芙琳对这个将死之人动了恻隐之心，此人虽说不忠，但毕竟爱过自己如此长的时间。她的哥哥亚当·泽伍斯基写信求她不要嫁给巴尔扎克，皮埃尔·狄斯卡维斯在《巴尔扎克先生的一百天》中曾引述过她的回复："不，不，不……这个男人由于我、也为了我受过这么多苦，我曾是他的灵感、他的快乐，所以我欠他的。他病了，时间不多了！……他曾经多次受到背叛；我将继续忠于他，不管如何，也无论如何，我都将忠于他的理想（也就是我），假如真像医生所说的那样，他肯定快要死了，那么在他死的时候，至少也要把手放在我的手里，让我的形象留在他的心中，愿他的最后一眼凝望在我身上，我是他爱得如此长久的女人，亦是爱他至诚至真的女人。"信写得很感人，我看不出为何还要怀疑其中的诚意。

　　她不再是有钱女人了。她把自己的大笔钱财都花在女儿身上了，只留下年金。假如巴尔扎克深感失望的话，他倒并未流露出来。夫妇俩去了巴黎，他拿着伊芙琳的钱在那儿买了一栋设施豪华的大房子。

说来让人惋惜，经过一番漫长的苦等，当巴尔扎克的愿望终于实现以后，这个婚姻却并不成功。他们一度在乌克兰住了好几个月，不难料想，尽管性格上各有困难，可两人相互间的了解必定越来越深，应该顺利地开始亲密无间的婚姻生活。伊芙琳可以对情人身上的一些习性和把戏放任不管，但在丈夫身上就让她大为恼火了。多少年来，巴尔扎克一直处在恳求者的位置；可能是当婚姻安定下来的时候，他变得蛮横而霸道，而伊芙琳也是性格傲慢、难以取悦、性情急躁的人。她付出很大牺牲才嫁给了他，可他似乎并不怎么心怀感激，这令她十分不快。她以前总是说，只要他不把债全都还清了，她是不会嫁给他的，他曾向她保证确实都还了；可是一到巴黎，她就发现房子被抵押了，而且他还欠了一屁股债。她已经习惯了豪宅女主人的生活，有一大群家奴可以呼来唤去的；她对法国用人极不习惯，对巴尔扎克的家人插手自己的家务也非常反感。她不喜欢他们，觉得他们都是些无所作为、自命不凡的人。夫妻间的争吵激烈而公开，以至于他们的朋友全都知道。

巴尔扎克带病到达巴黎。病情越来越重。并发症接连发生，终于在 1850 年 8 月 17 日，他离开了人世。

同凯特·狄更斯和托尔斯泰伯爵夫人一样，伊芙琳·汉斯卡在后人当中名声不佳。她比巴尔扎克多活了三十二年。她

贱卖了一些东西还上了债，每年都把巴尔扎克答应过但从未
兑现的三千法郎给他母亲。她还安排重新发行了他的全集。
正是借此事，一个名叫尚弗勒里的年轻人在她丈夫去世后的
几个月来看她；这个颇受女性青睐的人当时向她大献殷勤，
而她也并不排斥。这一关系持续了三个月。他的后继者是一
个名叫简·齐古的画家；这次的关系一直持续到她八十二岁
去世，从这一时间长度来看，我们也可以料定这是柏拉图式
的爱。后人则更希望她能够洁身自好、忧伤痛苦地走完她漫
长的一生。

四

乔治·桑不无道理地说过，巴尔扎克写的每一本书，实际
上都是一部巨著里的一页，倘若他去掉这一页，这部巨著就
不再完美了。1833 年，巴尔扎克萌发了一个想法，就是把自
己所有的作品合为一部著作，命名为《人间喜剧》。当这个念
头闪过脑海的时候，他跑去见他的妹妹，"祝贺我吧，"他高
喊道，"因为我显然已经踏上成为天才的道路了。"他是这样
描述自己内心想法的："法国的社会生活是属于史学家的，而
我只要做一名书记员，通过列举大量的善恶、汇集重要的情
感事实、刻画各色人物、选取社会生活中的主要事件、集相
似之人的特点于一身创造类型，或许我就可以书写被众多史
学家所遗忘的历史，也就是风俗史。"这一计划可谓雄心勃
勃，他在世的时候并未完成。其遗著中的某些篇幅，虽说必

不可少，却显然不如其他部分来得有趣。撰写如此一部皇皇巨著，这也是在所难免。不过在巴尔扎克几乎所有的小说当中，总是有那么两三个人物，由于受到朴素而原始的激情左右，显得异常醒目突出。他的功夫恰恰体现在对这些人物的刻画上；当他处理稍显复杂的人物时，就略逊一筹了。在他几乎所有的小说里，都有深刻有力的场景，其中几部亦有引人入胜的故事。

假如有某位从没读过巴尔扎克的人，请我推荐最能代表他、而且能让读者获得其全部思想的小说的话，我会毫不犹豫地建议他读《高老头》。这本书的故事始终妙趣横生。在有些小说里，巴尔扎克会中断故事，而详细谈论起各种不相干的事情来，或者是长篇累牍地向你讲述你压根儿没有兴趣的人；可是《高老头》并没有这些缺点。他让笔下的人物通过自身言行来表现自己，其真实客观，十分符合他们的本性。小说的结构极其严密；两条主线（老头对忘恩负义的女儿全身心的父爱，以及野心勃勃的拉斯蒂涅初涉混杂堕落的巴黎）十分巧妙地交织在一起。故事阐明了巴尔扎克在《人间喜剧》中极力揭示的道理："人既不善亦不恶，生来就有本能与天资；社会绝不是卢梭所说的那样使人堕落，而是使人日臻完善；然而个人私利极大地增强了恶的趋势。"

就我所知，在《高老头》里，巴尔扎克首次有了在一部接一部小说当中使用同样人物的想法。这么做的困难就是：塑造的人物必须要有趣，让你想知道在他们身上发生了什么。在这一点上，巴尔扎克大获成功，说到我自己，有的小说，我很想知道某些人物有何遭遇、未来如何（拉斯蒂涅就是一个例子），读这种小说的时候，我能感到额外的乐趣。巴尔扎克本人就对这种人物有着深刻的兴趣。他曾经有一个作家给自己当秘书，此人叫于勒·桑多，在文学史上的名气主要在于他是乔治·桑的诸多情人之一：由于妹妹将死，他回家去了；在她死后，他将其埋葬；等桑多回来的时候，巴尔扎克向他表示哀悼，并问候其家人，随即就说道（故事是这样说的）："好了，这事儿到此为止，咱们来说正事儿吧，谈谈欧也妮·葛朗台。"巴尔扎克采用的文学手法（顺便提一下，圣伯夫一时气急曾对此全面批驳）十分有效，因为这种手法在构思上非常经济，但我相信，满腹才思的巴尔扎克并不是出于这个原因才使用它的。依我看来，他是觉得这样可以为自己的故事增添现实感，因为在日常生活过程中，我们不断接触的，毕竟还是差不多同一部分人；然而更重要的是，我认为他的主要目标在于把整部作品编织成一个统一的整体。如他自己所言，他的目标并不是描写一个群体、类型、阶级，甚至不是一个社会，而是一个时代和一种文明。他沉迷于一种幻觉，认为无论有何种灾难降临，法国始终都是整个世界的中心，这种思维在他的同胞当中并不少见；然而也许正是这个缘故，才使得他具有自信心去塑造一个五彩缤纷、多姿多彩的世界，使得他有能力为这个世界赋予可信的生命悸动。

巴尔扎克的小说开头进展缓慢。他常用的一种方法就是在开篇详细地描写情节场景。他过度沉湎于这种描写，以至于告诉你的信息常常超出必要的限度。他始终没有学会该讲什么、不该讲什么这门艺术。之后他会告诉你：他的人物长什么样子，属于什么性格，他们的出身、习惯、思维和缺陷；在此之后才开始讲述故事。他笔下的人物透射出他本人的热情性格，他们的情况跟现实生活并不一样；这些人物都是用原色绘就，生动形象，有时甚至有些浮华，比常人更能扣人心弦；但他们也是有生命有呼吸的人；我觉得其所以可信，就是因为巴尔扎克本人对他们深信不疑，以至于在他临死的时候，曾经高喊道："派人去叫比昂尚。比昂尚会救我的。"比昂尚是他多部小说中都出现过的一位聪明诚实的医生。他是《人间喜剧》当中少有的几个公正无私者之一。

　　我相信巴尔扎克是第一位用寄宿公寓来作为故事背景的小说家。自此之后，这种方法被屡次使用，因为这是一种很方便的方法，使得作者可以将各种处境中的各色人等汇集到一起，但我还没见过有谁像《高老头》那样运用的效果如此巧妙。我们在这部小说中遇见了可能是巴尔扎克塑造过的最令人激动的角色——伏脱冷。这个类型的人物早被刻画过千遍万遍，却没有如此形象鲜明、栩栩如生，也不具备这样可信的现实感。伏脱冷拥有聪明的大脑、强大的意志、无穷的活力。这些特征都十分吸引巴尔扎克，虽然他是个无情的罪犯，却让作者十分着迷。作为读者，实在应当关注一下，作者是何等巧妙地设法暗示出此人的凶险之处，又不泄露那个直到全书结尾才公开的秘密。他是一个快活、慷慨、和善的人，体格强健，聪明镇定；你无法不崇敬他、赞同他，可奇怪的是，他又让人倍感恐惧。他能够迷住你，就像迷住拉斯蒂涅这个野心勃勃、出身高贵、来到巴黎打算飞黄腾达的年轻人一样；可是跟这个罪犯在一起的时候，你又同拉斯蒂涅一样感到不安。对伏脱冷的塑造实在是出色。

他跟欧仁·拉斯蒂涅的关系得到了绝妙的展现。伏脱冷能够看穿这个年轻人的心，并且开始阴险地破坏对方的是非感：诚然，当拉斯蒂涅震惊地发现伏脱冷为了确保自己娶到一位女继承人曾让人丧命的时候，也曾极力反抗过，但毕竟种子已经种下了。

《高老头》的故事以老头的死而告终。拉斯蒂涅参加了他的葬礼，之后独自一人留在公墓那儿，俯瞰塞纳河两岸的巴黎。他的眼光聚集在自己梦寐以求的上层社会居住的那片城区，高喊道："就让我俩来斗一斗吧！"有的读者并不打算阅读全部含有拉斯蒂涅的小说，却又想知道伏脱冷的影响会带来何种后果，那么这一部分或许会让他们感兴趣。高老头的女儿、富有的银行家纽沁根男爵的太太纽沁根夫人爱上了他，为他提供了布置豪华的公寓，还给他钱，让他过得像个绅士。由于丈夫给的钱老是不够，她怎么做到这一点的，巴尔扎克并未交代清楚：或许他认为，当一个恋爱中的女人需要钱来资助情人的时候，她会想方设法弄到手的。男爵对此事的态度似乎颇为宽容，在1826年的一次金融交易中还利用拉斯蒂涅毁掉了这位年轻人的很多朋友，而他也因此从纽沁根那儿收获了四十万法郎的分赃。凭借这些钱，他给两个妹妹买了嫁妆，好让她们嫁个好人家，另外还余下每年两万法郎的收入，"这是过安生日子的价钱。"他对自己的朋友比昂尚说。

由于不必再依靠纽沁根夫人，并且意识到如果通奸时间过久，婚姻中的一切弊端就都会出现，有害而无利，他下定决心甩掉了纽沁根夫人，又成了德斯帕尔公爵夫人的情人，倒不是因为他爱她，而是因为对方很有钱，是个有地位、有势力的女人。"或许有一天我会娶她，"他补充道，"她能够让我最终还上所有的债。"这是在1828年。面对他的甜言蜜语，德斯帕尔夫人究竟有没有中招，书中并未明说，而假如她中招的话，这次关系也未能长久，他接着又成了纽沁根夫人的情人。1831年，他想娶一个阿尔萨斯的姑娘为妻，可刚一发现对方的财产并没有他以为的那么多，他又打退堂鼓了。1832年，通过亨利·德玛西（曾经是纽沁根夫人的情人，在路易·菲利普做法国国王时担任部长）的影响，拉斯蒂涅当上了部长助理。在任职期间，他得以大大增加自己的资产。他跟纽沁根夫人的关系显然一直持续到1835年，然后可能以双方同意的方式分手；三年以后，他娶了她的女儿奥古斯塔。由于她是大富之家里唯一的孩子，拉斯蒂涅从中大获其利。1839年，他被封为伯爵，并再次进入部里。1845年，他又被封为法国贵族，拥有每年三十万法郎（约合一万两千英镑）的收入，这在当时可是一笔巨大的财富。

巴尔扎克明显很偏爱拉斯蒂涅。他赋予这个人物高贵的出身、英俊的外表、魅力、机智，还让他对女士具有极大的吸引力。如果说他甘愿放弃一切（除了自己的名声）也想成为像拉斯蒂涅这样的人，这不算太胡说吧？巴尔扎克崇尚成功。也许拉斯蒂涅是个恶棍，但他毕竟成功了。不错，他的机会是建立在毁灭他人的基础上的，但这些人也确实够蠢才会被他欺骗，而巴尔扎克对蠢人是毫无同情心的。吕西安·德·吕邦波莱是巴尔扎克笔下的另一个冒险家，他的失败源于他过于软弱；而拉斯蒂涅则不同，他有胆识、有决心、有力量，因此得以成功。从他在拉雪兹神甫公墓向巴黎提出挑战的那一天起，他就没有让任何事情挡住自己的去路。他已下定决心征服巴黎，他成功了。我猜想，对于拉斯蒂涅道德上的过失，巴尔扎克根本没有什么责怪的意思。他到底还算是个好人：虽然在牵扯到自己利益的方面，他冷酷无情、不择手段，可一直到最后，他都乐意帮助自己年轻时的那帮穷困潦倒的老朋友。从一开始，他的目标就是过上奢华的生活，有漂亮的房子、一大帮用人、马车、一长串情人和一个有钱的太太。他的目标已经实现了：我觉得巴尔扎克绝对不会认为这是一个庸俗的目标。

六　查尔斯·狄更斯和《大卫·科波菲尔》

一

查尔斯·狄更斯个头儿不高，但举止优雅，外貌可亲。国家肖像馆里还有一幅他的画像，是二十七岁时麦克利斯画的。他坐在一把精美的椅子上，紧靠写字桌，一只细致的小手轻放于手稿之上。他穿着高贵，脖子上打着大大的缎子领带，棕色的头发卷曲着，一直垂到脸庞两侧的耳朵下方。他的眼睛很好看，而他脸上那副沉思的表情，也是那些无比仰慕的公众对这位成功的年轻作家所无比期待的。而这幅肖像所没有表现的，则是他的生气勃勃、精神焕发，及其内心与头脑中的巨大活力，凡是与之接触的人，都能从他的神态中看到这些。他始终有几分公子哥儿气，年轻时喜好天鹅绒外套、艳丽的马甲、彩色的领带跟白色的帽子，不过他可从未达到自己所预期的效果：人们对他的装束感到惊讶甚至震惊，形容这是不修边幅、艳俗不堪。

他的祖父威廉·狄更斯早先是个仆人，娶了一个女佣，最后成了克鲁府上的管家。克鲁府乃是切斯特议员约翰·克鲁的宅第。威廉·狄更斯生有二子，威廉和约翰，不过我们只关心约翰，一来因为他是英国最伟大的小说家的父亲，二来则因为他充当了儿子笔下最著名的形象密考伯先生的原型。威廉·狄更斯去世后，其遗孀继续留在克鲁府料理家务。三十五年后，她拿着养老金退休，搬到伦敦去住，或许是为了靠两个儿子近便些。克鲁家让失去父亲的儿子接受教育，还承担了他们的生活花销。他们给约翰在海军出纳室谋了一份工作。在那儿，他结识了一位同事，很快就娶了对方的妹妹伊丽莎白·巴萝。约翰似乎从结婚伊始就手头儿紧张，只要撞上肯借钱的傻瓜，他就张口去借。他心地善良、宽宏大量，脑子不笨，也勤劳肯干，却只是一阵阵的。很明显，此人喜好美酒，因为他二度欠债被捕是被一名酒商所告。约翰在后来被描绘成一幅衣着考究的老公子哥儿形象，老是用手拨弄系在手表上的大串印章。

约翰和伊丽莎白的长子查尔斯，总排行老二，于 1812 年生于波特西。两年后，父亲被调到伦敦，三年后又调到查塔姆。童年的查尔斯就是在那里开始上学读书的。他的父亲倒是收藏了几本书，像什么《汤姆·琼斯》《威克菲尔德的牧师》《吉尔·布拉斯》《堂吉诃德》《兰登传》《流浪儿》。这些书，查尔斯读了又读。从他日后的小说中可以看出，这几本书对他的影响是何等的巨大和持久。

1822 年，已有五个孩子的约翰·狄更斯被召回伦敦，查尔斯则留在查塔姆继续上学，几个月后才跟家人团聚。此时的狄更斯家定居在伦敦市郊康登镇的一处房舍，后来被查尔斯描写成密考伯一家的住处。尽管约翰·狄更斯每年收入三百多磅，放到今天至少也能顶一千两百镑，却异常拮据，无力再送小查尔斯入学。让这个男孩儿非常厌恶的是，自己被打发去看孩子、擦皮靴、掸衣服，给狄更斯太太从居占松带来的女仆帮忙做家务。在间歇时间，他在康登镇闲逛，这是"一个荒凉的地方，四周全是庄稼和沟渠"，还去邻近的萨默斯镇与肯特镇，有时候，他去得更远，匆匆看了看苏荷和莱姆豪斯。

情况越发糟糕，狄更斯太太决定为驻印英国人的子女开办一所学校；她借来钱款（可能是从她的婆婆那里），还印了传单四处分发，让她自己的孩子把传单塞到附近的邮筒里。当然了，没有招进任何学生来，与此同时，债务状况也越来越紧迫。查尔斯被打发去当铺，不管有什么东西，只要能换钱的都一概当掉；书刊，对他意义无比重大的书刊，也全都卖掉了。后来，狄更斯太太的远房姻亲詹姆斯·拉莫特在一家炭粉厂（他自己是该厂的合伙人）给查尔斯找了一份工作，薪水是每星期六先令。他的父母满怀感激地接受了这份工作，但他们居然如此释然地甩手不管他，深深触痛了这个男孩子。他只有十二岁。此后不久，约翰·狄更斯由于欠债被捕，并被带到了马萨尔监狱；他的太太把所剩不多的一点东西当掉后，带着孩子也跟了去。这所监狱肮脏污浊、拥挤不堪，因为里面住的不光是犯人，还有他们带过去的家属（如果他们乐意带的话）；他们获准如此，究竟是为了减轻牢狱生活之苦，还是由于这些不幸的人们无处可去，本人并不知晓。假如一个欠债者没有钱，那么最大的麻烦也就是失去自由，而且这种麻烦在有些情况下还能得以减轻：有些犯人在遵守某些条件的前提下可以获准住在高墙之外。在过去，看守们往往会蛮横无耻地勒索犯人，而且经常残忍地虐待他们;可是到了约翰·狄更斯入狱的时候，最狠的虐待方式已被废除，他可以比较舒服地过活。忠诚的小女仆就住在外面，每天都来帮着照看孩子和做饭。他仍然享有每星期六英镑的薪水，但丝毫没有还债的打算；可以料想的是，由于乐得不必受债主之扰，他对获释并不怎么在乎。很快他就恢复了元气。其他欠债者"推举他做管理监狱内部经济的委员会主席"，没有多少时日，他就跟所有人（从狱吏到最下等的犯人）混得很熟了。为其作传的人有一点一直搞不明白，那就是约翰·狄更斯在此期间居然还照领工资。唯一的解释也许就是：由于政府职员都是由权势之人任命，像欠债入狱这种意外事件并不算严重，尚且不至于招致中断薪水的严厉措施。

在父亲坐牢前期，查尔斯寄宿在康登镇；然而由于此地距离炭粉厂（位于查令十字街的哈格佛桥处）过远，约翰·狄更斯给他在南华克的兰特街找了一处房间，靠近马萨尔监狱。于是，他就可以同家人一起吃早饭和晚饭了。让他干的活儿还不算太累，就是洗洗瓶子，贴上标签，然后把它们捆起来。1824年4月，克鲁府的老管家威廉·狄更斯太太去世，把积蓄留给了两个儿子。约翰·狄更斯的债（由他哥哥）还上了，他又重新获得自由。他再次把家安置在康登镇，自己也回到了皇家海军军需处的岗位上。查尔斯继续在工厂洗了一段时间的瓶子，可是后来约翰·狄更斯跟詹姆斯·拉莫特发生争吵，"通过书信方式争吵，"查尔斯后来写道，"因为我把信从父亲那里带给对方，由此导致关系破裂。"詹姆斯·拉莫特告诉查尔斯，他父亲侮辱了自己，所以他必须走人。"于是我就回家了，带着一种奇怪的轻松，就像有种压迫感一样。"他母亲试图平息此事，因此查尔斯必须继续这份工作，还有就是已经每星期七先令的工资，她当时还是很迫切需要这点钱的；就是由于这件事，他永远无法原谅她。"在这之后我从未忘记，不想忘记，也不能忘记：我母亲如此热衷于打发我回去干活儿。"他补充道。然而约翰·狄更斯可不听这一套，他把儿子送到一所学校里，校名倒是很排场，叫"惠灵顿议会学院"，位于汉普斯泰德路上。他在那里待了一共两年半。

我们很难知道这个孩子在炭粉厂到底待了多久：他是二月初去的，六月份回到家里，所以他在工厂里顶多也不会超过四个月。可是这段日子好像给他留下了很深的印象，他认为这段经历十分耻辱，根本不愿提及。当他的挚友及首位传记作者约翰·福斯特偶然触及其中端倪的时候，狄更斯告诉对方：他提到了一个让自己深感痛苦的话题，"即使是在此时此刻，"这已经是二十五年之后了，"他也依然刻骨铭心。"

我们早已听惯了杰出政治家和工业巨头们吹嘘自己早年刷盘子、卖报纸的经历，以至于反倒不理解狄更斯为什么极力认定：父母把自己送到炭粉厂去，对他造成了沉重的伤害，而且个中秘密实在丢人，必须掩盖起来才行。他是一个快乐、淘气、机警的孩子，已经熟知人生的阴暗面。从小小年纪开始，他就看到父亲的挥霍浪费使全家陷入何等的困境。他们家很穷，过的自然是穷日子。在康登镇，他要干清扫擦洗的活儿，还被打发去把外套和其他杂物当掉，换来钱好填肚子；跟其他男孩一样，他必须要在街上跟同类孩子一起玩。在同一阶级的其他孩子都去上学的时候，他却出去干活儿，而且挣的还不算少。他每星期挣的六先令（不久涨到七先令）相当于今天的二十五到三十先令。有那么很短的一段时间，他必须靠这些钱养活自己，到了后来住在马萨尔监狱附近、同家人一起吃早饭和晚饭的时候，就只需买午饭了。同他一起干活儿的孩子都很友好，实在不明白他为什么会觉得跟他们厮混如此丢脸。他时不时被带去看望住在牛津街的奶奶，并且无奈地发现，奶奶一辈子都是"伺候人"的。或许约翰·狄更斯有点势利眼，毫无根据地夸夸其谈，但是一个十二岁的孩子对社会地位肯定没有什么概念。我们可以料想，如果查尔斯足够老成，自我感觉比别的孩子高出一等的话，他也会足够聪明，懂得自己赚的钱对家里是何等重要。我们可以预料，对于他来讲，给家里挣钱是令其自豪的一大根源。

可以料想，由于福斯特的发现，狄更斯撰写了部分自传并交给福斯特，我们由此得以知晓他生命中的这段经历的细节。我猜想在他发挥想象力撰写回忆录的时候，内心充满了对自己童年时代的同情；虽然有名有钱、广受爱戴，假如他处在这个孩子的位置上，还是会感觉到其中所承受的痛苦、厌恶与羞辱。他写到这个可怜的孩子被自己最信任的人所背叛，感到无比孤独与凄楚时，眼前的一切是如此生动鲜活，他那宽宏的心在流血，泪眼模糊。我认为他不是有意在夸大，而是不得已而为之：他的才华（或者说他的天分）就在于夸大。正是通过详述与突出密考伯先生性格中的喜剧元素，他才引得读者开怀大笑；正是通过加强小内莉日渐衰弱的悲剧效果，他才令读者以泪洗面。假如他没有把自己在炭粉厂的四个月经历描述得如此动人的话（只有他自己知道该如何描述），是不会成为如此伟大的小说家的；而且尽人皆知的是，他在《大卫·科波菲尔》中再一次利用这段往事，达到了催人泪下的效果。就本人而言，我可不相信这段经历给他带来的痛苦真的如他在日后名声大噪、成为社会公众人物时自以为的那个样子；我更不相信那些传记作家与批评家们的话，说这段经历对他的人生与作品具有决定性的影响。

还在马萨尔监狱的时候，由于害怕自己这个无力还债之人会丢掉皇家海军军需处的工作，约翰·狄更斯就以身体欠佳为由，恳求部门上司推荐自己领取退职金；最终，考虑到他长达十二年的服役，再加上带着六个孩子，"出于同情原因"，他获准得到了每年一百四十英镑的退休金。对于约翰·狄更斯这种要养家的人来说，这笔钱可不多，他必须找别的渠道增加收入。他有一些速记的本事，在内兄（此人跟新闻界有关系）的帮助下，谋得了一份议会记者的工作。查尔斯在学校里一直待到十五岁，然后去一家律师事务所当听差的。他似乎并不觉得这个工作有失尊严。他已经加入了我们今天所谓的白领阶层。几周之后，父亲设法让他在另一家律师事务所当上了职员，每周拿十先令，后来又涨到了十五先令。他感觉生活枯燥无味，怀着提高自身的希望，他学习了速记——于是在十八个月之后，他足以胜任常设法庭记者的工作。等他二十岁的时候，已经可以报道下议院的辩论了，很快就以"记者席上速度最快、准确度最高之人"而名声在外了。

与此同时，他爱上了一位银行职员的漂亮女儿玛丽亚·比德内尔。两人初次见面时，查尔斯只有十七岁。玛丽亚是个轻浮的女孩子。她似乎给过他不少鼓励性的暗示，两人甚至可能还有过秘密的婚约。有一个情人，她感到很美很高兴，可是查尔斯一文不名，她根本就没打算过要嫁给他。两年之后，他们的关系结束，不过两人仍旧浪漫地互赠礼物、互通信件，查尔斯感觉自己的心都要碎了。直到多年以后，他们才得以重逢。玛丽亚·比德内尔已是婚后多年的妇人，同大名鼎鼎的狄更斯先生及夫人一同就餐，此时的她又胖又蠢。她随即成为《小杜丽》中弗洛拉·芬琴的原型。在此之前已经当过《大卫·科波菲尔》中朵拉的原型。

为了离自己工作的报社近一些，狄更斯住进了与斯特兰德相隔的一条漆黑的街里，可是感觉不够称心，很快又在弗尼瓦尔宾馆租了没有家具设备的房间。可就在他进行布置之前，父亲再次因欠债被捕，他必须为其提供在拘留所生活的费用。"我们只能这样设想，约翰·狄更斯将会有一段时间无法与家人相聚"，查尔斯为家人安排下便宜的住处，自己和弟弟弗里德里克在外面住，他把弟弟带到弗尼瓦尔宾馆的"四楼后屋"一起住。已故的尤纳·蒲柏亨尼希在其可读性很强的查尔斯·狄更斯传记中曾写道："就是因为他思想开通、慷慨大方，而且似乎能够轻易解决这类难题，家里人（包括后来他妻子家里的人）都养成了习惯，指望他能为这些没有骨气的人找钱找差事，但凡家里的顶梁柱都是要为这种人承受负担的。"

二

狄更斯在国会下议院的记者席工作了一年左右，在此期间，他开始撰写一系列有关伦敦生活的短文；早先的几篇登在《月刊》上，后来的则登在《晨报》上；虽然一分稿酬也没有，但这些文章却吸引了一位名叫麦孔尼的出版商的注意，在作者二十四岁生日那天，文章以两卷本的形式出版，由克鲁克香克绘制插图，书名叫《博兹札记》。麦孔尼为第一版支付给他一百五十英镑。该书评价颇佳，没多久就为他带来了新的约稿邀请。当时十分盛行的是那种带有滑稽人物、绘有幽默插图的趣事类小说，按月刊载，每期一先令。这就是我们今天连环漫画的前身，在当时同样盛行一时。一天，有位查普曼与霍尔出版公司的合伙人拜访狄更斯，请他写一个关于业余运动员俱乐部的故事，目的是配合一位知名艺术家绘制的插图。计划共出二十期，此人出价每月十四英镑，作为我们今天所谓的"连载版权费"，以后成书出版了还要增加酬劳。狄更斯提出异议，说自己对体育一窍不通，觉得没有办法定期完稿，可是"这个报酬实在诱人，让人无法抗拒"。不用我多说，这些故事最后就成了《匹克威克外传》。前面几期并不怎么成功，然而凭借萨姆·韦勒所写的导言，发行量猛增。等到全部故事结集出版的时候，查尔斯·狄更斯已是声名在外。虽然评论家们持保留态度，可他的名气是打出来了。根据记载，《季度评论》在谈起他的时候，说"不需未卜先知的天赋就可以预测出他的命运——他已经如日中天，也必将一跌千里"。不过的确如此，在其整个生涯当中，普通大众如饥似渴地读他的书，评论家们却总是挑毛病。

1836年，第一期《匹克威克外传》面世前几天，狄更斯同凯特结婚。凯特是狄更斯在《晨报》的同事乔治·贺加斯的大女儿。乔治·贺加斯是一个有六个儿子、八个女儿的父亲。他的几个女儿都长得又小又胖，容光焕发，蓝蓝的眼睛。凯特是姐妹中唯一达到婚龄的，这似乎是狄更斯娶了她而非其他姑娘的原因。短暂的蜜月之后，他俩在弗尼瓦尔宾馆定居下来，并邀请凯特那长相漂亮的妹妹玛丽·贺加斯过来同住。狄更斯接受了另外一部小说的合同，即《雾都孤儿》，开始写此书的时候，他还同时忙于《匹克威克外传》。这本书也是要登在月刊上的，于是他集中两周写这一部，再集中两周写那一部。大多数小说家只专注于当前创作的人物，以至于不觉间，就把大脑中其他的文学思想压到了潜意识里；而狄更斯却能够轻松自如地游走于一个又一个故事之间，其功力实在让人惊叹。

狄更斯非常喜欢玛丽·贺加斯，当凯特有了身孕、无法陪伴他出行的时候，玛丽成了他的常伴。凯特的孩子出生了，由于她可能还要再生好几个，他们搬出了弗尼瓦尔宾馆，来到道蒂街的一处房子。玛丽出落得越发讨人喜欢了。五月的一个晚上，狄更斯带着凯特和玛丽出去看戏；他们玩得很开心，兴高采烈地回到家。玛丽随即病倒了。请来一位医生。几个小时后，她就死了。狄更斯从她的手指上取下戒指，戴到了自己的指头上。一直到临终，他都戴着这枚戒指。他悲痛欲绝。不久后，他在日记中写道："如此一位动人、快乐、和蔼的伙伴，我的所有思想和感情，她比任何人都能感同身受，假如她现在还和我们生活在一起，我别无他求，只愿这份幸福能够继续。可是她走了，祈求上帝，让他发发慈悲，使我有一天可以与她重逢。"这一席话意味深长，向我们传达了很多内容。他还安排把自己葬在玛丽的旁边。我认为他肯定已经深深地爱上了她，至于他自己是否意识到这点，我们永远也无法知道了。

玛丽去世的时候，凯特再次怀有身孕，这一打击导致其流产。当她有所好转后，狄更斯带她出国短途旅行了一番，以恢复两人的精神。到了夏天，他倒是恢复过来，又跟一位埃莉诺·P女士好上了。

三

凭借《雾都孤儿》《尼古拉斯·尼可贝》和《老古玩店》，狄更斯稳步踏上了通向事业成功的大道。他工作努力，有那么好几年，都是在上一本书还远未完稿的情况下，就动手写新书了。他写作是为了取悦大众，也很关注大众对月刊的反应，因为他有好多小说都刊载在上面，非常有趣的是，他无意将《马丁·朱述维特》拿到美国出版，直到其月刊销量下降，表明他的故事不似以前吸引人了。他并不属于那种羞于谈论流行的作者，其成功也是巨大的。不过对于一个已获成功的文人而言，其生活通常都是平凡无奇的，随之而来的便是一种极为单一的模式。他的职业迫使他每天必须拿出几个钟头的时间专心写作，而他也发现了一个适合自己的惯常方式。他得跟当时的文学、艺术圈和上流的精英人士打交道，还要被那些贵妇人缠住不放。他出席聚会，也组织聚会。他要出门旅行，要在公共场合抛头露面。大致来说，这的确也是狄更斯的生活模式。他所享有的成功，确实没几个作家曾有幸体验过。他的精力好像无穷无尽，不光频频创作出长篇小说，而且创办和编辑杂志，甚至在短期内还编过日报；他偶尔写一些文章，也发表演说，在宴会上致辞，后来也朗读自己的作品。他时常骑马，对一天步行二十英里根本不当回事，他喜欢跳舞，兴致勃勃地搞恶作剧，他变戏法逗自己的孩子开心，还参与业余的戏剧演出。他一直对戏剧非常着迷，一度还认真考虑过登台演出；他在当时师从一位演员学习演讲，记诵台词，甚至在镜子前面练习如何进场、如何落座、如何鞠躬。我们完全可以认定：这些技艺对于刚刚进入时尚界的他而言，还是相当有用的。可挑剔者们依旧觉得他有些粗俗，还说他的穿戴太过卖弄。在英国，口音总是能够决定一个人的"地位"，而几乎终其一生都在伦敦度过的狄更斯，在某些场合中便带有一点伦敦东区的口音，可他却凭借外表英俊、两眼有神、热情洋溢、生机勃勃，以及富有感染力的笑声甚是讨人喜爱。作为阿谀奉承的对象，他或许会感到得意，但并没有被冲昏头脑，依旧保持着迷人的谦谦君子之风。他是个温和可爱、情感丰富的人，属于那种进门的时候就随身带着愉快情绪的人。

奇怪的是，尽管狄更斯具有极强的观察能力，而且随着时间推移，与社会高层人士的交情也日渐深厚，可他在自己的小说当中对这类人物的塑造，却从未像他描写别的行业的人那么真实可信。他在生前所受的指责当中，最常见的一种便是他不知道该怎么刻画一个上流人物，他笔下的律师及其助理（自从他在一家办公室里工作时就已熟知）具有一种鲜明的特征，而医生和牧师则缺乏这种特征；他最为擅长的，还是处理自己在童年时代曾混迹其中的下层平民。一个小说家似乎只能够对自己小时候就开始接触的人熟稔于心，并将之作为自身所创作人物的原型。小孩子的一年，要比成人的一年长得多，于是也就获取到一种机会，使他能够意识到构成其身边环境的人都具有什么特质，世上之事始终如此。"很多英国作家在描写上层社会的风貌上可谓完全失败，其中一个原因，"亨利·菲尔丁写道，"也许就是因为他们对之其实一无所知……不知何故，无论在街上、商店里，还是咖啡馆内，这些上层人士并未像其他类型的人那样受到关注，而且由于巨大的差异，他们也不像别的上层人物那样抛头露面。简而言之，一个人要是没有上面所说的这几项条件（即头衔或财富，或者是相当于这两样的可敬的赌徒职业），是无法进入这个领域的。对这个世界极为不幸的是，够格的人很少愿意把写作这个倒霉活儿往自己身上揽；从事写作的往往都是些水平较低较差之人，因为很多人都认为这个行业不需要什么可准备的。"

只要条件许可，狄更斯夫妇都会搬进更为时尚区域的新宅，并从知名公司订购会客室和卧室的全套家具。地板上铺了厚厚的地毯，窗户上挂了带着花饰的窗帘。他们雇了一位名厨、三个女佣和一个男佣。他们为自己备了马车。他们举办聚会，邀请贵族和名流参加。其铺张浪费令简·卡莱尔颇有些吃惊，杰弗里勋爵写信给朋友科伯恩勋爵，说自己去新宅赴宴，"对于一个有家庭、刚刚有钱的人来说，真是一次奢华的宴会。"狄更斯性情慷慨大方，因此喜欢周围全都是人，而且由于他出身贫寒，如今乐于大手大脚地花钱也就再自然不过了。然而这是要付出代价的。他的父亲及父亲全家、他的太太家，都在不断地花着他的钱。部分是为了弥补巨大的开支，他创办了自己的第一份杂志，《汉普雷老爷的钟》，为了开个好头，他在上面刊载了《老古玩店》。

1842 年，他把四个孩子交由凯特的妹妹乔吉娜·贺加斯照看，自己带着凯特去了美国。从来没有哪个作家像他那样受到追捧。不过这次出行也不能说是完全成功。一百年前的美国人尽管乐于贬低欧洲，但对于针对自己的批评却极度敏感。一百年前的美国媒体对所有不幸的"新闻人物"都会无情侵犯人家的隐私。一百年前的美国，具有宣传意识的人们把知名的外国人看作吸引公众注意的天赐良机，只要对方稍不愿意自己受到像公园里的猴子一样的对待，他们就会说人家自以为是、目空一切。一百年前的美国是个言论自由的国家，你想说什么都行，只要没有伤害到别人的感情或者影响到别人的利益，而且你也可以有任何自己的观点，只要这些观点同其他人的保持一致。对于这一切，查尔斯·狄更斯毫不知晓，冒冒失失地犯下大错。由于没有国际版权法规，在美国销售英国作家的书，不光英国作家不能获得任何回报，就连美国作家也受到了损害，因为不用掏钱，书商们当然乐意出版英国作家的书，而不是需要付费的美国作家的书了。但狄更斯在为其准备的欢迎宴会上提到这个话题，却实在不够明智。当时的反应十分强烈，报纸形容他"不够绅士的格，是个贪财的无耻之徒"。虽然他被崇拜者们团团围住，在费城同等着见他的人群握了足足两个小时的手，但他的戒指和钻石别针、他那华丽耀眼的马甲，都引起了大量批评，还有人觉得他的举止十分没有修养。然而他毫不做作，也不装模作样，到最后没有几个人能抗拒他的年轻、英俊和快乐。他交了几个好朋友，一直到死都和他们关系亲密。

　　经过多彩而疲劳的四个月，狄更斯夫妇返回英国。孩子们此时已经对他们的乔吉娜姨妈产生了依恋，旅途疲惫的两口子便让她跟他们住在一起。她时年十六岁，正是玛丽当年来到弗尼瓦尔宾馆与新婚的狄更斯夫妇同住的年龄，她跟玛丽很像，从远处看很有可能会错把她当成玛丽。两人如此相像，"以至于当她、凯特和我坐在一起的时候，"狄更斯写道，"我似乎感到，以前所发生的一切都是忧伤的梦境，而我刚刚从中醒来。"乔琪[1]漂亮迷人、不装腔作势。她的模仿天分极高，借此能把狄更斯逗得哈哈大笑。随着时间的推移，他逐渐地越来越依赖她。两人一起长途散步，他还同她探讨自己的文学创作计划。他发现她是一个有效而可靠的秘书。狄更斯的生活方式很奢侈，他很快就发现自己为债所累，于是决定把房子出租，自己则带着家人（当然也包括乔琪）去意大利，那里的生活便宜，他可以节省开支。他在那儿住了一年，主要是在热那亚，虽然他走遍全国、四处游览，可由于思想太狭隘、文化太贫乏，这段游历对他的精神影响甚小。他依旧是个典型的英国观光客。不过，在发现国外生活如此愉快（也非常省钱）之后，狄更斯开始长期待在欧洲大陆。作为家庭中的一员，乔琪也随他们同去。有一回，当他们打算在巴黎居住很长一段时间的时候，她单独陪狄更斯去寻找公寓，而凯特则在英国等他们把一切准备就绪。

凯特为人温和、多愁善感。她这个人很难适应新环境，既不喜欢查尔斯带她去的旅行，以及陪他前往的聚会，也不喜欢由自己担任女主人的聚会。她似乎有些笨拙无趣、糊里糊涂；很可能的是，那些一心想跟知名作家交往的大人物们，却不得不忍受他这位乏味的妻子，实在是让人不快。其中有些人总是不拿她当回事儿，这令她非常烦恼。给一位显赫人

---

[1] 乔琪：乔吉娜的昵称。——译者

士当太太可不是一件轻松事。她是不太可能胜任的，除非她
机智圆滑、活泼幽默。由于不具备这些特点，她就必须爱自
己的丈夫，而且要崇拜他，坦然接受人们对他而不是对自己
更感兴趣的现实。她必须足够聪明，能从丈夫对自己的爱中
寻找慰藉，而且不管他在思想上如何的不忠，最后都会回到
自己身边来寻求宽慰和信心。凯特似乎从未爱过狄更斯。他
在订婚期间曾给她写过一封信，指责她过于冷漠。她嫁给他，
可能是因为在那个年代，婚姻是一个女人的唯一选择，或者
是因为作为八个女儿中的老大，父母给她施加了很大的压力，
让她接受一个可以保障其未来生活的求婚。她是个善良温和
的小女人，只是无法达到自己丈夫的显赫地位所要求的条件。
十五年来，她生了十个孩子，有四次流产。在其怀孕期间，
狄更斯喜爱的旅游，是乔琪陪伴的，她还同他出席聚会，甚
至代替凯特的位置掌管了饭桌。人们难免会认为，凯特对此
会很不高兴，可我们并不知晓是否如此。

四

　　几年过去了。1857 年，查尔斯·狄更斯四十五岁。活下
来的九个孩子，年龄大的几个已经成人，最小的也有五岁了。
此时的他世界闻名，是全英国最受欢迎的作家，具有很大的
影响力。他生活在公众的眼里，这倒很迎合他做作的本性。
几年前，他结识了威尔基·柯林斯，这种相识很快演变成了亲
密的友谊。埃德加·约翰逊先生这样写道："他喜欢美食、香

槟、音乐厅；他时常同时跟好几位女士关系暧昧；他人很有趣、玩世不恭、态度亲切，无拘无束得甚至有些粗俗。"在狄更斯眼里，（还要引用约翰逊的话）柯林斯代表着"愉快和自由"。两人一同游遍了英国，还去巴黎玩了一通。当时的情况很可能是，同很多处于类似地位的男人一样，但凡身边有轻浮女子，狄更斯便会趁机与之来往。他所期待的一切，凯特都无力给他，长时间以来，他对她感到愈发的不满。他写道："她性情温柔、脾气顺从，可无论如何就是没法儿理解我。"从结婚伊始，她就一直对他很猜疑。我估计，当时的他认定对方根本没有理由猜疑自己，反倒更容易忍受她对自己的吵闹，可后来，她却绝对有理由猜疑了。于是他说服自己：她根本就不适合他。他的发展很快，可她却还是原来的样子。狄更斯深信自己没有任何可指责之处。他确信自己是个好父亲，为了孩子极尽所能。可事实却是，虽然对养活这么多孩子甚是不满（他觉得这只能怪凯特），他对小时候的他们还是非常喜爱的；可是随着孩子们日渐长大，他对他们有些失去兴趣，到了合适的年纪就把他们统统打发到遥远的地方去。这帮孩子也确实没什么前途。

不过若非一次无法预料的意外，狄更斯与夫人之间的关系很可能也不会发生什么改变。如同众多性格不合的夫妻一样，他俩也许会彼此疏远，但在外界依旧装出很和睦的样子。狄更斯此时爱上了一个人。我已经说过，狄更斯非常迷恋舞台，为了慈善目的，他不止一次地在一出出剧里客串演出。这时候的狄更斯受邀在曼彻斯特演出《冰冷的海洋》，这出戏是威尔基·柯林斯在他的帮助下写的，以前曾经在德文郡戏院为女王、女王的丈夫、比利时国王上演过，并且大获成功。而当他同意在曼彻斯特再次上演该剧的时候，他觉得在一座大剧场里，观众可能听不见自己的女儿（从前演的就是女孩儿的角色）说话，于是决定用专业演员来代替她们。一个叫艾伦·厄娜的年轻女人承担了其中一个角色。她芳龄十八，娇小而美丽，眼睛蓝蓝的。彩排是在狄更斯家里进行的，由他担任导演。艾伦对他十分仰慕，急于讨好他的样子实在楚楚可怜，这让狄更斯感到很受用。彩排还没结束，他就爱上了她。他送给她一只手镯，不料却被错送到自己的太太那里，毫无疑问，她又对他大吵了一番。狄更斯对此似乎采取了一种委屈无辜的态度，对于一个处在尴尬时刻的丈夫而言，这也是最方便的选择了。戏剧上演了，由他出演主角，是一位具有自我牺牲精神的北极探险家，他的表演哀婉凄楚，以致全场观众无不动容流泪。为了演这个角色，他还蓄了胡子。

狄更斯与太太之间的关系愈来愈紧张。曾经那么和蔼可亲、平易近人的他，如今却变得阴郁不安，跟谁都发脾气（除了乔琪之外）。他最终认定，自己不能再和凯特生活下去了；然而他的公众地位又让他对公开决裂可能招来的流言蜚语深感恐惧。这些疑虑非常好理解。在那些利润惊人的圣诞节图书中，他比任何人都不遗余力地把圣诞节塑造成一种弘扬家庭美德、赞美幸福家庭的象征。多少年来，他都在用感人的词句告诉自己的读者：世界上没有比家更好的地方了。当时的情形十分微妙，狄更斯提出了各种建议。一个是凯特应当有自己的一套房间，不要跟他住到一起，在他举办的聚会上担当女主人的角色，并随他出席社交场合。另一个是她待在伦敦，而他在盖德山庄（狄更斯新近在肯特购置的一处房子），当他去伦敦住的时候，她就来盖德山庄住。还有一个就是让她定居国外。所有这些提议她都极力反对，最终两人决定完全分居。凯特被安置到位于康登边缘的一处小房子，每年有六百镑收入。不久之后，狄更斯的长子查尔斯前去同她住了一段时日。

这一安排让人大感意外。人们禁不住奇怪：虽说凯特性情平和，或许还有些傻，但她怎么会忍受被逐出自己家门？为什么会同意丢下孩子们？她很清楚查尔斯迷上了艾伦·厄娜，也应该可以想到，凭借这张王牌，她可以提任何条件。在一封信里，狄更斯提到了凯特的一大"弱点"，而在另一封信里（不幸在当时出版），他暗指一种心理疾病"导致自己的妻子认定还是离开为好"。如今可以有把握地说，以上话语暗中是指凯特酗酒。她的忌妒心、她的失败感、觉得没人需要自己的屈辱感促使她借酒消愁，这也没什么奇怪的。如果她真的成了酒鬼，就可以解释为什么一直是乔琪管理家务、照看孩子，为什么在妈妈离开后，孩子们依然待在家里，为什么乔琪写道"可怜的凯特无力照顾孩子已是尽人皆知"了。可能长子前去跟她同住的时候，发现她并未饮酒过度。

狄更斯名气太大，个人私事不可能不招致闲言碎语。各种谣言满天飞。他听到贺加斯家（凯特与乔琪的母亲和妹妹）说艾伦·厄娜是自己的情妇。他暴跳如雷，威胁要一分钱不

给就把凯特逐出家门，迫使她们签了一项声明，宣布她们认
为他跟年轻女演员的关系并没有什么可指责之处。贺加斯一
家考虑了整整两个星期才勉强接受这一恐吓。她们肯定知道，
如果他真的将威胁付诸实施，凯特完全可以用铁的事实诉诸
法律；假如她们不敢把事情搞到这般田地，无疑只能是因为
凯特这一边有什么过错，她们不愿张扬出去。有关乔琪也有
诸多传言。她在整个事件中的确是一个谜一般的人物。我很
奇怪，居然没有人尝试写一出戏，把她作为中心人物。我在
本章前面部分说起，狄更斯在玛丽死后所写的日记有何意义。
在我看来，很明显的不光是他曾深爱过她，而且也说明他已
经对凯特产生不满。在乔琪过来跟他们一起住的时候，他被
对方深深地迷住，因为她与玛丽有着惊人的相似。那么他也
爱上她了吗？她爱他吗？谁也说不清楚。乔琪很忌妒凯特，
她在查尔斯死后为其编辑书信选集的时候，把赞扬凯特的话
统统删掉；但是教会与政府对娶亡妻之妹的态度，使得类似关
系带有了乱伦的色彩，可能她从来就没想过跟这个自己住在
其家十五年的男人有任何超出正常兄妹之情的关系。或许她
觉得跟这么一位名人做知己、能够完全支配对方就已经足矣。
其中最让人感到奇怪的是，当查尔斯深深爱着艾伦·厄娜的时
候，乔琪居然还跟对方交上了朋友，非常欢迎她来盖德山庄。
不管心里是怎么想的，她都守口如瓶。

　　查尔斯·狄更斯与艾伦·厄娜的关系由知情人处理得十分
机密，个中细节无法断定。她好像一度拒绝他的求爱，但最
终拗不过他的坚持。据说，他以查尔斯·特林汉姆之名为她在

佩克姆买下一栋房子。照其女儿凯蒂的说法，他跟艾伦生了一个孩子；由于对此没有任何记载，可以预计，孩子幼年夭亡。然而据说艾伦委身于狄更斯并未让他精神焕发、心情愉快；他比她大了足足二十五岁，而且他也不得不面对她并不爱自己的现实。什么痛苦也比不上只有付出、没有回报的热恋。他在遗嘱里留给她一千英镑，她嫁了一个牧师。她曾告诉一位叫本汉姆的牧师朋友，自己一想起狄更斯强加给自己的"亲密关系就感到十分厌恶"。同众多女性一样，她似乎甘心接受自己所处地位的前提条件，可是觉得自己不该为此非要做出任何回报。

就在同妻子分开的同一时间，狄更斯开始为人们朗读自己的作品，为此周游英伦列岛并再度远赴美国。他的戏剧天赋令其受益不浅，并为此大获成功。然而他过于辛劳，再加上不断的旅途奔波，身体垮掉了，人们开始注意到只有四十几岁的他看上去像个老头子。这些朗读工作并非他的全部活动：在与妻子分开到去世前的十二年里，他写了三部长篇小说，还办了一份颇受欢迎的杂志《一年四季》。难怪他的身体状况变差。他开始犯一些烦人的小毛病，很显然四处演讲耗尽了他的体力。人们劝他放弃，可他不肯；他喜欢抛头露面，还有登台亮相时的激动、面对面的掌声、支配场下观众时的强大感。会不会还有另外一个原因，就是他觉得：当艾伦看到人们成群结队、万分仰慕地来听自己的演说，或许会更加喜欢自己。他决定做最后一次巡回朗诵，可中间病得实在厉害，只好半途而废。他回到盖德山庄，一门心思写《艾德温·德鲁德之谜》。可是为了继续朗读，他需要逢迎经理，于是不得不缩减篇幅，在伦敦又安排了十二场。这是 1870 年 1 月。"圣詹姆斯宫聚集了大量听众，当他入场和离开的时候，听众全体起立欢呼。"回到盖德山庄后，他继续写自己的小说。六月份的一天，正在同乔琪单独用餐的他突然生病。她派人去喊医生以及住在伦敦的两个女儿，第二天，二女儿凯蒂被机智能干的姨妈派走，将狄更斯将死的消息透露给他的妻子。凯蒂领着艾伦·厄娜返回盖德山庄。他在第二天，即 1870 年 6 月 9 日，与世长辞，葬于威斯敏斯特教堂。

五

在一篇著名的文章当中，马修·阿诺德主张，真正优美的诗歌一定要有高度的严肃性，由于他发现乔叟的作品缺乏这一条件，所以尽管对他不吝赞美，却不肯认可他在最伟大的诗人中的位置。阿诺德过于苛刻，以至于其对幽默的看法不可能没有一丝隐约的疑虑。我相信，他决不肯承认，拉伯雷作品中的大笑和弥尔顿向人类证实上帝杰作的愿望，具有同样的严肃性。不过我明白他的意思，而且这也不仅仅适用于诗歌。可能正是因为狄更斯的小说里没有这种高度的严肃性，才使得我们在面对其种种优点时，仍旧产生些许隐约的不满。如今我们在阅读这些书的时候，假使脑子里装着那些伟大的法国和俄国小说，那么不光上述作品，就连乔治·艾略特的作品，也幼稚得让人吃惊。而狄更斯的作品，相形之下简直就是小儿科了。当然我们也别忘了：他写的书，我们不怎么读了。我们变了，书也跟着变了。我们不可能体会得到狄更斯时代的人阅读这些刚刚出版的书时的情感。关于这一点，我可以引用尤娜·波普轩尼诗[1]书中的一段话："杰弗里爵士的友邻亨利·希登斯太太往他的书房窥视，只见杰弗里低头伏在桌子上。他抬起头来，眼里噙着泪水。她赶紧表示歉意说：'我不知道您刚听到什么坏消息，或者为什么事情难过，否则我就不来了。是谁死了吗？''是的，的确有人死了，'杰弗里爵士答道，'泄露此事可真够傻的，可我实在忍不住啊。听到这个消息你也会难过的，小内莉，博兹[2]笔下的小内莉死了。'"杰弗里是一位苏格兰法官，《爱丁堡评论》的创办者，亦是一位严厉而刻薄的批评家。

　　就本人而言，我觉得狄更斯的幽默还是相当有趣的，但是他的哀伤部分却丝毫没有打动我。我想说的是，他有强烈的感情，却没有心地。对此我需要赶紧说清楚：他有一颗宽宏的心，对受穷、受压迫的人充满了同情，而且如我们所知，他对社会改革也有着持久而显著的兴趣。但这是一种演员式的情怀，我指的是，他对自身强烈感情的描写，跟出演悲剧角色的演员体会自己所表现的感情是一样的。"赫卡柏是什么人？他又是赫卡柏的什么人？"[3]

---

[1]　尤娜·波普轩尼诗：英国女作家，以史书和人物传记见长。——译者

[2]　博兹：查尔斯·狄更斯的笔名。——译者

[3]　莎士比亚名剧《哈姆雷特》中的一句台词。——译者

说到这里，我想起一位女演员给我讲的故事，她曾经在萨拉·贝恩哈特的剧团里工作过。这位伟大的艺术家正在演出《菲尔德》，在她最动人的演说过程中，她突然明显地怒不可遏，原来她注意到舞台侧面有人在大声讲话，于是便冲着他们走去，背对着观众，仿佛是在痛苦地埋住自己的脸庞，实则嘘了一句相当于法语的"闭上臭嘴，你们这些狗杂种"，而后又以一副哀伤的面容优雅地转过身来，继续自己的激情演说，直到精彩的剧终。观众什么也未察觉到。如果没有真心感受，她还能如此崇高而悲情地讲出自己必须要讲的台词，这实在让人难以置信；但是她的情感是一种职业上的情感，仅仅停留于表面，出自神经而非内心，丝毫不会影响她的镇定自若。我毫不怀疑狄更斯是真诚的，但这是一种演员式的真诚；或许这就是为什么我们总是感觉他的哀伤并不怎么真实（不管他如何地堆积痛苦），于是也不再为之所感动。

可是我们无权硬要让一个作家非拿出自身并不具备的东西，假使狄更斯真的欠缺马修·阿诺德所说的伟大诗人不可或缺的高度严肃性，那么他也有很多别的优点。他是一个非常伟大的小说家，才华横溢。他认为《大卫·科波菲尔》是自己最好的作品。一位作家在判定自身作品的时候，往往并非一个好评委，可在这个问题上，我觉得狄更斯的判断似乎很正确。《大卫·科波菲尔》在很大程度上是一部自传，这一点我想尽人皆知；但狄更斯是在写一部小说，而不是自传，虽然他从自身的生活经历中提取了大量素材，但在这些素材的使用上，却只选取适合目的的。至于其他部分，则依靠其丰富的想象力。他绝不是一个好的读者，文学上的会谈只会令他厌烦，而他在人生后期所了解的文学知识，似乎并未怎么影响到他，反倒是童年时代在查塔姆最早阅读的那些作品，给他留下了深刻的印象。这些作品当中，我认为斯摩莱特的小说是最终对他影响最大的。斯摩莱特呈现给读者的人物，并不怎么具有传奇色彩，但却非常生动。他们与其说是角色，倒不如说是一种种"性情"。

善于观察人物十分符合狄更斯的性格特点。密考伯先生的原型是他的父亲。约翰·狄更斯是个夸夸其谈、花钱随意的人，但他并不傻，更不是没有能力；他这人非常勤奋、友善、慈爱。我们都知道狄更斯是如何塑造他的了。如果说福斯塔夫是文学史上最著名的喜剧人物的话，那么密考伯先生当属最著名的一个人物了。有人批评狄更斯（在我看来实属不公），说他不该让密考伯最终成为一名受人尊敬的澳大利亚地方官，有些评论家认为，此人应当始终轻率鲁莽、毫无远见。澳大利亚是个人烟稀少的国度。密考伯先生相貌堂堂，受过一定教育，而且出口成章，我不明白他在那种环境下，又有以上优点，为什么就不能获得官职。不过狄更斯的高超之处不仅仅在于对喜剧人物的塑造。司悌佛手下那个温顺的仆人，其刻画令人拍手叫绝，他那神秘阴险的特点让人不寒而栗。乌利亚·希普的身上颇有些大众情节剧的味道，但他绝对是一个强大而可怕的人物，对他的刻画也是十分娴熟。的确，《大卫·科波菲尔》全书都是生动鲜活、新颖独特的人物，彼此间差异极大。他们绝对不像密考伯夫妇、辟果提和巴基斯、特拉德斯、贝特西·特洛伍德和迪克先生、乌利亚·希普和他的母亲：他们都是狄更斯天马行空想象出来的人物，但又不乏活力、前后一致，而且被刻画得惟妙惟肖、真实可信，以致当你阅读的时候，很难不信以为真。或许他们并不是真的，但却是鲜活的。

狄更斯塑造人物的大致方法便是，把原型人物身上的性格、特征、缺点进行夸张处理，让他们每个人嘴里讲的话语（或者一串话语），都能将其本性深深地印刻在读者的脑海里。他笔下的人物从未显示出任何发展变化，总的来说，他们一开始是什么样，最后就是什么样。（在狄更斯的作品中确实有一两处例外，但他所表现出的人物本性的变化并不可信；这种变化是为了引发最后的圆满结局的。）用这种方式刻画人物的危险就是，故事的可信度可能会受到影响，其结果便是漫画型人物。就这种类型而言，如果作者呈现给你的是一个让你捧腹大笑的人物，那倒也无妨，可要是他想让你同情对方的时候就不行了。狄更斯在处理女性人物上从未有过什么上佳表现，除了张嘴就是"我决不会抛弃密考伯先生"的那位密考伯太太，以及贝特西·特洛伍德以外，其他的都是漫画式人物。取自狄更斯初恋情人玛丽亚·比德内尔的多拉，实在过于愚蠢和幼稚；而取自玛丽和乔琪·贺加斯的艾格尼丝，又过于完美和懂事：她俩的形象都极度乏味。小艾米莉在我眼里是一处败笔。狄更斯显然想让我们对这个人物产生同情，可她只得到她应得的。她的抱负就是成为一名"淑女"，大概还希望司悌佛能娶自己，她跟着他跑了。她似乎成了他很不称心的情人，整天郁郁寡欢、泪眼汪汪、自怜自艾，难怪他逐渐厌烦她。《大卫·科波菲尔》中最让人莫名其妙的女性人物当属罗莎·达特尔。我猜测狄更斯原打算在故事中更加充分地利用这个角色，而他之所以未能这么做，是因为害怕触怒公众。我只能推测司悌佛曾是她的恋人，由于他甩了她，她对他怀恨在心，可是却依然爱着他，怀有一份嫉妒、渴望、报复的情感。狄更斯在这里所创造的人物，正是巴尔扎克可能着力刻画的。在《大卫·科波菲尔》的主要人物中，司悌佛是唯一一个得到"直接"刻画的（我们借用的是演员在提到"直接角色"时所用的措辞）。狄更斯在读者心中塑造了一个绝妙的司悌佛形象，他魅力十足、风度翩翩、举止优雅，他对人友善、心肠很好，他具有极强的亲和力、能够同各色人和睦相处，他乐观开朗、勇敢无畏，他自私自利、鲜廉寡耻、不顾后果、冷酷无情。作者在这里刻画的，是那种我们大多数人都熟悉、不管到哪儿都能让人开心却又惹下祸事的人。狄更斯没有给他安排一个好下场。我估计菲尔丁或许会更加宽宏一些；因为正如奥诺太太在提到汤姆·琼斯时所说的那样："假如荡妇这么来了，也不该责怪小伙子们；因为那只是他们的自然反应。"当今的小说家不得不做到，自己所讲的故事既要有可能性，还要有必然性。狄更斯当初可没有这种限制。试想，在离开英国数年以后，司悌佛乘船从葡萄牙回来，居然在离雅茅斯不远的地方遭遇海难，溺水身亡，而此时大卫·科波菲尔正好到那儿短期拜会老朋友，这种巧合实在让读者难以相信。假如司悌佛必须得死，以此来满足维多利亚时代恶有恶报的要求的话，狄更斯完全可以想出一个更加真实可信的方式让他身亡。

六

　　济慈英年早逝，而华兹华斯活得太久，此乃英国文学之不幸；同样不幸的是，当我国最伟大的小说家们处于创作巅峰的时候，当时盛行的出版方法却鼓励那种散漫啰唆的文风，也鼓励英国小说家们几乎生来就有的讲题外话的倾向，这对他们的创作是很有害的。维多利亚时代的小说家，其实就是靠笔头儿生活的工人。他们必须接受合同上的要求，为十八、二十或者二十四期报纸写出一定篇幅的稿件，他们还得精心安排故事，让每一期的结尾都能够吸引读者接着买下一期。毫无疑问，准备要写的故事主线他们早已了然于心，可是我们都知道，如果在出版之前写好两三期，他们就心满意足了，等到需要的时候才去写其他部分，满心指望单凭自己的创造力就能产生出足够的素材以填充必需的页码；而根据他们自己的供认，我们知道他们有时缺乏创造力，在没东西可写的情况下却仍需竭尽全力。有时候，他们的故事都已经完成了，却碰巧还有那么两三期需要写，于是便不得不想方设法推迟结尾。他们的小说自然也就形式散乱，没完没了；实在是迫不得已才搞得偏离主题、啰里啰唆的。

　　狄更斯是用第一人称写的《大卫·科波菲尔》。这种直截了当的方法发挥了很大作用，这是因为他的情节常常十分复杂，有时候读者的注意力被转移到跟故事发展毫无关系的一些人物和事件上。在《大卫·科波菲尔》中，像这类明显的离题只有一处，那就是对斯特朗先生同其太太、母亲、太太的表妹之间关系的描写；这些描写跟大卫没什么关系，本身也很乏味。我猜想，他是想用这一部分来弥补两个时刻之间的隔断：一个是大卫在坎特伯雷上学的那几年，另一个则是大卫对多拉失望到多拉去世的那段时间。不然的话，他没法处理这块间隙。

凡是把自己写成主人公的半自传小说，其作者都会碰到风险，狄更斯概莫能外。大卫·科波菲尔在十岁时被无情的继父送去干活儿，而查尔斯·狄更斯也有被自己父亲如此对待的遭遇，他还要承受跟那些同龄孩子（他觉得这些孩子的社会地位比不上自己）混在一起的"屈辱"，恰似狄更斯在给福斯特的部分自传中极力认定的一样。狄更斯竭尽全力激发读者对其主人公的同情，而在大卫逃往多佛、去找姨婆贝特西·特洛伍德（一个可爱有趣的角色）保护自己的那段著名的路途上，他也确实无耻地往筛子里灌了铅。无数读者都感觉这段逃奔的故事极为悲惨。本人心肠有些硬：这个孩子居然这么笨，不管遇到谁都被抢和被骗，我实在感到惊讶。他毕竟在工厂里待过好几个月的时间，还从早到晚在伦敦闲逛；我们应该想到：工厂里的其他孩子，尽管达不到他的社会标准，却可以教他一二；他曾经跟密考伯一家住在一起，帮他们把零碎家什当掉，还去马萨尔监狱看过他们；假如他真是书中描写的那样是个聪明孩子的话，那么即使是在幼年，也肯定对这个世界有所了解，机灵得足以保护自己。可是书中的大卫·科波菲尔不光在童年表现得毫无能力。他不知该如何处理困境。他跟多拉在一起时的软弱、他在处理家庭生活中的平常事务时对常识的欠缺，简直让人无法忍受；他头脑迟钝，居然没有看出艾格妮斯喜欢自己。我怎么也无法让自己相信：他最终能像书中所说的那样，成为一名成功的小说家。如果他真的写出小说的话，那么我感觉这些作品会更加接近亨利·伍德夫人的小说，而不是查尔斯·狄更斯的。大卫的塑造者竟然没有把自己的丝毫干劲、活力和激情赋予到他身上，让人好生奇怪。大卫纤弱而英俊，颇具魅力，不然也不会让碰到他的几乎每一个人都喜欢上他；他诚实善良、实心实意，但他确实是个白痴，绝对是全书当中最没意思的人物。最能够体现他形象贫乏、不中用、无力解决棘手局面的，当属苏荷区的阁楼上发生在小艾米莉和罗莎·达特尔之间的可怕场景，大卫目睹了这一幕，却由于完全站不住脚的理由没有试图予以阻止。这是一个很好的例子，表明采用第一人称写小说的方法可能会迫使叙事人显得虚假不真，无法担当起小说主人公的角色，致使读者完全有理由对他感到恼火。而如果采用第三人称、从全知视角来叙述的话，本场景依然过于渲染、令人生厌，但却绝对可信（尽管很难做到这一点）。当然，人们从阅读《大卫·科波菲尔》中所获得的乐趣，并不在于非要有这样的观念，即生活就像（或者曾经就像）狄更斯所描绘的那样。这么说并不是贬低他。小说就像天国一般，有着众多的宅第，而作者可能想让你参观哪座就邀请你进哪座。每一座的存在，都自有其道理，而你必须尽力适应自己被引入的环境。你必须要用不同的眼光来读《金碗》和读《蒙帕纳斯的蒲蒲》。《大卫·科波菲尔》是由一位想象生动、感情热烈的人所写的一部有关生活的奇幻作品，时而欢快，时而悲惨。你必须像读《皆大欢喜》那样阅读此书，而它带给你的，也是同样令人愉快的乐趣。

七　福楼拜和《包法利夫人》

一

如果说一个作家能写出什么样的书取决于他是什么样的人（我是这么认为的），那么最好弄清其个人历史中的重要之事，就福楼拜而言尤为如此，很快我们就能看出。他是个极不寻常的人。我们不知道有哪个作家热诚勤奋、百折不回地把自己奉献给文学艺术。他并不具备很多作家身上的那种无比重要的活力，但却有其他活力，能够平静大脑、恢复体力或者丰富体验。他相信活着并不是生命的目标；对他而言，生命的目标是写作：福楼拜放弃生活的圆满和多彩，倾心于创作艺术作品的雄心，没有哪个寺院的僧侣，能够像他那样坚定地牺牲世间享乐，将爱奉献于上帝。他既是一个浪漫主义者，又是一个现实主义者。我在谈巴尔扎克时就讲过，浪漫主义从骨子里是痛恨现实的，并且迫不及待地想要躲开它。如同其他浪漫主义者一样，福楼拜到离奇和虚幻中、到东方和古风中去寻求庇护；然而尽管他憎恨现实，厌恶资产阶级的自私、陈腐、愚蠢，却为其感到着迷，因为他天性中有一种东西，能让他对自己最为反感的东西感到极大的兴趣。人类的愚蠢对他具有一种令其厌恶的魅力，他在展示其各个丑陋面时，获取到一种病态的快感。它具有某种魔力，让他坐立不安，就像身上的一处伤口，摸起来很痛，但你又忍不住去触摸。他身上现实主义者的部分凝视着人性，就好像这是一堆垃圾，他不去找寻里面有价值的东西，而是向所有人展示人类有多么的卑劣，无论外表如何。

二

古斯塔夫·福楼拜于 1821 年生于鲁昂。他父亲是个医生，领导一家医院，并且同妻儿住在那里。这是一个美满幸福、受人尊敬的富足家庭。福楼拜的成长跟同阶级的其他法国孩子没什么两样；他上学，同别的男孩儿交朋友，不大干活儿却博览群书。他感情丰富、富于想象，而且跟其他孩子一样，为内心的孤独所困，生性敏感的人终生都会感觉孤独。"我十岁就上学了，"他写道，"我很快就开始反感人类。"这可不是什么俏皮话，他是当真的。从青年时代开始，他就是个悲观者。诚然，当时浪漫主义大行其道，悲观主义风行一时：在福楼拜的学校里，就有一个男孩儿把自己脑子炸裂，还有一个用领带悬梁自尽，但我们实在看不出，福楼拜（拥有安适的家庭、慈爱有加的父母、宠着自己的姐姐、忠实的朋友）为何会觉得人生不堪忍受、人类可憎可恶。

十五岁的时候，他恋爱了。那年夏天，全家去了特鲁维尔（当时还是一个只有一家旅馆的海边小村）；就在那里，他们遇见了音乐出版商及冒险家莫里斯·施勒辛格和他的妻子及孩子。有必要转述一下福楼拜对她的形象描写："她很高挑，深色的皮肤，美丽的黑发垂在肩上；她的鼻子很周正，眼睛饱含激情，她的眉毛很浓，弯得恰到好处，肌肤透着光芒，有如蒙了一层薄金；她苗条而优雅，你能看见她棕紫色喉咙处青筋弯曲。此外，她上唇上的纤细绒毛微微发暗，让她的脸庞具有一种阳刚有力的神态，令白色肌肤的美女们相形失色。她讲话的语速很慢，声音抑扬顿挫，轻柔悦耳。"我实在不愿意把 pourpré 这个词翻译成 purple（紫色），因为听起来不怎么吸引人，但这就是翻译，我只能这样认为：福楼拜把这个词用作 bright hued（亮色调）的同义词。

时年二十六岁的伊莉莎·施勒辛格正在哺育孩子。福楼拜胆小怕羞，要不是因为她的丈夫天性快活、热情奔放、很容易交上朋友的话，他根本没有勇气同她讲话。莫里斯·施勒辛格带着这个男孩儿出行。有一次，三人乘船出海。福楼拜跟伊莉莎并排坐着，两人肩并肩，她的裙子紧贴着他的手；她讲话的声音也是低沉而甜美，可他心乱如麻，一个字也没有记住。随着夏日结束，施勒辛格夫妇离开了，福楼拜夫妇返回鲁昂，而古斯塔夫也回到了学校。他生命中的一次真正的激情开始了。两年之后，他重返特鲁维尔，得知伊莉莎曾回来过但又走了。此时的福楼拜十七岁。对他而言，以前的自己似乎过于心神不安，并未真正地爱上她；如今他对对方的爱却不同了，带有一种男性的欲望，而伊人不在更加剧了他的欲念。回到家后，他重又开始写自己的《狂人回忆录》(Les Mémoires d'un Fou)，这本书他曾半途而废，他在书中讲述了自己爱上伊莉莎·施勒辛格的那个夏天。

十九岁那年，为了奖励他通过入学考试，父亲送他跟一位克劳盖医生去比利牛斯山区和科西嘉岛旅行。此时的福楼拜已发育成熟，双肩宽阔。他的同龄人都管他叫巨人，他也如此自称，尽管他还不到六英尺高，在今天看来实在称不上高个儿；不过当时的法国人比如今要矮得多，而他在朋友当中明显算是鹤立鸡群了。他瘦削而优雅，黑黑的睫毛遮住海绿色的大眼睛，漂亮的长发垂到肩膀。四十年后，一位年轻时认识他的女士说，他当时就如希腊神像一样美。从科西嘉岛返程的路上，旅行者在马赛逗留，一天早晨，洗浴回来的福楼拜注意到一位年轻的妇人正坐在旅馆的院子里。她叫尤拉莉亚·傅科，此刻正在等着船来，好坐船回到丈夫（一名法属圭亚那军官）那儿去。他跟对方打招呼，两人于是攀谈起来。那个夜晚，福楼拜同尤拉莉亚·傅科一起度过，根据他自己的记述，那是一个激情燃烧的夜晚，美好得就像雪地上的落日。他离开马赛后，再也没有见过她。这次经历给他留下了很深的印象。

此后不久，他去巴黎学习法律，倒不是因为他想成为律师，而是因为他不得不选一个职业了；他在那里感觉很无聊，厌烦法律书籍，厌烦大学生活；他很瞧不起同学们的平庸、做作，以及他们的资产阶级趣味。在巴黎期间，他写了一部中篇小说，名叫《十一月》（Novembre），在书中，他记述了自己和尤拉莉亚·傅科的韵事。不过他赋予了她弯弯的眉毛、带有淡蓝色绒毛的上唇，还有伊莉莎·施勒辛格的可爱脖颈。他在去办公室拜访出版商的时候再次同施勒辛格夫妇取得联系，并应邀与他们同进晚餐。伊莉莎还是像当年一样美丽。福楼拜在上次遇见她的时候，还是个毛头小伙子，如今则是一个热切、多情、英俊的男人。他很快就同这对夫妇熟络起来，常常同他们进餐以及短途旅行。可他仍然像以前那么胆小，很长时间没有勇气表白爱意。而等他终于表白的时候，伊莉莎并未像他所担心的那样生气，不过却明确告诉他，自己无意同他超越好朋友的界限。她的故事十分奇特。当他在1836年初次见到伊莉莎的时候，他跟所有人一样，以为她是莫里斯·施勒辛格的妻子，其实不然，她嫁给了一个名叫埃米尔·朱迪亚的人，此人由于欺诈惹上大麻烦，施勒辛格挺身而出，提出拿钱来救他免于起诉，条件是他必须离开法国、放弃妻子。他照办了，施勒辛格便和伊莉莎·朱迪亚住到一起，当时的法国没有离婚的规定，直到1840年朱迪亚去世，两人才得以结婚。据说虽然这个可怜的家伙不在身边，而且也死掉了，但她始终爱着他；可能是由于这个原因，再加上她对这个男人的忠诚（对方给了她一个家，也是她孩子的父亲），使得她迟迟不肯同意福楼拜的渴望。但他热情似火，而施勒辛格也十分不忠，或许她被福楼拜孩子气的爱慕所感动；他最终说服她某一天到他的公寓来；他心急如焚地等着她，可她却

没有来。以上就是福楼拜的传记作者们根据他在《情感教育》
(*L'Education Sentimentale*) 中所写的内容而普遍接受的故事，
由于看似可信，很可能就是可靠的真实记述。有一点可以肯
定，就是伊莉莎从未成为他的情人。

1844 年发生的一件事情由此改变了福楼拜的人生，也影
响到他的文学创作（如我后面将会揭示的那样）。一天黑夜，
他和哥哥刚从母亲的一处地产（他们时常过去查看）乘车赶
回鲁昂。年长九岁的哥哥从事和父亲一样的职业。突然间，
福楼拜"感觉自己身上一阵发热，难以忍受，就像掉进陷阱
底部的石头一样摔倒在地"。等他神志清醒的时候，满身都是
血；他的哥哥把他抬到了附近的一处房子里，给他放血，而
后被送到鲁昂，父亲再次给他放血，还给他开了缬草和木蓝，
并且禁止他抽烟、喝酒或者吃肉。有一段时间，他持续发作。
随后的几天里，他崩溃的神经达到狂暴的地步。围绕着这一
病症有很大一堆谜团，医生们也从不同角度予以探讨。有些
人坦言他得的是癫痫症，他的朋友也都认为如此；他的侄女
在其回忆录中对此保持缄默；雷内·杜梅尼勒先生本人即是医
生，也是研究福楼拜的一本重要著作的作者，他宣称福楼拜
得的不是癫痫症，而是所谓的"癔病性癫痫"。反正不管是什
么病，治疗方法都十分相似；福楼拜长达数年服用大剂量的硫
酸奎宁，以后的余生则改服溴化钾。

或许病症发作并未让福楼拜的家人甚感意外。尽人皆知，
他曾告诉莫泊桑，说自己十二岁的时候就有幻听和幻视。到
了十九岁的时候，他被送上旅程，是跟一位医生一起，由于

景物变换亦是他父亲后来规定的治疗方案的一部分，这也就说明他很可能已经患上带有癫痫性质的疾病。福楼拜一家虽说有钱，但土里土气，乏味而又节俭：很难相信他们居然仅仅因为儿子通过了法国的学龄孩子都要经历的考试，就想到让他随医生出门旅行。还处在少年时代的福楼拜就感觉自己跟身边接触的人不太一样，他早年的悲观思想很可能就是由这一神秘疾病引起的，这病肯定一直在影响他的神经系统。不管怎样，如今的他要面对事实，遭受可怕的疾病之苦，这种疾病的发作无法预料，必须改变他的生活方式。他决定放弃法律（可以料想是出于自愿），下定决心终身不娶。

1845 年，父亲去世了，两三个月后，他深爱的唯一一位姐姐卡洛琳娜，也在产下一个女儿后死去。两人在童年时代就形影不离，直到姐姐结婚前，她一直是他最亲的朋友。

福楼拜医生在死前的某个时间买下了一处叫作克鲁瓦塞的地产，位于塞纳河畔，是一座具有两百年历史的精美石屋，前方有一个阳台，还有一个小亭子可以俯瞰河面。医生的遗孀同儿子古斯塔夫，以及卡洛琳娜的女儿在此住下；大儿子阿希尔已经结婚，并在鲁昂医院继承父业。福楼拜的余生都是在克鲁瓦塞度过的。从很小的时候开始，他就一直断断续续地写东西，如今由于身患疾病，无法过正常的生活，于是他下定决心，完全投身于文学创作。他在底楼有一间工作室，室内的窗户面向塞纳河和花园。他的生活习惯极富条理，大约十点钟起床，读读信件和报纸，十一点的时候简单吃点午饭，然后在阳台上散步或是坐在亭子里读书，直到一点钟。

此时他开始认真工作，直至七点钟吃晚饭，而后再去花园里走走，回来接着工作到夜里。除了个别的几个朋友，他谁也不见，而这些朋友，也是他偶尔请过来同自己探讨作品的。总共有三位：阿尔弗雷德·勒·普瓦特万，他比福楼拜年纪大，是他们家的朋友；马克西姆·杜坎，是他在巴黎学法律时认识的；还有路易·波耶，此人通过在鲁昂讲授拉丁语和法语获得一点微薄收入。他们都酷爱文学，而波耶本人就是个诗人。福楼拜性情温和，对朋友也很忠诚，可他占有欲过强，对人又太苛求。当勒·普瓦特万（此人对福楼拜影响极大）娶一位德·莫泊桑小姐的时候，他怒不可遏。"此事对我的震撼，"他后来说道，"就如同一位主教引发的丑闻给信徒造成的震撼一样。"有关马克西姆·杜坎和路易·波耶的情况，我稍后即做介绍。

　　卡洛琳娜死的时候，福楼拜为其脸部和双手做了模具，几个月后，他去巴黎找到了当时非常著名的雕塑家普拉迪耶，请他为卡洛琳娜塑像。在普拉迪耶的工作室，他遇见了一位叫作路易丝·柯莱的女诗人。她属于那种以为单凭热情就足以替代才华的作家，这号人在文人当中可并不少见。凭借自己的姿色，她在文学界谋得了一席之地。她办了一处沙龙，精英人士频繁光顾，沙龙名曰"缪斯"。她的丈夫希波利特·柯莱是一位音乐教授；而她的情人维克多·库辛（她已为其生子）则是一位哲学家兼政治家。她那金黄色的鬈发衬托出她的脸型，声音深情而又温柔。她只承认自己有三十岁，实则还要大好几岁，福楼拜当时二十五岁。四十八小时之后，经过一次小小的意外（由于他过于紧张激动），他就成了她的情人，当然并未取代那位哲学家，此人同她的感情，尽管照她的说法当时还是柏拉图式的，但十分正式；过了三天，挥泪告别路易丝之后，他返回克鲁瓦塞。当天夜里，他给路易丝写了一连串情书中的第一封，这些写给情人的信可说是古怪至极。多年之后，他告诉埃德蒙·德·龚古尔，他曾"狂烈"地爱着路易丝·柯莱；可是他这个人往往夸大事实，而信函内容也很难证实这一说法。我认为我们完全可以推测，他对自己有一个公众界的情人倍感骄傲；可他过的是一种富于幻想的生活，如同众多空想者一样，他对自己情人的爱，在分开的时候比在一起的时候要强烈。稍显多余的是，他如实地将之告诉了她。她敦促他快来巴黎住；他却告诉对方，自己不能离开受丧夫丧女之痛的母亲；于是她恳求他至少也要更加频繁地来巴黎；他告诉她，除非有合理的借口，否则自己不能离开，对此她生气地答道："这么说你就跟个小女孩一样被看住了？"实际上此话还真说对了。他的癫痫发作会让他数日身体虚弱、情绪低迷，他的母亲自然会忧心忡忡。她不让他下河游泳（这可是他的爱好），也不许他在没人照看的情况下到塞纳河划船。只要他按铃让用人送上自己想要的东西，母亲一定会冲上楼来，看他是否一切正常。他告诉路易丝，假如他提出离开母亲几天，母亲是不会反对的，但他无法忍受由此给她带来的忧伤。路易丝不会看不出来，如果他真的像自己爱他那样爱自己，这件事是不会妨碍他同自己会面的。即使在当时，也不难想出貌似合理的借口，证明自己必须要去巴黎。他还很年轻，如果他同意隔这么长时间才去看路易丝的话，那么很可能是因为他的性欲并不迫切（他常常受到强镇痛剂的影响）。

"你的爱情根本不是爱情，"路易丝写道，"不管是何种情形，爱情对你的生活都不重要。"对此他是这样答复的："你想知道我是不是爱你。好吧，没错，我尽量爱你；也就是说，在我看来，爱情在人生中并不是第一位，而是第二位的。"福楼拜对自己的坦率甚为得意，实则十分残酷。有一次，他居然叫路易丝向一个住在卡宴的朋友打听尤拉莉亚·傅科的下落，而傅科正是他在马赛猎艳的目标，甚至还叫她送信给她；当她愤怒地接受使命时，他也毫不掩饰自己的惊讶。他甚至给她讲自己同妓女的遭遇，根据他的故事，他还挺喜欢妓女，并且常常为此洋洋自得。不过男人撒谎最厉害的莫过于他们的性生活，而他很可能吹嘘自己根本就不具备的性能力。有一次，由于拗不过她的软磨硬泡，他提议在曼蒂斯的一家旅馆会面，只要她早早从巴黎出发，而他也从鲁昂赶过来，他们可以共度一个下午，而他还可以在天黑前赶回家。令他吃惊的是，这一提议惹得她大动肝火。在维持这段关系的两年当中，他们总共会了六次面，显然是她中断关系的。

与此同时，福楼拜正在忙着写《圣安东尼的诱惑》（*La Tentation de St Antoine*），这是一本他酝酿已久的书；根据安排，等这本书一完工，他就跟马克西姆·杜坎去近东旅游。福楼拜夫人应允此事，因为她的儿子阿希尔以及克劳盖医生（就是多年前陪伴福楼拜去科西嘉的那个医生）都说，在温暖国家小住对他的健康有好处。书稿完成后，福楼拜把杜坎和波耶召集到克鲁瓦塞来，目的是念给他们听。他念了整整四天，每天下午四小时、晚上四小时。他们商量好了，不听完整部作品就不发表意见。第四天的夜晚，读到末尾的福楼拜用拳头重重砸了一下桌子，说道："怎么样？"其中一位回答："我们觉得你应该把它扔到火里去，不要再提起它。"这真是个致命的打击。他们争论了好几个钟头，福楼拜最终接受了他们的意见。而后波耶建议说，福楼拜既然以巴尔扎克为榜样，就该写一部现实主义小说。此时已是八点，他们上床睡觉。当天的晚些时分，他们又聚在一起继续讨论，根据马克西姆·杜坎在《文学回忆录》中的记载，就是在那个时候，波耶提出了最终成为《包法利夫人》的故事；不过在福楼拜与杜坎随后开始的旅行中，福楼拜在家信里提到了自己正在思考的许多小说题材，可是并没有《包法利夫人》，因此可以肯定地说，杜坎搞错了。朋友二人先后去了埃及、巴勒斯坦、叙利亚和希腊。他们于1815年返回巴黎。福楼拜仍然没有决定自己该着手写什么，很可能是在那个时候，波耶给他讲欧仁·德拉玛的故事。德拉玛曾是一名实习医师，在鲁昂的一家医院担任驻院内科或外科医生，也在近处一个小镇行医。第一位太太是个比他大很多的寡妇，对方刚去世，他就娶了附近农场主年轻漂亮的女儿。她自命不凡、生活奢侈，很快就对自己这个无趣的丈夫感到厌烦，找了好几个情人。她不考虑自己的支付能力，大把大把地花钱买衣服，因此负债累累。最后她服了毒，德拉玛也自杀身亡。我们都知道，福楼拜十分关注这个普通的小故事。

回到法国不久，他再次遇见路易丝·柯莱。在他出外期间，她的境遇很糟。丈夫去世，维克多·库辛也不再资助她，没有人接受她写的剧本。于是她写信给福楼拜，说自己从英国回来将途经鲁昂；他们见面了，并恢复了通信。不久，他去了巴黎，再次成为她的情人。人们不解其中缘由。她此时已四十多岁，金发碧眼，而金发碧眼的女人往往不抗老，而且当时自诩高雅的女性都不化妆。或许他是被她对自己的感情所触动，她毕竟是唯一爱过他的女人，也许他曾在性上没有把握，而在跟她少有的几次性爱中，他却觉得轻松自在。她的信都已经毁了，可他的还留着。从这些信件中，我们可以看出路易丝毫无进步：她还是像起初那样盛气凌人、严厉苛刻、让人生厌。她的信越发的尖刻。她继续催促福楼拜来巴黎，或是让自己来克鲁瓦塞；而他依然找借口不肯去也不让她来。他的信主要涉及文学主题，结尾的情感表达却是敷衍了事；其中有趣的地方主要就是他谈到《包法利夫人》的艰难进展，他当时的精力全都倾注在这本书上。路易丝时不时地写上一首诗寄给福楼拜。他的批评十分严厉。两人的关系不可避免地走到终点。这也是由于路易丝本人的草率造成的。似乎为了女儿的缘故，维克多·库辛提出要娶她，她好像故意让福楼拜知道自己是因为他才拒绝对方的。实际上，她已下定决心要嫁给福楼拜了，但不慎把自己的想法告诉了朋友。此事传到他的耳朵里，他目瞪口呆，经过一系列让他既震惊又羞耻的激烈争吵后，他告诉她，自己再也不想见到她了。可她并未被吓住，在某一天赶到克鲁瓦塞又闹了一场，他把她赶了出去，其残酷程度连他母亲都看不下去了。虽然女性总是执拗地相信自己一厢情愿的事情，但"缪斯女神"最终还是接受了福楼拜与自己永远决裂的事实。她的报复方式就是写了一本小说（据说写得很差），把他描绘成一个恶毒之人。

三

我必须得旧事重提了。当这两个朋友从东方回来以后，马克西姆·杜坎定居巴黎，买下《巴黎半月刊》的部分股权。他来到克鲁瓦塞，敦促福楼拜和波耶为自己写稿。福楼拜去世后，杜坎还出版了厚厚的两卷怀念文集，名之曰《文学回忆录》。但凡写福楼拜的人都毫不客气地用过这几本书，但他们对其作者却恶语相加，似乎有些太忘恩负义。杜坎在书中写道："作家分为两类：对于一类而言，文学只是手段；对于另一类而言，文学却是目的。本人属于（而且从来都属于）前一类；我向文学索取的权利，从来只是对它的热爱，还有对它的悉心培育。"马克西姆·杜坎为之满意的那类作家，范围向来很大。有的人具有文学上的爱好，热爱文学，常常还拥有才华、品味、文化与技能，但却毫无创作天分。这些人在年轻时代有可能写出上佳的诗篇或是水平不高的小说，不久之后，他们就安心于自我感觉更加安逸的生活。他们评论书籍或是当上了文学杂志的编辑，为死去作家的选集撰写前言，最后又像杜坎一样写回忆录。他们在文学界作用很大，而且由于文笔甚佳，他们的作品读起来也常常令人愉悦。我们没有理由像福楼拜嘲笑杜坎那样嘲笑这些人。

人们都说杜坎妒忌福楼拜，我觉得此言有失公允。在回忆录中，他曾写道："我从来没有过抬高自己、将自己同福楼拜相比的念头，我也从来不准自己对他的卓尔不凡有任何怀疑。"没有人会说出比这还要真诚的话了。当福楼拜还在念法律的时候，这两个住在拉丁区的孩子就十分亲密；他俩一起去便宜的饭店吃饭，一起在咖啡馆纵谈文学题材。后来，在去近东的旅途中，两人都在地中海上晕船，他们还在开罗一同醉酒，逮着机会一同嫖妓。福楼拜并不是个太好相处的人，因为他对不同意见很没耐心，脾气暴躁、性格傲慢。可即使这样，杜坎依然真心诚意地喜欢他，对作为作家的他十分尊重；不过他毕竟太熟悉福楼拜了，不可能看不出他的弱点；他对自己这位青年时代好友的崇敬并不在于人性，可福楼拜的狂热崇拜者们并不这么想。这个可怜之人为此受到了不该有的漫骂。

杜坎认为，自己的老朋友不该埋首于克鲁瓦塞；他无数次拜访福楼拜，有一次还督促他定居巴黎，这样他可以接见别人，并且通过结交首都的文化圈子、跟其他作家交流意见，来拓宽自己的思想。从表面上看，这一提议颇有道理。小说家必须生活在素材当中。他不能等着感受自动送上门来，而是必须出去寻找才行。福楼拜之前的生活太狭小，他对整个世界所知甚少。与之关系尚算密切的仅有的几个女人就是他的母亲、施勒辛格、"缪斯女神"。可是他性情急躁而专横，不喜欢别人干涉自己。然而杜坎偏偏不识相，他在从巴黎寄来的一封信里，居然对福楼拜说，假如他继续过这种狭小的生活，很快脑子就会软化。这番话激怒了福楼拜，以致其终生不忘。这话说得确实不太合适，因为他总是担心：这些针对自己癫痫样的攻击会真的让他得上这类病症。事实上，在写给路易丝的一封信里，他说再过上四年，他或许会变成一个傻瓜。福楼拜怒气冲冲地回复了杜坎，在信里告诉对方，他过的生活完全适合自己，他瞧不上眼的正是那些巴黎文学圈子里的劣等作家。两人随后开始疏远，尽管后来老朋友之间恢复关系，但再也不是那么亲热了。杜坎是个积极活跃的人，他十分坦诚地想要跻身当时的文学界；可是这个想法似乎遭到了福楼拜的厌恶："他不再是我们当中的一员了。"他写道，而且在后来的三四年里，只要提起对方的名字就充满了鄙视。他认为杜坎的作品让人鄙视、他的文体惹人反感、他借用其他作者的行为可耻至极。不过，杜坎居然在其杂志上刊载了波耶所写的有关罗马题材的三千行长诗，福楼拜还是觉得很高兴的，而《包法利夫人》完稿以后，他也同意杜坎的请求，将该书在《巴黎半月刊》上连载。

路易·波耶一直是他唯一的挚友。福楼拜把他当成一个伟大的诗人（如今看来，这是个错误），信赖他的意见超过其他任何人。福楼拜很感激他。要是没有波耶，很可能就不会有《包法利夫人》，或者即使有也不是现在这个样子。正是波耶在无休止的争论之后，劝说福楼拜写一个大纲。这件事，弗朗西斯·史蒂穆勒先生在其杰作《福楼拜与〈包法利夫人〉》中有所记载。波耶认定这本书会成功，最终在1851年，时值三十岁的福楼拜正式动笔。他早期作品中比较重要的几部，除了《圣安东尼的诱惑》之外，确实都带有一定的个人色彩，实质上就是把自己的感情经历写成小说。而他现在的目标则是尽可能地客观。他决心不带个人喜好和偏见地揭示真相，叙述故事、描画人物都不加自己的评判，既不贬也不褒：假如他同情某个人物，也决不表现出来；假如另一个人物蠢得让他生气，又有一个人物坏得令他上火，都不可从语言中流露出来。总的说来，在这一点上，他做得很成功，或许这就是为什么许多读者从其小说中感受到一种冷淡的原因。这种刻意而固执的客观实在无法令人满意。尽管这可能是我们的一大弱点，但我的感觉还是：如果知道作者与我们心有戚戚焉，那么作为读者会感到十分欣慰的。

但是，如同所有的小说家一样，福楼拜没有达到其完全冷静客观的目的，因为百分之百的客观本就是不可能的。作家让笔下的人物自行说明自己的意图即可，尽可能让他们的行为符合其性格，而如果他非要让你去注意女主人公的魅力或者反面人物的恶毒，如果他满嘴道德仁义或者东拉西扯，简言之，如果在他讲述的故事里看到他本人的影子，则往往容易使人生厌；可这只是个方法问题，某些很优秀的小说家也都用过，而且如果这种方法恰好在当时已经不流行了，也不能说它不好。而避开这种方法的作家，只是把自己的性格置于小说的表层之外；通过题材的选择、人物的选择，以及描绘这些人物所用的视角，他还是有意无意地揭示了自身的性格。福楼拜观察世界的眼光阴郁而愤慨。他这个人心胸很狭窄，对糊涂之事极不耐烦。但凡资产阶级的，或是平庸无奇的，都令他怒不可遏。他没有同情心，也没有慈善心。在成年生活的大多数时间里，他都不怎么健康，深受病症带给自己的屈辱。他的神经常常处在不稳定状态。如我所言，他既是浪漫主义者又是现实主义者；他满怀愤怒地投入到爱玛·包法利的悲惨故事中，这种愤怒，是一个沉溺于贫民生活、一心复仇的男人的愤怒，因为生活未能满足他渴望理想的要求。在五百页的小说里，我们遇见许许多多的人物，除了拉里韦耶医生这个小人物之外，其他人都没什么可取之处。他们卑鄙、吝啬、愚蠢、委琐、庸俗。确实有好多人都这样，但并非全部；很难想象在一个镇里（不管它有多小）居然找不到哪怕一个懂道理、心肠好、能帮人的人，更不用说两三个了。福楼拜未能把自己的性格置于其小说之外。

　　他酝酿已久的意图就是选择一帮再普通不过的人物，而设计出的事件也是符合这些人物性格及所处环境的必然结果；可是他很清楚，有可能谁也不会对如此乏味的人感兴趣，而他必须要讲的事件也会枯燥无味。他是怎么打算处理这个问题的，我稍后再谈。在此之前，我想先思考一下，他的努力成功几何。其中人物刻画的技巧可谓炉火纯青。我们对他们的真实性深信不疑。刚一接触这些人物，我们就会视其为活生生的人，自主自立，生活在我们熟悉的世界里。我们感觉这些人十分自然，就像自己身边的水管工、杂货商、医生一样，从没觉得他们是一部小说里的人物。就举奥麦这个例子，他跟密考伯先生一样幽默，而且他在法国人心目中就像密考伯先生在我们心目中一样熟悉；而且我们就像不信密考伯先生一样深信他奥麦，因为此人跟密考伯不同，他始终坚持真实的自我。然而爱玛·包法利绝不是什么普通农民的女儿。不错，在她身上有着每个女人和男人都有的东西，我们都喜欢天马行空、荒唐可笑的白日梦，梦见自己成了浪漫历险中富有、俊美、成功的男女主人公，但我们大多数人都十分理智、十分胆小，也不敢冒险，因此也不会让白日梦严重左右我们的行为。爱玛·包法利则不同寻常，因为她追求自己的梦想，而且美貌异常。众所周知，该小说出版之后，作者及印刷商都遭到了起诉，罪名是有伤风化。我看过公诉人和辩护律师的发言。公诉人列举了书中的许多段落，说它们太过色情，这只能让今天的人们暗笑，跟那些现代作家早已让我们习以为常的性描写比较起来，这些段落还是很保守的；但我们仍旧无法相信，即使是在当时（1875 年），检举人对这些部分会感到震惊。辩护律师辩称：这些段落必不可少，小说的道德寓意也很好，因为爱玛·包法利为自己的不检行为承受了痛苦。审判员们接受了这个观点，被告宣判无罪。可是很显然，如果说爱玛结局不好，也不是因为她的通奸行为，而是由于她账单一堆、无钱结账，假如她具有诺曼底农民出了名的节俭天性的话，她完全可以脚踩几只船，不必吃什么恶果。

福楼拜这本伟大的小说刚一出版，便在读者当中引起了热烈的反响，很快就成了畅销书，可是评论家们却不是恶语相加就是漠不关心。奇怪的是，他们更加关注大约同一时间出版的一本名叫《范妮》的小说，作者是个叫欧内斯特·费多的人；只不过由于《包法利夫人》给大众留下的印象太深，对随后的小说作者们影响太大，才迫使这些评论家最后不得不重视它。

《包法利夫人》是一个不幸的故事，但不是悲剧。我必须说明，两者之间的区别就是，在不幸的故事里，事件的发生是偶然的，而在悲剧里，却是其中人物性格的必然结果。爱玛如此姿容美艳、柔媚可爱，却嫁给了像夏尔·包法利这样乏味的傻瓜，这实属不幸。当她怀有身孕，想要个儿子来弥补自己那破灭的婚姻理想时，却生了个女儿，这实属不幸。爱玛的初恋情人鲁道夫·博兰格尔是个自私自利、严酷无情的家伙，让她非常失望，这实属不幸。而她的第二个情人又卑鄙可耻、懦弱胆小，这实属不幸。当她感到绝望的时候，自己寻求帮助和指导的乡村牧师却是个冷酷愚昧的傻瓜，这实属不幸。当爱玛负债累累、面临诉讼，忍辱向鲁道夫要钱的时候，他却无法相助（虽然我们知道他原本是乐意帮忙的），因为手头恰巧没钱，这实属不幸。他就没有想到，凭借自己的良好信誉，律师二话不说也会给他所需要的总额，这又实属不幸。福楼拜讲述的故事必然以爱玛之死而告终，但必须承认，他实现这一结局的方式却让读者的相信程度达到了崩溃的极限。

有些人发现本书存在一个缺陷，就是尽管爱玛是中心人物，但小说开头讲述的却是包法利的青春时代和他的第一次婚姻，而结尾则是他的崩溃和死去。我猜测，福楼拜的想法是把爱玛·包法利的故事套入她丈夫的故事中，就像你把一幅画装进框里一样。他或许觉得如此一来，可以让故事更臻完美，赋予其艺术品所具有的统一性。假如这确是其本意，那么倘若结尾不那么仓促和武断，这一意图会体现得更为明显。通观全书，夏尔·包法利一直都是软弱无力、随风摇摆的样子。福楼拜告诉我们，他在爱玛死后简直变成另一个人，这实在太笼统。尽管心已破碎，可很难相信他就该变得喜欢争吵、固执而倔强。虽然此人愚笨，但却认真尽责，因此他居然不顾自己的患者，这实在是奇怪。他非常需要他们的钱。他要还爱玛欠下的债，还要养活女儿。对包法利在性格上的巨大转变需要做出的解释，要远远超出福楼拜所交代的内容。故事最后，他死了。他当时还处于盛年，身体强健，能够解释他死掉的唯一理由就是，福楼拜在经过五十五个月的辛苦写作后，想要收笔了。既然小说很清楚地告诉我们，随着时间的流逝，包法利对爱玛的记忆渐趋模糊，可能不再那么鲜活，那么我们不免要问：为什么福楼拜不让包法利的母亲为他安排第三次婚姻（就像第一次那样）？如此一来，可以让爱玛·包法利的故事增加一分空洞，这样非常符合福楼拜强烈的反讽意味。

　　一部小说就是对事件的排列，在情节中展现一群人物，吸引读者的注意力。它并不是对真实生活的翻版。如同小说里的对话不可能完全复制现实状况，而是需要总结出要点一样，为了简洁明了，事实必须要经过加工变化才能符合作者的意图，抓住读者的吸引力。与之无关的情节必须要剔除掉，还要避免重复，而生活偏偏充满了重复（老天爷可以作证）；在真实生活中随着时间流逝而被隔开的孤立事件常常需要衔接起来。没有哪一部小说可以完全没有不真实的事情，对于那些常见的来说，读者早都习以为常、坦然接受。小说家不能原封不动地照搬生活，他只是为你描绘一幅图画，如果他是个写实主义者，那么他会尽力让这幅图画生动逼真；而如果你相信他的话，他就成功了。

　　总的来说，《包法利夫人》给人以高度写实的感觉，我认为这不光是由于福楼拜笔下的人物栩栩如生，还因为他对细节细致而准确的描写。爱玛前四年的婚姻生活是在一个叫道斯的村子里度过的；她在那儿无聊透顶，可是为了保持全书的平衡，对这段时间的描写必须要与其他部分保持同样的步调和详细程度。说真的，描写一段无聊的时期，同时又要避免让读者感觉无聊，这实在是一件难事；可你读起这部分长篇大论来却是饶有兴味。福楼拜讲的都是一系列鸡毛蒜皮的琐事，但你并未感到无聊，这是因为你始终在读新鲜的东西；然而由于每件小事（不管是爱玛的所为、所感或者所见）都再平常不过，你会深切体会到她的无聊。有一段对永维（包法利家离开道斯后定居的小镇）的刻板描写，但只有这么一处；至于其他部分，对乡村和城镇的描写都十分优美，与故事交织在一起，加强了后者的效果。福楼拜在情节中引出人物，而我们也是在连续不断的时间过程中了解他们的外貌、他们的生活方式、他们周围的环境；事实上，这就跟我们在现实生活中了解别人是一样的。

四

我在前边几页说过，福楼拜心里很清楚，如果着手写一部关于普通人的书，很容易把它写得枯燥无味。他渴望创作的是一件艺术品，而且他觉得只有凭借美妙的文体才能克服由于题材的卑下以及人物的粗俗而产生的困难。我不知道这世上是否真的有所谓天生的文体家；很显然，福楼拜并不是；据说他的早期作品（生前没有出版）用语啰唆、浮夸华丽。人们都说从他写的信中看不出他的母语有什么优雅卓越之处。对此我不以为然。这些信大多都是深夜写的，经过了一天的辛苦工作，不加修改就寄给了收信人。词语拼写不对，语法也经常出错；俚语很多，有时甚至有些粗俗；但其中对场景的简要描写却十分的真实而有节奏，即使放到《包法利夫人》当中也不会显得不相称；还有些段落是他大怒的时候写的，非常之尖锐而直接，你会觉得根本没有修改和提高的余地。在那些简短干脆的句子中，你能听见他的声音。但这并不是福楼拜打算写书的方式。他对传统风格心存偏见，对其优点视若无睹。他以拉布吕耶尔和孟德斯鸠为榜样，志在写出合乎逻辑、准确快捷的散文，像诗歌一样富于变化、抑扬顿挫、悦耳动听，但又不失散文的特点。他的观点就是：说一件事情并没有两种方式，而是只有一种方式，措辞必须适合思想，恰似手套必须适合手一样。"当我在自己的用语中发现半韵或是重复的时候，"他说道，"我知道自己忍不住又犯错了。"（根据牛津辞典，man 和 hat，nation 和 traitor，penitent 和 reticent 都算半韵。）福楼拜声称，必须要避免使用半韵，即使为此花上一个星期也在所不惜。他不允许自己在同一页上两次使用同一个词。这么做似乎没什么道理：假如这个词在每个位置都适合，那就应该用，而用什么同义词或是委婉语都不能达意。他小心翼翼不让自己被节奏感（如同每个作家一样，这可是他天生的）所支配（乔治·摩尔后期的作品就被节奏感所支配），煞费苦心地对之进行调整变化。他发挥自己全部的聪明才智来创造一种迅疾或迟缓、倦怠或激荡的效果，简言之，就是他想要表达的状态。

　　写作的时候，福楼拜先是粗略勾勒出想说的话，然后对所写的文字进行加工，不断地阐释、缩减、重写，直至达到预想的效果。在此之后，他会跑到自家的阳台上，高声喊出刚刚写出的文字，假如不够悦耳的话，他就确信其中必有问题。如若这样，他会取回稿子再次修改，直到满意为止。泰奥菲尔·戈蒂耶认为福楼拜过于强调抑扬和声以丰富自己的行文；根据他的说法，这些特征只有在福楼拜激昂朗诵的时候才会显现出来。戈蒂埃往往取笑福楼拜的吹毛求疵："你知道，"他说，"这个可怜的家伙为一件事情懊悔不迭，简直要了他的命。你可不知道他为何懊悔，就是因为在《包法利夫人》里连用了两个所有格，一个在另一个之上：une couronne de fleurs d'oranger[1]。这可令他痛苦不堪，可不管怎么尝试，发现还是没法避免。"由于英语中的所有格特点，我们可以幸运地躲开这个难题。我们只需说"Where is the bag of the doctor's wife[2]"就可以了，而用法语的话，你得说"Where is the bag of the wife of the doctor"。我们不得不承认，这种话确实不怎么漂亮。

路易·波耶常常在礼拜日来到克鲁瓦塞。福楼拜便把一周来所写的东西念给他听，而波耶则提出批评。福楼拜暴跳如雷，与之争执，可波耶并不让步，据理力争，福楼拜最终接受了对方的修改意见，删掉多余的情节和无关的比喻，改正有问题的注释。难怪这部小说进度奇慢。福楼拜曾在一封信中写道："整个周一周二下来，只写了区区两行。"这并不是说他两天只写出两行字，其实他很可能写了十几页；而是说经过一番苦干之后，他所写的只有两行能令自己满意。福楼拜发现，写作的压力让自己疲惫不堪。阿尔方斯·都德认为，这是由于他患病在身，不得不长期服用溴化物造成的。如果真是这样的话，或许就可以解释，他把自己脑子里的那一大堆想法条理分明地写到纸面上，要花怎样的力气了。我们知道，福楼拜在写《包法利夫人》里著名的农业展那一场时付出了多少心血。爱玛与鲁道夫靠着窗户坐在当地旅馆里。一位行政官代表来发表了一通讲话。福楼拜在给路易丝·柯莱的信中

---

[1] 意思为"用桔树花做成的花环"。——译者
[2] 意思为"医生妻子的包放在哪儿"。——译者

说了自己的用意："我必须要在同一出对话里集中五六个人物（是要讲话的）和其他几个人物（其中有一个是要听的），以及对话发生的地点、这个地方的感觉，同时还要对人物和事物进行外观描写，为的是在众人中间显现出彼此开始有些好感的一对男女（出于共同的情趣爱好）。"此事似乎不难，而福楼拜也确实完成得极为出色，不过尽管这部分只有二十七页，却足足花费了他两个月的时间。要是换成巴尔扎克，用其独有的方式来写，一个礼拜足矣，而且绝不逊色。像巴尔扎克、狄更斯和托尔斯泰这些伟大的小说家，具有我们通常所说的灵感。而福楼拜的灵感，你只能时而才能感受得到；至于其他部分，他靠的似乎是勤奋工作、波耶的忠告和建议，以及他自己的敏锐观察。这并不是贬低《包法利夫人》；不过如此伟大的一部作品，不是像《高老头》和《大卫·科波菲尔》那样通过天马行空般的自由想象写出来的，而是几乎靠纯粹推论而写出的，说来实在奇特。

人们很自然地会问自己：既然福楼拜如此地下苦功夫，那么对于他所追求的理想文体，最终要接近到什么程度才行？文体这个话题，一个外国人可不好妄言，哪怕他精通这门语言也不行。其中的精巧、优美、微妙、恰切、节奏，都是他很难领会的。他必须接受本地人的意见才行。在福楼拜死后的那一代法国人当中，他的文体受到了高度的评价；如今则不比从前。今天的法国作家认为其缺乏自发性。如我之前所提到的，他对"这种新的准则，即写作必须同讲话一样"怀有一种恐惧。当然了，人宁可讲话像写文章，也不要写文章像讲话，然而书面语言只有深深扎根于当前的口语才具有生命与活力。福楼拜是个外省人，他的文章往往使用乡土语言，让追求正统者甚为不快；我相信对于一个外国人而言，除非专门为其指出来，否则他是不会意识到这些问题的，也不会觉察出福楼拜有时所犯的语法错误（如同每一个写作的作家一样）。没有几个英国人，即使是能轻松愉快地阅读法语的人，能够指出下面的短语有何语法错误："Ni moi! reprit vivement M. Homais, quoiqu'il lui faudra suivre les autres au risque de passer pour un Jésuite" [1]；更没几个能说出如何改正。

　　法语倾向于修辞，而英语倾向于意象（由此造成了两个民族之间的极大差异），福楼拜的文体，其基础就是修辞。他大量（甚至过度）地运用了三项式手法。这种句子由三部分构成，通常按照重要程度的不同依次排列。它是达到平衡效果的一种简单满意的方法，演说家们对之可谓是充分利用。下面是来自伯克的一个例子："他们的愿望应该对他非常重要；他们的意见应该受到高度尊重；他们的事务应该受到不断的关注。"福楼拜一直没有摆脱这种句子，其危险就是，一旦用的次数太多，就会造成单调。福楼拜在一封信中写道："我被明喻所包围，就像有些人被虱子缠身一般，我倾尽自己的一生时间去碾压它们，我的措辞充满了这些东西。"批评家们

---

　　[1]　由于本文有语法错误，无法进行准确的转译，大致意思为"'除了我'，奥麦先生激动地说下去，'不管他需要什么来追随他人，都冒着被看作耶稣会会员的风险'"。——译者

说过，在他的信中，明喻是自发性的，而在《包法利夫人》中，却过于矫饰、工整平衡，显得不够自然。下面是一个典型的例子：夏尔·包法利的母亲来拜访爱玛及其丈夫。"Elle observait le bonheur de son fils, avec un silence triste, comme quelqu'un de ruiné qui regarde, à travers les carreaux, des gens attablés dans son ancienne maison."[1] 这句话写得让人叫绝，可其中的明喻本身实在是太惹眼了，分散了你的精力，你本应关注的是故事的气氛：明喻的目的则是要增加表述的力量与意义，而不是对其进行削弱。

据我所发现，当今最优秀的法国作家都刻意避免修辞。他们力图简单、自然地把要说的话说出来。他们避免明喻，就好像明喻确实是福楼拜比作的害人虫似的。我相信，这就是他们往往不太尊重他的文体的原因，至少是《包法利夫人》的文体，因为等他写《布法与佩居谢》的时候，已经放弃了装点性的修辞；这也是他们喜欢他的书信中那轻松、流畅、自然的风格，而不喜欢他那些伟大小说里造作风格的原因。当然，这只是个样式问题，我们并不能据此判断福楼拜文体的优劣。风格可以如斯威夫特般拘谨，如杰里米·泰勒般华丽，或者如伯克般夸张：哪种都不错，至于你喜欢哪个、不喜欢哪个，完全取决于你个人的喜好。

---

[1] 意思大致为"她安静而忧伤地看着自己快乐的儿子，就像一个被毁掉的人，透过方窗看去，人们围坐在她那老房子的桌子四周"。——译者

五

《包法利夫人》出版之后，福楼拜写了《萨朗波》，这本书被普遍看作是败笔，之后则是又一个版本的《情感教育》，他在书中再次描写了他对伊莉莎·施勒辛格的爱。法国的许多学者将之视为福楼拜的代表作。这本书杂乱难读。主人公弗里德里克·莫洛部分就是福楼拜本人，就像他看自己一样，部分又是马克西姆·杜坎，就像他看对方一样；然而这两个人差距实在过大，所以合为一体不怎么真实，这个人物始终不可信，毫无一点趣味。不过这本书开头堪称绝妙，快到结尾时有一个阿诺克斯夫人（伊莉莎·施勒辛格）和弗里德里克（福楼拜）分别的场面，可说是凄美到了极点。此后，他第三次写了《圣安东尼的诱惑》。尽管福楼拜说自己脑子里有的是想法，可以写书一直写到生命的终结，但这些到最后也只是模糊的计划。奇怪的是，除了《包法利夫人》的故事是现成的之外，福楼拜仅有的几部小说都是根据他自己早年的想法写出来的。他衰老得过早，才三十岁就已经脑门变秃、大腹便便了。如马克西姆·杜坎所言，很可能他的神经爆发症，以及为抵抗此症所服用的使人消沉的镇静剂，破坏了他的想象力和创造力。

时光飞逝，侄女卡洛琳娜嫁了人，只剩下福楼拜和母亲。母亲去世后，他在巴黎的一间公寓住了几年，但生活几乎跟克鲁瓦塞时期一样的深居简出。除了每月在马格尼来上一两次聚餐的文人之外，他还有几个朋友。福楼拜身上有股乡下气。埃特蒙·德·龚古尔曾说过，他在巴黎住得越久，这股乡下气就越重。在餐厅用餐的时候，他一定要单间，因为他受不了吵闹或者身旁有人；而且假如不脱掉外套和靴子，他就吃不安稳。1870 年法国战败之后，卡洛琳娜的丈夫经济拮据，为了让他免于破产，福楼拜最终把所有的财产都转让给他，自己除了老宅子则所剩无几。由此带来的忧虑导致他好了多年的痉挛再度复发，当他外出吃饭的时候，居伊·德·莫泊桑都要去接他，好把他平安送回家。龚古尔形容此时的他容易发火、爱挖苦人、脾气暴躁，为什么事儿（甚至不为什么）都要生气；不过他在自己的日记中又补充道，"只要你让他做主角，让他不停地开窗而自己感冒，那么他还是个蛮可亲的伙伴。他有着一种沉闷的快乐以及孩子般的笑声，非常具有感染力，在日常交往中，又具有一种发自内心的深情，不能说没有魅力。"龚古尔的这番话有失公允。杜坎是这样说他的："这个冲动而傲慢的天才，因为极小的矛盾就勃然大怒，但实则却是每一位母亲所能梦想到的最可敬、最文雅、最细心的儿子。"你只需读读他给自己侄女写的那些迷人的信，就知道他有多柔情了。

福楼拜生命的最后几年非常孤单。他大多数时间都住在克鲁瓦塞。他抽烟抽得很凶，暴食暴饮，从不锻炼身体。他手头很拮据，朋友们最终给他找了一份闲差，一年能有三千法郎收入，虽然他感觉这份活儿很羞耻，还是不得不接了下来。不过他活得不长，并未从中得益。

他出版的最后一部作品是一卷由三个故事组成的小说，

其中之一《纯朴的心》极为精彩。他开始撰写一部名叫《布法与佩居谢》的小说，决意在书中再次讥讽人类的愚昧，本着一贯的一丝不苟的态度，他阅读了足有一千五百本书以获取自认为必要的素材。该小说计划出两卷，而他几乎要完成第一卷了。1880 年 5 月 8 日上午，女仆于十一点进书屋送午饭，发现他躺在长沙发上，嘴里咕哝着听不懂的话。她赶紧去请医生，把他领回家。可医生已经无能为力了。不到一个小时后，古斯塔夫·福楼拜与世长辞。

他一生中唯一真诚、忠实、无私爱过的女人就是伊莉莎·施勒辛格。有一天晚上在马格尼吃饭，泰奥菲尔·戈蒂耶、丹纳、埃特蒙·德·龚古尔都在场，福楼拜讲了一番奇怪的话：他说他从未真正拥有过一个女人，自己还是个处男，他交往过的所有女人都不过只是另一个女人的"床垫"，而这个女人才是他梦寐以求的。莫里斯·施勒辛格的投机买卖以破产而告终，他带着妻子儿女住到了巴登。1871 年，他去世了。福楼拜在爱上伊莉莎三十五年之后，才给她写了第一封情书。信的开头并不是他惯常用的"亲爱的夫人"，而是"我的旧爱，我唯一的挚爱"。她来到克鲁瓦塞，两人自上次相见后都变化很大。福楼拜身材肥胖，红通通的脸上净是斑点。伊莉莎瘦了，肌肤失去细腻的光泽，头发也白了。《情感教育》中阿诺克斯夫人和弗里德里克最后相见的那段动人描写，很可能就是福楼拜和伊莉莎多年后重逢的忠实再现。此后他俩又遇见了一两次，后来据人所知就再也没有见过面了。

福楼拜死后一年，马克西姆·杜坎去巴登度夏，有一天，当他出去打猎的时候，发现自己身处伊莱诺精神病院附近。大门敞开着，女性病人可以在监管人的陪护下每天出来散步。他们两两地出来了。其中有个人向他鞠躬。原来此人就是伊莉莎·施勒辛格，让福楼拜爱得如此长久、又爱得如此徒劳的女人。

八　赫尔曼·麦尔维尔和《白鲸》

一

到目前为止，我所谈及的小说，虽各有不同，却都是从同一遥远传统一脉相承而来的。我从《不列颠百科全书》中看到，"所谓小说，本是讽喻、教育、政治或宗教规劝、技术信息的载体，但这些只是枝节问题。小说真正而直接的目的，就是通过一系列取自自然的场景和一连串情感故事，来供人娱乐。"这个定义具有很强的概括性。我还知道，小说是在亚历山大时代开始受欢迎的，当时的生活足够清闲，人们得以从虚构人物的冒险和情感故事（或写实或想象）当中获取快乐，然而流传至今的第一部严格意义上的小说作品，却是一个叫朗吉斯的希腊人写的，名字叫《达夫尼斯与克洛伊》。从此之后，历经数代的起伏和变更，才得到了本人一直在简要思考的小说，如《百科全书》所言，其直接目的就是通过一系列取自自然的场景和一连串情感故事，来供人娱乐。

不过我下面要谈的几本小说，对读者产生的效果截然不同，其写作意图也是与主题相关甚少，以至于不得不把它们单独划为一类。这些小说分别是《白鲸》《呼啸山庄》和《卡拉马佐夫兄弟》，还包括詹姆斯·乔伊斯和卡夫卡的小说。小说家自然是不同于主教、男招待、警察、政客这类人的物种突变；而且是一而再地突变。但是生物学家告诉我们：大多数的突变都是有害的，很多甚至足以致命。既然一个作家写什么样的书取决于他是什么样的人，而这又部分取决于其不同父母的基因染色体的组合，部分取决于环境，值得我们注意的就是，小说家往往不育；历史上只有两位生育力强的，那就是托尔斯泰和狄更斯。突变显然致命。不过这也无妨，因为牡蛎繁殖的是牡蛎，而小说家们生的却常常是傻瓜。我在这里所关注的这位特殊的变异人士，据我所知，没有留下什么文学后人。

我首先要谈的，是《白鲸》这部奇书的作者。本人已读过雷蒙德·韦弗的《赫尔曼·麦尔维尔：水手和神秘者》、刘易斯·蒙福德的《赫尔曼·麦尔维尔》、查尔斯·罗伯茨·安德森的《麦尔维尔在南海》、威廉·埃勒瑞·塞奇威克的《赫尔曼·麦尔维尔：思想的悲剧》，以及牛顿·阿尔文的《麦尔维尔》。我读得饶有兴味，从中获益匪浅，还了解到大量事实，这些事实对我不高的目标颇有帮助。但我决不敢说，自己比以前更加了解麦尔维尔这个人。

根据雷蒙德·韦弗记述，有位"考虑欠周的批评家在1919年麦尔维尔诞辰百年的时候"写道："由于某些反常的心理体验（对此从来没有明确的解释），他的写作风格、他的人生观，都经历了一次完全的改变。"我不太清楚为什么韦弗说这位没提名字的批评家"考虑欠周"。他偶然提到的这个问题，肯定会令每一个对麦尔维尔感兴趣的人感到迷惑。正是由于这个原因，人们仔细查阅他生平的每个细节、阅读他的信件和书籍，其中有些书只有靠坚定的毅力才能读下来，以此来发现某些或许对解开谜底有所助益的线索。

不过，首先让我们来看看传记作家向我们提供的事实。从表面上看，也只有从表面上看，这些事实都很简单。

赫尔曼·麦尔维尔生于 1819 年。他的父亲艾伦·麦尔维尔和母亲玛丽亚·甘斯沃特均出自名门。艾伦是个教养良好、酷爱旅行的人，而玛丽亚则是个举止优雅、知书达理、信仰虔诚的人。结婚前五年，他们住在奥尔巴尼，之后又定居纽约，在纽约，艾伦的生意（他是个法国纺织品进口商）一度兴隆，赫尔曼也出生在这里。他在八个孩子当中排行老三。可是到了 1830 年，艾伦·麦尔维尔撞上霉运，全家迁回奥尔巴尼，两年后，他破产身亡，据说是死于精神错乱。他一个子儿也没给家里留下。赫尔曼进了奥尔巴尼男子人文学院，十五岁刚一离校就进了纽约州立银行，受雇为一名小职员；1835 年，他到哥哥甘斯沃特的皮货店工作，第二年又到他叔叔在匹兹菲尔德的农场干活儿。他还在塞克斯区的公立小学当了一学期的老师。十七岁时，他出海做了水手。有关这一决定的原因，已经有很多解释，可我看不出还有什么原因比他自己所说的更清楚："我为自己的未来勾画的计划全都不幸受挫；必须要为自己做点什么了，再加上天生喜欢四处漂泊的性格，这两个因素在我内心共同起作用，导致我出海当了一名水手。"他曾试过各种行业，都未获成功，根据我们对他母亲的了解可以猜得出：她丝毫没有遮掩自己的不满。他像之前或是之后的许多男孩子一样，选择了出海，因为在家里实在不开心。麦尔维尔是个很古怪的人，但我们没有必要在其颇为自然的举动中硬找出什么古怪之处。

他浑身湿透地到达纽约，穿着打了补丁的裤子和一件猎装，身上一分钱也没有，但有一杆猎枪，是他哥哥甘斯沃特给他好卖钱的；他穿过城区，到了哥哥的一个朋友家里住了一晚，第二天和这个朋友一起到了码头区。找了一会儿，他俩碰到一艘驶往利物浦的船，麦尔维尔签约受雇为"练习生"，每个月三美元。十二年后，他在《雷德伯恩》（Redburn）里记述了自己往返的航程以及在利物浦的生活。在他眼里，这部分记述实在是粗制滥造，但实则生动有趣，所用英语也是简洁明了、轻松自然，是其作品当中最具可读性的之一。

他在随后三年里是如何度过的，人们不得而知。根据公认的记述，他在各个地方"教课"：其中一个是纽约的格林布什，一个季度六美元，并提供伙食；他给当地报纸写了大量文章。其中一两篇现在已被发现，文章没什么趣味可言，但从中能看出，他断断续续地读了不少东西，而且文中的有些习气，他一生都未摆脱过，那就是莫名其妙地提到虚构神灵、历史人物、传奇人物以及各类作家的典故。正如雷蒙德·韦弗巧妙所言："他动用了伯顿、莎士比亚、拜伦、弥尔顿、柯勒律治和切斯特菲尔德，以及普罗米修斯和灰姑娘、圣母玛利亚和天堂美女、穆罕默德和埃及艳后，随意地挥洒在自己的作品中。"

但他具有一种冒险精神，据猜想，可能是到了最后，他再也无法忍受生活的平淡无奇（这似乎是环境强加给他的）。尽管他曾经厌恶海员生活，但还是下定决心再度出海；1841年，他乘"阿库什尼号"捕鲸船离开新贝德福德，驶往太平洋。水手舱里的人粗俗野蛮、没有文化，只有一个例外，是个十七岁的男孩儿，名叫理查德·托比亚斯·格林。麦尔维尔是这样描写他的："托比天生就有惹人喜爱的外表。身穿蓝色长衣和短腿裤的他是甲板之上样子最为漂亮的水手。他个头儿极矮、身材瘦小，手脚非常灵活。他原本就有些黝黑的肌肤被热带阳光晒得更深，浓密又黑亮的几绺头发包住鬓角，使他大大的黑眼睛更显幽暗。"

经过了十五个月的航行之后，"阿库什尼号"驶入努库希瓦，那是马克萨斯群岛中的一个小岛。两个小伙子厌倦了捕鲸船上的艰苦生活以及船长的粗暴，决定逃走。他俩偷偷在外衣的前部藏了很多的烟草、船上的饼干、白棉布（给土著的），往小岛的腹地逃去。几天之后，经历了种种坎坷的两人到了住有泰比人的山谷，受到对方的热情招待。此后不久，托比被打发走，其借口是去寻医问药，因为麦尔维尔在路上伤了腿，走路时疼痛难忍，实则却是筹划逃跑。泰比人可是出了名的食人族，从审慎的角度看，如果长时间指望他们一直保持善心可绝非明智之举。托比再也没有回来，很久以后才发现，他被绑架到一艘捕鲸船上去了。根据麦尔维尔自己的说法，他在山谷里过了四个月。他受到了礼遇，还跟一个名叫法雅薇的女孩儿交上了朋友，同她一块儿游泳划船，除了害怕被吃掉之外，过得还算开心。后来碰巧有个捕鲸船的船长来到努库希瓦泊船，听说泰比人手里有一个水手。由于自己手下的许多船员半途逃掉，他就派了一整船的土著前去确保麦尔维尔获释。麦尔维尔（还是根据他自己的说法）说服土著允许他到海边，在冲突中用钩头篙杀死一人，成功逃走。

他如今所在的"朱丽叶号"上的生活，比"阿库什尼号"还要艰苦，在航行数个星期依然没有找到鲸鱼之后，船长把船开到了塔希提岛旁边。船员们暴动，很快就在帕皮提审讯后移交给当地监狱。"朱丽叶号"又雇了一批新的船员启航出海，囚犯们很快也都放了。麦尔维尔伙同另一个老船员（是个落魄医生，麦尔维尔管他叫"长鬼医生"）驶往邻近的茉莉亚岛，在那里受雇于两个农场主锄土豆。当初给马萨诸塞州的叔叔干活儿的时候，麦尔维尔就讨厌耕地，如今更别提是在波利尼西亚的热带骄阳下了。他跟长鬼医生离开了那里，靠当地土著的接济过活，最后又甩掉医生，说服一艘捕鲸船（他称其为"利维坦号"）的船长雇用自己。他搭乘此船去了檀香山。他在那儿都干了什么，谁也说不清楚。估计找了一份职员的差事。而后又在一艘美国护卫舰"美国号"上当了一名普通水手，一年之后，该船到达其家乡，他随即辞掉职务。

我们现在又到了 1844 年。此时麦尔维尔二十五岁。如今没有他年轻时的画像，但是从他中年时的画像来看，我们可以想象得到：他二十几岁的时候是个身材高大结实的人，强壮有力，眼睛非常小，但鼻子周正，气色很好，一头漂亮的波浪发。

他回到家里的时候，母亲和妹妹们已在奥尔巴尼的郊区兰辛堡定居。他哥哥甘斯沃特也放弃了皮货店，成了一名律师兼政客；同样当律师的二哥艾伦定居纽约；最小的弟弟汤姆马上就要像赫尔曼一样出海，此时还只有十几岁。赫尔曼发现自己成了大家关注的焦点，好似"生活在野人当中的文明人"，他给急切的听众讲述自己的冒险故事；他们敦促他写一本书，他随即动笔。

他以前也试过写作，虽说都没怎么成功；可他需要挣钱，而写作对他而言（如同之前或之后众多受到了误导的作家一样），似乎是一个轻松之法。《泰比》（*Typee*）（这是一本描述他暂居努库希瓦岛的书）完稿后，已到伦敦担任美国部长秘书的甘斯沃特·麦尔维尔将书稿交给了墨雷，对方接受了，后来由威利和普特南在美国出版。书的反响很好，受此鼓舞，麦尔维尔继续书写自己在南太平洋的历险，书名叫《奥穆》（*Omoo*）。

该书于 1847 年面世，同年，他娶了大法官肖的女儿伊丽莎白为妻，对方家庭与麦尔维尔家相识已久。年轻的夫妇搬到了纽约，住在第四大道 103 号艾伦·麦尔维尔的房子里，在一起的还有赫尔曼和艾伦的妹妹：奥古斯塔、范妮、海伦。这三位女士为何离开自己的母亲和兰辛堡，我们不得而知。麦尔维尔专心于写作。1849 年，也就是他婚后两年、第一个孩子（是个名叫马尔科姆的男孩儿）出生后一年，他再度跨过大西洋，这次是以乘客的身份，去面见出版商安排《白外套》（*White Jacket*）的出版事宜，他在这本书里描述了自己在"美国号"护卫舰上的经历。他从伦敦去往巴黎、布鲁塞尔，直至莱茵河畔。他的妻子在其沉闷的回忆录中这样写道："1849 年夏，我们仍在纽约。他写了《雷德伯恩》和《白外套》，同年秋去往英国将这两本书出版。从中并未得到多少满足感，只是因为思乡，匆匆赶回家，放弃了尊贵人士的诱人邀请——其中一个来自罗特兰德公爵，邀我们在贝尔沃城堡住一个星期——看他的航海日记。我们去了匹兹菲尔德，并于 1850 年夏天上船。在秋天搬到了箭头——1850 年10 月。"

箭头是麦尔维尔给匹兹菲尔德的一处农场所起的名字，这所农场是他用跟首席法官借来的钱买下的，他带着妻子、儿女和妹妹们在此住了下来。麦尔维尔太太在她的日志中实事求是地写道："在不利的环境下写《白鲸》或者《莫比·迪克》——他会一整天都坐在桌前，直到四五点钟也没写一个字——而后在天黑以后骑马去村子里——早晨起得很早，早饭前出外散步——时而劈木头作为锻炼。1853 年春天，我们都很担心他的健康状况。"

当麦尔维尔在箭头定居下来以后，他发现霍桑就住在附近。他对霍桑的仰慕之情，很像一个小女生对老作家的仰慕，这种仰慕令沉默寡言、自我中心、含蓄矜持的霍桑感到有点不知所措。麦尔维尔写给对方的信可谓热情洋溢。他在一封信中写道："能有幸与您相识，我深深感到，即使离开这个世界，自己也已经很满足了。"还有，"与您结交所带给我的教益，超过我们不朽的圣经。"某个晚上，他会骑马来到位于利诺克斯的红房子，去谈论"上帝、来世，以及其他一切超出人类视野的事情"。不过这似乎令霍桑有一些厌倦。两位作家交谈的时候，霍桑夫人便在一旁的台子上做针线活儿，在给母亲的一封信里，她这样描述麦尔维尔："我可不敢说他不是个了不起的人物……他是一个拥有一颗真诚而热切的心、拥有灵魂和心智的人——对人生了然于心；他真挚、诚恳、恭敬，非常的温和而谦逊……他具有极为敏锐的洞察力；但让我吃惊的是，他的眼睛却并不大，也不深邃。他好像把一切事物都能看得很准；可就凭这么小的一双眼睛，他是如何做到这一点的，我可真说不上来。这双眼也不怎么犀利，可说是普普通通。他的鼻子很挺，倒也颇好看，嘴巴很富有表现力和激情。他个头很高、身板很直，流露出一股自由、勇敢、果断的气息。谈话的时候，他不断比画、活力十足，完全沉浸在话题当中。没有什么风度，也谈不上优雅。有一回，一向生机勃勃的他变得异常安静，从他的眼睛（我可不喜欢这双眼睛）中能看出一种内敛而朦胧的神情，但同时又让人感觉到：他此刻正在深切注意眼前的事情。这是一种奇怪而懒散的眼神，但却蕴含着一种独特的力量。它似乎未曾穿透你，却将你吸引了过去。"

　　霍桑一家离开了利诺克斯；双方的友谊也告一段落，这段友谊，麦尔维尔这边可谓热诚深切，可在霍桑这边却泰然淡定，甚或有些尴尬。麦尔维尔把《白鲸》献给了霍桑。他读过此书之后所写的信已不复存留，可从麦尔维尔的回信来看，他似乎猜出霍桑并不喜欢这本书。公众和评论界也不怎么喜欢；而之后出版的《皮埃尔》（Pierre）反响更差。这本书遭到了蔑视和谩骂。他从写作当中收入甚少，可他不光要养活妻子、两个儿子跟两个女儿，可能还有他的三个妹妹。从他的信件判断，麦尔维尔发现耕种自己的农田很不合心意，跟在匹兹菲尔德给叔叔割干草、在茉莉亚岛挖土豆差不多。事实上，他从来就不喜欢体力劳动："瞧瞧我的手——手掌上足有四个泡，都是这几天叫锄头和锤子给磨的。今天上午下雨了，所以我待在屋里，所有的活儿都得暂停。我感到非常开心……"一个双手如此柔嫩的农夫是不可能耕种出什么收益来的。

　　他那担任首席法官的岳父，似乎按期在经济上帮助他家；此人不仅为人和善，而且十分敏锐，很可能正是他向麦尔维尔提出的建议，说他应当另寻生路。他还到处托人情找关系，想帮麦尔维尔弄到一个领事职务，但没有成功，于是麦尔维尔被迫继续写作。他生病了，首席法官再次伸出援手；1856年，他又一次出国，这回是去君士坦丁堡、巴勒斯坦、希腊和意大利，在回国途中，他通过讲座设法赚了一点钱。1860年，他最后一次出行。他最小的弟弟汤姆在同中国的贸易中指挥着一艘快船，"流星号"，就是乘着这艘船，麦尔维尔拐过了合恩角，驶到了旧金山；人们以为他仍然有足够的探险精神，可以借机去到远东，但是不知道什么原因，要么是因为他讨厌他的弟弟，要么是因为弟弟开始对他不耐烦，他在旧金山下船回家了。随后数年，麦尔维尔一家的生活都极度拮据，但是首席法官在 1861 年去世，为女儿留下了一笔可观的遗产；他们决定离开箭头，从麦尔维尔富裕的哥哥艾伦那儿买下一处纽约的房产，而把箭头的房子作为预付部分移交给对方。

根据雷蒙德·韦弗的说法，假使麦尔维尔真的凭借书的版税赚取了一百美元，这倒是很不错的一年；1866 年，他设法获得了海关检查员的任命，凭此每天就可收入四美元。第二年，他的大儿子马尔科姆在自己的房间饮弹身亡，但不知是故意自杀还是意外失手；他的二儿子斯坦威克斯离家出走，再也没有音讯。海关的这份微薄薪水的工作，麦尔维尔干了二十年；之后，他的太太从哥哥塞缪尔那儿继承了一笔钱，他也就退休了。1878 年，在甘斯沃特舅父的资助下，他出版了一本两万行的长诗，《克拉莱尔》（*Clarel*）。去世前不久，他又写了（或者说重写了）一部叫《比利·巴德》（*Billy Budd*）的中篇小说。1891 年，麦尔维尔去世，终年七十二岁，随后便被遗忘。

二

以上便是传记作者们所言的麦尔维尔生平简介，但是很明显，尚有诸多内容他们并未谈到。他们略过了马尔科姆的死，以及斯坦威克斯的离家出走，就好像这些事情无关紧要一般。毫无疑问，长子的不幸身亡令做父母的痛不欲生；毫无疑问，次子的失踪又令他们心烦意乱；当马尔科姆在十八岁时开枪自杀后，麦尔维尔夫人肯定跟她的几个兄弟有信件往来；我们只能揣测，这些信都被压了下来；诚然，到1867年，麦尔维尔的声名已不比从前，但可以料想，这种事件的发生，还是可以使媒体想起他的存在的。这可是新闻，况且美国的报纸必定会毫不迟疑地大加挖掘的。对于这个男孩儿死时的情形，难道就没有什么调查？假如他是自杀，那是什么造成他这么做的？为什么斯坦威克斯要出走？他在家里的生活状况究竟如何，竟迫使其走上这一条路？又怎么会从此杳无音讯？就我们所知，麦尔维尔夫人是一位善良慈爱的母亲，然而奇怪的是（仍然就我们所知），她好像并未采取任何措施同儿子取得联系。麦尔维尔的葬礼只有他的夫人和两个女儿参加，而且我们获悉，她们是仅有的尚且在世的直系亲属，通过这一事实，我们只能推断：斯坦威克斯已经去世。根据记载，晚年的麦尔维尔非常疼爱自己的孙辈，可他对自己子女的感情却让人捉摸不透。刘易斯·蒙福德所写的麦尔维尔传记很有见地，他无情地描写了麦尔维尔与子女们的关系，读来十分可信。他好像是个残酷苛刻、没有耐心的父亲。"其中有个女儿，她一想起父亲的形象来就深感某种憎恶……的确，当他花十美元购买一件艺术品、一张印版或是一尊雕像，而家里连面包都快没有的时候，她们的黑暗回忆还有什么可奇怪的？"憎恶是个十分强烈的字眼：我觉得"渴望"或是"气愤"更适合用来表达女儿们对父亲不够关心自己的感受。肯定还有什么别的因素导致她们的怨气。麦尔维尔似乎喜欢开一些她们没有兴趣的玩笑，如果你体会出言外之意的话，会怀疑他有时候酩酊大醉地回到家里。我必须得马上说明：这只是揣测而已。斯托尔教授在《思想史学报》上的一篇文章中表示：麦尔维尔"绝对是滴酒不沾"。对此我可不信。他是个喜欢聚首作乐之人，毫无疑问，作为一名水手，他很可能常跟其他人一同饮酒。我们知道，在他作为乘客首次去欧洲的时候，曾经彻夜不眠，跟一位名叫阿德勒的青年学者豪饮威士忌，高谈阔论；后来有朋友从城里来箭头看他的时候，在去附近名胜游览的路上，"听到好多香槟、杜松子酒、雪茄之声"。麦尔维尔的部分职责是检查进港船只，可以确信的是，他到船上没多会儿就会被拖到下面喝几杯（除非那个时代的美国船长们跟今天的大不相同）。如果对生活倍感失望的他想从酒精当中寻求慰藉，也是很正常的。我得补充说明的是，他跟海关的众多同事并不一样，对自己的工作绝对是尽心尽责。

麦尔维尔是一个非常独特的人，基本没有什么明确的证据能够让你获悉他的性格；但是从其前两部书中，你可以比较清晰地知道他在年轻的时候是什么样子。就我而言，《奥穆》比《泰比》更具可读性。它是对麦尔维尔在茉莉亚岛经历的直接记叙，从总体上说可以当真，而《泰比》则像是一个事实与幻想的大杂烩。根据查尔斯·罗伯茨·安德森的说法，麦尔维尔在努库希瓦岛上仅仅待了一个月，而不是他冒充的四个月，他在去泰比人山谷的路上所经历的奇遇并非他所说的那般惊心动魄，而他逃离这些所谓食人成性者的危险也没有那么大；此外，他所讲述的逃跑故事纯属无稽之谈："整个逃跑情节本身十分的夸大与虚假，显然是匆匆写出来的，为的是把自己表现成一个英雄，而不是考虑故事符不符合逻辑，够不够生动细致。麦尔维尔不该为此受到责怪；我们已经提到，他不停地为热心听众讲述自己的冒险故事，而谁都知道，每次讲故事的时候，你很难抵抗住诱惑而不把故事讲得好听一点、刺激一点。于是在动笔写作的时候，把自己在无数次讲述中已经任意渲染的故事写成中规中矩、缺乏刺激的内容，就实在勉为其难了。事实上，《泰比》似乎就是麦尔维尔把当时各种游记中的内容汇编到一起，再加上对自身经历绘声绘色的描述而成的。勤奋严谨的安德森先生指出：麦尔维尔不光时不时地重复那些游记中的错误，还在不同场合使用了其原作者的措辞。不过，不管是《泰比》还是《奥穆》，都是用当时的习语所写的上佳之作。麦尔维尔已经倾向于使用文学词语而非日常词语了：比如说，他喜欢把一栋楼叫作"大厦"（edifice）；一个茅屋不是"靠近"（near）另一个，甚至不是在另一个"附近"（neighborhood），而是"毗邻"（vicinity）；他更愿意"疲惫"（fatigued），而不是像大多数人那样"累"（tired）；他宁可"显露"（evince）情感，而非"表现"（show）情感。

　　然而这两本书的作者形象十分清晰，我们不需怎么想象就能看出，他是一个耐劳、勇敢、坚决的年轻人，活泼热情，喜欢开玩笑，害怕工作但并不懒惰，快乐、亲切、友好、无忧无虑。跟所有这个年纪的年轻小伙子一样，他深深为玻利尼西亚女孩儿的美貌所陶醉，如果他不接受她们甘愿给自己的好意，那就不正常了。如果说他身上有什么不同寻常之处的话，那就是他对美有着由衷的喜爱，而年轻人对美往往是不怎么在意的。他对大海、天空、青山的精彩描写都蕴含着某种强烈的感情。他胜过其他二十三个水手的地方或许表现在他"生性爱思考"，而且对此很清楚。"我是属于沉思型的，"他在多年后写道，"当年出海的时候，我常常在夜里爬到高处，坐到其中的一根帆桁上，把身子蜷缩在夹克里，任自己的思绪自由驰骋。"

　　这个明显颇为正常的年轻人，却变成了写《皮埃尔》的那个愤怒的悲观主义者，我们对此该做何解释？是什么把这位平凡无奇的《泰比》作者，变成了富于想象、力量、灵感、表现力的《白鲸》作者？有些人认为，是一阵癫狂使然。这种观点被其崇拜者愤然地予以否定，似乎这是件可耻的事：当然了，这并不比心怀妒恨可耻到哪儿去。我在本文中无需论及《皮埃尔》。这是一本十分荒谬的书，其中有意味深长的话：麦尔维尔是在痛苦与辛酸中写这本书的，他的激情不时造就出有力而感人的篇章；可是事件不像是真的，人物动机没有说服力，对话也僵硬做作。《皮埃尔》给人以这样的印象：此书是在神经严重衰弱的情况下写成的。但这跟癫狂并不一样。假如真的有什么证据证明麦尔维尔曾经神经错乱的话，那么就我所知，也没有人出具过。还有人暗示：麦尔维尔在从兰辛堡搬到纽约以后，由于受到集中阅读的影响太深，以致变成了另外一个人。说他被托马斯·布朗爵士折磨得发狂，就如同说堂吉诃德被骑士的浪漫精神折磨得发狂一样天真幼稚，根本无法让人信服。不知道究竟怎么着，平庸的作家就变成了颇有些天才的作家。在这个充满性意识的年代，寻找性爱上的根源来解释如此奇怪的情况，是再自然不过的。

《泰比》和《奥穆》写于麦尔维尔和伊丽莎白·肖结婚之前。两人结合后的第一年，他又写了《玛迪》（*Mardi*）。该书的开头直接从他的船员经历接下去，而后就成了异想天开了。故事十分冗长，而且在我看来有些乏味。对于该书主题的解释，我实在比不上雷蒙德·韦弗："《玛迪》所追求的目标，就是把那种圣洁神秘的愉悦感（在求爱期间曾触动麦尔维尔心弦）完完全全地支配：这份愉悦感，他在深爱母亲的苦痛中感受到过；这份愉悦感，在他对伊丽莎白·肖的爱情中曾令其不知所措……《玛迪》是追寻逝去魔力的朝圣之旅……它追寻的目标就是伊拉，一个来自快乐之岛奥鲁利亚的少女。为了她，人们要进行一次穿越文明世界的航行；尽管他们（小说中的人物）寻找时机大谈国际政治以及其他一系列话题，伊拉终究没有找到。"

如果有人耽于猜想的话，会将这个奇怪的故事看作他对婚姻感到失望的最初迹象。要想揣测伊丽莎白·肖（也就是麦尔维尔夫人）属于何种人物，我们必须依照存留不多的几封她所写的信。她并不擅长写信，而且信中所揭示的恐怕也远远不够，但它们至少证明，她很爱自己的丈夫，而且她是一个通情达理、心地善良、注重实际的女性，虽说有点狭隘和传统。她无怨无悔地忍受贫穷。对于丈夫的发展，她无疑感到十分迷惑，而他似乎一心要丢开《泰比》和《奥穆》给自己带来的声誉和名望，更是令她伤心不已，可她仍旧相信他、仰慕他，直至最后。她并不属于智慧型的女人，但她却是个善良、宽容、温柔的妻子。

麦尔维尔爱她吗？他在求婚期间可能写下的信没得以存留，要说他当时是被一种"圣洁和神秘的喜悦"所触动，那只能是一种浪漫的设想。他是娶了她，但男人可不单单是因为爱情才结婚的。可能是他已过够了漂泊的生活，想要安定下来：这个怪人的一大怪处便是，尽管他号称自己"天生喜欢漂泊"，可在他少年时代首次去利物浦以及在南海生活的三年之后，他对冒险的渴望便日渐冷却。之后的行程只不过是旅游观光而已。或许麦尔维尔结婚是因为家人朋友都觉得他该结了，或许他结婚是为了抵抗那些让他沮丧的喜好。谁知道呢？刘易斯·蒙福德说"他跟伊丽莎白在一起的时候并不怎么开心，而离开她的时候也不怎么开心"，还说他不仅对她有爱情，而且"在漫长的分别时间里，欲望在内心积聚"，而随后却是匆匆满足并厌腻。他肯定不会是第一个发现以下现象的男人，即对妻子的爱，分开的时候要比相聚的时候多，对性爱的期待要比实现性爱更让人激动。我觉得麦尔维尔很可能对婚姻的束缚感到厌烦，或许妻子给予他的，没有他所期待的那么多，但他还是长期维持婚姻关系，让妻子为自己生了四个孩子。就人们所知，他对她始终都很忠诚。

凡是专心读过麦尔维尔的人，都不难发现他对男性美的欣赏。从巴勒斯坦和意大利返回后，他做过一次有关雕塑的演讲，专门谈到"望楼的阿波罗"这尊希腊罗马雕像。其主要价值就在于它代表了英俊貌美的青年男子。我已经谈过托比（就是和他一起逃离"阿库什尼号"的那个男孩子）留给麦尔维尔的印象了，在《泰比》中，他又详细描述了自己交往的那些年轻人的身体之美。他们的形象比起同他调情的那些女孩子来可生动多了。但在此之前，十七岁的他乘船驶往利物浦时就跟当地一个名叫哈里·波尔顿的男孩儿交上朋友。以下是他在《雷德伯恩》里对此人的描述："他属于那种身材不高但十分健美的小家伙，卷曲的头发、光亮的肌肉，就好像蚕茧里生出来的一样。他的肤色是一种泛着光彩的褐色，像女孩儿一样娇柔；他的双脚很小、双手很白；眼睛大大的，黝黑而柔美；诗歌不说，单是他的嗓音就有如竖琴。"有人曾怀疑这两个孩子匆匆去伦敦游玩的真实性，甚至是否真有哈里·波尔顿这个人；可如果说麦尔维尔创造这个人物是为了给故事增添一段有趣情节的话，他这么个充满男性气概的人居然塑造出一个如此明显同性恋的人物，就实在让人奇怪了。

在"美国号"快船上，麦尔维尔的好友是个英国水手，名叫杰克·蔡斯，"身材高大而结实，眼睛大而清澈，眉宇纤细，留着深棕色的大胡子。""此人身上具有如此惊人的判断力和好感，"他在《白外套》中写道，"谁要是不喜爱他，就是不说实话，"接着又说："不管你在何处随汹涌的波涛颠簸，亲爱的杰克，带上我最好的祝愿，愿上帝保佑你，不管你身处何方。"话语中透露出麦尔维尔罕见的柔情。这个水手给他留下的印象如此之深，以至于他专门为他写了一部中篇小说《比利·巴德》，这本书在五十年以后、麦尔维尔去世前三个月才完成。故事集中表现了主人公的惊人之美。正是由于这一点，才使得全船的人都很爱他，也正是由于这一点，才间接导致他的悲惨结局。

很明显，麦尔维尔是个受抑制的同性恋，根据我们的阅读所得，在当时的美国，这种同性恋要比今天普遍。一个作者的性取向如何，并不关读者的事，除非它影响到了作者的写作，就像安德烈·纪德和马塞尔·普鲁斯特那样；假如真是这种情况的话，而且事实就摆在你面前，那么很多看似隐晦难懂甚至不可思议之处，就会非常的简单明了。我对麦尔维尔的这一取向如此赘言，是因为这可以解释他对婚姻生活的不满；性爱上的挫败感引发他内心的变化，使得所有对他感兴趣的人摸不着头脑。

三

麦尔维尔读书缺乏条理性，但涉猎广泛。他似乎主要对十七世纪的诗人和散文家感兴趣，我们可以想见，他在这些人身上发现了一些东西，尤为适合他本人混乱的性格。至于他们对他的影响是有害还是有利，这纯属个人看法。他早期所受教育甚少，而且正因为如此，也并未怎么吸收后来学到的文化。文化这东西，不是一件现成的衣服伸手穿上就行，而是要吸收进体内、用来树立个性的养料，就如同食物增强发育期孩子的身体一样；它不是辞藻华丽的修饰，更不是要炫耀你的学问，而是一种丰富灵魂的方式，得来实在不易。

为了写《白鲸》，麦尔维尔做了一项非常危险的试验，他为自己制定的风格模仿了十七世纪的作家。处理好的话，这种风格会令人难忘，具有诗一般的力量，但它毕竟只是一种仿拟。倒不是瞧不起这种手法。仿拟也会产生撼人的美感。公元前一世纪的作品，米洛斯岛的维纳斯雕像，便是仿拟作品；后来罗马的拔刺少年亦是如此。人们起先都以为它们是公元五世纪雕塑家的作品。伟大的锡耶纳画家杜乔模仿的是十二世纪早期的拜占庭绘画，而非两个世纪以后、他自己所处时代的拜占庭绘画。可是当一名作家试图进行仿拟的时候，他会面临这样的问题，即几乎无法保证连贯性。就像约翰逊博士的老校友爱德华兹先生发现，由于心情兴奋而根本无法进行哲学探讨一样，在仿拟作品中，当代的词语会很自然地闯入作者脑海，干扰他故意使用的那些词语。"要写出宏大的著作，"麦尔维尔写道，"必须选择一个宏大的主题。"很明显，他认为必须要用庄重的文体来写这个主题。罗伯特·路易斯·史蒂文森声称麦尔维尔没有听觉；我不知道他这话到底是什么意思。麦尔维尔具有非常好的节奏感。他写的句子不管有多长，总的来说都非常均衡。他喜欢高调的措辞，而他运用的庄重词汇实际上也使他屡屡获得美的效果。

有时候，这种倾向导致他重复使用同义词，比如说，他所谓的"umbrageous shade"（阴翳蔽日）其实就是树荫而已，然而你不能否认，其声音十分圆润。有时候，我们被"hasty precipitancy"（匆匆的仓促）这种冗辞搞得不知所措，却肃然起敬地发现，原来弥尔顿就曾写过"Thither they hasted with glad precipitance"（他们愉快而仓促地匆匆前去）这种句子。有时候，麦尔维尔用人们意料不到的方式驾驭普通词汇，并常常因此取得新奇的效果；即使你感觉他的用法已经到了无法忍受的地步，也不该草率地拿"hasty precipitancy"来责备他，因为他有权这么做。当他提到"redundant hair"的时候，你想到的或许是少女的嘴唇上方绒毛很多，而不可能是年轻小伙子头上的毛发很浓密，可如果查词典的话，你就会发现，"redundant"的第二个意思非常广泛，而弥尔顿也写过"redundant locks"（浓密的头发）。

在《白鲸》当中，麦尔维尔为自己设下的写作难关就是通篇都要保持这种修辞水平。内容必须同风格一致。作家往往不敢过于感伤或是幽默，可麦尔维尔却常常两者兼具，让人读起来很不舒服。

他的品味并不确定，有时候，他为了显得富有诗意，最后却搞得荒唐可笑："可是谁也不能干扰亚哈的思绪，他有如一尊钢铁雕塑，习惯性地矗立在后桅绳索旁，一只鼻孔心不在焉地嗅着巴士群岛的甜美麝香气（温柔的恋人必定在这香气扑鼻的丛林里漫步），另一只鼻孔则有意地吸入新海域那咸咸的气息……"用一个鼻孔闻一种气味，用另一个鼻孔闻另一种气味，这可是个了不起的本事；实则根本不可能。我对麦尔维尔偏好古词和诗歌用词的做法不敢苟同，他用 o'er 代替 over，nigh 代替 near，ere 代替 before，还使用 anon 和 eftsoons；它们给本来雄厚刚健的行文带来一丝陈腐俗丽的气息。他拥有广博的词汇，有时候他都无法控制。只要写下一个名词，他总是忍不住添上一个形容词 mystic，用这个词，似乎是要表达奇怪、神秘、惊异、可怕等他在当时想要的一切意思。斯托尔教授在我提到的那篇文章中（此文如同他的所有文章一样具有极佳甚至是极强的判断力）颇有道理地将之斥为"伪诗体"。在这篇文章中，斯托尔教授谈到了麦尔维尔的一个肯定让读者很心烦的特点，那就是他特别偏爱来自分词的副词。或许就是由于这一点，史蒂文森才说麦尔维尔没有听觉，因为我们不得不承认:这些构词的声音大多不够悦耳，实在没什么可取之处。我注意到最难听的就是 whistlingly，可斯托尔教授还举了其他的词，比如说 burstingly，suckingly，而且他可以再举上一百个类似的例子。牛顿·阿尔文所写的《美国作家系列》里的一部著作可谓煞费苦心，但在我看来却固执有误，该书列举了麦尔维尔自造的词汇，如 footmanism、omnitooled、uncatastrophied、domineerings[1]，似乎认为这些词语为其文体增添了格外的光影。它们确实加强了文体的特性，但肯定没有增加其美感。假如麦尔维尔受过再正统一点的教

---

[1] 意思大致分别是"随从做派""一切手段的""没有灾祸的""专横之人"。——译者

育、品味再确定一些的话，他完全可以不必扭曲自己偏好的
语言，照样取得心目中的理想效果。

麦尔维尔作品中的对话跟日常讲话大相径庭，风格化十
足。由于"皮阔得号"上的主要人物均为贵格会教徒，麦尔
维尔使用第二人称单数进行叙事再自然不过了，但我认为更
重要的原因在于，他发现如此一来，将会符合他心中积藏已
久的目的。他很可能觉得，这样能给所叙述的对话带来一些
宗教风格，给所用措辞增添一丝诗意。他在区分不同人物说
话这方面没有多少才能：这些人物讲起话来全都差不多，亚
哈像手下的副手，副手像木匠与铁匠，都是辞藻华丽，用了
大量暗喻和明喻。魁魁格觉得自己马上要死了，躺在事先为
自己做的棺材里，而丧失理智的混血小男孩皮普"钻到了他
的面前。轻声呜咽着，一手抓着魁魁格的手，一手摇着他的
小鼓"。以下则是他对这个土著所讲的话："可怜的流浪汉呀，
你是不是厌倦了这种生活了，你是不是想换个地方呀，那么
你要去哪里呀？你是不是要去一个叫作安第烈斯的地方呀？
海浪会把你送到那美丽的地方去的。如果你真的到了那地方，
请你帮我找一个叫皮普的人，他早就失踪了，可能已经去了
安第烈斯。你如果真的找到他的话，请一定要安慰安慰他，
要知道，他的心中很烦闷呀。另外你再告诉他，他留下的小
手鼓就在我手里。魁魁格，安心去吧，我会用它来给你敲死
亡进行曲的。"这一幕中的大副斯达巴克"从舷窗向下望去"，
他喃喃低语道："我听说人在得了伤寒症之后，不知不觉间就
会讲一些古语，经过一番探秘发现，原来在他们早已淡忘的

童年时代，就曾听到一些玄虚的学者讲过这些古语。所以在我看来，可怜的皮普呀，他的这番奇异又可爱的疯癫话，带来了我们天堂家园的神圣讯息。不是天堂的话，他还能从哪儿知晓？"

当然，小说里的对话必须要具备风格。原封不动地复制生活会话会让人无法忍受。这是个程度问题。对话肯定又要逼真，以免吓着读者。亚哈在对二副斯塔布提到白鲸的时候，高喊道："我要环绕这无尽的地球十周；而且还要直接潜入地下，终究要将他宰杀！"对于这种夸夸其谈的论调，你只能付之一笑。

尽管如此，麦尔维尔所写的英语还是不同凡响的，尽管有人对此会持保留意见。如我所言，他的风格有时会使其辞藻过于华丽，但其巅峰时期的文体之宏伟大气、铿锵有力、恢宏气势，还有极强的表现力，据我所知，还没有哪个现代作家能够达到。这的确让人不时想起托马斯·布朗爵士的华丽文辞以及弥尔顿的恢宏时代。我请读者格外注意一下：麦尔维尔如何巧妙地将水手们日常工作时的普通航海术语融入其作品的精美画面中。这样做的效果，就是为《白鲸》这支肃穆的交响曲带来一丝现实感、一点新鲜海盐的味道。每一位作家都有权在自己的巅峰时代接受评判。麦尔维尔的巅峰水平有多高，读者可以阅读《海峡奇情》那一章来自行决断。在描写情节的时候，他做得很出色、很有力，其庄重的写作风格极大地加强了震撼效果。

四

只有凭借《白鲸》，麦尔维尔才得以跻身伟大的小说家之列，而凡是读过我写的东西的读者，都不会指望我把这部小说列为寓言。有那种想法的读者，你只能另寻别处。作为一名不乏经验的小说家，我只能站在自己的立场谈论这个问题。小说的目的是提供审美上的愉悦，它没有什么使用目的。小说家的任务不是推动哲学理论，那是哲学家的事儿，他们可以做得更好。不过既然有些颇具才智的人把《白鲸》看成是一部寓言，那么我最好还是谈谈此事。他们是把麦尔维尔自己的说法当成反话了："他害怕，"他曾写道，"自己的作品被看作恐怖的神话，或者更糟糕、更可恶的是，被看作骇人听闻、让人难忍的寓言。"当一位经验老到的作家说了一席话，我们认为他此话当真，而非评论者所言，这并不算轻率吧？诚然，在一封写给霍桑夫人的信中，他坦言自己在写作的时候，曾有"一种朦胧的感觉，觉得整部书可以套用寓言的结构"；但这并不能证明，他真的打算写一部寓言。或者是不是有这样一种可能：即使这种解释成立的话，那也是出自偶然，而且（就像他对霍桑夫人所言表明的那样）他对此也是感到十分的惊慌。我不知道评论家是如何写小说的，但我了解小说家如何写小说。他们并不是看到一个一般性的命题，例如"诚实才是上策"或者"闪闪发光者，未必尽黄金"，然后就说"咱们来写一篇相关的寓言"。一群通常由相识之人所联想到的人物激发了他们的想象，与此同时，或者过上一段时间，一件事情或一连串事情（有亲身经历的、道听途说的，或是凭空编造的）突然浮现在他们脑海中，使得他们能够适当利用这些事情来发展头脑中已经出现的主题，具体做法则是将人物与事件协调起来。麦尔维尔并不耽于幻想，至少在他试图幻想的时候（比如在《玛迪》当中）栽了个大跟头。的确，某些评论家因此批评他缺乏创造力，我觉得这实在没道理。真实情况是，当他拥有深厚的经验基础（不论是他自己的还是别人的经验）来支撑自己时，他的创造便更具说服力，但大多数小说家都是如此，当他有这种经验的时候，想象的翅膀便自由驰骋、强健有力，而当他没有这种经验的时候（比如说《皮埃尔》），他就胡写乱写。麦尔维尔确实生性"爱思考"，随着年龄的增长，他开始沉迷于玄学，雷蒙德·韦弗奇怪地将之称为"溶解在思想中的痛苦"。这是一种狭义的观点，对此人们可以给予适当的关注，因为这涉及的，都是灵魂遭遇的最重大问题。麦尔维尔处理这些问题的方法并不是属于理性的，而是非常的感情化；他之所以有某种想法，是因为他有这样的感觉，但这并不妨碍他的诸多思考为后人所铭记。我本该想到，刻意写一部寓言，需要作家具有一种思想上的超然态度，而麦尔维尔并不具备。

斯托尔教授已经指出，对《白鲸》的象征主义解读其实是十分荒谬可笑、彼此矛盾的，也受到了并无恶意的公众的责骂。其言凿凿，本人无需再作赘述。可是出于对这些评论家的辩护，我还是要说：小说家并不是复制生活，而是根据其目的编排生活。他要根据自身的独特性情来处理手头的资料。他绘制的是一幅连贯的图画，但其图案要依照读者态度、兴趣、个性的差别而变化。那冰雪覆盖的阿尔卑斯山顶雄姿勃发、直冲云霄，根据你的偏好，可以把它看成是人类期待同上帝融合到一起的象征；或者呢，由于一座山脉会被地层深处那剧烈的震动所掀翻（如果你乐意相信的话），那么你可以把它看成是人类邪恶欲望的象征，这种阴沉的欲望将要毁掉此山；或者你想赶时髦的话，也可以把它看成一种生殖象征。牛顿·阿尔文将亚哈的象牙假肢视为"一种双关的象征，既代表他的阳痿，亦代表针对他的独立男性法则"，而将白鲸视为"原型父母，是父亲，没错，但也是母亲，因为她成了父亲的替代者"。埃勒瑞·塞奇威克称：该书正是因为其中的象征才伟大，在他看来，亚哈代表着"人与人的情感，他热衷思索、目的明确、笃信宗教，全力以赴地对抗天地间的神秘伟力。他的对手莫比·迪克就是这个神秘伟力。它并非其缔造者，但与宇宙之法则（抑或无法则）中的公正无私别无二致，而这种公正无私，以赛亚虔诚地认定是上帝所造"。刘易斯·蒙福德把白鲸看作恶的象征，把亚哈同白鲸的较量看作善恶之间的较量，而善的力量最终被击败。这种看法有一定的道理，而且也很符合麦尔维尔那忧郁的悲观主义思想。

不过寓言就像不好驾驭的动物；你可以拽住它的头，也可以拉它的尾巴，而在我眼里，截然相反的解释同样讲得通。为什么我们就得把白鲸看成恶的象征？诚然，麦尔维尔让叙事人伊什梅尔呈现出亚哈的疯狂激情（即报复这头曾经毁了自己一条腿的畜生），但这是他必须采用的艺术手法，首先是因为书中已经有了代表理智的斯达巴克，其次是因为他需要有一个人来分担（在某种程度上讲也是同情）亚哈的一意孤行，从而让读者接受这种安排，不会认为不合情理。而蒙福德教授提到的"无谓之恶"，指的就是莫比·迪克在遭受袭击时的自我捍卫。

Cet animal est très méchant,

Quand'on l'attaque, il se défend.[1]

为什么白鲸就不能代表善而非恶呢？它身姿优美、体格庞大、力量无穷，遨游在自由的海洋中。而亚哈则愚蠢而傲慢，他冷酷无情、性格残忍、满心仇恨；他才是恶的力量呢；当双方最终遭遇的时候，亚哈连同其船上的那帮"形形色色的叛徒、流浪汉、食人者"全部覆灭，天道已行，沉着镇定的白鲸神秘离去，罪恶被击败了，而善的力量最终获胜。对我而言，这种解释似乎同别的解释一样有道理；因为我们别忘了，《泰比》就赞颂了那些没有被现代文明所腐蚀的高尚野蛮人，在麦尔维尔眼里，自然人是善的。

幸运的是，我们可以饶有兴味地阅读《白鲸》，而不必考虑它具有或不具有什么寓言或象征意义。我必须一遍一遍地重申：读一部小说并非是为了获得教育、启发心智，而是为了获得思想上的享受，而假如你发现自己不能从中得到这种享受的话，那你最好就干脆别读了。然而我们不得不承认：麦尔维尔似乎竭尽全力地避免让读者享受。他正在写的是一部

---

[1] 法语，大意为"这个畜生真真可恶；当我们进攻，它就防护"。——译者

怪异、新颖、令人战栗的故事，但也是一个直截了当的故事。传奇般的开篇让人赞叹。你的兴趣马上就被激发和控制住了。一个个出场的人物形象清晰，鲜活而可信。故事越发紧张，随着情节加快，你也越来越兴奋。故事的高潮极富戏剧性。我们搞不明白：麦尔维尔本已牢牢抓住读者的心，为什么偏偏故意放弃，反而时不时地停下来去写一些有关鲸鱼自然史（它的大小、骨骼、感情等）的章节？显而易见，这就像一个在饭桌上讲故事的人时不时停下来解释自己所用词汇的语源意义一样没有道理。蒙哥马利·贝尔金曾为《白鲸》的一个版本写过一篇颇有见地的导言，他在文中提出：由于这是一个有关追逐的故事，而追逐的最终结局必须一拖再拖才行，麦尔维尔写这些章节就是这个目的。对此我不敢苟同。如果说他真的是为了这个目的的话，那么在太平洋上的三年期间，他肯定目睹了很多事情，或是听了很多传说，完全可以写入自己的故事，从而更好地实现这个目的。我个人认为，麦尔维尔写这几章的原因很简单，那就是同许多自学成才的人一样，他过于重视自己千辛万苦学到的东西了，所以无法抗拒炫耀这些知识的诱惑，就像在其早期作品中，他"随心所欲，通篇都是伯顿、莎士比亚、拜伦、弥尔顿、柯勒律治和切斯特菲尔德，还有普罗米修斯和灰姑娘、穆罕默德和埃及艳后、圣母玛利亚和天国美女、梅第奇和穆斯林"。

　　就我而言，倒是可以饶有兴趣地阅读这些章节中的大多数，但不可否认的是，它们脱离了正题，破坏了故事的悬念，令人感到可惜。麦尔维尔缺乏法国人所说的 l'esprit de suite

（流畅下笔的灵感），谁要是说这部小说结构严整，那他可真够蠢的了。但是既然他这么写了，就自有其想法。你接不接受随你的便。他很清楚，《白鲸》不会讨人喜欢。他这人性格执拗，公众的漠视、评论家的猛烈攻击、身边人的缺乏理解，可能这些反而坚定了他的决心，坚持写自己想写的东西。你必须容忍他的奇思异想、他的反常品味、他的乏味玩笑、他的结构失误，因为他的语言频频出彩，他对情节的描述生动刺激，还有他对美的细微感受，以及他那些"神秘"冥想中所蕴含的悲剧力量，正是由于此人头脑笨拙、不善推理，才让这些特点显得充满情感、触动人心。当然了，也正是由于亚哈船长这个险恶而庞大的人物贯穿始终，才赋予该书独特的力量。要想寻找这种宿命感（你所获知的有关这个人物的一切，都令你的内心充满这种宿命感），你必须去读希腊戏剧，而要想寻找具有如此可怕力量的人物，你必须去读莎士比亚。正是由于赫尔曼·麦尔维尔塑造了他，《白鲸》才成为一部伟大的巨著，不管人们对此有任何的保留意见。

　　我已经一再说过，为了真正洞悉一部伟大的小说，你就必须要对写这部小说的人有一个必要的了解。我觉得就麦尔维尔来说，倒是反过来更有道理。人们阅读和重读《白鲸》时所得到的有关此人的印象，似乎比其他任何地方得到的印象（有关其生活和环境）更加真实可信、明确具体；这是一个上天赋予其无穷禀赋，却又被罪恶天才毁坏的人，结果就有如一株龙舌兰，刚刚开出灿烂的花朵就枯萎凋谢了；一个忧郁哀伤的人，饱受自己躲之不及的本能所苦；一个意识到道德已经远离自己的人，痛感失败和贫穷的酸楚；一个内心渴望友情，却发现友情也没有价值的人。这就是我眼中的麦尔维尔，一个我们只能对之深怀同情的人。

九 艾米莉·勃朗特和《呼啸山庄》

一

1776年，唐郡的年轻农民休·普朗蒂娶了埃利诺·麦克格罗瑞为妻；第二年的圣帕特里克节[1]那天，十个孩子中的头一个出生，于是便以这位爱尔兰守护神的名字给他起名。普朗蒂似乎不怎么识字，因为他一直不确定自己的名字该怎么拼。在洗礼登记簿上，他的名字给写成了"布朗蒂"和"布朗提"。他耕的那点儿地不够养活这一大家子，于是就去一个石灰窑干活儿，而且在活儿不忙的时候，去附近一位乡绅的地里帮忙。我们可以想象，长子帕特里克肯定要给父亲的农活儿打下手，直到长大成人、可以挣钱。而后，他成了手工纺织机的织工。不过他是个头脑聪明的小伙子，而且志向远大；

---

[1] 圣帕特里克节：每年的3月17日，目的是纪念爱尔兰的守护神圣帕特里克。——译者

不知怎的，在十六岁的时候，他已接受了足够的教育，去自己出生地附近的一处乡村学校当了老师。两年后，他在德拉姆巴利罗内的教区学校得到了一份类似的工作，一做就是八年。有关他当时的经历有两种说法：一种说法是，卫理公会的牧师们有感于他能力出众，希望他能自修为一名牧师，便捐助了几英镑，连同他自己攒的一点钱，让其得以去剑桥学习；另一种说法是，他在离开教区学校后，去了一位牧师家做家庭教师，并在对方的帮助下进了圣约翰学院。他当时二十五岁，按年龄可以上大学，是个身材高大、体格强壮的年轻人，而且长相英俊，对自己的外表颇有些自命不凡。他靠的是一份奖学金、两份助学金，还有辅导功课所赚的钱。二十九岁时，他获得文学学士，并被英国国教会授予神职。假如卫理公会的牧师们真的帮他进入剑桥的话，他们日后肯定会认为自己做了一项极不明智的投资。

就是在剑桥的这段日子，帕特里克·布朗蒂（在入学花名册中，他的姓氏是这么拼的）把姓改成了勃朗特（Bronte），直到后来，他才加上了分音符号，署自己的名字为帕特里克·勃朗特（Patrick Brönte）。他被委任为埃塞克斯郡威瑟菲尔德的助理牧师，在那里，他与玛丽·伯德小姐相爱。玛丽芳龄十八，尽管谈不上富有，家境倒也殷实。他们订婚了。由于某种至今都未弄清的原因，勃朗特先生甩了对方，据揣测，这是因为他自视甚高，认为再等一等会对自己更为有利。伯德小姐受到了很深的伤害。这位英俊的助理牧师的行径，很可能引发了教区内的大量非议，于是他离开威瑟菲尔德，到什罗普郡的惠灵顿担任助理牧师，几个月后又去了约克郡的哈特谢德。在哈特谢德，他遇见一位三十岁、长相平平的矮小女人，名叫玛丽亚·布兰威尔。她每年有五十磅的个人收入，而且出身于一个体面的中产阶级家庭；帕特里克·勃朗特此时已经三十五岁了，可能也觉得，尽管自己长相英俊、说话带一口讨人喜欢的爱尔兰腔调，此时也实在该结婚了，这样同自己的预期也差不太多。他于是求婚，并被接受，1812年，两人正式成婚。还在哈特谢德的时候，勃朗特夫人就生了两个孩子，分别名叫玛丽亚和伊丽莎白。此后，勃朗特先生又被调到另一个助理牧师的职位，这一次邻近布拉德福，勃朗特夫人在这儿生下了四个孩子。他们的名字是夏洛蒂、帕特里克·布兰威尔、艾米莉和安妮。勃朗特先生在婚前一个月曾自费出版过一卷诗集，名曰《村舍诗集》，一年后又出版了一本《乡村吟游诗人》。住在布拉德福附近的时候，他还写了一本小说，名叫《林中村舍》。凡是读过这些作品的人都说它们一无是处。1820年，勃朗特先生被任命为约克郡的一处村庄霍沃思的"终身助理牧师"，他终其一生在此度过，可以料想，其志向也得以满足。他从未回过爱尔兰看望留在那儿的父母和兄弟姐妹，但母亲在世期间，他每年都给她寄去二十镑钱。

　　1821年，即婚后九年，玛丽亚·勃朗特因癌症去世。作为鳏夫的勃朗特劝说自己的小姨子伊丽莎白·布兰威尔离开原先居住的彭冉，来照顾自己的六个孩子；然而他想要续弦，等妻子死后过了合适的一段时间，他写信给伯德夫人（就是十四年前他亏欠过的那个女孩儿的母亲），信中询问对方是否依然单身。几周后，他收到回复，于是又给玛丽本人写了一封信。这封信写得自命不凡、自我陶醉、甜言蜜语，而且说实话，品味也极差。他厚颜无耻地说，自己那旧有的爱火被重新点燃，强烈渴望见到她。实际上，这就是一封求婚信。她的回信很刻薄，然而他并不气馁，再次修书一封。他极其不明智地对人家讲："你爱怎么想、怎么说，随你的便，但我毫不怀疑的是，假如你愿意嫁给我，你将会过上比现在、包括将来可能的单身生活好得多的日子。"（着重号系原有的。）被玛丽·伯德拒绝以后，他又把眼光盯向其他人。他好像压根儿就没想过，作为一个四十五岁的鳏夫，还带着六个孩子，自己已经不怎么吸引人了。他向伊丽莎白·弗里斯小姐求婚，当他在布拉德福担任助理牧师时就认识此人，但对方也拒绝了；此后，他似乎放弃了这个不讨好的活儿。不管怎么说，应该感激伊丽莎白·布兰威尔，幸亏有她看着房子、照顾孩子。

霍沃思牧师住所是一栋褐砂石小屋，位于陡峭的山脊之处，整个村庄便散布于此。前面有一小块花园，后面和两侧则是墓地。为勃朗特家作传的人们都觉得此处过于阴沉，在医生眼里也许如此，但在一个牧师看来，此景倒算是陶冶情操、慰藉心灵；反正这个特殊的牧师之家肯定早已习以为常，他们看待这一切，就如同卡普里岛的渔夫面对维苏威火山，或者伊斯基尔岛的渔夫面对落日一样熟视无睹。楼下有一间客厅、勃朗特先生的书房、一间厨房和一间储藏室，楼上有四间卧室和一个门厅。除了客厅与书房，屋内没有地毯，窗上都没有装窗帘，因为勃朗特先生最怕火。地面和楼梯都是石头的，到了冬天又冷又潮，布兰威尔小姐害怕着凉，总是围着房子来回走。一条小径从房子通向荒野。传记作者们心里总想着把勃朗特一家的生活描述得苦楚，因此习惯把霍沃思写得荒凉、冰冷、阴郁。可是毫无疑问，即使是冬季，也有一片晴空、阳光明媚的日子，霜露之天让人精神爽快，草地、旷野、森林，都映上了柔和的色彩。就是这样的一天，我来到霍沃思。整个乡村笼罩在银灰色的薄雾中，使得远处轮廓模糊、异常神秘。落光叶子的树木美丽典雅，有如日本版画中的冬景。路旁的山楂树篱结着冰霜，发出闪闪白光。从艾米莉的诗歌以及《呼啸山庄》中，你都能看出荒野的春天有多么激动人心，夏天有多么丰饶多姿，给人以美的享受。

勃朗特先生在荒野上长时间地散步，走得极远。在其晚年，他夸耀自己曾经可以一天步行四十英里。此人离群索居，这跟从前相比还是有些变化的，因为作为一名助理牧师，他曾是个擅长交际之人，喜欢朋友聚会、逢场作戏；如今除了附近的教区牧师时而来访喝茶之外，他能见到的就只有教会执事和教区居民了。如果这些人请他，他就前去相见，如果他们要他帮忙，他也都欣然应允，不过他和他全家"不与人相互往来"。作为一个穷苦爱尔兰农夫的儿子，他不让自己的孩子跟村童们打交道，孩子们被迫坐在一楼那寒冷的小门厅里（那就是他们的书房）读书，或者低声耳语，为的是避免打扰他们的父亲，假如父亲不高兴了，就会绷着脸不说话。他在上午辅导他们学习，而布兰威尔小姐则教他们针线和家务活。

　　即使是其夫人在世的时候，勃朗特先生就喜欢独自在书房用餐，这一习惯，他保持终生。所给的理由是：他消化不良。艾米莉在日记中写道："晚饭我们准备吃煮牛肉、芜菁、土豆和苹果布丁。"1846年，夏洛蒂从曼彻斯特写信来说："爸爸只要普通牛羊肉、茶、面包跟黄油。"对于长期消化不良的人来讲，这种膳食似乎可不怎么样。我倾向于认为，假如勃朗特先生独自进餐，那是因为他不喜欢跟孩子们在一起，受到他们的打扰就会不高兴。晚上八点钟，他进行家庭祷告，九点钟则将前门锁紧闩牢。当他走过孩子们所在的房间时，告诫他们不要迟睡，而在楼梯半道又停下脚步，给钟表上弦。

　　盖斯凯尔夫人认识勃朗特先生数年，她得出的结论是：此人生性自私、脾气暴躁、盛气凌人；而夏洛蒂的密友之一玛丽·泰勒在写给另一位朋友埃伦·纳西的信中也说道："我每次想到夏洛蒂为那个自私的老头儿所作的奉献就不免伤心恼怒。"近些年来，有人努力想粉饰他，可不管怎么粉饰都不能掩盖他给玛丽·伯德所写的信。这些信在克莱门特·肖特的《勃朗特一家及其交往圈》中得以全文刊载。不管怎么粉饰也不能遮掩住他在助理牧师尼古拉斯先生向简求婚时的所作所为。这个问题我之后再谈。盖斯凯尔夫人的记载如下："勃朗特太太的保姆告诉我说，有一天，孩子们都到荒野上去了，雨下大了，她料想他们都会被雨淋湿，于是翻出几双别人送的彩色靴子，把它们摆到厨火四周烘暖，可是等孩子们回来的时候，靴子却不见了，只能闻到一股皮革燃烧的怪味儿。原来是勃朗特先生进门看到靴子，觉得穿在自己的孩子脚上太鲜艳太奢侈了，于是就把它们扔进火里。凡是触犯他那老掉牙的简朴思想的东西，他一概不留。在此之前很久，有人曾送给勃朗特太太一件丝绸礼服，无论是样式、颜色，还是材料，都不符合他一贯的得体观念，结果，勃朗特太太从没穿过这件衣裳。尽管如此，她还是将之珍藏在抽屉里，平时一般都上着锁。然而有一天，她在厨房里想起自己把钥匙落到抽屉里了，听到勃朗特先生上楼的声音，她马上预感到自己的礼服不妙，赶紧跑上楼去，发现还是被剪成了碎片。"这个故事有点过于偶然，但很难看出保姆为什么要胡编乱造。"有一回，他拿起壁炉前的地毯，把它塞到炉子里，尽管恶臭熏人，可他一直待在屋子里，直到地毯被烧得冒着浓烟、皱巴巴得没法再用为止。还有一回，他抄起几把椅子，将后背全都锯掉，弄成了板凳的样子。"不过公允地讲，勃朗特先生曾声称这些故事并非事实。但没人怀疑他脾气暴躁，也没人怀疑他严厉而专横。我曾问过自己：勃朗特先生身上这些令人不快的性格，是不是由于他对生活的失望造成的。很多出身卑微的人都绞尽脑汁往上爬，企图超出自己所在的阶级，并且获得一定的教育，跟这些人一样，他很可能也高估了自身的能力。我们都知道，他对自己的俊美外表很是得意。他在文学创作上的努力并未得到成功。当他意识到自己跟对手长期争斗却只换来一个约克郡荒野的终生助理牧师职位，感到十分心酸，也实在不足为奇。

牧师住所的生活之艰辛和孤独被过于夸大了。才华横溢的姐妹们似乎对之并无怨言；实际上，假如她们静下心来想想父亲的出身的话，很可能会觉得自己远没有什么不幸的。比起全英格兰许许多多牧师的女儿来，她们既不算富裕，也谈不上贫穷，都是生活孤单、收入有限。勃朗特家也有邻居，像住得不远的牧师、士绅、工厂主、小制造商，都可以与之交往；如果他们家离群索居的话，也是自己选择的。他们不富也不穷。勃朗特先生从事的圣职给他带来一套房子和每年两百镑的收入，妻子则每年五十镑，在其死后可能也由他接手，伊丽莎白·布兰威尔来霍沃思住的时候，还带来每年五十镑的收入。因此全家共有三百镑可以支配，这笔钱至少相当于现在的一千两百镑。今天的许多牧师，即使算上所得税，也会视之为一笔大钱；而今天的很多牧师太太，如果能有一个女佣的话，简直就谢天谢地了：勃朗特家通常都有两个女佣，而且每当活儿多的时候，还有村里的女孩子们过来帮忙。

1824 年，勃朗特先生将四个大一点的女儿送到位于科文桥的一所学校。学校刚刚建起不久，专门为穷牧师的女儿提供教育。这个地方很不卫生，吃得很差，管理也不合格。两个大女儿死了，夏洛蒂和艾米莉的健康也受到影响，被带离学校（奇怪的是，中间又隔了一个学期）。她们此后所受的教育似乎都是姨妈给予的。勃朗特先生对儿子要远比三个女儿重视得多，而布兰威尔也确实被视为家中的聪明孩子。勃朗特先生不肯送他去学校，而是亲自负责他的教育。这个男孩儿早慧，其举止也惹人喜爱。他的朋友 F. H. 格伦迪是这样描写他的："他的个头小得出奇，让他一生都烦透了。头上一堆红头发，叫他梳得高高的，远离前额（我猜想是为了弥补身高），这可真是个又大又高、充满智慧的前额，几乎占去整个面部轮廓的一半；雪貂般的小眼睛，眼窝深陷，再遮上一副永远不肯摘掉的眼镜，大大的鼻子，下半边脸却稀松平常。他总是一副沮丧的样子，从来就没改变过，除了偶尔刹那间的匆匆一瞥。第一眼望去，又小又瘦的他实在不怎么讨人喜欢。"他有些才气，姐姐们都很佩服他，也指望他能做大事。他是一个口才出色、急于表达的人，从某一位爱尔兰先祖那里，他继承了善于社交、和蔼健谈的天分（因为他父亲是一个沉默寡言的人）。当有旅客来黑牛酒店投宿、似乎寂寞难耐的时候，店主就会问他："先生，需要有人陪你喝两瓶吗？如果需要的话，我就派人去叫帕特里克。"布兰威尔也总是乐意效劳。我必须要补充的是，多年之后，夏洛蒂·勃朗特已经成名，有人向店主问起此事，他矢口否认自己做过这种事儿："布兰威尔呀，"他说道，"根本不需要派人去叫。"如今在霍沃思，你仍然可以看到黑牛酒店里布兰威尔跟朋友纵情饮酒的房间，里面还有几把温莎椅。

夏洛蒂刚刚十六岁的时候又一次进了学校，这回是在罗海德，在那儿过得很开心；然而她在一年之后再次回家教自己的两个妹妹。虽然如我所言，这家人并不是声称的那么贫穷，可姑娘们也没什么可指望的。勃朗特先生的津贴在他死后会自动终止，而布兰威尔小姐还要把她那点钱留给自己那个有趣的外甥；她们于是拿定主意：谋生的唯一手段就是把自己训练成家庭教师和学校教员。在那个年代，对于自认是淑女的女性来说，没有别的职业可选。此时的布兰威尔十八岁，必须决定自己要从事什么行业或职业。跟姐姐们一样，他在绘画上有些天赋，梦想成为一名画家。最终的决定就是：让他去伦敦，在皇家学院学习。他去倒是去了，可这一计划毫无成果，他在观光游览、尽情游乐了一段时间之后便返回霍沃思。他试图写作，却未获成功；而后又说服父亲给他在布拉德福建立一间画室，他可以为当地人画肖像，以此谋生；可这也失败了，勃朗特先生叫他回家。之后他又给巴罗佛内斯的一位波斯尔思韦特先生担任辅导教师。他好像干得还不赖，可不知什么缘故，六个月之后，勃朗特先生又把他带回霍沃思。很快又在利兹到曼彻斯特铁路的索沃比桥车站给他找到一份主管牧师的工作。他无聊又孤独，大量饮酒，最终因严重失职而被开除。与此同时，夏洛蒂于1835年返回罗海德当老师，把艾米莉作为学生也带来了。但是艾米莉想家想得实在厉害，以致病倒了，不得不把她送回家。性格更加平和温顺的安妮取代了她的位置。夏洛蒂干这份工作足有三年，三年后身体衰退，也回了家。

她二十二岁了。布兰威尔不光不让人省心，也不是个省钱的主儿；夏洛蒂身体一好，就不得不当起了保育员。这活儿她可不喜欢。她跟妹妹们都不怎么喜欢孩子，这一点跟她们的父亲一模一样。"拒绝这些孩子的无礼亲近可真够难的。"她写信跟埃伦·纳西说道。她痛恨寄人篱下，而且时刻防备着别人的冒犯。这个人可不怎么好相处，从其信中也看得出来：雇主们很自然地认为自己有权要求她做的事情，她却觉得是在帮忙。她在三个月后离开，回到了教区，但是大约两年后，又给罗顿（靠近布拉德福）的怀特夫妇做起事来。夏洛蒂觉得他们没什么品味。"真不敢相信怀特太太曾经是税务官的女儿，我确信怀特先生的出身很低。"不过她在那儿过得还算顺心，但在写给同一位密友的信中说道："只有我自己最清楚当一名家庭女教师有多么辛苦——因为只有我知道自己的整个身心是多么反感这项工作。"她长期以来就有同两个妹妹办一所学校的玩笑念头，如今又重拾旧念；而一直以来感觉都很善良正派的怀特夫妇也鼓励她，但同时向她提示：她必须具备某些资质才能指望获得成功。虽然她能读懂法语，但却不会讲，对德语也是一窍不通，于是决定去国外学习语言。布兰威尔小姐被她们说服，为这笔开销预付了款额；而后夏洛蒂和艾米莉由勃朗特先生在路上照看，动身前往布鲁塞尔。两个姑娘（夏洛蒂二十六岁，艾米莉二十二岁）成了黑格寄宿学校的学生。十个月之后，由于布兰威尔小姐病重，她们被召回英格兰。她去世了，由于布兰威尔行为不端，她剥夺了他的继承权，把自己仅有的一点钱留给了侄女们。这些钱足够她们实现其谈论已久的创办学校计划；可又由于父亲年事已高、视力下降，她们决定就在教区内办校。夏洛蒂觉得自己还没有准备周全，于是接受了黑格先生的邀请返回布鲁塞尔，在他的学校里教授英文。她在那儿待了一年，刚一回到霍沃思，三姐妹就往外发计划书，夏洛蒂还写信给朋友，让他们推荐自己想要开的课。至于她们打算如何为教区内的学生提供校舍（总共只有四间屋子，她们自己都已经占用了），从未有过任何说明，而且由于根本没学生来，也永远不会有说明了。

二

　　从童年时代，她们就开始断断续续地写作。1846 年，三人用柯勒、艾利斯和阿克顿的名义自费出版了一卷诗集。总共花了五十镑，仅仅卖出两本。此后每个人又都写了一部小说，夏洛蒂（柯勒·贝尔）写的叫《教授》，还有艾米莉（艾利斯·贝尔）的《呼啸山庄》以及安妮（阿克顿·贝尔）的《艾格尼丝·格雷》。这几部小说被一家又一家出版社拒绝；然而史密斯埃尔德公司回信了，夏洛蒂的《教授》最终就是投到这家的，信中说他们愿意考虑出版一本由她写的篇幅长一些的小说。此时她即将完成一部小说，一个月内就能交给出版社。他们接受了。这本书叫《简·爱》。艾米莉的小说，还有安妮的，最后都被一位叫牛拜的出版商所接受，"所开的条件让两位作者感到筋疲力尽"，他们在夏洛蒂将《简·爱》交给史密斯之前就对稿子进行了校对。虽然有关《简·爱》的评论谈不上特别好，但很受读者喜欢，使其成为畅销书。牛拜先生随即试图让公众相信，写《呼啸山庄》和《艾格尼丝·格雷》的人（他把这两本书合在一起发行了三卷本），就是《简·爱》的作者。然而这两本书没有给人什么印象，而且也的确许多评论家将之看作柯勒·贝尔早期不成熟的作品。经过劝说，勃朗特先生同意阅读《简·爱》。读过此书，他在来喝茶的时候说："姑娘们，你们知道夏洛蒂一直在写一本书吗？写得棒极了。"

　　布兰威尔小姐去世的时候，安妮正在索普格林为一位罗宾逊太太的孩子当家庭教师。她的性格温柔和蔼。比起苛刻和敏感的夏洛蒂，她显然更容易同别人和睦相处。对于自己的处境，她并无不满。她回到霍沃思参加姨妈的葬礼，在返回索普格林的时候带上了她的布兰威尔。埃德蒙·罗宾逊先生是个富有的牧师，上了年纪、病弱无力，却有个年纪尚轻的太太，尽管她比布兰威尔大了十七岁，他还是爱上了她。他俩关系如何无人确知。但不管怎样，他们还是被发现了。布兰威尔被扫地出门，罗宾逊先生命令他"永远不许再见自己孩子的母亲，永远不许踏入她的房门，永远不许给她写信或者同她讲话"。布兰威尔"情绪激动、大嚷大叫，发誓说自己不能离了她；大声抱怨对方选择留在丈夫身边。然后又祈祷患病的牧师早点儿死，这样他俩就可以开心了"。布兰威尔平时酗酒成性，如今在痛苦中又沉溺于吸食鸦片。不过，他似乎能够跟罗宾逊太太联系上，并且在他被驱逐几个月后，两人好像还在哈罗门见了面。"据说她提出两人远走高飞，身份地位都不要了。倒是布兰威尔劝她沉住气，再等上一等。"由于这只能是出自布兰威尔本人之口，况且无论如何也不怎么像真的，我们可以认定，这纯属一个又愚蠢又自负的年轻人的杜撰。突然，他收到一封信，宣告罗宾逊先生已经逝世；"他直接绕着教堂院子跳起舞来，简直就像精神错乱一般；他太喜欢那个女人了，"有人告诉艾米莉的传记作者玛丽·罗宾逊。

"第二天清晨，他起床认真穿好衣服，准备启程；可他还没来得及走出霍沃思，有两个人快马加鞭赶到村里。原来是他们派人来接布兰威尔，当他兴冲冲地到了以后，其中一个骑马之人下马陪他一起进了黑牛酒店。"他从寡妇那里带来了信息，乞求他不要再靠近自己，因为只要她见他哪怕一面，就会失去所有的财产和孩子的监护权。这是他说的，然而由于这封信从未示人，而且人们发现罗宾逊先生的遗嘱里也没有这样的条款，所以他说的究竟是不是真话，也就无从知晓了。唯一没有疑问的是，罗宾逊太太让他明白，自己不想再同他有任何瓜葛，而且上述理由可能正是她编出来、好让这一打击不要过于致命的。勃朗特一家坚信，她曾是布兰威尔的情人，并且把他随后的行为归罪于她的不良影响。或许她确实是，但也有可能是他自吹自擂、硬说自己曾经征服过对方，这就如同他之前和之后的众多男性一样。况且就算她一度曾经迷上了他，也没有理由认定她就真的想要嫁给他。他借酒消愁，一直到喝死。

有位曾经在他病入膏肓时照顾过他的人告诉盖斯凯尔夫人，当他知道死神将至的时候，坚持要从床上起来，因为他要站着死。他在床上仅仅躺了一天。夏洛蒂的情绪极度混乱，大家不得不把她带走，但是她的父亲、安妮和艾米莉在一旁看着布兰威尔站起身来，在挣扎了二十分钟后，他走了，如其所愿，是站着死的。

自从布兰威尔死后的礼拜天，艾米莉再也没有出过门。她患上了感冒和咳嗽，而且愈发严重，夏洛蒂在给埃伦·纳西的信中这样说："我真怕她胸腔疼痛，当她活动迅速的时候，我能听出她喘不上气来。她看起来非常非常的瘦弱苍白。

她那沉默寡言的天性更是让我心神不安。问她是无济于事的，你不会得到任何回答，建议什么治疗方法更是无用，根本得不到采纳。"一两周之后，夏洛蒂又在给另一个朋友的信中写道："我真希望艾米莉今晚能够好一些，但是很难有什么把握。她在疾病方面可真够克制的，既不需要也不接受同情。提出任何问题或是帮助，都会惹她不高兴；不是迫不得已，她决不在疼痛或是疾病面前退缩一步；平日的爱好，她仍都不肯放弃。你只能眼睁睁地看着她去做那些不适宜做的事情，一句话也不敢多说……"一天清晨，艾米莉像平素一样起床，穿好衣服开始干针线活儿；她呼吸急促，眼力迟钝，可仍然接着干。情况越来越糟。她老是不肯看医生，但到了中午时分终于喊人叫个医生来。一切都已经太迟了。两点钟，她去世了。

夏洛蒂正在写另一部小说《雪莉》(*Shirley*)，但是为了照顾安妮，她暂时放下了这本书，安妮身染的病就是当时出名的急性肺结核，布兰威尔和艾米莉都是死于此病。直到这个温柔的小姑娘死后（同时也是艾米莉去世后仅仅五个月），夏洛蒂才完成该书。1849 年和 1850 年，她去了伦敦，此事被过度渲染；她被引荐给萨克雷，乔治·里奇蒙还给她画了像。有位詹姆斯·泰勒先生，是史密斯埃尔德出版公司的成员，被夏洛蒂描述成一个严厉而坚定的小个子，此人向夏洛蒂求婚，但她拒绝了。在此之前，曾有两位年轻牧师向她求婚，结果遭到拒绝。他父亲或是周围教区牧师手下的两三位助理牧师，对她表现出明显的兴趣，然而艾米莉对求婚者予以阻拦（姐妹们都叫她少校，因为她对付这些人颇有一手），而且父亲也不同意，因此都没什么结果。可是夏洛蒂最终还是嫁给了父亲手下的一位助理牧师。这个人就是阿瑟·尼古拉斯牧师，此人1844年来到霍沃思。在那一年写给埃伦·纳西的信中，夏洛蒂这样说起他："我在他身上无论如何也看不出丝毫你所发现的有趣优点，他留给我的最大印象就是心胸狭窄。"两年之后，她把他列入自己不屑一顾的助理牧师行列。"这些人把我当老处女，而我把他们统统看成是无趣、狭隘、毫无吸引力的粗鄙之辈。"尼古拉斯先生是个爱尔兰人，假期去了爱尔兰，夏洛蒂照例写信对纳西说："尼古拉斯先生还未回来。我很遗憾地说，许多教区牧师都巴望他不必再费那些事跨海返回了。"

1852年，夏洛蒂给埃伦·纳西写了一封长信，随信还装了尼古拉斯先生写来的短笺，她说这短笺"在我心中留下了深深的忧虑……""爸爸看到什么、猜到什么，我不会打听，尽管我或许推测得到。他已经非常不快地注意到：尼古拉斯先生意志消沉，扬言要移居国外，身体也越来越差，父亲对此并无多少同情，倒是有不少影射挖苦之辞。礼拜一早晨，尼古拉斯先生来这儿喝茶，虽然没有明显看到，但我隐约感觉到（我有时候不用看就能感觉得到）他不断投来的目光和奇怪而焦躁的矜持是何用意。喝过茶，我还是像往常一样躲到餐室里。尼古拉斯先生照常跟爸爸坐到八九点钟；而后我听到他打开客厅的大门，似乎是要走了。我正等着前门关上的声音呢。他在走廊停下了脚步；他轻轻叩了叩门，随后发生

的事情有如闪电临头。他进来了，站在我的面前。他嘴里说
什么，你猜也猜得到；他的举止让你搞不懂，我至今也没忘记。
他从头到脚都在颤抖，脸色惨白，声音很低，充满激情却又
十分吃力，他让我平生第一次感觉到：一个急欲表达感情、心
里却没底的男人要付出何等代价。"

"看到一个雕塑般的人如此战栗、烦乱、无力，让我感到
一种奇怪的震撼。他讲起几个月以来所承受的痛苦，这种痛
苦他再也忍受不了了，乞求能得到些许的希望。我当时只能
恳求他离开，答应第二天给他答复。我问他是否跟爸爸讲过，
他说他没这个胆子。我几乎是把他半请半推出房间的。等他
走后，我立即找到爸爸，将刚才发生的事情告诉他。引起
他一阵超乎想象的焦躁和愤怒；假如我真爱尼古拉斯先生的
话，听到这番针对他的恶语，肯定会让我忍无可忍；事实上，
我热血沸腾，觉得这样极不公平。可是爸爸执拗得很，让你
不敢视作儿戏；他的太阳穴上青筋突起，有如鞭绳，两眼也突
然间布满血丝。我连忙做出保证：明天清清楚楚地拒绝尼古拉
斯先生。"

在另一封署名在三天前的信当中，夏洛蒂写道："你问我
爸爸在尼古拉斯面前的表现到底如何糟糕。我真希望你能在
这儿亲眼见见爸爸目前的心情：你就会对他有所了解了。他
对他的冷酷和轻蔑可谓不折不扣。两人尚且没有面谈，一切
都是通过信件进行的。我不得不说，爸爸在礼拜三写给尼古
拉斯先生的短笺极为残酷。"她接着说，自己的父亲对"手
头缺钱想得有点太多了；他说这种结合有失身份，我等于是

把自己给废掉了，假如我真的结婚的话，他希望我千万不要这样"。事实上，勃朗特先生的所作所为，就如同他当年对玛丽·伯德一样。勃朗特先生和尼古拉斯先生之间的关系极度紧张，以致后者辞去了助理牧师的职务。不过后面的几任都不能令勃朗特先生满意，夏洛蒂被他的满腹牢骚搞得实在心烦，告诉他说要怪也只能怪他自己。只要他允许自己嫁给尼古拉斯先生，一切都会好的。爸爸仍旧"非常非常的有敌意，极其不公正"，可她还是跟尼古拉斯先生见面、通信。两人订了婚，并于1854年结婚。她此时三十八岁，九个月后死于分娩。

在埋葬了妻子、妻妹和六个孩子之后，帕特里克·勃朗特牧师只能一个人用餐了，倒也乐得独处，他在荒野上散步，只要日渐衰弱的身子允许，能走多远就走多远，他还读报纸、布道、上床前给钟表上发条。有一张他老年时的照片，照片上的人穿着一件黑色的衣服，脖子上缠着一条宽大的白领巾，白头发剪得短短的，眉毛纤细，鼻子挺直，双唇紧闭，镜片后面是一双暴躁易怒的眼睛。他死在霍沃思，终年八十四岁。

三

我在写艾米莉·勃朗特和《呼啸山庄》的时候，谈论她的父亲、哥哥、姐姐夏洛蒂比她本人还要多得多，其实是有一定用意的，这是因为在那些记述这个家庭的书籍当中，我们听到的大多都是关于他们的。艾米莉和安妮很少被牵扯进来。

安妮是一个温柔漂亮的小姑娘，但不怎么起眼，而她的才华也并不突出。艾米莉就不一样了。她可是个古怪、神秘、模糊的人物。从未有谁当面见到她，看到的都是沼地池塘中的影子。你得从她唯一的小说、她的诗歌中，还有散布于各处的暗示和零散的逸事中，才能猜测出她是属于什么类型的女性。她很清高，是个易动感情、让人不安的人；当你听说她无拘无束地纵情欢乐时（比如她有时候在荒野漫步时就是这样），你会感到心神不宁。夏洛蒂有朋友，安妮有朋友，可就是艾米莉一个朋友都没有。她的性格中充满了矛盾。她苛刻、武断、任性、阴沉、易怒、心胸狭窄；同时又虔诚、尽责、勤勉、耐心，对她所爱的人非常温柔。

玛丽·罗宾逊描述她在十五岁时是个"个头儿很高、胳膊长长的女孩儿，发育完全、步伐柔韧；穿上自己最好的衣服，纤细的身材似女王般高贵，可是当她在荒野中懒散漫步的时候，冲着狗儿吹口哨，在崎岖的地面上长途跋涉，就显得放任不羁和男孩儿气了。这个又高又瘦、关节松弛的女孩儿虽说长得并不难看，但面容不够匀称，脸色苍白而黯淡。她那乌黑的头发天生美丽，日后又用一把精美梳子松散地束在脑后，显得十分好看；不过她在1833年又留起了长长的鬈发，根本不适合她。她有着一双淡褐色的漂亮眼睛"。就像她的父亲、哥哥以及几个姐妹一样，她也戴眼镜。她长着鹰钩鼻，一双突出的眼睛富有表情。她穿起衣服来可不管什么流不流行，带羊脚袖的衣服过时很久也照穿不误，还有紧贴自己瘦长躯体的直筒长裙。

　　她随夏洛蒂去了布鲁塞尔。她讨厌那里。为了让两个女孩儿开心，朋友们邀请她俩在周日和假日到他们家里玩，可她俩过于腼腆，去玩的话简直是一种痛苦，过了一段时间，主人们断定，不邀请她俩反而更好。艾米莉无法忍受社交时的闲聊，毫无疑问，其中大多都是些琐碎的内容，它只是为了表现一般的友善而已，而人们参与进来也只是出于礼貌。艾米莉胆小怕羞，不愿加入其中，并对那些谈话的人感到恼怒。在她的腼腆当中，既有胆怯也有傲慢的情绪。如果说她是个孤僻之人，那么她穿衣竟然如此标新立异就实属奇怪了。害羞的人通常都有点爱表现自己，我们可以这样认为：她身着可笑的羊脚袖衣服，就是为了显示自己对这些平庸之辈的蔑视（跟他们在一起时她说话老是结结巴巴）。

　　在学校的玩耍时间里，姐妹二人总是一起散步，艾米莉紧紧依偎在姐姐身旁，通常默然无语。要是有人对她俩讲话，也是夏洛蒂回答。艾米莉绝少同人说话。两人都比其他女孩儿大好几岁，因此讨厌她们吵吵闹闹、神气活现、傻里傻气的，其实对于这个年纪的孩子是很正常的。蒙西热发现艾米莉很聪明，但十分固执，只要妨碍自己的意愿或信条，她什么劝说都不肯听。他还发现她自高自大、过于苛求，同夏洛蒂在一起的时候非常专横任性。但他也承认：她的身上具有不同寻常之处。她本可以是一个男性，他说道："她的意志坚强而专断，不会被各种阻挠或困难吓倒，在人生中决不会屈服。"

　　艾米莉在布兰威尔小姐去世后返回霍沃思，并且再也没

有离开过。似乎只有在那里，她才能生活在梦幻之中，这是
对她生命的慰藉与折磨。

　　她在清晨第一个起床，赶在年老体弱的女佣泰比下楼
之前，就把一天当中最粗的活儿干完了。她熨烫家人的衣
服，做饭也大都由她承担。她还做面包，做得相当不错。揉
面团的时候，她会不时地瞥两眼支在眼前的书。"跟她一起在
厨房干活儿的人，也就是那些叫进来帮忙的女孩子，都记得
她身边放着一张纸片和一支笔，一旦到她煮饭或是熨衣的空
当，她就会匆匆记下某些急切的想法，然后继续干活儿。对
这些女孩子，她总是非常的友好、热情——让人感觉很舒服，
她有时快活得像个男孩儿！如此的和蔼善良，有一点男子气
概，'我的知情者们说道'，但对陌生人，她还是相当胆怯的，
假如屠户的儿子或是面包师的手下出现在厨房门口，她会像
一只小鸟躲进门厅或客厅，直到听见他们迈着沉重的脚步上
路。"村里的人都说她"更像个男孩儿而不是女孩儿"，"当
她懒洋洋地走在荒野上，一边向狗儿吹着口哨一边长途步行
的时候，她的身影显得很散漫，颇有男孩子气。"她不喜欢男
人，对父亲手下的助理牧师甚至连一般的礼貌都谈不上，只
有一个例外，那就是威廉·维特曼牧师。根据描述，此人年轻
英俊、口若悬河、机智聪颖；在他身上有"某种女孩儿气的仪
容、举止和品味"。他在这个家里被称为西莉亚·阿米莉亚小
姐。艾米莉与他关系极好。个中原因不难看出。梅·辛克莱尔
在她那本题为《勃朗特三姐妹》的书中，在谈到她的时候不
断使用"雄浑"这个词。罗默·威尔逊在提及艾米莉的时候也

如此问道："孤独的父亲在她身上看到自己的影子了吗？感觉到她是家中除自己之外唯一的男性精神了吗？……她很早就意识到自身的男孩儿气质，后来则是男人气质。"夏洛蒂小说里的雪莉据说就是以艾米莉为原型塑造的；让人心生奇怪的是，雪莉经常说起自己来就好像她是个男人，她的家庭女教师为此责备了她；一个女孩儿这么做实属少见，我们只能据此设想：这是艾米莉的一个习惯。她性格举止中有很多地方让当时的人莫名其妙，而在今天却很容易解释。在那个年代，同性恋并不像如今这样可以公开讨论，常常让人感到尴尬，但它一如既往的确存在，男性和女性都有，很可能艾米莉本人、她的家人，以及家人的朋友（我已说过，她本人没有朋友）都搞不明白是什么让她如此古怪。

　　盖斯凯尔夫人并不喜欢她。有人对她讲，艾米莉"从未对任何人表示过关心，她所有的爱都留给了动物"。她喜欢它们的狂野自在和难以驾驭。曾经有人送她一条名叫"管家"的牛头犬，关于这条狗，盖斯凯尔夫人讲了一个奇怪的故事："只要是跟朋友在一起，'管家'的本性十分忠实；可是假如你用棍子或鞭子抽它，就会激起它残忍的兽性，它会立刻扑向你的喉咙，抓住不放，直到快没气。'管家'平常的缺点则是喜欢偷偷上楼，跑到铺着精美的白色床单的床上，舒舒服服地舒展自己结实的褐色狗腿。可是牧师住宅里的布置干干净净、一丝不苟，'管家'的这个习惯很招人讨厌，于是在泰比的一再抱怨下，艾米莉宣布：要是再发现它不守规矩，她自己就会狠狠地打它，让它不敢再犯，根本不顾别人的告诫和这只狗出了名的凶残。一个秋天的晚上，暮色渐浓，泰比半是得意半是害怕（但十分恼火）地过来，告诉艾米莉，'管家'正躺在最好的那张床上昏昏欲睡，享受得很呢。夏洛蒂看见艾米莉脸色灰白、双唇紧闭，可又不敢劝她，只要艾米莉脸色发白、眼睛像这样发亮、双唇紧闭得像石头，就没有人敢过来劝她。她抬腿上楼，泰比和夏洛蒂则站在下面阴暗的过道里，过道满是夜色渐至的黑影。艾米莉下来了，身后拽着极不情愿的'管家'，它拖着两条后腿以示反抗，"脖颈"被抓着，一直凶猛地低声粗叫着。旁观者想要开口，却又不敢，生怕干扰她的注意力，一时无法提防这头狂怒的畜生。她把狗松开，让它立在楼梯底下的阴暗角落里；根本没有时间去取棍棒，以免喉咙遭到夺命的狠抓——于是她攥紧了拳头，趁着狗还没有跳起来，猛击它那双凶狠的红眼睛，嘴里还咒骂着，她就这样"惩罚"它，直到它的眼睛肿了起来，这才让这只几乎失明、头昏脑涨的狗回到自己平时的窝里，然后艾米莉本人又为它热敷和护理肿胀的脑袋。"

夏洛蒂是这样写艾米莉的："她确实公正无私、精力充沛；但如果说她没有我期望的那样听话顺从、肯听别人意见的话，我决不能忘记：人无完人。"艾米莉的脾气难以捉摸，她的姐妹们似乎都非常怕她。从夏洛蒂的信件中，人们可以推断：她被艾米莉搞得十分困惑，时常感到恼火，而且她显然不知道《呼啸山庄》是怎么写出来的；她完全不知晓，自己的妹妹已经创作了一部具有惊人原创力的著作，连自己的作品也相形失色。她无法不为此感到后悔。当这本书计划再版的时候，她承担了编辑工作。"我在这里强迫自己通读本书,这也是妹妹死后我首次打开这本书,"她写道。"书中的力量让我内心充满了新的敬意;可是我却很痛苦,读者不能领略到一丝的纯粹愉悦,每一束阳光都被逼近的黑云所遮蔽;每一页都充盈着某种道德上的感染力;而作者本人对此却毫无察觉。"还有,"如果在朗诵其作品手稿的时候,听众受到了那些严酷无情人物(都是些迷失堕落的灵魂)的支配和影响,从而感到毛骨悚然的话;如果有人抱怨,仅仅听到某些逼真而恐怖的场景就足以让人夜不能寐的话,艾利斯·贝尔[1]可就搞不懂这是什么意思了,她会怀疑这些牢骚满腹之人是不是在装模作样。只要她还活着,她的思想就会像一棵强壮的大树一样自行成长——更高、更直、遍布四周——熟了的果子会获得更加浓郁的醇香和更加灿烂的花朵;但只有时间和经验才会对她的思想起作用;其他的才智影响是不会改变它的。"人们倾向于认为:夏洛蒂从未了解自己的妹妹。

四

《呼啸山庄》是一部杰出的作品。小说在很大程度上能暴露出它们所在的时代,不光是由于其写作风格是同时代常见的,还因为它跟当时的思想气候、作者的道德观,以及它们接受或摒弃的偏见完全保持一致。年轻的大卫·科波菲尔完

---

[1]　艾利斯·贝尔:即前面所提到的艾米莉·勃朗特的笔名。——译者

全可能写出《简·爱》这类小说（虽然才能略逊），而阿瑟·潘登尼斯也能写出有几分像《维莱特》这样的小说，尽管劳拉的影响无疑会使他避开赤裸裸的性描写（这种描写给夏洛蒂·勃朗特的书带来辛辣的味道）。可《呼啸山庄》却是个例外。它跟当时的小说没有半点儿关系。这是一部很差的小说，又是一部很好的小说。它丑陋不堪，却又美不可言。这是一本叫人害怕、让人痛苦、震撼力强、充满激情的书。有些人觉得，一个过着幽静单调生活、不认识几个人、对世界毫不了解的牧师女儿，居然能写出这样的作品，这根本就不可能。在我看来，这种观点实在可笑。《呼啸山庄》极其的浪漫。浪漫主义总是避免对现实的耐心观察，而是专注于想象的自由翱翔，（时而兴致勃勃，时而黯淡忧伤地）沉迷于恐怖、神秘、激情、暴虐。考虑到艾米莉·勃朗特的性格，还有她那倍受压制的强烈情感，《呼啸山庄》正是她按理应该写的那类书。但是从表面上看，这本书倒更像是她那个饭桶哥哥布兰威尔写出来的，也确实有许多人一直深信，他是该书全部或部分的作者。其中之一弗朗西斯·格兰迪曾写道："帕特里克·勃朗特对我声称，《呼啸山庄》有相当一部分是他自己写的，他的妹妹所言也证实了这一说法……我们在路登顿福特长途散步的时候，他常常给我讲患病天才的奇异幻想，这些内容都在小说当中得到再现，我倾向于认为，书中情节来自他的构思，而非他的妹妹。"有一次，布兰威尔的两个朋友，迪尔登和里兰德跟他约好在通往基思利路上的一处酒馆见面，相互朗诵自己的诗作；以下是迪尔登在大约二十年后写给哈利法克斯《卫报》的部分："我朗诵了《魔后》的第一幕，可是当布兰威尔把手伸进帽子的时候（这是他通常存放即兴之作的容器，当时他以为自己的诗稿就放在里面），却发现错把自己"尝试"写作的一本小说的数页书稿放在里面。他对此感到懊恼失望，准备把这些纸稿放回帽子里，两个朋友都热心地敦促他念念，因为我们非常好奇，想看看他究竟是如何驾驭小说家之笔的。他犹豫了一下，同意了我们的要求，每读完一页就丢进自己的帽子里，牢牢抓住我们的注意力长达近一个小时。故事在某一句中间突然中断，他通过口头告诉我们结尾，还有人物原型的真名实姓，不过由于其中有些人仍然在世，我不好将他们公之于众。他说他还没有为其定好题目，也担心自己遇不到足够大胆的出版商能够对外发行这本书。布兰威尔所读部分中的场景，以及其中出场的人物，都跟《呼啸山庄》一模一样，而夏洛蒂却如此自信地声称那是她妹妹艾米莉的作品。"

此话要么是一派谎言，要么的确属实。夏洛蒂鄙视自己的弟弟，甚至在基督教的道德范围内痛恨弟弟；可我们都知道，基督教道德总是给许多坦诚的仇恨留有余地，夏洛蒂这番未经证实的话，我们不能接受。她或许曾说服自己相信那些自己想要相信的事情，人常常都是如此。这个故事十分详尽，居然会有人莫名其妙地编造它，这实在奇怪。该如何解释？根本无法解释。有人暗示说，布兰威尔写了前四章，而后酗酒吸毒，半途而废，于是艾米莉接了过来。有人称这几章比后面的部分拘谨做作，这种说法在我看来根本站不住脚；

如果说这几章用笔浮夸的话，我认为是因为艾米莉试图表现洛克伍德是个愚蠢自负的傻瓜，而且成功达到了目的。我毫不怀疑，是艾米莉，也只有艾米莉，写了《呼啸山庄》。

必须承认，这本书写得不怎么样。勃朗特姐妹文笔不佳。作为家庭教师，她们喜好浮夸而迂腐的风格，有人还新造了一个词语 litératise 来指代这种风格。故事的主要部分由迪恩太太讲述，此人是一个来自约克郡的女仆，什么活儿都干，就像勃朗特家的泰比一样；会话型的语体在这里更加合适，可在艾米莉的笔下，她表达观点的方式很奇怪，根本没人会这样讲话。以下是一个典型的例子："我反复肯定说那次背信告密的事，如果该受这样粗暴的名称的话，也该是最后一次了，我借这个肯定来消除我对于这事所感到的一切不安。"艾米莉·勃朗特似乎已经意识到：自己让迪恩太太所说的话，她根本不可能懂，为了讲得通，艾米莉又让她说，自己在干活儿期间有机会读了几本书，可即使这样，其讲话之做作也让人瞠目结舌。她不是"读信"，而是"阅览书信"；她送的不是"信"，而是"函件"。她不是"走出房间"，而是"离开厅室"。她把自己白天的活儿称为"日间工作"。她"着手"而非"开始"。人们不是"喊"或者"叫"，而是"喧嚷"；他们也不是"听"，而是"聆听"。让人同情的是，这位牧师的女儿竭尽全力要把故事写得温文尔雅，最终却搞得假模假样。可是人们并不指望《呼啸山庄》写得多优美：写作手法高超不见得就是好事。就像有一幅早期的佛兰德绘画《埋葬基督》一样，瘦骨嶙峋的人们那痛苦而扭曲的面庞，他们那僵硬而笨拙的姿态，为画中场景增添了极大的恐怖感和平铺直叙的残酷性，如此一来的效果，比起提香对同一事件的美丽描绘来，倒显得更加震撼和悲惨；所以在这种粗鄙的语言格调中，具有某种东西，能够奇怪地增强故事的激烈情感。

《呼啸山庄》结构臃肿。这也并不奇怪，因为艾米莉·勃朗特之前从未写过小说，而她要讲的又是一个非常复杂的故事，涉及整整两代人。这事儿可非常难办，因为作者要让两组人物和两组情节统一起来，必须谨小慎微，不要让其中一组的趣味遮掩了另一组的趣味。这一点，艾米莉做得并不成功。在凯瑟琳·欧肖死后，故事的力量减弱了，直到想象丰富的最后几页才有所改观。小凯瑟琳这个人物不能令人满意，艾米莉·勃朗特似乎不知道该如何去处理她；很显然，她未能赋予她老凯瑟琳那样富有激情的独立性格，也没有她父亲的愚蠢软弱。她是个被宠坏的、愚蠢任性、粗野无礼的人；对于她受的苦，你感觉不到多少同情。她是怎么爱上小哈里顿的，书中并未交代清楚。哈里顿这个人物十分模糊，除了忧郁而英俊，我们就一无所知了。如我所想的那样，这一故事的作者不得不把岁月的流逝压缩成一段有限的时间，好让读者一眼就将其全面地把握，如同我们一眼就遍览巨大壁画的全貌一样。我觉得艾米莉·勃朗特并不是刻意地想着法儿把颇为一致的印象写成一个凌乱的故事，但我相信她肯定问过自己：究竟如何使之前后连贯；她或许想过，自己这么做的最佳方式就是让一个人物向另一个人物讲述这一长串的故事。这种讲故事的方法十分方便，但不是她创造的。然而其不利之处就是，叙述者不得不讲述大量的事情，包括景物描写（任何正常人都不会这么做），如此一来，根本无法维持一种对话的方式。毫无疑问，既然你有一个叙述者（迪恩太太），就必须要有一个倾听者（洛克伍德先生）。假如是一位经验丰富的小说家，或许会运用更好的方式来讲述《呼啸山庄》的故事，但我无法相信：艾米莉·勃朗特运用这种方法是基于他人的创造。

然而不仅如此，我认为人们只要想想她的偏激、她病态的羞怯、她的沉默寡言，就能够预料到她会采用这样的方法。除此之外还能怎样？我们可以从全知的视角来写这部小说，就像《米德尔马契》和《包法利夫人》那样。我觉得将如此残暴的故事当成她自己的某些经历讲述出来，同她执拗强硬的性格是互相抵触的；而且假如她真的这么做的话，难免就会讲述一些希斯克利夫在呼啸山庄之外的故事了，比方说在那几年里，他设法获得教育、赚到大钱什么的。可她做不到这一点，因为她根本就不知道他都是怎么做的。硬要读者接受的事实却并不可信，然而她却偏偏乐意这么做，根本不予理会。还有另外一种选择，就是由迪恩太太向她（艾米莉·勃朗特）讲述这个故事，那么就要用第一人称了；但我怀疑，如此一来也会使她跟读者的接触过于密切，这可是脆弱敏感的她所无法承受的。而通过洛克伍德叙述故事的开头，并由迪恩太太向洛克伍德揭开面纱，她把自己藏在了一个双重面具的后面。勃朗特先生给盖斯凯尔夫人讲过这么一个故事，在这里提一下有一定意义。孩子们还小的时候，由于胆小看不出性格如何，他想要了解一下，于是让他们轮流戴上一个旧面具，因为蒙着脸他们就可以更大胆地回答他的问题了。当他问夏洛蒂世上最好的书是哪一本时，她回答是"圣经"；可当他问艾米莉，他该如何对待她这个麻烦的哥哥时，她却说："跟他讲道理，如果他听不进去，就用鞭子抽他。"

在艾米莉写这部强大有力、激情澎湃、恐怖骇人的书时，她为什么要把自己隐藏起来呢？我认为这是因为她在书中揭示了自己内心最为隐秘的本能。她窥视到自己内心深处的孤独之源，并在那里看见了不能言说的秘密，而身为作家的冲动迫使她一心想要摆脱这副重担。据说点燃她想象力的，是她父亲曾经讲述的发生在自己年轻时的爱尔兰的故事，还有她在比利时念书时所学到的霍夫曼的故事（据说回到牧师住所后，她仍然在读这些故事，坐在炉火前的地毯上，搂着"管家"的脖子）。我倾向于认为，从这些德国浪漫主义作家所写的神秘、暴力、恐怖类故事中，她看到了某些吸引自己狂野性格的东西；我觉得她在自己隐秘的灵魂深处找到了希斯克利夫和凯瑟琳·欧肖。我认为她本人就是希斯克利夫，我认为她本人就是凯瑟琳·欧肖。她居然把自己写进书中的两位主人公，这是不是有点奇怪？一点也不。我们谁也不是完全一致的，身上都有不止一个人的影子，它们如影随形，十分诡异；小说作者的特别之处就在于：他能够把个体人物身上杂糅在一起的多重性格客观地表现出来，而他的不幸之处则在于：如果人物的身上没有自己的影子，那么不管他们在故事中是多么的必不可少，他都无法生动地塑造他们。这也就是为什么《呼啸山庄》中的小凯瑟琳不能令人满意的缘由。

我认为艾米莉把自己的全部都赋予到了希斯克利夫身上。她把她的狂怒、她的情欲（强烈但却受挫）、她没能得到满足的爱情、她的忌妒、她对整个人类的仇恨与鄙视、她的残忍、她的施虐心理，全都给了他。读者都还记得这件事：她为了很小的一点原因，就无情地挥拳狠打自己喜爱的狗的脸。艾伦·纳西还讲了另一段奇怪的事情。"她喜欢把夏洛蒂领到自己不敢独自去的地方。夏洛蒂对未知动物有着一种极度的恐惧，艾米莉乐于把她领到近前，而后告诉她自己做过什么、怎么做的，津津有味地嘲笑她的惊恐。"我认为艾米莉对凯瑟琳·欧肖的爱，就是希斯克利夫那种雄健的动物之爱；我相信，当她像希斯克利夫那样踢打和踩踏欧肖、拿着他的头猛撞石板的时候，她笑了，就像当初嘲笑夏洛蒂的恐惧一样；我也相信，当她像希斯克利夫那样抽打小凯瑟琳的脸、大肆羞辱她的时候，她笑了。我认为，在她欺侮、漫骂、恫吓自己笔下人物的时候，她会获得一种释放的快感，因为在现实生活中，她跟其他人在一起的时候就承受过这种羞辱；我还认为，如同将角色双重化的凯瑟琳一样，尽管她与希斯克利夫进行争斗，尽管她鄙视他，尽管她知道他是个凶残之人，却全身心地爱着他，对自己能够左右他感到欣喜不已，由于施虐心理中还有受虐的成分，所以她十分迷恋他的暴虐、他的冷酷，以及他狂野的性格。她感觉他们之间很接近，事实上也确实如此（如果我认为两人都是艾米莉·勃朗特这一观点正确的话）。"耐莉，我就是希斯克利夫！他永远永远地在我心里。

他并不是作为一种乐趣，并不见得比我对我自己还更有趣些，却是作为我自己本身而存在。"

《呼啸山庄》是一个爱情故事，也许算是最为奇特的爱情故事了，其中非常奇特的一部分就是：恋人始终保持贞操。凯瑟琳热切地爱着希斯克利夫，对方亦是如此。而爱德加·林顿这个人，凯瑟琳对他只有善意（时而也恼怒）的忍耐。人们搞不明白：不管将面临何等贫困，为什么这两个爱得如此深切的人就没有私奔呢。人们搞不懂两人为什么没有成为真正的恋人。或许艾米莉所受的教育导致她把私通看成是不可饶恕的罪过，或许两性之间的性爱令她异常反感。我认为两姐妹都十分性感。夏洛蒂外表平平，从她一侧的脸庞看去，肤色灰黄，鼻子很大。在她尚未成名、身无分文的时候，就有人向她求婚，在那个时代，男士都指望太太能带来一份财产。不过并非美貌才能让一位女士具有魅力；事实上，绝世美貌常常令人战栗：你只愿仰慕，却不被打动。如果有男士爱上了夏洛蒂这样一位吹毛求疵、爱挑毛病的女人的话，必定是发现她具有性的魅力，也就是说他们能隐约感觉到她的性感。当她刚嫁给尼古拉斯先生的时候，并没有爱上他，而是觉得他狭隘、专断、阴沉，而且很不聪明。从其信中显然可以看出，婚后她对他的看法有了很大的转变，在她眼里，两人都轻佻起来。她爱上了他，而他的缺点也无关紧要了。可能性最大的解释就是：她的性欲最终得到了满足。没有理由认为，艾米莉不及夏洛蒂性感。

五

一部小说的起源，是个很奇怪的问题。在一个小说家的首部作品中（就我们所知，艾米莉一生只写了一部），如果说有满足愿望或者个人自传的成分，并非没有可能。可以想象得出，《呼啸山庄》纯粹是幻想的产物。谁能知道，在那些漫长的不眠之夜中或者当她整个夏日都躺在盛开的石兰花丛中的时候，艾米莉心里会有什么样的性爱幻想？人人都能看出，夏洛蒂笔下的罗切斯特跟艾米莉笔下的希斯克利夫是何其相像。希斯克利夫或许就是个私生子，是罗切斯特家的某个小儿子跟利物浦遇到的一个爱尔兰女佣生的。这两个人全都皮肤黝黑、残暴无情、面相凶恶、精力充沛、激情四射、神秘莫测。两者的不同之处，仅仅在于塑造他们（以满足自身急切而受挫的性欲）的姐妹俩性格不同。不过罗切斯特是具有正常本能的这位女士的梦想，她渴望沉迷于这位专横而无情的男性；而艾米莉则把自己的刚毅气概、她的桀骜不驯和粗野性情，全都赋予到了希斯克利夫身上。不过照我猜测，姐妹俩塑造这两个粗野固执之人的主要原型，还是他们的父亲帕特里克·勃朗特牧师。

如我所言，艾米莉有可能完全凭空想象出《呼啸山庄》的结构，但我并不认为真的如此。我本来就该想到：造就一部小说的有效想法，就像一颗坠落的星星，是绝少突然出现在作者脑海中的；大多数情况下，它还是来自作者自身的经历（往往是情感经历），或者即使是别人告诉他的，也具有很强的情感魅力；而后，他的想象开始分娩，人物和情节一点一点地从中出现，直到最终成品问世。可是很少有人能够知道，将激发作者创造力的火花点燃的线索是多么的细微，事件（从表面上看）是多么的琐碎。当你观察一株仙客来的时候，心形的叶子围绕盛开的花朵，淡漠的花瓣摆出一副任性的样子，仿佛它们都是随意长出来的，似乎很难相信：如此诱人的美丽，如此缤纷的色彩，居然来自一粒针头大小的种子。所以说，只有凭借生殖力强的种子才能够结出不朽的著作。

在我看来，人们只有阅读艾米莉·勃朗特的诗歌才能猜测出：究竟是什么感情经历导致她从写作《呼啸山庄》的残忍苦痛中寻求解脱。她有大量的诗作，水平参差不齐，有的平庸，有的动人，有的有趣。她最拿手的似乎还是自己礼拜天在霍沃思教区教堂所吟唱的赞美诗，可即使是那些平庸的诗作也掩盖不住下面的强烈感情。其中的多首诗歌来自《冈德尔岛纪事》（*Gondal Chronicles*），这是她跟安妮在小时候为了自娱自乐而虚构的一个小岛的历史，而艾米莉在长成大姑娘之后还继续为《纪事》写诗。或许她发现这是一种释放自己痛苦情感的便利方式，由于她天生含蓄，不愿用其他任何方式表达这种情感。其他的诗歌好像就是直抒胸臆了。1845年，即艾米莉去世前三年，她写了一首名叫《囚徒》的诗。就我们所知，她从未读过任何神秘主义作品，可她在这些诗作中对神秘体验的描述让我们无法相信，它们居然没有透露出她对个人交往的认识。她使用了跟神秘主义者几乎相同的措辞，来刻画自己在同上帝分开后内心所感到的苦恼：

　　　　　　啊，可怕的阻隔——巨大的苦痛——

　　　　　　当耳朵开始倾听，当眼睛开始凝视；

　　　　　　当脉搏开始律动，当大脑再度思考；

　　　　　　灵魂将感知肉体，肉体将感知枷锁。

　　这几行诗无疑反映出一种感受很深的体验。为什么有人认为艾米莉·勃朗特的爱情诗不过是练笔之作？我应该想到：他们显然指的是她陷入爱河、爱情未被接受、由此倍受伤害。她是在靠近哈利法克斯的洛希尔女子学校教书时写下这几首诗的。此时她十九岁，没什么机会接触男性（而且我们也知道她对男人躲之唯恐不及），而根据我们对其性格的猜测，她很可能爱上了不知哪一个家庭女教师，或者是某个女孩子。这是她一生中唯一的爱。可能由此引发了很大的苦恼，足以在她受伤的心灵沃土上埋下种子，让她创作了我们今天看到的这部奇特的著作。我想不出还有哪部小说里，痛苦、狂喜、爱情的残酷得到如此有力的阐发。《呼啸山庄》有很大的缺点，但没有关系，这就像掉下来的树干、遍地的石子、挡道的雪堆一样无关紧要，它们并不碍事，毕竟不是咆哮着沿山腰而下的阿尔卑斯山洪。你无法把《呼啸山庄》同其他任何一本书进行比较，只能将其比作埃尔·格列柯 [1] 伟大画作中的

---

　　[1]　埃尔·格列柯（1541—1614），希腊裔西班牙宗教画画家，作品有《除去外衣的耶稣》（1579）和《圣母升天》（1577）等，其作品以修长的人物、对比鲜明的色调和幽深的阴影为特色。——译者

一幅：在一片昏暗沉闷的景色中，几个细长而瘦弱的身影姿态扭曲，被神秘的情绪所迷惑，屏住了呼吸。一道闪电滑过阴暗的天空，为此情此景增添了一份神秘的恐怖感。

十　陀思妥耶夫斯基和《卡拉马佐夫兄弟》

一

　　费奥多·陀思妥耶夫斯基生于 1821 年。他的父亲是一名贵族，在莫斯科的圣玛丽医院担任外科医生，陀思妥耶夫斯基对此格外重视，因为在他被宣判有罪并被剥夺头衔（虽说头衔不高）的时候，他感到十分沮丧；而且刚一获释，他就敦促有势力的朋友赶紧为他恢复头衔。但是俄国的贵族头衔跟欧洲其他国家的并不一样，比方说，在政府供职达到一定位置就可以得到，而且似乎意义也不大，无非就是把你跟农民和商人区分开来，让你觉得自己是个有身份的人。实际上，陀思妥耶夫斯基家属于清贫专业人士的白领阶层。他的父亲为人严厉，不仅放弃奢华享乐，甚至连舒适生活也不要，为的就是好好教育自己的七个孩子；为了让他们承担起人生的责任和义务，从很小的时候，他就教导他们要适应艰辛与不幸。他们拥挤地生活在医院的两三间房子里，都是医生的宿舍房。

绝对不允许他们独自外出，没有零花钱，没有朋友。除了医院的薪水之外，医生还接一些私人门诊，过了一段时间，在距莫斯科数百英里的地方买了一处小房产，自此之后，母亲带着孩子们在那里度夏。这是他们第一次尝到自由的滋味。

陀思妥耶夫斯基十六岁的时候，母亲去世，当医生的父亲把最大的两个儿子米哈伊尔和费奥多带到了圣彼得堡，送他俩进了军事工程学院学习。长子米哈伊尔因体质太差而未被接纳，于是费奥多便同自己唯一关心的人分开了。他孤独而忧伤。不知是不愿意还是没能力，反正父亲没给他什么钱，导致他无力购诸如书本和靴子这类的必需品，甚至连常规的学费都交不起。安置下两个大儿子之后，医生又把另外三个孩子寄放在他们莫斯科的姑姑家里，然后放弃行医，带着最小的两个女儿归隐到乡下的田庄里。他沉溺于饮酒，对孩子异常严厉，对农奴更可说是残暴了。终于有一天，他们杀死了他。

此时的费奥多十八岁。他的成绩不错，尽管没什么热情，在完成学院的课程之后，被任命到作战部的工程部门工作。凭借他在父亲地产中的那一份，以及自己的薪水，他一年能拿到五千卢比。如果换成英国货币的话，这笔钱在当时值三百镑多一点。他租了一套公寓，迷恋上了桌球，四处挥霍钱财，一年之后，他辞去职位，因为他觉得作战部的工作"跟土豆一样乏味"，此时他已债台高筑。直到生命的最后几年，他一直欠着一屁股债。他是个无可救药的挥霍之徒，虽然其铺张浪费令他陷入绝望，可他从未有足够的信念来抵制自己的任性。为其作传的一位作家曾表示：他在自信上的缺乏，在一定程度上导致了他胡乱花钱，因为这样可以给他一时的强大感，由此满足他过度的虚荣心。在后面我们就会看到，这一不幸的缺点使其陷入令人何等痛心的困境。

还是在学院里的时候，陀思妥耶夫斯基就已经开始创作一部小说，如今业已完成，此时的他已决定以写作为生。该书名叫《穷人》。他在文学界谁也不认识；不过他有个叫格里戈洛维奇的熟人跟一个叫涅克拉索夫的人很熟，此人正打算办一份书评杂志，格里戈洛维奇就提出把这个故事给对方看看。有一天，陀思妥耶夫斯基很晚才回到住处。他整个晚上都在给一个朋友念自己的小说，并与之进行讨论。清晨四点，他走回家。他没有睡觉，而是打开窗户坐在窗边。门铃声吓了他一跳。格里戈洛维奇和涅克拉索夫情绪激动地冲进屋来，眼里几乎噙着泪水，一次又一次地拥抱他。原来他们已经开始阅读这本书，而且是轮流地大声朗读，当他俩念完后，虽然时间已晚，还是决定要把陀思妥耶夫斯基找出来。"即使他睡觉了也没关系，"两人互相说道，"咱们把他叫起来。这事儿远比睡觉重要。"涅克拉索夫第二天就把稿子交给了当时最重要的评论家别林斯基，而他也是跟那两位一样激动不已。小说出版了，陀思妥耶夫斯基也出名了。

他对出名还不太习惯。有位帕纳耶夫·格罗瓦切夫夫人曾这样描述他在刚刚见面时留给自己的第一印象："从第一眼就能看出，这个新来的人是个性格十分紧张而敏感的小伙子。他又矮又瘦，浅色的头发，脸色很不健康，灰色的小眼睛焦虑地瞄来瞄去，苍白的双唇始终不安地抽动着。几乎在场的每个人他都认识，可他似乎很害羞，并不参与大家的交谈，尽管为了消除他的拘谨，让他感觉自己是我们这个圈子里的一员，大家一个接一个地引他讲话。不过在那个夜晚之后，他频频来看我们，那股矜持劲儿也开始消失：他甚至开始……参与到争论中来，其中观点上的纯粹对立似乎促使他去揭每个人的短。事实上，他的年轻气盛，再加上紧张的性格，令他失去了一切自控能力，导致其过度夸耀自己作为一名作家的自大与自负。也就是说，突然间显赫地跻身文坛让他有些眩晕，文学大家的赞誉也令其不知所以，于是他就像众多易受情绪影响的人一样，在那些按部就班进入文学界的青年作家面前，不能掩饰自己的成就感……透过他爱挑别人毛病的表现，以及自以为是的口气，说明他认为自己比同伴们高出不知多少倍来……陀思妥耶夫斯基尤其疑心各种鄙视自己才华的企图；从每一个坦率的字眼儿中，他都能看出轻视自己作品、冒犯自己个人的目的，他常常怀着一种愤恨不已的情绪来到我们这里，这种情绪往往挑起争吵，向想象中的所谓毁谤者发泄他积压在胸口的怒气。"

由于获得成功，陀思妥耶夫斯基签了一部小说和几个短篇的合同。拿到预付款后，他继续寻欢作乐，朋友们出于好意对他进行了批评。可他跟他们吵了起来，甚至包括为他付出很多的别林斯基，因为他不相信对方"仰慕之情的诚意"；他自认是个天才，是全俄国最伟大的作家。他债台高筑，被迫匆忙工作。长时间来，他都患有微弱的神经错乱，如今病了，他害怕自己会变疯，或者得上结核病。在这种情形下写出来的短篇故事很不成功，长篇小说也是不值一读。曾经对他不吝溢美之词的人们，如今开始激烈地攻击他，他们的意见相当一致：他已江郎才尽了。

二

一天清晨，即 1849 年 4 月 29 日，陀思妥耶夫斯基被捕，被带到了彼得保罗要塞。原来他参加了一个青年人组织，其成员都受当时风行西欧的社会主义观念影响，他们决心要实施某些改革措施，特别是解放农奴、取消新闻审查制度，这些人每周聚会一次商讨意见。为了秘密传播组织内成员所写的文章，他们还竖起一台印刷机。警察早已经盯上他们一段时间了，所有人在同一天被捕。在牢里待了几个月后，其中十五个人，包括陀思妥耶夫斯基，被判处死刑。在一个冬天的早晨，他们被带到处决的地点，可就在士兵准备行刑时，有信使来报，死刑改成了流放西伯利亚服苦役。陀思妥耶夫斯基被判在鄂木斯克监狱蹲了四年，之后当了一名普通士兵。当他被带回彼得保罗要塞后，他给哥哥米哈伊尔写了这样一封信：

> 今天是 12 月 22 日，我们被带到了西蒙诺夫斯基广场。在那里向我们宣读了死刑判决书。让我们亲吻十字架，匕首在我们头上折断，而我们的丧服（白衬衣）也

准备好了。然后，我们当中有三个人被带到木栅前准备处决。我是这排人里的第六个；他们让我们每三人一组，所以我在第二组，已经没多会儿工夫可活了。我想念你，哥哥，想念你的一切；在生命的最后一刻，唯有你占据我的心头；我这才头一回意识到，我有多爱你，亲爱的哥哥！我还有时间拥抱了站在身旁、向我道别的普莱斯切夫和杜洛夫。后来，退军号响起，被押到木栅前的人又都被带了回来。有人向我们宣读，沙皇陛下赦我们不死。然后又宣读了最终判决……

在《死屋手记》里，陀思妥耶夫斯基描述了监狱生活的恐怖。其中一点值得注意。他记述道，一个新犯人刚来两个钟头，就能跟其他犯人相处融洽、亲密无间。"可是对于一个绅士或者一个贵族，那就另当别论了。无论他怎么样不摆架子，脾气有多好，人有多聪明，自始至终都会受到其他人的一致痛恨和鄙视的，决不会有人理解他，更不会有人信赖他。没有谁会拿他当朋友或同志，或许过上几年，他不再成为大家的出气筒了，但他依旧无依无靠地生活，也摆脱不了自己是个孤独外人的痛苦念头。"

此时的陀思妥耶夫斯基并不属于这种类型的绅士；他的出身跟他所过的生活一样，都极为普通，除了短暂的风光之外，他一直穷困潦倒。他的朋友兼难友杜洛夫广受爱戴。而陀思妥耶夫斯基却承受着孤独和痛苦，而这些痛苦，似乎至少在部分上是由于他性格上的缺陷引起的，包括他的妄自尊大、生性多疑、烦躁易怒。不过这种处于两百同伴当中的孤独感，又驱使他重新依靠自我："通过这种精神上的隔绝，"他写道，"我有机会重新审视自己过去的岁月，对之进行细致的剖析，查究我之前的生活，严格冷酷地审视自己。"《新约全书》是唯一一本他可以拥有的书，他不停地读来读去。这本书对他的影响可谓巨大。自此之后，他处事谦恭，极力压制自己正常人的欲望。"在万事万物前，你都要谦卑起来，"他写道，"想想你过去的生活，想想你在未来能够成就什么，想想你灵魂深处潜伏着多么巨大的恶毒、卑鄙、邪恶。"牢狱生活至少暂时遏制了他那自负而专横的情绪。出狱时的他不再是一名革命者，而是一名王权和既定秩序的坚定支持者，同时也是一名癫痫病患者。

关押期满后，他被派往西伯利亚的一处小驻地做士兵，以此来完成刑期。那里的生活异常艰辛，可他却坦然接受这种痛苦，认为这是对自己所犯罪过应有的惩罚，因为此时的他已认定，自己参与的改革活动是严重错误的；他写信给哥哥说："我绝无怨言；这是我的十字架，我理应背负它。"1856年，通过一位老校友的从中调停，他得以离开军队，生活也比先前略为好些。他交朋友、谈恋爱，恋爱的对象叫玛丽亚·德米特耶夫娜·伊莎耶娃，是一个政治流放犯的妻子，带着一个儿子，丈夫由于酗酒和肺病已奄奄一息；据形容，此人中等身材、美貌绝伦、苗条、热情、高贵。关于她的情况，我们所知甚少，只知道她像陀思妥耶夫斯基一样生性多疑、嫉妒、自寻烦恼。他成了她的情人。然而过了一段时日，她的丈夫伊沙耶夫被转走，从陀思妥耶夫斯基驻扎的那个村子迁到了大约四百英里开外的另一个边疆驻地，并且死在了那儿。陀思妥耶夫斯基于是写信求婚，对方犹豫不决，部分是因为此时两人都一贫如洗，还因为她已经爱上了一位名叫佛古诺夫的"品格高尚、有同情心"的年轻教师，并且成了他的情人。深陷情网的陀思妥耶夫斯基妒火中烧，可是他有一种伤害自己情感的热望，再加上作为小说家，他又有一种把自己看成是小说人物的倾向，因此他做了一件具有其典型特点的事情，就是宣布佛古诺夫比自己的亲兄弟还亲，他还恳求自己的一个朋友送钱给对方，好让玛丽亚·伊莎耶娃得以同自己的情人成婚。

不过，他不需承受什么严重后果就可以扮演一个宁愿牺牲自己也要让心爱人幸福的伤心人角色，这是因为这位寡妇一心想发财，佛古诺夫虽然"品格高尚、有同情心"，却身无分文，而陀思妥耶夫斯基如今已是一名军官，对他的赦免不可以久拖，而且他也没有理由写不出成功的书来。两人于1857年成婚。他们手头没钱，陀思妥耶夫斯基就出去借，直到没钱可借了，他又再次开始文学创作；但是由于以前蹲过监，他必须获得出版许可才行，而这并非易事。婚姻生活也不容易过，事实上是很不如意，陀思妥耶夫斯基把这归结于妻子生性多疑、喜欢胡思乱想。他没有注意到，其实他自己也十分急躁、喜欢争吵、神经兮兮，对自己缺乏信心，就跟当初第一次成功的时候一样。他开始动手写各式各样的小说片段，然后放到一边又写别的，最终没有多少作品出来，而且也毫无价值。

1859 年，由于他本人的请求和朋友们的影响，他获准重返彼得堡。哥伦比亚大学的欧内斯特·西蒙斯教授写了一本有关陀思妥耶夫斯基的书，既有趣味又有启发，他在书中不无公正地说，陀思妥耶夫斯基用来重获行动自由的手段非常可鄙。"他写了爱国诗歌，一首是庆祝亚历山德拉王后生日的，另一首是关于亚历山大二世加冕的，他还为尼古拉斯一世驾崩写了挽歌。他向当权者以及新登基的沙皇本人写求援信，在信里声称自己热爱年轻的王室，他把王室描绘成普照众生的太阳，他还宣布愿意为沙皇舍弃自己的生命。对于以前的罪行，他都供认不讳，但坚持说自己已经悔改，并在为自己曾经丢弃的想法受难。"

他携夫人和继子在首都定居下来。从当初作为罪犯离开这里，距今已经十年了。他同哥哥米哈伊尔联手创办了一份文学期刊，刊名叫《时光》，他为这份刊物写了《死屋手记》和《被侮辱与被损害的人们》。刊物很成功，他周围的环境也宽松起来。1862 年，他把杂志交由米哈伊尔照管，自己则去游历西欧。对于本次游历，他并不满意。他发现巴黎是"一座令人极度厌倦的城市"，那里的人唯利是图、心胸狭窄。对于伦敦穷人的苦难和有钱人的虚伪体面，他都倍感震惊。他还去了意大利，可他对艺术不感兴趣，在佛罗伦萨待了一个星期却没有去乌菲齐美术馆，而是靠阅读维克多·雨果的四卷本《悲惨世界》来打发时间。罗马或者威尼斯，他连看都没看一眼就返回俄国。他已不再爱自己的妻子，对方感染了肺结核，如今成了慢性病患者。

就在他动身出国几个月前，时年四十岁的陀思妥耶夫斯基结识了一位年轻女子，对方当时想在他的文学期刊上发表短篇故事。她的名字叫波琳娜·萨斯洛娃，二十岁，还是处女，长得很漂亮，不过，为了表现自己学问高深，她剪了短发，戴着副黑框眼镜。陀思妥耶夫斯基对她很是着迷，返回彼得堡后，他就引诱对方发生了关系。而后，由于一位投稿者的倒霉文章，导致杂志被禁，他决定再次出国，理由是治疗自己的癫痫病，一段时间来，病症愈发严重，可这只是个借口；他是想去威斯巴登赌钱，因为他想好了一套如何把庄家的钱全部赢来的办法，他还订好跟萨斯洛娃在巴黎约会。他把妻子留在了距离莫斯科有段距离的弗拉基米尔，从贫困作家基金会借了些钱便出发了。

在威斯巴登，他输掉了大多数钱，而他能离开赌桌，仅仅是因为他对波琳娜·萨斯洛娃的热情超过对轮盘赌的热情。他俩原计划一同去罗马，可就在等待他的时候，这位自由的年轻女士又同一位西班牙的医学学生有了一段短暂的瓜葛；对方遗弃她后，她心烦意乱。对于这种事，女人是很难泰然处之的，她拒绝同陀思妥耶夫斯基恢复关系。而他接受了这一局面，并且提议他们应当以"兄妹身份"同赴意大利，反正她也无所事事，于是便同意了。这一安排并不成功，其中的麻烦就是，他俩手头紧张，不得不时常当掉一些小饰品，经过几个礼拜的"感情伤害"之后，两人分手了。陀思妥耶夫斯基返回俄国，发现妻子生命垂危。六个月后，她死了。他给一个朋友写了这样一封信：

> 我的妻子，这个深深爱着我、我也极度爱恋着的人，在莫斯科停止了呼吸，她是在患肺病去世前的一年转到那儿的。我一直跟着她，整个冬天一刻也未曾离开她的身边……我的朋友，她爱我极深，而我对这份感情的回报也是无以形容；然而我们在一起的生活并不幸福。等哪天见到你，我会告诉你全部情况的。不过眼前我还是要说，撇开我们在一起的生活不幸福不谈，我们本不该失去彼此的爱，而应当相互依靠，苦难越重，依靠越深。在你看来可能有些奇怪，但这却是事实。她是我见过的最善良、最高尚的女性……

陀思妥耶夫斯基有些夸大自己的爱妻之情。那年冬天，他两赴彼得堡，为的是打理跟哥哥一同创办的一份新杂志。该杂志已不再像《时光》那样具有自由主义倾向。米哈伊尔在得病不久后去世，留下一大堆债务，陀思妥耶夫斯基发现自己必须照顾他的遗孀和子女、他的情妇以及情妇的子女。他向一个富有的姑妈借了一万卢布，然而到 1865 年，他宣告自己破产。此时的他手上有一万六千卢布的债据，还有五千卢布的口头债务。债主们都很不好对付，为了躲避他们，他再次向贫困作家基金会借钱，另外还签了一本到期交稿的小说，拿到一笔预付款。凭着这些钱，他去了威斯巴登，想再到赌桌上去试试运气，同时也见见波琳娜。他向她求婚，对方拒绝了。很明显，假使她爱过他，现在也不再爱了。我们可以推测，她当初跟他是因为他是一位知名作家，而且作为一个杂志的编辑，也对她有利用价值。可如今杂志被禁，他的外貌一直不怎么起眼，而且他已经四十五岁，秃头，还有癫痫病。对于一个女性而言，我觉得没有什么能比一个在身体上让她反感的男人对她垂涎三尺更让她恼火的了，坦白讲，如果他再不肯接受对方的拒绝，她就会逐渐痛恨他。我猜想这就是波琳娜当时的情况。有关她变心的原因，陀思妥耶夫斯基做了让自己很有面子的解释。我将在后面适时谈到这一点及其对他的影响。他们把钱全都赌光了，于是他写信向屠格涅夫借钱，他刚跟人家吵过架，心里还厌烦鄙视对方。屠格涅夫寄给他五十泰勒[1]，凭借这笔钱，波琳娜得以去了巴黎，而陀思妥耶夫斯基又在威斯巴登待了一个月。他身上有病、穷困潦倒。他只能静静地坐在屋里，以免触动食欲却又无钱满足。他实在困苦不堪，便写信给波琳娜要钱。而此时的她似乎已卷入另一桩韵事，好像也没回信。他开始写一本新书，他自己说是迫于无奈、争分夺秒。这本书就是《罪与罚》。最后，他给一位西伯利亚时期的老朋友写的求助信得到回馈，他得到足够的钱离开威斯巴登，又在这位朋友的进一步帮助下设法回到了彼得堡。

　　还在写《罪与罚》的时候，他想起自己签过合同，要在某一天之前交付书稿。根据他所签署的不公正协议，假如他

---

[1]　德国旧时的一种银币。——译者

不按期交稿的话，出版商有权出版他随后九年的所有作品，而不用付给他一分钱。最后期限即将到来，陀思妥耶夫斯基束手无策。此时，有个聪明人建议他雇个速记员；他照做了，二十六天后，便完成了一部叫作《赌徒》的小说。这个名叫安娜·格里高利耶夫娜的速记员只有二十岁，相貌平平，可是她高效、能干、耐心、忠实，而且对陀思妥耶夫斯基极度崇拜；1867 年年初，两人结婚了。他的继子、他哥哥的遗孀及其子女，都料到他不会再像以前那样供养他们了，便对这个可怜的女孩儿充满敌意，事实上，他们的做法实在过分，搞得她十分可怜，于是她劝说陀思妥耶夫斯基再次离开俄国，他又一次债台高筑。

这一次，他在国外待了四年。起初，安娜·格里高利耶夫娜感到同这位知名作家一起生活很难。他的癫痫病愈加严重。他脾气暴躁、做事轻率、爱慕虚荣。他依然同波琳娜·萨斯洛娃保持信件往来，这可无助于安娜内心的平静，但是作为一个极富理智的年轻女人，她把不满都深埋在自己内心。他们去了威斯巴登，在那儿，陀思妥耶夫斯基又开始赌钱了。他照常输光了一切，也照常给所有会帮他的人写信要钱，要更多的钱；可钱一到，就马上输到赌桌上了。他们把手头一切值钱的东西全都典当了，搬到越来越便宜的公寓去住，有时候甚至没钱吃饭了。安娜·格里高利耶夫娜怀孕了。以下是他写的一封信的节选，此时他刚刚赢了四千法郎：

　　安娜·格里高利耶夫娜恳求我，说四千法郎就该满足了，让我马上离开这儿。可是还有机会呀，完全可能轻而易举地赢回一切。要举例子吗？一个人除了自己赢的钱，他还能看到别人赢上两万、三万法郎（他是不会看到那些输钱的人的）。这个世界上有圣人吗？钱对于我来讲，比对他们重要。我下的赌注比我输的钱还要多。我开始失去自己最后的那点儿资源了，这令我怒不可遏。我又输了。我当掉了自己的衣服。安娜·格里高利耶夫娜当掉了她的所有东西，包括她最后的小装饰品。（真是个天使！）她给了我怎样的安慰，在这该死的巴登，我们躲避在铁匠铺上面的两间小破屋里，她是多么疲惫啊！终于什么都没有了，一切都输光了。（唉，这些德国人真可耻。他们一律都是些放高利贷的、恶棍、流氓。房东知道我们还未收到钱是无处可去的，于是抬高价钱。）我们最后不得不逃离巴登。

孩子出生在日内瓦。陀思妥耶夫斯基继续赌博。当他把本该供养妻儿生活必需品的钱输掉的时候，心里非常悔恨，可口袋里刚有几个法郎就匆忙赶回赌桌。三个月后，孩子夭折了，这令他痛不欲生。安娜·格里高利耶夫娜又怀孕了。两口子极度拮据，为了给自己和妻子买吃的，陀思妥耶夫斯基不得不向临时认识的人借钱，这个十法郎，那个五法郎的。《罪与罚》大获成功，他着手写下一本书，书名叫《白痴》。出版商同意每月给他寄二百卢布；可是他那不幸的虚弱身体让他困顿不已，被迫一再索要预付款。《白痴》未能让对方满意，他又开始写另一部小说，《永久的丈夫》，之后则是一部长篇小说，英文名叫做《群魔》。与此同时，迫于形势（我指的是当他们已经透支掉自身信用的时候），陀思妥耶夫斯基及其妻儿搬来搬去。但是他们十分想家。他从未克服内心对欧洲的憎恶。巴黎的文化与荣耀，休闲安逸，德国的音乐，阿尔卑斯山的壮丽，瑞士风景明媚、神秘莫测的美丽湖泊，托斯卡纳的优雅迷人，佛罗伦萨的艺术宝藏，对他全都没有触动。他觉得西方文明过于资产阶级，颓废而堕落，并且坚信，它即将土崩瓦解。"我在这儿正变得愚钝而狭隘，"他从米兰来信说，"我急需俄国的空气和俄国的人民。"他觉得如果自己不回俄国的话，根本无法完成《群魔》。安娜也渴望回家。可是他们没钱，陀思妥耶夫斯基的出版商已把相当于连载版权费的钱款全都预付给了他。前两期小说已经登载在杂志上，由于害怕得不到继续连载的机会，他先把钱汇去买车票。陀思妥耶夫斯基一家返回圣彼得堡。

这是在 1871 年，陀思妥耶夫斯基五十岁，离去世还有十年。

《群魔》颇受肯定，对当时青年激进分子的批评使得该书作者成为保守界的朋友。他们认为他对政府反对改革很有利用价值，便给他在一家报社提供了一个收入很高的编辑职位。报纸名叫《公民报》，由政府资助。他在那里干了一年，而后由于跟出版商意见不合辞职离开。安娜说服丈夫，让她自己出版《群魔》；这一尝试大获成功，从此之后，安娜推出他各种版本的作品，获得丰厚利润，结果他终其一生不再缺钱。

他余下的几年，寥寥数语即可带过。他以《作家日记》为题写了大量应时之作。这些文章广受欢迎，他开始以导师和先知而自居。这种角色，没有几个作家不想承担。此时的他已是一个狂热的斯拉夫优越论者，在充满兄弟情谊（他将之视为俄国人民的特殊天赋）、渴望为全人类奉献的俄国民众当中，他看到了医治俄国乃至全世界病症的唯一希望。此后的事态发展说明：他实在过于乐观。他写了一部小说，名叫《少年》，后来改叫《卡拉马佐夫兄弟》。他声誉日隆，到他1881年突然去世的时候，已被许多人视为当时最伟大的作家。据说他的葬礼曾是"俄国首都历史上最受人关注的公共集会之一"。

三

我已设法不带评论地讲述了陀思妥耶夫斯基的主要生平。给人的印象就是，此公的性格极难接近。虚荣心是艺术家的职业病，作家、画家、音乐家、演员都不例外，但陀思妥耶夫斯基简直到了让人无法容忍的地步。他大谈特谈自己和自己所写的作品，似乎根本不曾想到别人会感到厌烦。而且他还缺乏自信心，也就是现在的所谓自卑心理。也许就是由于这个原因，他才公然蔑视其他作家。一个性格坚强的人，决不会因为蹲了几年牢房就变得卑躬屈膝；他觉得这一判决是自己反抗当局应得的惩罚，但这并不妨碍他尽全力争取赦免。这似乎有些不合逻辑。我在前面已经说过，他在讨好权势时自我卑屈到何种地步。他完全没有自控能力。当他被激情冲昏头脑的时候，什么审慎、得体，全都无济于事。所以当他的第一位妻子病入膏肓、来日不多时，他撇下对方，跟随波琳娜·萨斯洛娃去了巴黎，只是在被那个轻浮女子抛弃之后，才又重新回到妻子身边。不过最能表现其弱点的，还是他对赌博的热衷。这个癖好导致他时不时地陷入贫困。

　　读者都还记得，为了履行合同，陀思妥耶夫斯基写了一部短篇小说，名叫《赌徒》。这部作品写得不怎么样。其主要意义就在于，他在故事当中把左右受害者的心理感受描写得十分生动；在读过之后，你就会明白：为什么虽然赌博给他带来了屈辱，给他及其所爱的人们造成了痛苦，由此引发诉讼（他从贫困作家基金会得来的钱是为了确保其写作，而不是让他赌博用的），需要不断求人（人家给他钱都已经给烦了），为什么面对这一切，他依然无力抵抗诱惑。他这人爱出风头，凡是具有创造天赋的人，不管从事何种艺术，或多或少会这样；他曾描写过一连串的好运如何满足自己这个丢脸的偏好。旁观者围坐一团，盯着这个幸运的赌徒，仿佛他是一个超人。他们赞叹不已，他成了关注的焦点。对于这个承受病态怯懦心理之苦的不幸者来说，这是何等的宽慰啊！赢钱的时候，他如痴如醉，感到浑身充满力量，觉得自己就是命运的主人，他的聪慧、他的直觉如此之可靠，简直可以支配命数。

　　"我只有一次要展现我的意志，一个小时之内，我将改变自己的命运，"这就是他的赌徒宣言。"伟大的是意志。记住七个月前在轮盘堡[1]发生在我身上的事吧。啊！这是坚强决心的显著例子。我输掉了一切，一切呀。我正要出赌场，发现马甲口袋里还有一个荷兰盾：'好歹我还有吃饭钱，'我内心思忖。可是走出一百步之后，我改变主意，转身又回去。我押上这个荷兰盾……当你身处异乡、远离家人朋友、不知道下顿饭在哪儿的时候，却押上最后一个盾，最后一个，这实在是一种奇特的感觉。我赢了，二十分钟后，我走出赌场，口袋里装着一百七十盾。这就是事实。有时候，这就是最后一盾能够实现的奇迹。假如我当时灰心丧气了怎么办？假如我不敢冒险怎么办？"

陀思妥耶夫斯基的正式传记由他的一位老朋友斯特拉霍夫所撰写；为了这部著作，他还给托尔斯泰写了一封信，阿尔莫·毛德在其托尔斯泰传记中刊载了这封信，下面是其译文的删节版本：

在整个写作过程中，我都要抵抗一种厌恶感，努力压制自己的憎恶……我无法将陀思妥耶夫斯基看成是一个善良或者快乐的人。他道德败坏、放荡堕落、忌妒成性。整个一生，他都被自己的激情所困扰，这激情足以让他变得愚蠢可怜，不那么聪明，也不那么险恶。我在为其作传的时候明显意识到这些感受。在瑞士，他当着我的面粗暴对待用人，对方不服，对他说："可我也是个

[1] 轮盘堡：指当时威斯巴登巴德 - 洪堡的赌场。——译者

人啊！"我至今还记得这席话当时对我的触动，它是针对一个始终向他人宣扬人道情怀的人所说的，反映出在自由瑞士所盛行的人权观念。这样的场景一再出现；他无法控制自己的脾气……最糟糕的就是，他对自己的肮脏行径毫无悔过之心，反倒以此为荣。他对肮脏行径十分着迷，对此甚为洋洋自得。维斯科瓦托夫（一位教授）曾告诉我，陀思妥耶夫斯基如何吹嘘自己在浴室里强奸了一个被自己家庭教师领来的小女孩儿……尽管如此，他依然喜欢多愁善感的情怀和高尚的人道梦想，正是这些梦想，再加上他的文学要旨和作品倾向，使他深受我们的喜爱。总而言之，所有这些小说都极力为其作者开脱，它们说明了恶贯满盈和高尚情操完全可以比肩而立……

的确，他的感情十分脆弱，他的博爱徒劳无益。他对"常人"（与知识分子相对）的了解甚少，却指望他们复兴俄国，他毫不怜悯他们的悲苦命运，强烈反对那些试图缓解平民疾苦的激进分子。对于穷人们可怕的悲惨状况，他提出的解决方案就是"把他们的苦难理想化，从中找出一种生活方式。他为他们提出的，是宗教与神灵的慰藉"。

小女孩儿被强暴的故事令陀思妥耶夫斯基的崇拜者们极度不安，他们羞于谈及。安娜声称，他从未向她提过这一部分。斯特拉霍夫的描述显然来自道听途说；但为了加以证实，他记载说，不堪自责的陀思妥耶夫斯基将之告诉一位老朋友，对方建议他向自己在世上最恨的人坦白，以此作为悔过。这个人就是屠格涅夫。他曾经热情地夸奖过初涉文坛的陀思妥耶夫斯基，还在经济上帮助过他，可陀思妥耶夫斯基并不喜欢他，因为他是个"西方人"，有贵族气派，且资财丰厚、功成名就。他曾对屠格涅夫忏悔，对方则默然倾听。陀思妥耶夫斯基停顿了一会儿，或许（就像安德烈·纪德所说的那样），他期待着屠格涅夫能像自己（陀思妥耶夫斯基）笔下的某个人物那样，张开双臂拥抱自己、淌着热泪亲吻自己，而后两人便可重修旧好。可什么也没有发生。

　　"屠格涅夫先生，我必须得告诉您，"陀思妥耶夫斯基说道，"我必须得告诉您，我深深地鄙视我自己。"他等着屠格涅夫讲话，可对方依旧默不作声。于是陀思妥耶夫斯基发火了，他高喊道："但我更加鄙视你。这就是我要对你说的话！"而后迈步走出房间，砰的一声甩上了门。他失去了一幕其他作家都力不能及的场景。

　　奇怪的是，他在自己的书中两次使用了这一令人震惊的情节。《罪与罚》中的斯维德里盖洛夫承认自己有过同样的不体面行为，而《群魔》有一章里的斯塔夫罗金亦是如此，陀思妥耶夫斯基的出版商不肯将其出版。或许值得注意的是，陀思妥耶夫斯基是在恶意模仿屠格涅夫。这实在是既无聊又愚蠢，其结果只是令一部本就不成形的作品更加没有样子，目的似乎仅仅是为陀思妥耶夫斯基提供一个发泄怨气的机会。他并非第一个以怨报德的作家。在跟安娜·格里高利耶夫娜结婚之前，他曾极不明智地把这个丑恶的故事讲给自己追求的一个女孩儿听，不过是当故事讲的。而我觉得这就是实情。他喜欢贬低自己，就跟他小说里的人物一样，而且在我看来，他把这些针对别人的可耻行径讲成自己的个人经历，似乎也不是不可能的。尽管如此，我还是无法相信，他指责自己犯下的这些让人恶心的罪行会是真的。我冒昧地认为，这是一个长期的白日梦，让他一时间既兴奋又恐惧。他笔下的人物频繁做白日梦，很可能他自己也跟着做了起来。由于自然的禀赋，小说家的白日梦常常比普通人更加准确，更加详尽。有时候，这些白日梦十分自然，以至于他可以将之用于自己的小说，然后就忘得一干二净。在我看来，在陀思妥耶夫斯基身上很可能就发生过这种情况。两度在小说中运用了这个可耻的故事之后，他便对之不再感兴趣。或许这就是他从未告诉安娜·格里高利耶夫娜的原因。

　　陀思妥耶夫斯基这个人虚荣嫉妒、喜欢争吵、疑心重重、卑躬屈膝、自私自利、吹吹嘘嘘、极不可靠、粗心轻率、眼光短浅、气量狭窄。总而言之，他是个讨厌的人。可是情况并不只是这些。如果真是这样的话，他是不可能塑造出阿廖沙·卡拉马佐夫这个或许称得上是一切小说中最具魅力的人物的，也不可能塑造出道德高尚的佐西马长老。陀思妥耶夫斯基对人可不算挑剔。还在蹲监的时候，他就认识到：人可能会犯很严重的罪过，谋杀、强奸或者抢劫，但同时又具有勇敢、慷慨、关心朋友的品格。他很有善心，遇到乞丐或朋友都是解囊相助。当他自己穷得叮当响的时候，还抠出一点来接济妻妹和哥哥的情妇、接济自己那个不中用的继子、接济嗜酒的废物，还有他的弟弟安德鲁。他们占他的便宜，就像他占别人的便宜一样，可他一点也没有嫌弃，而是觉得自己为他们做得还不够，并且为此感到十分苦恼。他对安娜·格里高利耶夫娜充满了爱恋、仰慕、尊敬，认为她在哪个方面都胜过自己；在离开俄国的四年当中，他始终害怕她单独跟自己在一起会觉得无聊，并为此痛苦不堪，这一点让人不能不心生感动。他很难让自己相信：虽然自己身上有各种缺点，但终于找到了一个自己十分了解、又全心全意爱着自己的人。

　　我想不出有哪个人像陀思妥耶夫斯基那样，作为人和作为作家之间具有如此之大的差别。可能所有创造力强的艺术家都有这种情况，但作家相对而言更为明显，因为他们的媒介就是文字，而其行为与交流之间的矛盾令人更为震惊。或许是这样的：创造性天赋是童年与少年时代的一种十分正常的能力，可如果在青春期之后依旧存在，那么就是一种病症了，只有在损害人类正常特征的情况下才会旺盛起来，也只有在混杂了邪恶品质的土壤中才能茁壮成长（就像施了肥料的西瓜味道才更甜一样）。陀思妥耶夫斯基所具有的惊人原创力，使他成为世上最卓越的小说家之一，而这种原创力的源头，不是他身上的善，而是他身上的恶。

四

　　巴尔扎克与狄更斯塑造了无以计数的人物。他们为千差万别的人所着迷，他们的想象，被这些人身上体现出的差异和独特个性所点燃。不管这些人是好还是坏，是笨还是聪明，他们代表了他们自身，所以是拿来所用的极好素材。我猜想陀思妥耶夫斯基只对他自己，以及密切影响自己的人感兴趣。有些人对于美丽的事物，只是拥有了才会关心，他从某种意义上就很像这类人。他满足于用有限的几个人物就行，这些人物在一部部的小说中接连出现。《卡拉马佐夫兄弟》中的阿廖沙，跟《白痴》中的米希金公爵其实就是同一个人，只是没有癫痫病而已；而《群魔》中的斯塔夫罗金，不过是对《罪与罚》中斯维德里盖洛夫的进一步刻画。该书的主人公拉斯柯尼科夫，是《卡拉马佐夫兄弟》中伊万的翻版，只是没那么强硬。所有这些人物，都散发着陀思妥耶夫斯基本人痛苦、扭曲、病态的情感。他笔下的女性人物甚至更没什么变化。《赌徒》中的波莉娜·亚历山德罗芙娜、《群魔》中的丽莎贝塔、《白痴》中的娜塔莎、《卡拉马佐夫兄弟》中的卡特里娜和格鲁申卡，都是同一类女人；她们都是直接以波琳娜·萨斯洛娃为原型塑造出来的。这个女人带给他的痛苦、施加给他的屈辱，都是刺激他满足自己受虐心理的需要。他很清楚她恨自己，也确定她爱自己，因此以她为原型的女性人物都很想控制和折磨她们所爱的男人，可同时又顺从对方、在对方的手里遭受折磨。她们歇斯底里、满怀仇恨、心肠恶毒，因为波琳娜就是这样的。破裂数年之后，陀思妥耶夫斯基在彼得堡与她重逢，仍旧再次向她求婚。她拒绝了。他怎么也无法让自己相信：她确实不喜欢自己，于是冒出这样的念头来抚平自己受伤的自尊心，那就是一个女人往往对自己的处女之身极为看重，以至于对一个未曾娶她便让自己失身的男人只能充满仇恨。

"你无法原谅我，"他对波琳娜说，"因为你曾经把自己给了我，而你现在是在报复。"

陀思妥耶夫斯基对此深信不疑，他不止一次地采用了这个念头。在《卡拉马佐夫兄弟》中，格鲁申卡在故事展开之前就被一个波兰人给诱奸了，虽然接下来被一个富商所包养，但她仍然觉得，只有嫁给诱奸自己的那个人才能获得救赎。还有在《白痴》当中，娜塔莎不肯原谅托洛茨基，因为对方诱奸了自己。在这里，我觉得陀思妥耶夫斯基的心理非常困惑。处女之身的特殊价值完全是男性构造出来的，部分是出于迷信，部分是源于男性的虚荣心，当然还包括不愿抚养别人孩子的想法。我得说，女性之所以对之如此重视，主要还是因为男性在乎它，同时也因为害怕由此而带来的后果。我觉得自己的观点没什么不对：一个男人，为了满足自身的需要（这就跟饿了要吃饭一样自然），会在对性爱对象没有什么特别感情的情况下就与之发生性关系；而对于一个女人，如果不是出自本性、源于爱情（至少是感情），那么性交则只是一件烦人之事，她是当成一项义务来接受的，或者是出自给对方带去快感的愿望。我深深地相信：当一个处女"把自己奉献给"一个她不感兴趣甚至是讨厌的男人，肯定是一段厌恶、痛苦的经历。可要说它会长年积郁在胸口，改变她的性格，在我看来却是难以置信的。

陀思妥耶夫斯基很清楚自己身上的双重性，并将其赋予

到自己笔下所有固执的人物身上。他所塑造的温和型人物
（例如米希金公爵和阿廖沙），尽管亲切可爱，可都没什么本
事，实在让人奇怪。不过"双重性"这个词本身就暗含着对
人性的简单化处理，与事实并不相符。人无完人。人类的主
要动机是自身利益，对此否认实在荒唐；但否认他能够高尚
无私也同样荒唐。我们都知道，在危急时刻，人类可以挺身
而出到何等高度，而后展现出一种高尚的品格（包括他自己
和他人都不曾知晓，他身上具有这种品格）。斯宾诺莎曾经告
诉我们："万事万物，就其自身而言，都极力坚持其特有的存
在。"可我们也都知道，为朋友而献出自己生命的人也并不少
见。人类的身上既有善也有恶，既有好也有坏，既有自私也
有无私，既有瞻前顾后也有无所畏惧，有着令他们摇摆不定
的各种性情和脾气。人的构成因素彼此矛盾，而这些因素居
然能在个体身上同时存在、彼此让步，形成一个看似和谐的
整体，实在令人称奇。陀思妥耶夫斯基塑造的人物身上却没
有这种复杂性。他们身上既有支配他人的欲望，也有受人摆
布的欲望，既有缺乏温情的爱，也有满是恶毒的恨。他们十
分怪异，没有人类的正常属性。他们只有激情，既没有自控
也没有自尊。他们的罪恶本能，并没有因为所受的教育、人
生经历或者使人免于丢脸的尊严感而有所减少。这也就是为
什么照常理来看，他们的举止似乎极不可信、他们的动机好
像极不合理的原因。

我们这些身处西欧的人常常惊讶地发现，他们的举动无
法解释，并且认可（如果真的算认可的话）这就是合乎俄国

人的举动。可是俄国人真的是这样的吗？在陀思妥耶夫斯基所处的时代，俄国人就是这样的吗？屠格涅夫和托尔斯泰都是他同时代的人。屠格涅夫塑造的人物就很像普通人。我们都认识酷似托尔斯泰笔下尼古拉斯·罗斯托夫那样的年轻英国人，都是快乐无忧、生活奢侈、无所畏惧、感情丰富的好人；我们也认识一些像他妹妹娜塔莎那样美丽迷人、天真善良的姑娘；在我们本国找到像彼得·贝祖考夫一样头脑蠢笨、为人慷慨、心地善良的胖家伙也并非什么难事。陀思妥耶夫斯基宣称，他笔下这些古怪的人物比现实中的还要真实。我不清楚他此言何意。一只蚂蚁就跟一位大主教一样真实。如果他的意思是说，他们身上的道德品质使得他们超出泛泛之辈的话，他就错了。假如说艺术、音乐、文学当中有什么价值可以纠正反常的性格、减轻内心的忧伤、部分地把灵魂从人性的枷锁中解放出来的话，他们对此也是一无所知的。他们举止恶劣，乐于彼此粗暴相待，仅仅是为了伤害和羞辱对方。在《白痴》中，瓦尔瓦拉朝哥哥脸上啐唾沫，因为他要向一个自己并不赞成的女人求婚，而在《卡拉马佐夫兄弟》中，当霍赫洛娃夫人拒绝借给德米特里大笔钱财的时候（她根本没有理由要借钱给他），他也是怒气冲冲地向着接待自己的房间地板上啐唾沫。他们属于暴躁型的。拉斯柯尼科夫、斯塔罗夫金、伊万·卡拉马佐夫，跟艾米莉·勃朗特笔下的希斯克利夫、麦尔维尔笔下的亚哈船长都属于同一类人。他们都随着生活而悸动。

五

陀思妥耶夫斯基费了很长时间思考《卡拉马佐夫兄弟》，他花在这本书上的精力很大，自从其第一部小说问世后，经济上的困难根本不容许他这么做。总体而言，这是他结构最完善的作品。从其信中可以看出，他暗中相信那种我们称之为灵感的神秘事物，并且依靠灵感来确保自己写出想象世界中的模糊景象。此时的灵感仍是变化无常的，往往只能出现在只言片语中。构建一部小说，你需要 esprit de suite（流畅下笔的灵感），通过这种逻辑感，你可以把材料整理连贯，于是各个部分十分逼真地彼此衔接，整体也就随之完成，没有留下什么尚未处理的细枝末节。陀思妥耶夫斯基在这方面并无太大才能。这就是为什么他最擅长情景描写的原因。在制造悬念和渲染场景上，他具有极为出色的才华。我不知道有哪出小说场景能比拉斯柯尼科夫谋杀老典当商那一幕更为恐怖，也很少有场景比《卡拉马佐夫兄弟》中伊万遇见自己不安的良心（以魔鬼的形式）那一幕更加引人入胜。陀思妥耶夫斯基无法改掉自己的啰唆习惯，而是沉迷于长篇累牍的对话。然而即使相关人物如此恣意地表达情感，以致让你很难相信还有这样做事的人，他们也几乎永远都是那么迷人。我顺便提一下他常用来激发读者恐惧感的一种方法。他笔下的人物焦虑不安，跟自己所说的话极不相称。他们时而激动得颤抖，时而彼此间恶语相加，时而泪水夺眶而出，时而脸色通红，时而面色铁青，或者苍白得可怕。而读者难以弄清的一个含义，却用平常的几句话一带而过，很快，这些肆无忌惮的姿态、这些歇斯底里的爆发，就令他激动不已，以致他自己的神经也都濒临崩溃，当有什么事情发生（如果没这种事他就不会烦乱）的时候，他准备接受一次真正的震撼。

　　阿廖沙被构思为《卡拉马佐夫兄弟》的中心人物，这在小说第一句便已点明："阿历克赛·费多罗维奇·卡拉马佐夫是我县地主费奥多·巴夫洛维奇·卡拉马佐夫的第三个儿子。老费奥多在整整十三年以前就莫名其妙地惨死了，那段公案曾使他名闻一时（我们县里至今还有人记得他哩）。关于那个案子，请容我以后再细讲。"陀思妥耶夫斯基是个极为老练的小说家，不可能无意中就在全书开头用明确的话语突出阿廖沙。但在小说中，同哥哥德米特里和伊万比起来，他扮演的只是配角。他在故事中时隐时现，好像对那些扮演更重要角色的人物没有什么影响。他自己的活动主要跟一群男生有关，除了表现阿廖沙的魅力和善良之外，这些男孩子的所作所为跟主题的发展毫无关系。

　　个中原因是这样的：加内特夫人共计八百三十八页的《卡拉马佐夫兄弟》译本，只是陀思妥耶夫斯基计划所写小说的一部分。他打算再写几卷以继续阿廖沙的故事发展，让他饱受沧桑，其中他要经受罪过的重大体验，最终通过苦难而实现救赎。然而陀思妥耶夫斯基的去世使得这一设想未能实现，《卡拉马佐夫兄弟》依旧不完整。但它却是世界上最伟大的小说之一，在少数几本杰出的小说作品中当数首位，这几部小说凭借其强度和力量，拥有不同于其他小说的地位，尽管它们各自的长处显然并不相同，其中两个震撼人心的例子，就是《呼啸山庄》和《白鲸》。

　　费奥多·巴夫洛维奇·卡拉马佐夫是一个糊涂蛋，他有四个儿子：前面我已提到过的德米特里、伊万、阿廖沙，还有一个私生子斯美尔加科夫，在他家里做厨师和随从。长子和次子痛恨自己这个不光彩的父亲；全书中唯一可爱的人物阿廖沙却谁也恨不起来。E. J. 西蒙斯教授认为，德米特里应当被视为小说的主人公。他属于那种被宽容者形容为自身最大敌人的人，而这种人对女人颇具吸引力。"直率而深情是其性格之根本，"西蒙斯教授说道；他接着说："他的灵魂之中富有诗意，这些都反映在他的举止以及多彩的语言当中。他的整个一生如同一部史诗，狂暴的活力在偶然的快乐飞翔中得以释放。"诚然，他高调宣布自己的道德追求，可是其行为却没有任何改善，所以我觉得人们不把这些当回事也不是没有道理。诚然，他有时甚为慷慨大方，可也有吝啬小气、让人震惊的时候。他是个酒鬼，自以为是，欺凌弱小，花起钱来大手大脚、不计后果，满嘴谎话，声名狼藉。他和父亲都疯狂地爱着一个住在镇上的情妇格鲁申卡，他对老头子万分忌妒。

　　就我看来，伊万是个更为有趣的人物。他头脑聪颖、行事谨慎、一心出头、雄心勃勃。年仅二十岁时，就凭借投给评论杂志的精彩文章而小有名气。陀思妥耶夫斯基把他形容成一个实干之人，其聪明才智远远胜过那些贫苦大众和在报社游荡的倒霉学生。他也恨自己的父亲。这个好色的老家伙藏了三千卢布，假如格鲁申卡答应跟他上床，就把这笔钱给

人家，为此斯美尔加科夫便杀了他；而常常扬言要杀死父亲的
德米特里却被控犯罪，遭到审判并定罪。这样就符合陀思妥
耶夫斯基的安排，不过为了达到这一目的，他被迫让相关人
等的举止表现极不可信。在审判前夜，斯美尔加科夫找到伊
万，向他坦白说，是自己犯的罪，并把偷盗的钱财悉数归还。
他还对伊万明白无误地说，自己杀了老头子是受到他（伊万）
的教唆，也得到了他的默许。伊万闻言彻底崩溃，就像杀掉
老典当商的拉斯柯尼科夫一样。然而拉斯柯尼科夫当时毕竟
神经狂乱、饥肠辘辘、一贫如洗，可伊万没有。他的第一反
应就是马上去找检察官，告之实情，可他决定等到审判时再
说。为什么呢？就我看来，仅仅是因为陀思妥耶夫斯基觉得
如此一来，坦白将会具有更加激动人心的效果。而后便是十
分奇怪的一幕（我已经提到过）：伊万产生幻觉，他的灵魂化
身为一位衣衫褴褛、境遇不佳的先生，同他那卑鄙虚伪的自
身相遇。这时候有人猛敲门。原来是阿廖沙。他进来告诉伊
万，斯美尔加科夫上吊自杀了。形势十分危急，德米特里的
命运悬而未决。不错，伊万确实心情烦乱，可他并没有精神
错乱。根据我对其性格的了解，照理说在这一时刻，他应当
静下心来理智而行。再自然和明显不过的是，两人应到自杀
现场，然后去找辩护律师，把斯美尔加科夫坦白和自杀的事
情告诉对方，并将他偷走的三千卢布也交给人家。凭借这些
材料，辩护律师（小说告诉我们他是个能力非凡之人）完全
可以让陪审团产生足够的疑心，从而不做出有罪的判决。阿
廖沙把冷布敷在伊万的头上，给他盖好被。我在前面已经提

过，这位温柔男士尽管为人善良，可实在无能得出奇，在这里表现得最为明显。

有关斯美尔加科夫的自杀，也没有给出任何解释。他被刻画成卡拉马佐夫的四个儿子当中最有心计、最无情、头脑最清楚、最为自信的一个。他事先谋划计策，镇定自若地抓住命运交给自己的机会，杀死了老头子。他以诚实而闻名，谁也不曾疑心是他偷的钱。证据指向的是德米特里。在我看来，斯美尔加科夫悬梁自尽实在没有道理，只不过是给了陀思妥耶夫斯基一个机会，可以十分戏剧化地结束一章故事。陀思妥耶夫斯基是个感伤主义作家，而非现实主义作家，所以他觉得自己用的都是后者不用的方法，这也没什么不对的。

在德米特里被认定有罪后，他说了一席话表明自己的无辜，末了是这样说的："我接受指控之苦，也接受当众受辱。我要受苦，通过受苦，我将净化自身。"陀思妥耶夫斯基笃信受苦的精神价值，认为心甘情愿接受苦难可以弥补自己的罪过，从而实现幸福。由此似乎可以得到以下不可思议的推论：既然罪过导致受苦，而受苦又引发幸福，罪过反倒必不可少、大有益处了。可是陀思妥耶夫斯基的这种观点（即受苦可以净化和改善品格）对吗？《死屋手记》中没有任何迹象表明，受苦对他的难友能有什么影响，对他自己当然也毫无效果：我在前面已经说过，他入狱时是什么样儿，出来还是什么样儿。就身体上的受苦而言，我的体验就是：长时间的病痛只会让人牢骚满腹、自私自利、心胸狭窄、卑鄙嫉妒。远远不是让他们变得更好，而是更坏。当然了，我也知道有些人（我本人就认识一两个）长期为病所困、无法恢复，反倒充满勇气、没有私心、忍耐顺从，但他们之前就有这些品质，只是特定场合将之展现出来而已。再就是精神上的受苦。但凡在文学界浸淫时间够长的人，都见过一些先是大获成功、而后由于这样那样的原因又完全失去的人。这让他们沉沦痛苦、怨恨忌妒。我仅仅能想出一个人能够勇敢、体面、坦然地忍受这种不幸以及由之带来的屈辱（只有经历过的人才知道这种感受）。毫无疑问，我所谈论的这个人曾经拥有过这些品质，但他如今的轻薄草率却已让人无法看出来了。受苦是我们人类命运的一部分，但这丝毫不能减少苦难的罪恶。

尽管人们对陀思妥耶夫斯基的冗长行文深感惋惜（他也很清楚自己的这个缺点，但不能或者说不愿纠正），尽管人们期望他能够看出，自己最好还是避免那些不可能（人物的不可能、事件的不可能）；尽管人们或许感觉他的一些想法有问题，《卡拉马佐夫兄弟》依然是一部鸿篇巨著，其主题具有深刻的意义。很多评论家都说，这本书是上帝的求索；我倒想说，它是有关罪恶的问题。这个问题就是在《争论的问题》这一节里涉及的，陀思妥耶夫斯基不无道理地把这一节看作是小说的高潮。《争论的问题》包括了伊万对可爱的阿廖沙所做的一番长篇独白。就人类思想而言，全能全善之上帝的存在，似乎跟罪恶的存在相互矛盾。人类为自己的罪过受苦，这是合情合理的，可无辜的孩子居然也要受苦，这就是情感与理智所不能接受的了。伊万给阿廖沙讲了一个可怕的故事。一个小奴隶，只是个八岁的孩子，扔了一块石头意外打瘸了主人宠爱的狗。拥有大量地产的主人剥掉孩子的衣服，让他光着身子跑，然后放出自己的那群猎犬去追他，当着孩子母亲的面把他撕成碎片。伊万愿意相信上帝的存在，但他无法接受上帝所创世界的残忍。他坚持认定：无辜者不该为罪人的罪过受苦；如果受苦（也确实受苦），那么上帝就同样是恶的，或者说根本就不存在。这个论点颇有说服力，但却跟他内心所期待的信仰（即世界虽有各种罪恶，但依然美丽，因为它是上帝所造）相矛盾。他不愿写那篇责难上帝的文章。没有谁比他更清楚：他未能成功。这一节沉闷乏味，责问也难以令人信服。

有关罪恶的问题仍待解决，伊万·卡拉马佐夫的诉求也没有得到答复。

十一 托尔斯泰和《战争与和平》

一

前面三章所涉及的小说可谓自成一派。它们都没有什么典型意义。而下面我要谈的这部作品，虽然错综复杂，但却凭借其形式和内容，在有一类小说的历史主线上占有一席之地，这类小说，我在前面某一页上曾经提到过，始自达夫尼斯和克洛伊[1]的田园传奇。毫无疑问，《战争与和平》称得上是最伟大的一部小说。这种作品，只能出自睿智不凡、想象丰富、对世界具有广泛体验、对人性具有深刻洞察的人之手。之前从未有人写过这样的小说，以如此恢宏的气势来描写如此重大的历史时期和如此众多的人物。而且我猜想，即使之后也不会再有了。或许还会有人写出同样伟大的小说，但决

---

[1] 达夫尼斯和克洛伊:古希腊田园传奇中被后人视为楷模的一对天真无邪的情侣。——译者

不会是《战争与和平》这种。随着生活的日益机械化，随着国家对人民生活愈加强大的控制，随着教育的千篇一律、阶级的消失、个人财富的减少，随着人人都能获得均等的机会（假如这就是未来的世界），人们生来依旧会有不平等。有些人天生就具有成为小说家的特殊禀赋，但是他们所认识的世界——这样的人和这样的风俗——更有可能造就出写《傲慢与偏见》的简·奥斯汀，而不是写《战争与和平》的托尔斯泰。这本书被称为史诗可谓实至名归。我想不出还有哪部小说能真正配得上这一称号。托尔斯泰的朋友、也是一位有才华的批评家斯特拉霍夫用这样几句充满活力的话语来阐发自己的观点："一幅人生的全景图，一幅当时俄国的全景图，一幅人类历史与奋斗的全景图，一幅人类从中发现自身的幸福与伟大、苦难与耻辱的全景图。这就是《战争与和平》。"

二

托尔斯泰所生的阶级并不怎么出产杰出作家。父亲是尼古拉斯·托尔斯泰伯爵，母亲玛娅·沃尔康斯卡公主具有继承权；他生在母亲家的祖宅亚斯纳亚·博利尔纳庄园，是五个孩子当中最小的。他先是跟家庭教师学习，又就读于喀山大学和彼得堡大学。这个可怜的学生在两所大学均未取得学位。凭借贵族关系，他得以先后跻身喀山、彼得堡和莫斯科的社交界，沉浸在这一圈子的时尚娱乐当中。他个头儿矮小、相貌平平。"我很清楚，自己长得并不好看，"他曾写道，"有那么几个月，我简直失望透顶：我以为在这个世上，像我一样长着如此宽的鼻子、如此厚的嘴唇、如此小的灰眼睛的人，是不会有什么幸福的；我祈求上帝创造奇迹，把我变得英俊起来，我愿意把自己当时所有的，以及未来可能拥有的，全都用来交换一张英俊的面孔。"他并不知晓，他的平凡长相展现出一种精神上的力量，具有惊人的吸引力。他未能注意到自己的眼神足以为自己的神态增添魅力。他着装很潇洒（像司汤达一样，希望时髦的衣服可以弥补丑陋的长相），对自己头衔的注重有些失礼。一位喀山大学的同学给他写信说道："我远远地躲开伯爵，从初次见面起，他那冷冷的派头、直立的头发、半闭着的双眼中那刺骨的神情，都拒我于千里之外。我还没见过哪个年轻人具有如此奇怪而高深莫测的自高自大之态……我向他致意，他几乎理都不理，似乎是想向我暗示，我们根本不是一个层次的人……"

1851 年，托尔斯泰二十三岁。他在莫斯科待过几个月。当炮兵的哥哥尼古拉放假，从高加索来到这里，假期结束时必须返回，托尔斯泰决定陪他一同回去。几个月后，他被说服参了军，当了一名士官生，参加了俄军对山区叛乱部落所发动的几次进攻。他对自己这些军官兄弟们的看法似乎并不怎么宽容。"起先，"他写道，"这个圈子里的很多事情都令我震惊，但如今已经习惯了，不过并未跟这些绅士打成一片。我已形成一种中庸之道，对人既不骄傲也不亲近。"真是个目空一切的年轻人！他的身体很健壮，能够步行一整天或是驾马十二个钟头而不疲倦。他酒喝得很凶，赌起钱来不计后果，不过他运气很差，为了还上赌债，不得不卖掉自己位于亚斯纳亚·博利尔纳庄园中的房子，这可是他继承的财产。他的性欲很强，并且染上了梅毒。除了这个不幸遭遇之外，他的军中生活就跟其他国家里数不清的（出身好又有钱的）年轻军官完全一样。对于他们身上的充沛精力，放浪形骸是很自然的发泄方式，而且他们很乐意沉溺于此，这是因为他们认为（或许不无道理）这样可以提高自己在同伴当中的声望。从托尔斯泰的日记来看，一个放荡的夜晚，在他打牌泡女人或是跟吉卜赛人狂欢（如果我们看小说的话，会发现这是、或者曾经是俄国人常见的但有些幼稚的快活方式）之后，他感到万分痛悔；可一旦有机会，他又照样乐此不疲。

1854 年，克里米亚战争爆发，塞瓦斯托布尔被围期间，托尔斯泰负责一个炮兵连。由于在车纳雅河战役中表现出"突出的胆魄和勇气"，他被提升至中尉军衔。在 1856 年签署和平条约以后，他辞掉了军职。在服役期间，托尔斯泰写了许许多多的随笔和故事，还有一部经过了传奇化处理的童年及少年自传；这些都刊载在一本杂志上，引起了高度的赞许和关注，在他返回彼得堡的时候，受到了热烈的欢迎。他不喜欢自己在那儿遇到的人，人家也不喜欢他。虽然他对自己的诚意深信不疑，但却从来无法让自己相信别人的诚意，而且毫不迟疑地将之告诉对方。他对于那些得到公认的观点很不耐烦。他暴躁易怒、自相矛盾，傲慢得不肯顾及别人的感受。屠格涅夫曾说过，托尔斯泰那种审犯人似的神态，是他见过的最让人不安的，再加上几句带刺儿的话，很容易把人激怒。

他无法容忍别人的批评，当他偶然看到一封信稍微有些牵扯到自己，就立即向对方发出挑战，他的朋友曾好不容易才阻止他进行一场愚蠢的决斗。

此时的俄国正兴起一股自由主义思潮。解放农奴成了当时的紧迫问题，托尔斯泰在首都待了几个月后，回到亚斯纳亚·博利尔纳庄园，在自家的佃农面前拿出一份赋予他们自由的方案，然而他们怀疑里面有什么圈套，居然予以拒绝。过了一段时间，他出国去了，回来以后就为农奴们的孩子办了一所学校。他的教育方法具有革命性。学生有权不上学，即使在校，也有权不听老师讲课。完全没有什么纪律，谁也没有受过惩罚。托尔斯泰教课，整个白天都跟孩子们在一起，晚上还参与他们的游戏，给他们讲故事、同他们唱歌，直到夜深。

大约在同一时间，他跟手下一个农奴的妻子发生关系，生了一个孩子。此事并非一时兴起，在日记中，他写道："我从未如此地爱过。"后来的几年里，这个名叫蒂莫西的私生子给托尔斯泰的一个小儿子当马车夫。传记作家们发现一件很有趣的事情：托尔斯泰的父亲也有过一个私生子，而且他也给家里的某个人当马车夫。在我看来，这等于是一种道德上的愚钝。在我看来，托尔斯泰具有不安的良知，真心想把农奴从低贱堕落中解救出来，教育他们学会清洁、体面和自尊，他至少应该为这个孩子做点什么的。屠格涅夫也有私生子，是个女儿，可他悉心照顾她，找家庭教师来教她，非常关心她的生活状况。而托尔斯泰看到那个就是自己亲生儿子的农民待在嫡生子的马车车棚里，难道就没有感到不安吗?

托尔斯泰性情上的一大特点，就是他能够满怀热情地开始一项新的事业，但迟早又会厌烦。他缺乏坚韧不拔的品质。因此在办学两年之后，发现其结果令人失望，便关掉了学校。他倍感疲倦，对自己极度不满，身体也很差。他在后来写道，若不是生活中还有尚未探索过的、能够带来幸福的一面，他真就绝望了。这里所说的就是婚姻。

他决定进行试验。考虑了一大堆符合条件的年轻姑娘，又出于这样或那样的原因抛弃她们之后，他娶了索尼娅，这个十八岁的女孩儿是别尔斯大夫的次女，别尔斯是一位莫斯科上流社会的内科医生，也是托尔斯泰家的旧交。托尔斯泰此时三十四岁。夫妇二人定居在亚斯纳亚·博利尔纳。婚后的十一年里，伯爵夫人总共生了八个孩子，随后的十五年又生了五个。托尔斯泰喜欢马匹，骑术也相当不错，他酷爱狩猎。他的财产升值，又购置了伏尔加河东面的新地产，最终拥有大约一万六千英亩的土地。他的生活遵循着一种颇为常见的模式:在俄国有许许多多的贵族，他们在年轻的时候赌钱、酗酒、通奸，然后结婚生一大堆孩子，在自己的庄园定居下来，看护着所拥有的地产，骑马打猎;其中像托尔斯泰一样持有自由主义原则的人也不在少数，他们痛感于农民的愚昧无知，力图改善他们的生活。唯一使他卓异于这些人的，就是在此期间，他写了世界上最伟大的两部小说:《战争与和平》和《安娜·卡列尼娜》。

三

年轻时候的索尼娅·托尔斯泰似乎很是迷人。她身材优雅、眼睛漂亮，鼻子肉嘟嘟的，乌黑的秀发充满光泽。她活力四溢、精神饱满，说话声音十分好听。托尔斯泰长期写日记，他在其中不仅仅记载了自己的希望与想法、祈祷与自责，还有自己犯下的过错，既有性爱上的，亦有其他方面的。为了不向未来的妻子隐瞒一切事情，他刚一订婚就把日记交给她阅读。她深感震惊，在一个以泪洗面的不眠夜之后，她把日记交还给他并表示原谅。原谅是原谅了，可她没有淡忘。他俩都是情绪激动的人，有很多所谓的个性。通常指的是这类人的有些性格很让人不快。伯爵夫人要求苛刻、占有欲强、嫉妒心重；托尔斯泰则无情专断、气量狭窄。他坚持要她给孩子喂奶，她也非常乐意；但其中有个孩子出生的时候，她的乳房疼得厉害，不得不把孩子交给奶妈，于是他就无理地冲她发火。两人时不时地吵架，然后又和好。他们彼此深爱着对方，总的来说，多年的婚姻也还算幸福。托尔斯泰工作起来很努力，笔耕不辍。他的字体常常很难阅读，不过每写完一部分，伯爵夫人都为其誊写，因此能轻松辨别其字迹，甚至连他草草写下的话和不完整的句子也能猜出意思。据说她誊写《战争与和平》达七遍之多。

撰写此文的时候，我主要引用了阿尔默·毛德的《托尔斯泰生平》，还使用了他翻译的《忏悔录》。毛德的优势便是他本人认识托尔斯泰及其家人，他的记叙也有很强的可读性。

遗憾的是，他也不管读者需不需要，便大谈特谈自己以及自己的看法，居然还认为理应如此。我深为感激 E. J. 西蒙斯教授所写的那部完整详尽、令人信服的传记。他提供了许多阿尔默·毛德忽略的素材，后者可能也是有自身的考虑吧。这部书必将长期作为英语传记的楷模。

西蒙斯教授这样描述托尔斯泰的一天："全家人聚在一起吃早餐，主人讲的妙语趣话让整个交谈十分的轻松愉快。最后，他会站起身来说'现在该工作了'，随后躲进自己的书房里，往往手里还拿着一杯浓茶。谁也不敢打扰他。等他在午后露面，就是准备活动活动了，通常就是散散步、骑骑马。五点钟，他赶回来吃晚饭，一通狼吞虎咽，填饱了肚子就给所有在场者栩栩如生地讲述刚才散步时的见闻。饭后，他又躲回书房看书，八点钟来到客厅同家人和任何来客一起喝茶。常常还伴着音乐、朗诵或是孩子们的游戏。"

这种生活繁忙而有益，倒也让人知足，如此开开心心地一年又一年，似乎也没什么不好——索尼娅生孩子、照顾孩子和房子、协助丈夫工作，托尔斯泰则骑马打猎、看管地产、撰写作品。他快要五十岁了，对于人类而言，这是一个危险的时期。青春已逝，蓦然回首，他们往往追问自己的生命价值何在；举首前瞻，又往往感觉前途黯淡。还有一种恐惧，一生都在困扰着托尔斯泰，那就是对死亡的恐惧。人皆有一死，除了危难或重病之际（我们暂且不考虑这些），大多数的死亡尚算合情合理。在《忏悔录》中，他是这样描述自己的心理状态的："五年前，在我身上开始出现非常奇怪的事情。

起先，我体验到生命的困惑与凝滞，就好像我不知道该怎样存活或者该做什么一样；于是我倍感失落和沮丧。然而这种感觉过去了，我又像往常一样生活。而后，这种困惑时刻再度袭来，愈加频繁，而且总是同一形态。这种时刻伴以如下问题：生命的目的是什么？又将去向何方？我感觉自己一直以来的落足点已经土崩瓦解，脚下什么也没有了。我所依靠的一切都已不复存在，没有什么别的可以依靠。我的生命停滞不动了。我尚能呼吸、进食、饮水、睡眠，我不得不做此类事情，但它们远非生活，因为其中没有我认为可以合理实现的愿望。"

"所有这一切降临的时候，也正是我所有的一切被人视为无比幸运的时候。我还不到五十岁，有个爱我也让我很爱的好妻子、听话的孩子们，还有一处很大的地产，不需花费多大力气就能增值变大……我受人赞誉，而且不用自欺欺人，我觉得自己名气很大……我拥有强健的大脑与身体，这些情况在我这类人中很少看得到：体力上，我能赶得上收割庄稼的农民；脑力上，我能一口气工作六到八个小时，而且不会因为如此努力落下什么恶果。"

"我的精神状态在自己看来是这样子的：我的生命就是不知谁跟我开的一个愚蠢而恶意的玩笑。"

青年时代的饮酒无度给他造成严重的宿醉。他小时候就不再相信上帝，但信仰的缺失令他痛苦不满，因为他没有了可以解决生命之谜的理论依据。他曾自问："我为什么要活？我该怎样活？"他遍寻不到答案。如今他再次开始信仰上帝，然而对于一个感情如此丰富的人而言，非常奇怪的是，他的信仰来自推理。"假如我存在，"他写道，"必定有其原因，以及原因的原因。而一切原因之首就是我们所谓的上帝。"有一段时间，托尔斯泰坚信俄国天主教，但让他感到厌恶的是，该教博学之士们的生活与其教义并不相符，他觉得自己无法相信这些人要他相信的一切事情。他打算只相信那些简单直观的东西。他开始接近穷人、普通人、文盲当中的信众。对这些人的观察越是深入，他就越发坚信：虽然他们的迷信思想十分蒙昧，但他们拥有必不可缺的真正信仰，只有赋予他们的生命以意义，这份信仰才能让他们生活下去。

过了数年之后，他才最终形成自己的观点，而这些年都充满了苦痛、冥想和探究。短短几句话很难把这些观点总结清楚，我也是犹豫再三才试图这么做的。

他逐渐认为，真理只存在于基督的话语中。他否认那些阐发基督教信条的教义，认为这都是明显的谬论，是对人类智慧的侮辱，他否认基督神性、圣女生子、耶稣复活。他否认基督圣礼，因为它们根本不是基于基督教义，仅仅是为了遮掩真相。他曾一度不信死后还有来生，可是到了后来，当他相信自我乃是上苍的一部分的时候，才觉得自我随躯体死亡而终止是不可想象的。最后在临终前不久，他宣布自己不相信所谓创世的上帝，但相信存在于人们良知里的上帝。人们不免觉得，如此一位神灵简直就跟半人半马或是独角兽一样，纯属想象世界中的虚构之物。托尔斯泰相信，基督教义的核心就在于"不要与恶人作对"[1]这条戒律；他断定"什么誓都不可起"[2]这条圣训不光适用于赌咒之语，而是适用于一切誓言，包括证人席上的话和起誓军人的话；而"要爱你们的仇敌，为那逼迫你们的祷告"[3]则不许人们与本国的敌人作战或是在遭受攻击时进行自卫。然而在托尔斯泰看来，接受观点就要付诸行动：如果他断定基督教的实质就是博爱谦让、克己忘我、以德报怨的话，就会认为自己责无旁贷，应当摒弃生活中的享乐，应当谦恭卑下、受苦受难、慈悲为怀。

索尼娅·托尔斯泰作为东正教的虔诚信徒，坚持要自己的孩子接受宗教教育，并且每天都按照自己的方式尽守职责。她可不是一个很注重神性的女人；的确，考虑到有这么多孩子，要自己照看他们，确保他们受到良好教育，操持好一大堆家务，她也实在没多少时间去思考什么神性。对于丈夫变化后的人生观，她既不理解也不赞同，但还是足够容忍地接受了。然而当这种思想上的转变导致行为上的转变时，她开始生气了，并毫不犹豫地形之于色。因为托尔斯泰认定自己有责任尽可能地少消耗别人的劳动成果，所以开始自己生炉子、打水、打点衣物。由于想要自食其力，他请来一个鞋匠教他怎么做鞋子。在亚斯纳亚·博利尔纳，他跟农民们一起干活儿，耕田地、运干草、砍木头；伯爵夫人对此极力反对，因为在她

---

[1] 参见《新约·马太福音》5：39。——译者

[2] 同上 5：34。——译者

[3] 同上 5：44。——译者

看来，他从早到晚干的都是没什么用处的活儿，即使在农民当中，也只有年纪轻的人才干这些活儿。

"你当然会说，"她在给他的信中写道，"这样生活符合你的信念，你很快活。这是另一回事，我只能说：那你快活去吧！可我依然为此烦恼：如此的精神力量，居然浪费到劈木头、烧茶壶、做靴子上——这些事情作为休息或调剂还不错，可不能拿着当专职啊。"她说得不无道理。就托尔斯泰而言，他认为体力劳动比脑力劳动高尚，这实在是愚蠢之至。而且体力劳动也不见得更加辛苦。每个作家都清楚，写上几个钟头，身体就会疲劳不堪。工作自身没有什么特别值得赞扬的。人们工作就是为了享受休闲，只有蠢人才会因为不工作的时候不知该做什么而去工作。然而即使托尔斯泰觉得写小说给闲人阅读不对，我们也认为他应当去找点比做鞋更有才智的活儿去干；他鞋做得很差，送别人的鞋人家都不肯穿。他穿衣服像个农民，变得又肮脏又邋遢。有这么一个故事，说他有一天在装卸肥料之后去赴宴，他的身上臭气熏天，必须把窗户都敞开才行。他放弃了自己一直十分痴迷的打猎，而且为了不让动物被捕杀食用，他成了素食者。许多年来，他一直适度饮酒，可如今完全戒了酒，最后在经过痛苦挣扎之后，还把烟也戒掉了。

此时，孩子们正在渐渐长大，为了他们的教育，而且最大的女儿塔尼娅即将初入社会，伯爵夫人坚持要求全家在冬天搬到莫斯科去。托尔斯泰并不喜欢城市生活，但面对妻子的坚决，他还是让步了。在莫斯科，他对自己见到的贫富差距感到无比震惊。"我感到很可怕，而且不停地感觉到，"他写道，"只要我饭菜吃不了，而有些人却没饭吃，我有两件外套，而有些人一件都没有，我就感觉自己在不停地犯罪。"人们一直在劝他：世间从来就有贫富差距，而且未来也永远都会有，可都无济于事，他觉得这实在不公；在探访了一家贫民的夜间宿舍、亲眼见到其惨状以后，他感觉回家坐享五道菜肴的大餐，由两名白领结白手套的男佣侍候左右，这实在是可耻至极。对于那些危难中求助于他的落魄之人，他试图解囊相助，但是他逐渐发现：他们从自己那儿卷走的钱，往往作孽大过造福。"金钱是魔鬼，"他说道，"因此与人钱财的人亦是魔鬼。"由此他很快便认定，财产是邪恶的，拥有它是一种罪孽。

对于托尔斯泰这样的人来说，下一步该怎么做是显而易见的：他决心抛开自己所拥有的一切，然而在这个问题上，他跟妻子之间产生了严重分歧，她可不愿意身无分文地过日子，也不想让孩子们一贫如洗。她威胁说要告上法庭，到时让托尔斯泰声明自己没有能力管理自己的事务。在经过天晓得有多久的剧烈争吵之后，他提出把财产转交给她，而她予以拒绝，最后他把财产划分给了她和孩子们。在这一年里，这种争吵不止一次地导致他离家出走，要跟农民们住到一块儿，可是没有走很远，就被自己给妻子带来的痛苦给拽了回去。他继续住在亚斯纳亚·博利尔纳，虽然对身旁的奢侈生活（只是适度的奢侈而已）感到羞耻，但依然从中受益。两人之间的摩擦继续。他不同意伯爵夫人让孩子们所受的传统教育，对于她不让自己随意支配财产也无法原谅。

在对托尔斯泰生平的简述中，我被迫略去了很多有趣的内容，而在处理他皈依以后的三十年生活时，我会更加的简明扼要。他成了一名公众人物，被公认为俄国最伟大的作家，并且作为一名小说家、导师、道德家，他在全世界享有盛誉。那些想要根据他的思想来生活的人，建立起一片片领地。当他们试图把他的道德准则付诸实施的时候，屡遭困境，而他们的不幸遭遇也成了既有教育意义又让人捧腹的故事。由于托尔斯泰生性多疑、喜好争辩、不容异己，再加上他深信，与自己意见不合的人必定怀有卑劣动机，所以他没几个朋友；但是由于他声名日隆，大批的学生和朝拜者来参观俄国的圣土，记者、观光客、崇拜者和信徒，富户和穷人，贵族和平民，纷纷来到亚斯纳亚·博利尔纳。

前面我已说过，索尼娅·托尔斯泰是个嫉妒成性、占有欲强的女人；她总是想要独占自己的丈夫，厌恶外人进入自己的家门。她的忍耐受到了严峻的考验："他一面向人们描述自己所有的细腻情感，一面照老样子生活，喜好甜食、自行车、骑马、色欲。"还有一次，她在日记中写道："我实在忍不住抱怨，因为他为了别人开心而做的这些事情把生活搞得很乱，我的日子越来越艰难……他对爱与善的宣扬导致了对自己家庭的忽视，形形色色的乌合之众闯入了我们的天地。"

在最早的那些同意托尔斯泰观点的人当中，有个叫契尔特科夫的年轻人。此人资财丰厚，曾是一名近卫军上尉，然而当他开始信奉不抵抗原则时，便辞去职务。他是个诚实的

人，是富有理想主义精神的狂热者，但却盛气凌人，具有将
自身意志强加于人的非凡能力；阿尔默·毛德称，凡是跟此人
打交道的人，要么变成了他的工具，要么与之争吵，要么不
得不避而远之。他跟托尔斯泰之间萌发友情，这份情谊一直
持续到后者去世。他对托尔斯泰所具有的影响力，令伯爵夫
人愤恨不已。

尽管对于托尔斯泰为数不多的其他朋友来说，他的观点
似乎过于偏激，可契尔特科夫依然怂恿他步子再大一点，更
加严格地将之实施。托尔斯泰专注于他的精神发展，以致忽
略了自己的财产，结果，尽管他的总资产大约值六万英镑，
每年却带来区区五百镑的进项。这点钱显然不够维持全家开
支和一大帮孩子的教育。索尼娅说服丈夫把自己1881年之前
所写的一切东西的版权交给自己，然后凭着借来的钱，她开
始搞起了自己的出版经营。一切运作得非常成功，她把相应
的款项都给还上了。可是保留其文学作品的版权，这种做法
明显有悖于托尔斯泰的信念（即财产是邪恶的）。于是，在契
尔特科夫掌握了对他那强大的支配能力以后，他便唆使其宣
布，自1881年之后所写的一切东西为公众所有，谁想出版就
出版。这一举动足以触怒伯爵夫人，然而托尔斯泰仍不罢休：
他要她交出早期那些书的版权，自然也包括那几本非常畅销
的小说，对此她坚决予以回绝。她的生计，以及她家里的生
计，全都依赖于此。于是便是尖酸刻薄、无休无止的争吵。
索尼娅和契尔特科夫让他不得安宁。

四

1896 年，托尔斯泰六十八岁。他已结婚三十四年，大多数孩子均已长大成人，第二个女儿也即将嫁；他的妻子五十二岁，极不光彩地爱上了一个比自己年轻许多的男人，一个名叫塔纳耶夫的作曲家。托尔斯泰对此感到震惊、羞耻、愤慨。以下是他给她写的一封信："你跟塔纳耶夫的暧昧关系实在可耻，我无法泰然处之。假如我继续同你以这种关系生活下去的话，只会折损寿命、毒害自己。一年来，我简直都不知道怎么过的。你对此很清楚。我愤怒地告诫过你，也曾乞求过你。后来，我干脆一言不发。什么都试过了，可根本没有用。这种暧昧关系并未终止，而且可以想见，它很可能会照这样继续下去，直到最后。我再也无法容忍了。很显然，你舍不得放弃这种关系，只有一件事可办，那就是分居。我已下定决心这么做了，但是必须找个最适宜的方式。我觉得最好的处理方法就是让我出国。到时候我们一起想想怎么做最好。但有一件事是确定无疑的——我们不能再这样下去了。"

然而两人并未分开，他们依旧互相折磨着对方。伯爵夫人以一种老女人的躁动追逐着作曲家，尽管他起初受宠若惊，可很快就厌烦了这种无以为报、也令自己显得荒唐可笑的激情。她终于认识到了对方在躲避自己，他最终还在公共场合冒犯了她。她陷入了深深的苦恼之中，之后不久就认定塔纳耶夫"在肉体和精神上都不知羞耻、粗俗不堪。 这桩极不体面的韵事就此告终。

夫妻之间的不和在此时已经广为人知，令索尼娅难过的是，托尔斯泰的信徒们（如今是他仅有的朋友）都站在他一边，而且由于她不让托尔斯泰做他们认为该做的事情，这些人对她都充满敌意。皈依并未给他带来多少快乐，倒是让他失去朋友、家庭不和、夫妻之间口角不断。追随者们批评他，因为他依旧过着安逸的生活，事实上，连他也觉得自己该受责备。他在日记中写道："如今即将七十的我，虽精神饱满，却渴望宁静独处，尽管不是十分协调，但依然好过我的生活与我的信仰良知之间的严重矛盾。"

他的身体每况愈下。在随后的十年里，他数次患病，其中有一次极为严重，差点要了他的命。当时认识他的高尔基曾说他瘦小衰老，但双眼比以往更加敏锐，目光更具穿透力。他的脸上爬满了深深的皱纹，花白的胡子又长又乱。他是个老人了，八十岁。一年过去了，又一年过去了，他八十二岁了，身体衰退得很快，显然只有几个月活头了。而这几个月又由于不休的争吵异常难过。契尔特科夫显然不是完全赞同托尔斯泰的观点（即财产是邪恶的），他斥巨资为自己在亚斯纳亚·博利尔纳附近建了一栋大宅，尽管托尔斯泰对这笔开销感到遗憾，但相隔近了毕竟还是方便两人的来往。此时，他敦促托尔斯泰履行自己的愿望，即一旦去世，其所有作品将归公众所有。托尔斯泰在二十五年前就交给自己的小说，如今居然被剥夺了控制权，伯爵夫人对此勃然大怒。她跟契尔特科夫之间由来已久的仇恨演化为公开的战争。除了托尔斯泰最小的女儿亚历山德拉听命于契尔特科夫之外,其他的孩子全都站在母亲一边;尽管托尔斯泰已经把房产分给了他们,他们还是不愿过父亲让他们过的那种生活,也不明白为什么父亲作品带来的大笔收入,自己不能享用。据我所知,他们当中没有一个受过要独立谋生的教育。可是尽管面临来自家庭的压力,托尔斯泰还是立下遗嘱,把自己的全部作品留给公众,并且宣布:现存手稿在自己死后应当交给契尔特科夫,好让所有想要出版这些作品的出版社能够自由实现目的。但这显然是不合法的,于是契尔特科夫力劝托尔斯泰再立一份遗嘱。目击证人被偷偷领进屋,以防伯爵夫人知晓这件事,托尔斯泰又在自己的书房反锁房门亲自手抄了一份文件。在遗嘱中,版权交给女儿亚历山德拉,对于契尔特科夫提名她的原因,他曾有些轻描淡写地写道:"我确信托尔斯泰的妻儿不愿看到一个外人成了遗产受赠人。"由于这份遗嘱断了他们主要的生计来源,此话还是可信的。但是契尔特科夫还不满意,他自己又草拟了一份,托尔斯泰坐在契尔特科夫家附近森林的一个树桩上予以抄写。这就使得契尔特科夫完全掌握了书稿。

其中最为重要的便是托尔斯泰后期所记的日记。夫妻二人长期以来都有写日记的习惯,其中一方有权看到另一方的日记也是可以理解的。但这样安排并不合适,因为一方读过以后对另一方的抱怨,总是导致对方反唇相讥。早期的日记在索尼娅手里,可近十年的托尔斯泰全都交给了契尔特科夫。她下定决心把它们都要回来,部分是因为这些日记最终可以出版赚取利润，更重要的则是因为托尔斯泰在记录里一直坦承两人的不和，而她不愿让这些章节公之于众。她捎信给契尔特科夫，要求他归还日记，可他拒绝了。她为此威胁说，如果不归还日记，她就服毒自杀或者自溺而死，托尔斯泰被她的大吵大闹搞得实在没有办法，便把日记从契尔特科夫那里拿走，但并没有交给索尼娅，而是放进了银行。契尔特科夫给他写了一封信，托尔斯泰在日记里对这封信是这样说的："我收到契尔特科夫的一封信，信里满是责怪的话，把我批得体无完肤。有时候我真想远离所有这些人。"

从很小的时候，托尔斯泰便时不时地有这样的愿望，即离开混乱与纷争不断的世界，到个可以独自一人、全心修身的安静去处；跟很多作家一样，他把自己的愿望移植到小说中的两个人物身上，即《战争与和平》中的皮埃尔和《安娜·卡列尼娜》中的列文，他对这两个人有一种特殊的偏爱。当时的生活环境共同作用，使他的这种愿望几乎变成了一种痴迷。他的妻子、孩子折磨他，朋友们的反对也令他困扰，他们觉得他应当最终把自己的原则完全付诸实施。其中很多人痛感他并未实践自己宣扬的道理。每天，他都会收到伤人的来信，指责他为人虚伪。有位急切的追随者写信恳求他放弃自己的地产，把资财分给亲戚和穷人，自己一个铜板也不要留，走乡串镇沿街行乞。托尔斯泰是这样回复的："您的来信深深地触动了我。您的提议一直也是我的神圣梦想，可就目前而言，我还不能这么做。原因有很多……但主要原因就是，如果我这么做，一定不要影响他人。"我们都知道，人们常常把自身行为的真实原因推到无意识的背景中去，就这件事而言，我觉得托尔斯泰没有按照自己的良知和追随者的期待去做，根本就是因为他不怎么愿意这样做。在作家的心理中有一个方面，我从未见人提到过，但所有研究过作家生平的人肯定都很清楚。每一个富有创造性的作家，其作品至少在某种程度上都是对本能、欲望、白日梦（随你怎么叫）的升华，由于这样或那样的原因，他把这些东西都给压制下去了，而通过文学表现，他摆脱束缚，把它们进一步地释放了出来。但这还不是一种完全意义上的满足，他会感觉仍旧不够。而这正是作家颂扬实干者、不情愿间对其既嫉妒又仰慕的根源。如果托尔斯泰没有因著书而导致其决心减弱的话，他或许会发现：自己身上具有力量，可以做那些自己真心认为是正确的事情。

他是个天生的作家，出于其本性，总是想用最为有效、最有意思的方式来处理事物。我指的是在其说教性的作品中，为了让观点更加有效，他任由手中的笔自由驰骋，倘若他停下来思考由此会带来什么后果的话，反而无法如此坚定地展现自己的理论。他确实一度承认过，妥协在理论中不受认可，但在实践中是无法避免的。但是毫无疑问的是，他在这里放弃了整个立场；如果说妥协在实践中是无法避免的话（只能说实践不可行），那么肯定是理论出了什么问题。然而托尔斯泰颇为不幸的是，他的朋友，还有成群结队来到亚斯纳亚·博利尔纳的追随者们，都无法接受自己的偶像居然屈尊妥协的念头。他们为了追求其显著的规范意义，就一再迫使这位老人牺牲自己，确实有些残忍。他成了自身教义的囚徒。他的作品及其对如此多的人的影响（其中不少都是灾难性的，因为有些人流亡，有些人入狱）、他的虔诚、他所激发起的爱、他所受到的崇敬，都把他逼到了一个只有一条出路的境地。而他却无法迫使自己走这条路。

当他终于离开家门、开始那次造成不幸但却举世闻名的旅途时，并不是因为他的良知或是追随者的提议驱使他这么做，他才最终决定要踏出这一步的，而是为了躲开自己的妻子。此举的直接起因倒是十分偶然。他在一天晚上上床睡觉，不多一会儿，听到索尼娅在自己的书房翻查文件。自己暗中立遗嘱的事情立即袭上心头，可能他当时认为她已经察觉遗嘱的存在，正在找的就是它。在她离去后，他起床拿了一些手稿，包起几件衣服，然后叫醒一段时间来一直住在家里的医生，告诉他说自己要出门了。亚历山德拉被叫醒，车夫也爬了起来，把马套上，托尔斯泰在医生的陪同下，驱车赶往车站。此时是清晨五点，火车拥挤不堪，冷冷的雨中，他不得不站在车厢尽头的露天月台上。他先是在夏马丁下车，他的妹妹在那儿的修道院做修女，亚历山德拉也在此处同他们会合。她带来消息：伯爵夫人发现托尔斯泰不见了，曾经试图自杀。这可不是头一回了，可是由于她对自己的自杀动机没怎么保密，结果常常是并未酿成什么悲剧，而是大惊小怪、虚惊一场。亚历山德拉催促他接着走，以防她母亲发现他的行踪跟过来。他们启程前往罗斯托夫。他已身染风寒，看样子很难康复；他在车上病得很重，以致医生决定，他们必须在下一站下车。这是一个叫阿斯塔波沃的地方。站长听说了病者的身份后，腾出自己的房子供他来用。

第二天，托尔斯泰打电报给契尔特科夫，亚历山德拉叫人喊来自己的长子，并让他从莫斯科带一名医生来。可托尔斯泰的名气太大，一举一动都不可能不为人所知，二十四小时内，就有记者把他身在何处告诉了伯爵夫人。她连忙跟家里的孩子一起赶往阿斯塔波沃，但此时的他病得实在厉害，大家觉得最好还是不要把伯爵夫人到来之事告诉他，也不让她进门。他得病的消息引起全世界的关注。在那一周里，阿斯塔波沃车站挤满了政府代表、警察、铁路官员、新闻记者、摄影师等。他们住在火车车厢里，把车厢转移出轨道当房子，当地的电报局难堪重负。在如此的众目睽睽之下，托尔斯泰行将死去。更多的医生赶来，直到最终共有五名医生看护他。他时常不省人事，但在清醒的时刻却惦记着索尼娅，他依旧相信，索尼娅还在家里，不晓得自己现在何方。他知道自己快要死了。他曾害怕过死亡，但如今不再害怕了。"这就结束了，"他说，"不要紧的。"病情加重。在昏迷中，他仍然高呼："快逃！快逃！"索尼娅终于获准进入房间。他已经昏迷不醒。她跪下身来，吻了他的手；他叹了口气，可是并无迹象表明，他知道她来了。1910 年 11 月 7 日，礼拜日清晨六点几分，托尔斯泰与世长辞。

五

三十六岁的时候，托尔斯泰开始写《战争与和平》。这可是着手撰写一部巨著的绝好年龄。到了这个时候，一个作家应该熟知自身的手法技巧，拥有广泛的人生体验，也依然具有充分的思想活力，而创造力亦处于巅峰时期。托尔斯泰选择描述的时代是拿破仑战争时期，高潮是拿破仑侵占俄国、莫斯科大火，以及法军的溃败和覆亡。当他动笔写这部小说的时候，原本是想写一个贵族家庭的生活故事，历史事件仅仅用来充当背景。故事中的人物将会经历各种磨难，精神上因之受到深刻的影响，在千辛万苦之后最终拥有平静而幸福的生活。只是在写的过程当中，托尔斯泰才把重点越来越多地放到交战国之间的宏大战争上，并构思出被庄重地称为历史哲学的理念。以赛亚·伯林出版了一本极有趣也深具启发意义的小书，叫作《刺猬与狐狸》，他在书中表明，在这个本人现在必须简单涉及的题目上，托尔斯泰的思想乃是受到了杰出外交家约瑟夫·德·迈斯特在《圣彼得堡的夜晚》中的启发。这倒并非是败坏托尔斯泰的名誉。小说家的工作并不是创造思想，而是塑造为其充当原型的人物。思想就摆在那儿，如同人类及其城乡环境、生活事件一样（事实上包括与之相关的一切），都可以拿来为之所用，其目的就是创作出一部艺术品。读过伯林先生的书之后，我感觉必须得看《圣彼得堡的夜晚》这本书。对于托尔斯泰在《战争与和平》结尾的第二部分精心提出的观点，德·迈斯特用了三页进行阐释，其要点包含在这句话里：C'est l'opinion qui perd les batailles，et c'est l opinion qui les gagne.[1] 托尔斯泰在高加索和塞瓦斯托波尔都目睹过战争，其自身经历使得他能够对小说中各色人物所参加的各种战争场面进行生动的描绘。他所观察到的，同迈斯特的观点十分相符。但他写出来的部分非常啰唆，还有点难懂，我觉得我们从故事进程中的只言片语和安德烈公爵的思考当中，可以更好地理解他的想法。我顺便再插一句：这是一个小说家传达自身思想最为适当的方法。

托尔斯泰的想法是，由于机缘巧合、情况不明、判断失误、偶然事故，世上根本就没有什么精确的战略战术，因此也不可能有什么军事天才。影响历史进程的，并非人们通常以为的那些伟大人物，而是一种贯穿诸国、不知不觉间驱使他们获胜或失败的神秘力量。领军者所处的位置，如同一匹套在马车之上、朝着山下开始全速疾奔的马——在某个时刻，马并不知晓到底是自己在拉着车跑，还是车逼着自己不跑不行。拿破仑打胜仗，靠的不是战术或者手下的大军，因为他的命令并未得到执行（要么由于局势有变，要么由于命令没有及时传达），而是因为敌军深信败局已定，于是放弃了战场。结局如何取决于一千个不可预测的偶然性，其中任何一个都可能起到决定性的作用。"就其自由意志而言，拿破仑和亚历山大的所为对某某事件结果的影响，并不比一个新征进来、被迫为他们打仗的列兵大到哪儿去。""那些所谓的伟人

---

[1] 意即"是观点导致战争失败，亦是观点造成战争获胜"。——译者

实际都是历史的标签，他们的名字跟历史事件挂起钩来，但却不像标签上所说的那样跟史实有多大关系。"在托尔斯泰眼里，他们不过是些雕像而已，被时势所左右，既不能抗拒也无力控制。这里无疑有些让人迷惑之处。我看不出他该如何协调事件之"命中注定、无法抗拒的必然性"和"机会变幻莫测的偶然性"；因为当命运推门直入时，机会就会飞出窗外。

　　人们很容易得到这样一种印象，即托尔斯泰的历史哲学缘于其贬低拿破仑的愿望，至少部分上是这样的。拿破仑很少亲自出现在《战争与和平》的故事中，就是出现了，似乎也显得微不足道、容易上当、愚蠢可笑。托尔斯泰称他是"历史中的微小工具，从未显示出任何男性尊严，哪怕是在流放的时候也如此"。连俄国人居然也把他视为大人物，托尔斯泰为此感到非常愤慨。他连个像样的骑马架势都没有。在这里，我最后停一下。法国革命造就了一批像科西嘉律师的儿子[1]一样雄心勃勃、聪明果敢的年轻人，人们不禁要问：为什么单单就是这个其貌不扬、带着外地口音、无钱无势的年轻人一路走来，赢得了一次又一次胜利，成为法国的独裁统治者，继而将半个欧洲纳于麾下？假如你看到一名桥牌选手赢得了国际锦标赛，或许会将之归于他运气好，或者同伴出色；可是不管其同伴是何许人也，他多少年来还能够一胜再胜的话，我们无疑应当干脆承认，他对比赛拥有特殊能力和卓越才华，而不要说什么他取胜全是因为之前的偶然事件所带来

---

[1]　即指拿破仑。——译者

的巨大的、无法抗拒的压力。我本该想到，一个伟大的将军，就像一名优秀的桥牌选手一样，需要集以下素质于一身：知识、眼力、勇气、衡量形势的智慧、判断敌方心理的直觉。拿破仑的确得到了天时之利，但如果否认他运用天时的才华，那就只能说是心存偏见了。

然而所有这一切并不有损于《战争与和平》的力量和趣味。书中叙事如同日内瓦的隆河那湍流的河水流向平静的莱曼湖，让你心生感佩。据说全书总共有大约五百个人物，全都自足自立。这可是一项了不起的成就。它的关注点不像大多数小说那样放在两三个人、甚至一群人身上，而是放在四个贵族家庭的成员身上：罗斯托夫家、布尔康斯基家、库拉金家和别祖霍夫家。如书名所示，小说涉及的就是战争与和平，这是展现书中人物命运的背景，其对比十分鲜明。对于一个小说家而言，当作品的主题要求他必须涉及各不相同的事件、一个以上的群体时，困难之一就是如何让事件之间、群体之间的过渡显得真实可信，好让读者服服帖帖地接受。假如作者成功做到这一点，读者就会感觉：他所获悉的一整套环境和人物都是自己必须知道的，于是就愿意获悉他们一时还未知道的其他环境和人物的情况。总体来说，托尔斯泰想方设法，巧妙地完成了这个艰巨的任务，让你感觉自己所遵循的是一条叙事线索。

同其他小说作家惯常的做法一样，他是以自己认识或听说的人来构思书中人物的，然而他似乎并不只是利用这些人物作为自己编造作品的原型，而是十分忠实地刻画他们。挥霍无度的罗斯托夫伯爵是取自其祖父的形象，尼古拉斯·罗斯托夫是他的父亲，而可怜又可爱、相貌丑陋的玛丽公主则是他的母亲。时而也有人认为：在皮埃尔·别祖霍夫和安德烈·布尔康斯基公爵这两人身上，托尔斯泰心里想的是自己；要真是这样的话，如果我们说托尔斯泰意识到自身的矛盾之处，通过以自己为原型塑造这两个截然相反的人物，是想弄清和搞懂自身的性格，想来也不算是捕风捉影。

　　不管是皮埃尔还是安德烈公爵，都爱上了罗斯托夫伯爵的小女儿娜塔莎，托尔斯泰把她塑造成了小说中最惹人喜欢的人物。没有什么比刻画一个既迷人又有趣的年轻姑娘更为困难的了。通常而言，小说中的女孩子全都了无趣味（《名利场》中的阿米莉亚）、自命不凡（《曼斯菲尔德庄园》中的范妮）、过分聪明（《利己主义者》中的康斯坦尼娅·达累姆），或者就是小笨蛋（《大卫·科波菲尔》中的朵拉），要么是傻乎乎的卖弄风情之女，要么就单纯得让人难以置信。她们在小说家手里不好处理，其实也是可以理解的，因为在那个幼小的年纪，个性尚未充分发展。同样，一个画家，要想把一张脸画得有趣味，只有在人生、思想、爱情、苦难的变化赋予其性格时才有可能。在刻画女孩子的时候，最佳方式便是展示她青春的魅力和美貌。然而娜塔莎却完全的真实自然。她亲切和蔼，敏感而富有同情心，颇有些孩子气，却又有女人味，耽于理想，性子急，心肠热，固执己见，反复无常，无论从哪方面看都非常迷人。托尔斯泰塑造过众多的女性，她们都无比真实，但从没有哪个像娜塔莎一样赢得读者的喜爱。

她的原型是托尔斯泰妻子的妹妹塔尼娅·别尔斯，他很为她而倾倒，就如查尔斯·狄更斯醉心于自己妻子的妹妹玛丽·贺加斯一样。多么引人深思的类似啊！

在深爱她的两个男人安德烈公爵和皮埃尔身上，托尔斯泰寄托了自身对生命意义和目标的热情追求。安德烈公爵尤为如此。他可说是当时俄国的普遍情形的产物。他拥有丰厚的家财和庞大的地产，还有一大帮农奴任由他驱使，要是哪个惹他不高兴了，他可以剥光其衣服一顿鞭打，或者夺走其妻子儿女，将其送到军中服兵役。假若哪个女孩儿或是妇人合他的口味，他可以派人把她领来供自己享乐。安德烈公爵长相英俊，面部轮廓清晰，一双慵懒的眼睛，一副厌倦的神情。实际上，他就是浪漫小说中"长相漂亮的恶魔"。这个英勇的人物很为自己的门第和地位感到自豪，他品格高尚，可是目中无人、独断专行、气量狭窄、不讲道理。他对身份相同的人冷淡而傲慢，而对下属则是屈尊俯就、亲切和善。他才智过人，一心想要出人头地。托尔斯泰是这样妙笔形容他的："当安德烈公爵有机会指导年轻人并且帮助他们在上流社会取得成就的时候，他就显得特别高兴了。因为骄傲自负，他从来不会接受别人的帮助，但却在帮助别人的借口下，去接近那些获得成就并且吸引他的人。"[1]

皮埃尔是个更让人摸不着头脑的人物。他是个身材高大、长相丑陋的人，近视得很厉害，必须戴着眼镜才行，而且长

---

[1]　译文参照盛震江译本。——译者

得很胖。他能吃能喝，玩弄女人颇有一手。他笨手笨脚、没有心眼，可是性情和善、真挚诚恳、体贴别人、没有私心，所以人们只要认识他，必定就会喜欢上他。他很有钱，任由一群逢迎之徒将手伸进自己的腰包，也不管他们有多么不值得交往。他是个好赌之徒，而且在自己所属的莫斯科贵族俱乐部里，被那些贵族会员无情地欺骗。他稀里糊涂地早早娶了一个漂亮的妻子，而对方嫁给他只是看中了他的钱财，她寡廉鲜耻，跟别人私通。在同妻子的情人进行了一场奇怪的决斗之后，皮埃尔离开了她，去往彼得堡，路上碰巧遇见一个神秘的老人，此人原来是共济会成员。两人攀谈起来，皮埃尔坦言自己不信上帝。"假使上帝不存在的话，我们根本就无法谈论他。"老人答道，并且接着向皮埃尔讲起了所谓从本体论上证明上帝存在的基本形式。这本是坎特伯雷大主教安塞姆提出来的，内容如下：我们把上帝解释为可以想象的最伟大的实体，而可以想象的最伟大的实体一定是存在的，否则的话，就会有另外一个同样伟大的实体存在。据此可以推出：上帝一定存在。这一论证遭到了托马斯·阿奎那的摒弃和康德的推翻，但却说服了皮埃尔，抵达彼得堡不久，他就被接纳进共济会。当然在小说里，事件（无论是具体的还是精神上的）必须要进行压缩，否则小说就永无完结：一场旷日持久的战争必须一两页就得讲完，除了作者认为至关重要的部分，其他一切内容都要统统删掉；情感的改变亦是如此。在这一点上，我感觉托尔斯泰有点过头了；如此突兀的转变让皮埃尔显得异常单薄。可作为其结果，他想要结束放荡的生活，决定返回庄园、释放农奴、全身心地致力于他们的福祉。如同被赌友欺骗一样，他又被管家给蒙骗了，原先的善意全都受挫。由于缺乏毅力，他的慈善计划大多以失败告终，他又过起了原先的懒散生活。由于发现同人们仅仅注重外在形式，依附共济会"只是为了结交富人，并从这种结交当中获取利益"，他对共济会的热情日渐减少。身心疲倦的他重新又开始赌钱酗酒、乱搞女人。

皮埃尔很清楚自己的缺点，对其痛恨至极，但却缺乏顽强的毅力来改正它们。他是个谦虚、善良、和蔼的家伙，可奇怪的是，此人没什么判断力。他在伯罗的诺战役中的表现可说是蠢到了家。身为一介平民，他却驾着马车冲向战场，挡了所有人的道，实在惹人讨厌，而到最后为了逃命，他又仓皇跑掉。在莫斯科大疏散的时候，他却留了下来，被作为纵火犯逮了起来，并被判处死刑。后来，罪行赦免，他被关押起来。当法国军队开始悲惨地撤退时，他和其他犯人被押解同行，最后被一群游击队员解救。

想要搞清楚这个人是很难的。他善良谦逊，性格和蔼，可也软弱不堪。我敢肯定这个人物非常真实。我觉得应当把他视为《战争与和平》的男主人公，因为他在最后娶到了可爱迷人、称心如意的娜塔莎。我猜想托尔斯泰很喜欢他：他是带着亲切而同情的笔触来写他的；但我不明白，是否有必要把他刻画得如此蠢笨。

在《战争与和平》这样的一部鸿篇巨制里（尤其是该书的写作又花费了这么长的时间），作者有时候才思不济也是无法避免的。托尔斯泰在小说结尾描述了从莫斯科撤退以及拿破仑军队的覆亡，可是这一部分长篇（无疑也很必要）的叙述，却有一个弊端，那就是把大量读者早已知晓的事情予以告知，除非有的读者对历史极度无知。其结果便是缺乏悬念，而悬念可以驱使读者急于翻开书页、了解后事；于是，尽管托尔斯泰所讲的故事非常痛苦、生动、悲惨，读者却有些不胜其烦。他利用这些章节把各个零碎的细枝末节串连起来，但我以为他的主要目的还是引出一个新的人物，此人对皮埃尔的精神发展具有重大的影响。

这个人就是皮埃尔的狱友柏拉图·卡拉塔耶夫，他是个农奴，由于偷盗木材而被判在军中服役。在那个时代，他属于引起俄国知识分子极度关注的那类人。他们生活在极端专制之下，深知贵族生活之空洞琐屑、商人阶级之无知狭隘，他们已然认识到，要拯救俄国，靠的是被压迫者和受折磨的农民。在《忏悔录》中，托尔斯泰告诉我们：对自身阶级感到心灰意冷的他，是如何求助于那些老信徒、以寻求赋予生命意义的善良和信仰的。然而毫无疑问的是，有坏地主也有好地主，有奸商也有良商，有好农民也有坏农民。认定只有在农民当中才有美德，这只不过是文学上的错觉。

托尔斯泰对普通士兵的刻画，可算是《战争与和平》中最为成功的人物刻画之一了。难怪皮埃尔会被他们吸引。柏拉图·卡拉塔耶夫爱所有的人，他毫无私心，心甘情愿地忍受艰难险阻。他的品性和蔼而高尚，皮埃尔一如既往地容易受到影响，他看到了柏拉图身上的善良，于是自己也开始相信起善良来："曾经分崩离析的世界再次在他的灵魂深处激荡，具有一种全新的美感，立足于一种全新的、不可撼动的基础。"从柏拉图·卡拉塔耶夫那里，皮埃尔认识到"人类幸福只能从内心找寻，它来自对人类简单需要的满足，不幸的根源不是贫穷，而是过于富足，生命中没有什么困难是无法面对的。"最终，他发现自己拥有了多年来一直都在找寻却从未找到的内心平和与宁静。

假若有些读者感觉托尔斯泰对撤军部分的描写没什么意思的话，那么这一遗憾将在尾声的第一部分得到充分的弥补。这可真是个精彩的创新。

老一代的小说家往往把该讲的故事讲完了，又告诉读者主要人物后来的遭遇。读者会得知：男主人公和女主人公在一起幸福地生活，景况很好，生了多少多少个孩子，而书中的恶人，倘若未在结尾被干掉的话，则必定生活窘迫，娶了个爱唠叨的老婆，可谓恶有恶报。可是这样一两页就交代了实在是敷衍了事，读者会产生这样一个印象：这只是作者不屑地丢给自己的一个抚慰之物。就托尔斯泰而言，他还是要把尾声部分写得具有真正的价值。七年过去了，读者被带到了尼古拉斯·罗斯托夫的家里，他已经娶了一个富有的妻子，还生了孩子。安德烈公爵在伯罗的诺战役中身负重伤。尼古拉斯娶的正是他的妹妹。皮埃尔的妻子在入侵时死得甚为合宜，这样他便得以娶到他爱慕已久的娜塔莎。他们也没有孩子，两人彼此恩爱，可是天哪，他们变得多么乏味，真是老生常谈啊！在遭受风险、承受痛苦之后，他们安安稳稳地过起了舒适的中年生活。如此温柔甜美、不可预知、惹人喜爱的娜塔莎，如今却成了一个大惊小怪、挑剔苛刻、脾气暴躁的家庭主妇。曾经英勇侠义、热情奔放的尼古拉斯·罗斯托夫，也已经变成一个固执己见的乡绅；而皮埃尔则比以前更加肥胖，他依然温厚和蔼，却不比以前聪明丁点。大团圆式的结局实则可悲得很。我认为，托尔斯泰之所以这么写，并非出于恶意，而是因为他清楚结果定将如此，而自己必须讲述实情。

十二　尾声

一

　　当你举办的一次聚会结束后，特别是如果你的客人都是极富名望之人，在送出最后一位客人、回到客厅的时候，你和你太太（假如你有太太的话）、还有同你住在一起的朋友（假如你有这种朋友的话）应该在睡觉前再喝上最后一杯，谈论一下刚才的宾客，这是很正常的事情，亦是人性使然。A君举止优雅。B君有个讨厌的习惯，在人家故事正讲得入胜的时候，他会插进些不着边际的话，坏了整个故事；有意思的是，A君不知疲倦地侃侃而谈，对此根本不予理会，他接着往下讲，就好像B君从没开过口似的。D君与C君令人失望。他俩根本不愿费劲儿。这两位从来就没想过，当你参加一次聚会的时候，你是有义务尽力让其顺利进行的。你为其中一位辩护，说他生性害羞，又为另一位辩护，说这是他的处世原则；如若没有什么值得说的话，他就绝不开口。你的朋友不无道理地反驳说，假如我们都这么克制的话，谈话就无以进行了。你哈哈大笑，话题又转到了 E 君。他还是同往常一样爱挖苦人，刻薄劲儿一点没减：他闷闷不乐是因为他觉得自己的优点没有得到足够承认；成功会让此人变得温和一些，但如果他的妙语中缺了这些刺儿，反倒没有以前让人开心。你很想知道 F 君最近的风流韵事进展如何，也试图逐词记住他那使你捧腹大笑的精彩回答。总的来说，这是一次美好的聚会；你们喝完酒，关上灯，回各自的卧室去了。

　　而我呢，在所涉及的这几位小说家的陪伴下度过了好几个月时间以后，发现自己在跟他们永远道别之前，很想在大脑中将他们留给我的各种印象做一番总结，就如同他们曾是我的客人一样。这将是个混杂的聚会，但总体而言，倒也十分欢快。开始的交流都是泛泛之谈。托尔斯泰穿得像个农民，留着乱糟糟的大胡子，灰色的小眼睛从一个人身上挪到另一个人身上，他津津有味地谈上帝，粗俗不堪地说性爱。他颇为得意地说，自己在年轻时代曾是个极为好色之徒，不过为了表明自己在感情上还是个农民，他用了更粗的措辞。陀思妥耶夫斯基生气地意识到没有人欣赏自己的天赋，于是长时间地闷闷不乐；突然，他骂骂咧咧地发表起长篇大论来，要不是其他人都忙着聊各自的从而没有注意他的话，可能会引起一场争吵。聚会分成了更小的一组组人。陀思妥耶夫斯基起身，独自坐到一角。当他注意到托尔斯泰身上的长衫用的是那种每码至少七卢布的上乘布料时，他那满是创伤的脸上露出鄙视的冷笑。他无法原谅托尔斯泰，因为莫斯科一家杂志的编辑曾拒绝掏钱买他的一部小说用来连载，原因就是该编辑已经把大笔钱投到《安娜·卡列尼娜》上了。托尔斯泰谈起上帝来，就好像这是他的特权似的，这让陀思妥耶夫斯基大为恼火：难道他就没读过《卡拉马佐夫兄弟》吗？陀思妥耶夫斯基冷冷地打量着屋里的众人，眼神中含有一丝愠怒和厌恶，直到他看见一位独自端坐的年轻女士。她并不算很漂亮，可他从她那苍白的脸上看出一种对周围人的鄙夷不屑，这自然扣动了他自己那痛苦的心弦。在她的表情中，有一种强烈吸引他的精神。他早就听说，这位女士是艾米莉·勃朗特小姐，于是起身走上前去，拿了一把椅子，坐到她的身旁。她满脸通红。他见她十分羞怯和紧张，便和蔼地拍了拍她的膝盖，可她吓得连忙往后缩，为了让她放松，他开始向对方讲述自己最拿手的那个故事：在莫斯科的一处浴室，一位保姆如何给他带来一个小女孩儿，而自己又如何将其强暴；可是由于他的法语很蹩脚，说得又过快，这位年轻女士一个字也没听懂，他还没讲完他对自己所犯的罪过感到多么难过和悔恨、他的痛苦有多深，她就突然起身离开了。

当聚会的人士在宽大的房间里四处走动时，奥斯汀小姐在一边找了个座位坐下。司汤达尽管从未克服自己在女士面前的羞怯，但还是觉得应该向她献献殷勤；可她那冰冷的神态令他大为沮丧，他瞥见亨利·菲尔丁正在同赫尔曼·麦尔维尔聊天，于是便加入进巴尔扎克、查尔斯·狄更斯和福楼拜那一组嘈杂之人了。奥斯汀小姐乐得一个人，可以不受打扰地观察同来的宾客。她看见勃朗特小姐离开了那个一直对她喋喋不休的丑陋小个子，坐到沙发的一角上。可怜的小姑娘，穿着实在不够得体，还是那种三角形的袖子；她的眼睛很漂亮，头发也很好看，可为什么非要搞得这么不体面？她活像个家庭教师，这可真让人难过，尽管她其实是个牧师的女儿，但无疑出身也够卑微的了。奥斯汀小姐觉得她看上去茫然和孤单，认为自己应该上前搭话才好。于是她起身过去，挨着她坐在沙发上。艾米莉惊恐地看了她一眼，对于奥斯汀小姐那些友好的问题，也只是用尴尬的单音节词作答。奥斯汀小姐发现，勃朗特家的姐姐并未受邀参加聚会，对此倒也并不意外。或许这样更好，因为那位小姐对《傲慢与偏见》评价很低，认为其作者缺乏诗意和柔情；不过作为一名有教养的女士，奥斯汀小姐觉得出于礼貌，还是应该问问夏洛蒂小姐最近可好。艾米莉还是仅仅吐出一个单音节字来，奥斯汀小姐终于看出，对于这个可怜的小姑娘而言，跟陌生人交谈实在很痛苦，最好还是别打扰她了。她回到原先的座位，为了卡桑德拉的缘故，继续思考房间内的其他人。毫无疑问，一封信里可讲的东西太多了，而这些人再聚到一起，还要等到下次在乔顿呢。当她想到，等自己把这些古怪的人挨个儿讲给亲爱的卡桑德拉，让她忍俊不禁的时候，脸上浮现出一丝微笑。

　　狄更斯先生比奥斯汀小姐心目中的理想男士要矮一些，而且穿得太时髦；可他长着可爱的面容和好看的眼睛，而且从其欢快的举止判断，她认为此人很可能颇具幽默感。只可惜他太庸俗了。那边有两个俄国人，一个名字难以正确发音，看上去也让人生厌、相貌平平；另外一个，托尔斯泰，有一副绅士派头，可对于外国人，你始终无法确定。奥斯汀小姐搞不明白，为什么他像个艺术家一样穿着那件古怪的长衫，而脚上却蹬着那种笨拙的靴子。他们说他是个伯爵，可在她眼里，一个外国头衔除了可笑以外，实在没什么意义。再看其他人——贝尔先生，他们管他叫司汤达，长得又胖又难看；福楼拜先生笑起来，对于所有自命高雅的人来讲，声音实在太大；至于巴尔扎克先生，他的举止令人感到遗憾。事实上，全场唯一的绅士就属菲尔丁先生了，奥斯汀小姐很奇怪，跟他交谈的那个美国人，到底哪里能让他感兴趣。此人是麦尔维尔先生，是个身材不错的男人，个头高大、身体强健，可他留着胡子，这让他看起来很像一艘商船的船长。他正在给菲尔丁先生讲故事，故事情节显然十分有趣，菲尔丁先生开怀大笑。这位菲尔丁先生有些酒瘾，不过奥斯汀小姐知道，男人常常都这样，虽说感到遗憾，倒也并不震惊。菲尔丁先生深藏不露，尽管样子有些放荡，但显示出良好的修养。他原本要在哥德玛夏姆同她兄弟（奈特先生）的朋友举办自己的聚会呢。他毕竟还是玛丽·沃尔雷蒙塔古夫人的表弟，而且属于哈布斯堡后裔中的登比伯爵家族那一支。他注意到了她的目光，于是起身离开那个古怪的美国人，来到奥斯汀小姐近前，鞠了一躬，问自己是否可以坐在旁边。她面带微笑以示同意，自己则尽量保持礼貌得体。他兴高采烈、滔滔不绝地畅谈，不一会儿，奥斯汀小姐就鼓足勇气告诉对方，自己小时候曾经读过他的《汤姆·琼斯》。

"我敢说，这本书没给你带来什么害处吧，小姐。"他说道。

"绝对没有，"她答道，"我认为，对凡是有原则、有判断力的年轻女士，都不会有什么害处。"

然后，菲尔丁先生带着彬彬有礼的微笑，询问奥斯汀小姐，像她这般迷人、聪明、机智，究竟为什么一直不结婚呢。

"我怎么能结婚呢，菲尔丁先生？"她愉快地回答，"我唯一能嫁的人就是达西，而他已经娶了我那亲爱的伊丽莎白了。"

查尔斯·狄更斯已经加入到三位杰出小说家的谈话当中，即司汤达、巴尔扎克和福楼拜，但他并不怎么自在。尽管他们热情友好，可他还是感觉到，对方把自己看成是一个可爱的乡巴佬。他们的观点明摆着，法国以外是不可能产生有文学价值的作品的。一个英国人居然写小说，简直就是逗乐的演出，就像马戏团里那些训好的小狗的滑稽表演，毫无疑问，根本不具有任何艺术价值。司汤达承认英国出了个莎士比亚，而且喜欢不时来上一句"生存还是死亡"；还有一回，福楼拜的嗓门儿格外大，他嘲弄地瞟了狄更斯一眼，嘴里嘟哝着："其他一切都已寂静。"狄更斯通常都是全场的灵魂，他极力摆出对这几位的谈话很感兴趣的样子，可他的笑很勉强。对于他们毫不掩饰地畅谈自己的性爱奇遇，他倍感震惊。性可不是他喜欢听别人谈的一个话题。当他们问他，英国女人性冷淡到底是不是真的，他不知该怎么回答，而当巴尔扎克绘声绘色地讲起自己跟吉多博尼伯爵夫人（她属于英国最上层的贵族）的风流韵事时，他的自尊心极度受挫，默不作声。他们用英国人的一本正经拿他取乐;"不得体"是英语词汇中最常用的词;这也不得体,那也不得体;司汤达声称,在英国,人们给钢琴的琴腿穿上裤子,这样的话,年轻姑娘在学习弹琴的时候,注意力就不会分散到挑动情欲的念头上,而是集中于自己的五指之间了。狄更斯以他惯有的好脾气忍受着他们的嘲笑;可当他想到,这些人根本不知道自己和威尔基·柯林斯在去巴黎旅行时的寻欢作乐,不禁心中暗笑。

二

很明显,这些小说家均是个性鲜明、与众不同之辈。他们具有强烈的创作冲动,而且无限热爱写作。如果要对他们做出评判的话,我们可以很有把握地说,厌恶写作的作家不是一个真正的好作家。这倒不是说,写作对于他们很轻松。写出好作品来其实是很难的事情。可他们依然钟情此道。这不仅仅是他们的谋生手段,更是一种如饥似渴的急迫需求。也许,每个人都有几分创作冲动。对于一个小孩子而言,摆弄彩色铅笔、画幅小水彩画,都是十分自然的事情,而后,当他学会读写的时候,又常常会写首小诗、编个小故事什么的。我认为,创作冲动在一个人二十几岁的时候达到高峰,然后,部分是由于创作冲动只是青春期的产物,部分是由于尘事纷繁和谋生的需要,使得人们无暇去练习,这种冲动也就减退并消失了。然而也有很多人(比我们以为的还要多),这种冲动会继续压在他们身上,让他们如痴如醉。正是由于内心的这种欲望，这些人成了作家。遗憾的是，尽管创作冲动或许十分强大，但创作出有价值的作品的才能却未必充足。

必须拿什么跟创作冲动结合起来，才可能让一个作家写出有价值的作品？我觉得是个性。有的个性让人欢喜，有的个性令人不快，这都没关系。重要的是，凭借其性格上的特点，作家能够用一种独有的方式看问题。哪怕他看问题的方式在大众眼里既不合理也不真实，也都无所谓。你可能并不喜欢他所观察的那个世界，比如说，司汤达、陀思妥耶夫斯基或者福楼拜眼里的世界；但他在展现这个世界时所表现出的力量，却让你无法不感动；或者，你很喜欢他的世界，就如你喜欢菲尔丁和简·奥斯汀的世界一样，那么这位作者便会博得你的喜爱。这都取决于你自身的性情，跟作品本身的价值无关。

假如可能的话，我一直很想知道，我所谈论的这些小说家，究竟具有什么样的特点，使得他们能够写出让人们一致称好的作品来。对于菲尔丁、简·奥斯汀、艾米莉·勃朗特，我们所知甚少，至于其他人，用于这种调查的材料可谓汗牛充栋。司汤达和托尔斯泰都成卷成卷地记录自己的经历；福楼拜拥有大量启发人心的信件，而其他人呢，也都有亲戚朋友写过回忆录，或是传记作家写过详细的生平。奇怪的是，他们似乎并不很博学，福楼拜和托尔斯泰读过很多书，可他俩主要是为自己要写的东西获取素材；其他人的阅读面，则不比他们所在阶级的普通人广泛多少。他们好像对小说之外的任何艺术都兴趣不大。简·奥斯汀就承认，自己很厌烦音乐会。

托尔斯泰酷爱音乐，还会弹钢琴。司汤达则偏好歌剧，这种音乐表演形式，可以为那些并不喜欢音乐的人提供享受。在米兰的时候，他每晚都去斯卡拉歌剧院，跟朋友闲聊、吃晚饭、玩牌，而且跟他们一样，只有当一位知名歌手演唱知名曲段的时候，他才会关注台上的情况。他对莫扎特、奇马罗萨、罗西尼都同样仰慕。至于其他人，我可就看不出音乐对他们有什么意义了。造型艺术亦是如此。凡是你在他们书中找到的提及绘画和雕塑的地方，其品味全都老套得令人难过。众所周知，托尔斯泰认为所有的绘画都毫无价值，除非其题材具有道德意义。司汤达则哀叹，莱昂纳多缺乏圭多·雷尼那些指引和示范的优点，他还声称，卡诺瓦是比米开朗琪罗还要伟大的雕塑家，因为他创作了三十件杰作，而米开朗琪罗只有一件。

要写出一部好的小说，当然需要才智，但却是一种特殊的才智，或许还不要太高才好，这些作家都富有才智，但称不上才智超凡。他们在处理一般思想时所表现出的幼稚常常是惊人的。他们接受了当时盛行的一些哲学论调，可当他们把这些论调用于小说中时，结果往往并不理想。事实上，思想并不是他们分内的事儿，他们对思想的关切（假如真的关切的话）是非常情绪化的。在概念思维上，他们没有多少天赋。他们感兴趣的不是命题，而是实例，因为只有具体的事情才能激发其兴趣。但如果说智力不是其强项的话，他们拥有更加有效的禀赋。他们感受强烈，甚至是热烈；他们富有想象力、敏锐的观察力，还能够站在自己笔下人物的角度，乐其所乐，痛其所痛；最后，他们还要有一定的才能，可以把自己的所见、所感、所想鲜明有力地具体展现出来。

这些都是很高的天分，一个作家如能拥有，自然是一桩幸事，但光有这些尚且不够，除非他还有别的东西。盖瓦利曾说，总的来讲，巴尔扎克在各个科目上是个"ignare"。有的人一上来就想把这个词译成"ignorant"（无知者），可这也是个法语词，而且"ignare"的意思也不止如此，它暗指的是蠢人的全然无知。不过盖瓦利接着说道，在巴尔扎克开始写作的时候，他对事物拥有一种直觉，所以好像对一切的一切都很清楚似的。我把直觉理解为人们基于某些根据而作出的判断，这些根据要合理（或是自认为合理），但并不出现在意识当中。然而这显然并不适用于巴尔扎克。他所展现的知识根本就没什么根据。我认为盖瓦利在这里用词有误，更好的选词应该是"灵感"。所谓灵感，正是作家写出伟大作品所需要的那点"别的东西"。可是灵感为何物？我手头有不少心理学方面的书，我把它们翻了个遍，也没找到什么有启发的内容。其中我只碰到一篇文章力图论述这一问题，是由埃德蒙·雅卢所写的《诗意的灵感与乏味》。埃德蒙·雅卢是个法国人，他专写本国同胞。可能他们对精神状态的反应比盎格鲁撒克逊人更为强烈。他是这样描述法国诗人在灵感魔力下的表现的：他变了一副样子，面容平静，同时又焕发光彩；他的神态很放松，双眼散发出明朗的光芒，蕴含有一种奇怪的欲望，却并无什么真实的目标。这是一副毋庸置疑的体态。但是埃德蒙·雅卢接着说道，灵感并非持久不变的，随后而来的是枯燥乏味，这种情况的持续时间，少则顷刻，多则数年。于是，自感半死不活的作者脾气变坏，内心充满苦涩，这不仅让他意志消沉，还会令他咄咄逼人、心怀怨恨、愤世嫉俗，对其他作家的作品、对自己所失去的写作能力倍感忌妒。我奇怪（甚至让人震惊）地发现，这种心态与神秘主义者的情况何其相似：在神启之刻，他们会感觉自己与上帝同在；而在他们所谓的"灵魂之黑夜"，则会倍感空虚乏味，被上帝所抛弃。

在埃德蒙·雅卢的文章里，似乎只有诗人才拥有灵感，或许真的如此，诗人比散文作家更需要灵感。毫无疑问，对于一个诗人而言，因为自己是个诗人而写的诗，和他受灵感激发而写的诗之间，差别更为明显；但是散文家和小说家也有灵感。如果不承认《呼啸山庄》《白鲸》和《安娜·卡列尼娜》中的某些段落同济慈或雪莱的诗歌一样有灵感，那只能说是一种偏见。小说家或许有意地依靠这种神秘的东西。陀思妥耶夫斯基在给出版商的信中频频描述自己脑子里某些想写的场景，还说如果在坐下来写的时候有灵感的话，会写得很出色。灵感是属于年轻人的，年纪大了就很少有了，只能偶然出现。光凭主观努力是激发不出来的，但作家们发现，灵感常常可以诱引出来。席勒在进书房工作的时候，先闻闻放在抽屉里的烂苹果以唤起灵感。狄更斯必须在桌子上摆点东西，不然一行字也写不下去。由于某种原因，有这些东西才能让他的灵感发挥出来。不过这种说法极不可靠。作家有可能灵感附体，就像济慈写出自己最伟大颂诗时灵感附体一样，但写的东西却一文不值。特蕾莎修女就认为，自己手下那些修女们的忘我之境和幻象没什么价值，除非由此有作品问世。我很清楚自己还没有告诉读者（其实我早该告诉的），灵感到底为何物。我很希望自己做得到，可我不懂。它是一种神秘莫测之物，让作者写下连他自己都不知道明不明白的东西，于是回顾作品时，他会问自己："我究竟是从哪儿知道的这些玩意儿？"我们都知道，夏洛蒂·勃朗特就惊讶于妹妹艾米莉何以写出她根本就没接触过的人和事。当作者获得这种可喜的神力时，各种观点、形象、比喻、甚至具体事实都会向他涌来，而他感觉自己不过是个工具，就像个速记员，只需记下传授给他的东西即可。在这个晦涩的问题上我已讲得够多了。我之所以提到它，就是为了说明：不管作者可能拥有何种天分，假如没有这一神秘之物的影响和效力，一切都是徒劳。

三

人过三十还有创作天分是一件很不正常的事，就某些方面而言，以上这些作家都极不正常（简·奥斯汀除外，她具有女性的一切美德，又不是那种让人无法忍受的楷模形象）。陀思妥耶夫斯基患有癫痫病；福楼拜也是，人们普遍相信开给他的药影响了他的写作。这让我想起一种说法，即身体上的缺陷和童年时代的苦难经历乃是创作天分的决定性因素。照这种说法，拜伦若不是畸形足，决不会成为诗人，狄更斯若不是在炭粉厂待过几个星期，断不会成为小说家。在我看来这简直是胡扯。无数的人生下来脚就畸形，无数孩子曾被送进炭粉厂干那些让他们觉得羞耻的活儿，却没写出几行诗歌、几句散文来。所谓创作天分，人人都有，但少数幸运儿身上的创作天分则更为强烈而持久；不管是畸形足的拜伦、癫痫病的陀思妥耶夫斯基，还是在哈格佛桥有过不幸经历的狄更斯，如果不是自身性情中的冲动使然，是根本不可能成为作家的。同样的冲动，健康的亨利·菲尔丁、健康的简·奥斯汀、健康的托尔斯泰也都拥有。我不否认，身体或是精神上的缺陷会影响到一个作家的作品。它在一定程度上会将这个作家同其他人区分开来，使他树立自我意识、怀有偏见，结果呢，他会从一个不同寻常的角度（常常过于枯燥）去看待世界、生命和人类；而且这种缺陷常常还会给外向性（与创作天分不可分割）增添内向性。我丝毫不怀疑，假如陀思妥耶夫斯基没有癫痫病，他写不出如此这般的作品，但我同样相信，如果真是这样的话，他仍然会成为这样一位著作等身的作家。

总的来说，除了艾米莉·勃朗特和陀思妥耶夫斯基，这些伟大的作家肯定都是相处愉快的人。他们活力十足，可说是有趣的伙伴，讲起话来也滔滔不绝，其魅力足以感染每一个与之接触的人。他们具有惊人的享受能力，热爱生活中的美好事物。如果以为创造力强的作家都喜欢窝在阁楼上，那就大错特错了。事实并非如此。这些人的性格中有活泼的一面，使得他们乐意展示自己。他们还是很喜欢奢华的。想想菲尔丁的挥金如土，司汤达的华美衣饰、敞篷机车、新娘，巴尔扎克毫无意义的大摆排场，狄更斯的盛宴聚会、豪华宅第、马车和双马。这些东西都跟审美毫无关系。他们需要金钱不是为了积蓄，而是为了挥霍，而他们获取金钱的手段也并非总是仁义道德。铺张无度符合他们的轻浮本性，如果这算缺点的话，也是我们大多数人可以同情的缺点，但他们相处起来却非常困难（仍然只有一两个例外）。他们身上的有些特征总是把人（哪怕是最为宽容的人）搞得心烦意乱。他们都以自我为中心。除了写作，在他们眼里没有什么是真正要紧的，而且为了写作，他们会毫不内疚地牺牲同自己有关系的一切人。他们虚荣心强，不顾及他人，自私而又固执。他们没有多少自控能力，为了满足自己心血来潮的一时之想，根本不会考虑会不会给别人造成不幸。他们似乎都不怎么想结婚，即使结了，要么是由于天生的情绪激动，要么是出于反复无常，没有给妻子带来多少幸福。我觉得他们结婚只是为了逃避自己焦躁不安的本性：安定下来的生活能为他们带来平静与安宁，他们把婚姻想象成一个港湾，可以躲避外面世界的疾风骤雨和颠沛流离。所谓婚姻，是一桩不断妥协的事情，而这些人的本性就是固执己见、自高自大，怎么可能指望他们做出妥协？他们倒是都有风流韵事，但这些韵事无论对他们自身、还是对情感对象而言，似乎都不怎么让人满意。这也不难理解：真正的爱情是要让步的，真正的爱情是无私的，真正的爱情无比温存，可温存、无私、让步，这些品质都远非他们做得到的。除了精神十分健全的菲尔丁与好色成性的托尔斯泰之外，其他人似乎都没有太多的性欲。人们猜想：他们的韵事更多的是出于对虚荣心的满足，或是向自己证明身上尚有男性气概，而不是被什么难以抗拒的诱惑搞得神魂颠倒。我冒昧地认为，一旦达到了以上目的，他们就松了口气，重新专注于写作。

当然，以上所言均是概论，而我们都知道，既然是概论，就只能大致正确。我所选取的几个人物，都是自己有所了解的，也对之进行了评论，这些评论很容易显得有点夸大。我忽略了这些作家的生活所处的环境和思潮（可悲的是，这个表达尘封已久，但很实用），可是很明显，这些因素的影响是不容忽视的。除了《汤姆·琼斯》之外，我所涉及的小说均问世于十九世纪。这是一个革命的年代，社会革命、工业革命、政治革命；人们摒弃了曾经世世代代盛行不变的生活方式与思维方式。在这样的一个年代，旧的信仰不再被盲目接受，到处都充满了骚动，生活成了一种新的、令人激动的冒险，往往很容易出现优秀人物和杰出作品。在整个十九世纪（如果你能接受的话，甚至一直到 1914 年）出产的小说，比之前或是之后的都要伟大，这种情况始终没有改变。

我认为，人们也许会把小说粗略分为现实和情感两类。这种区分非常模糊，因为很多现实主义小说家有时会引入情感性的事件，反过来，为了使自己的故事显得可信，情感类小说家也常常运用现实性的细节。情感类小说名声不佳，然而这种方法，巴尔扎克、狄更斯、陀思妥耶夫斯基都使用过，因此你万不可耸耸肩膀、一笑置之。只是体裁不同而已。侦探故事的盛行，证明其对读者具有强大的吸引力。他们希望体验兴奋、惊恐和伤痛。情感类小说家通过激烈、夸张的事件吸引你的注意力，让你眼花缭乱、惊异不已。所冒的风险就是，你不相信他讲的话。但是如巴尔扎克所言，关键问题在于，你应当相信，他所告诉你的事情确实发生过。要设法做到这一点，作者可以把人物塑造得极不同于一般经验，结果反倒使其行为显得可信。情感类小说需要人物略有些夸大，也就是陀思妥耶夫斯基所说的比现实还要现实的人物；这种人物具有无法控制的激情，情感过度丰富，冲动异常，无所顾忌。情节剧是他们的合法领域，如果对此表示反对，那么就像仅仅因为立体派绘画不具代表性就对其贬低一样不合情理。

　　现实主义者想要描画生活原貌。他极力避免极端事件，这是因为一般而言，这类事情在他所涉及的普通人的生活中并不发生。他所讲述的事情，不仅要有可能性，而且尽量要有必然性。他并不打算让你吃惊，或是令你血流加速。他所追求的是认知上的乐趣。你了解作者打算引起你注意的那类人物。你很熟悉他们的生活方式。你进入到他们的思想与情感世界中，因为跟你自己的世界十分相像。发生在他们身上的事情很可能也发生在你身上。不过总的来说生活是单调乏味的，所以萦绕在现实主义小说家们心头的恐惧就是：他们可能会招人烦。这就诱使他们插入一些激动人心的情节。基调是迫不得已的，读者也倍感幻灭。因此在《红与黑》中，司汤达的手法是写实的，一直到于连去了巴黎、接触到玛蒂尔德小姐；而后，它就变得触动人心起来，作者选择这条崭新的途径实在莫名其妙，而你也要极不自在地陪着他一起踏上此路。从写作《包法利夫人》伊始，福楼拜就十分清楚枯燥乏味的风险，他认定只有通过文体之美才能避免这个问题。简·奥斯汀则是凭借其无穷尽的诙谐避免枯燥。但是没有多少小说家能够像福楼拜和简·奥斯汀那样，在不动摇现实主义模式的情况下坚持始终。这得有高超的技艺才行。

我曾经在什么地方引述过契诃夫的一句话，由于此言颇为中肯，我在这里斗胆再次引述："人们并不跑到北极，从冰山上摔下来，"他说道，"他们去的是办公室，跟老婆吵架，喝白菜汤。"这句话过度缩小了现实主义小说的范围。人们确实会去北极，假如他们没有摔下冰山，也会经历同样可怕的险境。他们会去非洲、亚洲和南太平洋。而在布卢姆斯伯里[1]这样的圈子里或是在南部海岸的滨海胜地，是不会发生这类事情的。或许有点耸人听闻，但如果它们属于惯常之事，现实主义小说家没有理由不对之进行描述。诚然，凡人去办公室，跟老婆吵架，喝白菜汤，可现实主义作家的任务，就是从凡人身上挖掘出非凡的东西。这样的话，喝白菜汤就跟摔下冰山一样成为关键时刻了。

然而即使是现实主义作家，他也并不是复制生活，只是编排生活、为己所用。他尽最大努力避免写那些不可能发生的事情，但有些此类的事情却十分必要和普遍，以致读者对此会毫无异议地接受。比方说，如果一部小说的主人公迫切

---

[1] 布卢姆斯伯里，位于伦敦大英博物馆附近，1907年至1930年间，一批有思想的作家、哲学家以及经济学家经常到该地区的克莱夫·贝尔夫妇和弗吉尼亚·伍尔夫家聚会，逐渐形成一个团体，由此得名，该团体对英国文化产生了很大的影响力。——译者

需要见到某个人物，可谓刻不容缓，那么他就会在穿过拥挤的皮卡迪里大街时偶遇此人。"喂，"他会说，"想不到在这儿遇见你！我正要找你呢。"这种概率就如同打桥牌的人手里拿到十三张黑桃牌一样低，可读者却能坦然接受。事情发生的可能性，是随着读者老练程度的不同而变化的：过去不被注意的偶发事件，在今天的读者心里就会引起一阵怀疑。我觉得《曼斯菲尔德庄园》当时的读者，看到托马斯·伯特伦爵士从西印度群岛回来的时候，居然正好赶上他家里正在上演私人戏剧，并不会感觉意外。而今天的小说家却必须得把他赶在这个别扭的节骨眼上回家写得更加可信一些。我说这番话就是为了表明：现实主义小说虽然隐秘含蓄、不事声张，事实上并不比感伤主义小说更贴近生活。

四

我在前面谈到的这些小说，彼此很不相同；但它们有一个共同点：所讲的都是好故事，作者的讲述方法也都直截了当。他们叙述故事、探究动机，并未借助那些无聊的文学伎俩，像什么意识流、闪回，这些手法把很多现代小说搞得令人生厌。他们把想让读者知道的事情径直相告，而不是像时下流行的这样，叫读者自己去猜人物是谁、干哪一行的、处境如何；事实上，他们尽力让读者读起来简单轻松。他们似乎并不想通过什么深奥玄虚来打动他们，也并不想用什么标新立异来震撼他们。作为人，这些人都非常复杂；可作为作家，他们又简单得惊人。他们深奥玄虚、标新立异，就像儒尔丹先生[1]满嘴散文一样自然。他们试图道出事实，却又不可避免地透过自身癖性这个变形镜来观察事实。凭借可靠的直觉，他们故意避开当时关注的话题（随着时间的推移，这些话题均已失去意义）；他们所涉及的，都是那些人类永远关心的话题：上帝、爱恨、死亡、金钱、野心、嫉妒、傲慢、善恶；简言之，就是涉及那些从一开始就人所共有的激情与直觉，正因为这个缘故，一代又一代的人们都能从这些著作中发掘出适合自己的某些价值。正是由于这些作家用自己非凡的个性来揭示生活，并据此对其进行观察、判断、描述，他们的作品才有了持久的、强烈吸引世人的气息与特性。作家所呈现出的一切，归根到底还是他本人，而正是由于这几位作家能力超群、性格独特，他们的作品才能经得起岁月的流逝，以及不同的生活习惯和崭新的思维方式，依旧魅力不减。

　　然而有这么一桩怪事：虽然这些人一再重写自己的作品，而且通常还不断地加以修改，可他们都算不上是什么文体大家。似乎只有福楼拜一个人在文笔上花过心思。可具有讽刺意味的是，他付出巨大艰辛才完成的《包法利夫人》，正是由于其文体的缘故，居然还不如那些随意写就的信笺受法国知识分子的赏识。数年前，克鲁泡特金王子在跟我谈起托尔斯泰和陀思妥耶夫斯基的时候，就告诉我说：托尔斯泰的文笔像

---

[1]　儒尔丹：莫里哀的喜剧《贵人迷》中的人物，此人附庸风雅，醉心贵族生活。——译者

一位绅士，而陀思妥耶夫斯基的文笔则很像欧仁·苏[1]。如果他的意思是说托尔斯泰用的是文雅得体的传统风格的话，那么在我看来，小说家采用这种文体倒是很好的选择。我得说，奥斯汀小姐的文笔，跟我们想象中那个时代的淑女所说的话非常相像，这种风格极其适合她的小说。小说不是科学文献，每部小说都要有自己独特的风格，这一点福楼拜很清楚，因此《包法利夫人》的风格跟《萨朗波》不一样，而《萨朗波》的风格又跟《布瓦尔与佩居谢》不一样。就我所知，还没有哪个人声称：巴尔扎克、狄更斯和艾米莉的文笔上乘。福楼拜曾说，让自己阅读司汤达的作品绝无可能，因为对方的文体实在太差了。而哪怕是翻译出来的作品，也能明显看出陀思妥耶夫斯基的文体实在是不修边幅。好的文笔似乎并不是小说家的必备素质，更重要的是生机与活力、想象力、创新力、敏锐的观察力、对人性的洞悉，以及对人性的关注和怜悯，还有创作能力与聪明智慧。可不管怎么说，文笔上乘总是比文采平平好。

然而奇怪的是，这些杰出的作家，一个个并未写出比实际好到哪儿去的语言，而更为奇怪的是这些人是怎么当上作家的。从其家传当中，根本看不出他们何以能够拥有才华。他们的家庭倒是或多或少有些身份，但尚属平凡，既没什么特别的智慧，也谈不上如何高雅。他们本人在年轻的时候并

---

[1]　欧仁·苏（1804—1857）：法国小说家，以描写城市生活的肮脏一面而著称。——译者

未接触过什么热衷文学艺术之人。他们不认识任何作家，也算不上格外用功。而他们参与的娱乐活动，也都是那个年龄和身份的孩子们玩的。没有任何迹象表明这些人具有非凡的能力。除了托尔斯泰出身贵族之外，其他人都属于中产阶级。照理说，在这种环境和教养下，他们应该成为医生、律师、政府官员或者商人才对。这些人动笔写作，恰似羽翼初丰的鸟儿飞向高空。可同一家庭里的两个孩子（比方说卡桑德拉与简·奥斯汀，费奥多与米哈伊尔·陀思妥耶夫斯基），其成长经历一样，过着几乎相同的生活，面对同样的环境，彼此又有着深深的感情，却居然是这一个，而不是那一个，有着无与伦比的天赋，这确实奇怪得很。记得我已经说过，伟大的小说家需要各种各样的才能，不光是创造力，而且要有敏锐的知觉、留意的眼光、从体验中受益的能力，还有最重要的，就是对人性的全情投入，以上因素幸运地结合到一起，他才能成为这类小说家。可是，为什么这些才能被赋予到一个人而非另一个人身上，为什么这些才能的拥有者，如此匪夷所思地居然是一个乡间牧师的女儿、一个无名医生的儿子、一个诡辩律师或者一个靠不住的政府职员的儿子，对于本人而言，这真是一个解不开的谜。这些小说家究竟是如何获得这些奇才的，谁也说不出。此事似乎取决于个性，但在大多数情况下，个性好像都是由可估测的品质以及阴险的缺点构成的。

　　艺术家的特殊才能，他的才华，或者说他的天赋（假如你愿意用这个词的话），就像沉睡中的兰花种子，偶然落到热带丛林中的一棵树上，马上就要发芽，它从树上得不到任何养分，而是从空气中获得养分，结出了一朵古怪而美丽的花；可是树被伐倒用来做木材，或是沿河漂流到锯木厂，于是，这块长着绚丽而奇异花朵的木头，就跟原始森林中成千上万的其他树木没什么两样了。